RUS B RODEN WINTER R
Roden Winter, Molly,
author.
Molli khotela bol'she
liubvi : dnevnik odnogo
otkrytogo braka

AF855352

ПОГРУЗИСЬ

В АТМОСФЕРУ КНИГИ

Музыка

Обои

Фильмы

БОМБОРА Story

Молли Роден Винтер

# Молли хотела больше любви

дневник одного открытого брака

БОМБОРА
ИЗДАТЕЛЬСТВО
Москва

УДК 821.111-31(73)
ББК 84(7Сое)-44
Р60

Molly Roden Winter
MORE: A MEMOIR OF OPEN MARRIAGE
Copyright © 2024 by Molly Roden Winter

**Роден Винтер, Молли.**

Р60 Молли хотела больше любви : дневник одного открытого брака / Молли Роден Винтер ; [перевод с английского А. С. Карапетян]. — Москва : Эксмо, 2025. — 432 с. — (За закрытой дверью. У каждой семьи свои тайны).

ISBN 978-5-04-213862-1

Молли Роден Винтер — любящая, но уставшая мама двух мальчиков и верная, но одинокая жена Стюарта. С появлением детей ее жизнь стала похожа на день сурка: утром нужно заниматься сыновьями, днем — решать бытовые проблемы, а вечером сил хватает только на сон. Но одна семейная ссора изменила все — Молли и Стюарт решили открыть брак.

Когда Стюарт снова не захотел помочь уложить детей спать, Молли вышла из дома, чтобы проветрить голову. Она оказалась в баре, где познакомилась с молодым мужчиной. Каково же было ее удивление — она все еще может быть желанной! Наконец вспыхнула страсть, пусть даже от внимания незнакомца. В этот же вечер муж предложил ей сходить на свидание с другим — эта идея возбуждала и его самого.

Теперь муж и жена не только устанавливают правила в своих отношениях, но и болезненно борются с ревностью, все время задаваясь вопросом: смогут ли они любить других и оставаться верными любви в браке? Станет ли их семья крепче и счастливее или эта отчаянная идея кончится крахом отношений?

**УДК 821.111-31(73)**
**ББК 84(7Сое)-44**

**ISBN 978-5-04-213862-1**

**© Карапетян А., перевод на русский язык, 2025**
**© Оформление. ООО «Издательство «Эксмо», 2025**

# СОДЕРЖАНИЕ

*Посвящается моему Стюарту*

Эротика — это кормилица… всего нашего глубинного знания.

*Одри Лорд*

## От автора

В тот момент, когда у меня возникла идея написать эту книгу, я обратилась к своим записям из личных дневников и с удивлением обнаружила, что достаточно часто лгала сама себе. Стало понятно, что мне предстоит проделать колоссальную эмоциональную работу и докопаться до истины, сокрытой глубоко внутри, под ворохом мыслей, которые лежали на поверхности. Книга, которую вы держите в руках, — моя попытка отыскать эту правду.

Увы, человеческая память несовершенна. А истории всегда пишутся с акцентом на одних деталях в ущерб другим. Кроме того, я изменила многие имена и некоторые детали минувших событий, чтобы защитить частную жизнь людей, принимавших в них участие. Местами последовательность событий смещалась в пользу связности повествования.

Тем не менее я постаралась изложить всю правду (точнее, свою версию) в меру возможностей.

# Пролог

МАМА? ТЫ ЗДЕСЬ?

*Мам, где ты?*

*Мам, мне нужно с тобой поговорить.*

*Мам, пожалуйста, перезвони мне.*

После того как мой самолет плавно приземлился в аэропорту Техаса, я отключила авиарежим на телефоне и с удивлением наблюдала за тем, как на экране одно за другим стали отображаться оповещения о новых сообщениях.

Сообщение от Дэниела, затем еще и еще…

*Мам, у вас с папой открытый брак?*

Что ж, для такой ситуации не подойдет план А. И даже в условном плане Ж она не предусматривалась. А если говорить откровенно — это веский повод для паники.

Столкнувшись с неразрешимой дилеммой, я прибегла к проверенному способу решения проблем — обратилась за помощью к своему мужу Стюарту.

Сделав скриншот экрана, отправляю супругу изображение и следом набираю сообщение:

*Что за?! И что мне делать?*

Ответ от него приходит незамедлительно:

*Черт! Наберешь мне?*

Я выхожу из самолета и судорожно оглядываюсь по сторонам, ища укромное место, где смогу привести себя в порядок: выкинуть пустую бутылку из-под воды и мелкий мусор и собраться с мыслями. Приметив место у стены, сбоку от информационных табло, я стремительно направляюсь туда.

Стю снимает трубку после первого же гудка.

— Ох, родная, — сразу произносит он, и в его голосе я слышу сочувствие. Стю знает, как сильно я не хочу обсуждать эту тему с Дэниелом. Муж озвучивает такое предложение, от которого трудно отказаться: — Может, *я* позвоню ему?

— Нет, он ведь спрашивает меня. Возможно, увидел какое-то телешоу, и у него возникла подобная мысль. Вдруг я смогу выкрутиться.

— Он взрослый парень. В любом случае все будет хорошо. Позже я тоже могу поговорить с ним. Что скажешь?

— Да, хорошо, спасибо.

— Я люблю тебя, моя девочка. — И после шестнадцати лет брака, после всего, через что мы с ним прошли, я до мозга костей уверена, что это чистая правда.

— Я тоже тебя люблю. Пожелай мне удачи.

— Она тебе ни к чему. У тебя все получится!

Прислонившись спиной к прохладной стене, я перекатываю свой чемодан и ставлю его между ног. Выдыхаю и настраиваюсь на то, чтобы позвонить своему ребенку и обсудить сексуальную жизнь его матери. Мимо меня то и дело проходят разные люди. Здесь слишком шумно. Возможно, это потому, что кровь стучит в ушах, или из-за не стихающего гула аэропорта.

Я прикладываю телефон к одному уху, а ладонью закрываю второе.

— Привет, Дэниел. Извини, я только что получила твои сообщения. Я была в самолете. Он только что приземлился в Хьюстоне.

Мой тон непринужденный, но я вся дрожу.

— Привет, — отвечает он. Его голос, такой родной, с проскальзывающими высокими ребяческими нотками, теперь заставляет меня трепетать. — Так что… у вас с папой открытый брак?

Вот так просто.

Совет, который я получила несколько лет назад, когда мне выпала честь проводить урок полового воспитания у шестиклассников, неожиданно вспыхнул в моем сознании: «*Для начала выясни, что они уже знают*».

— Ничего себе, какой серьезный вопрос! А почему ты так решил?

Прежде чем я успеваю мысленно поздравить себя с таким блестящим гамбитом, Дэниел отвечает:

— Я видел папин профиль на сайте *OkCupid* [1] на его ноутбуке, и там сказано именно так.

---

[1] OkCupid — популярный сайт и одноименное приложение для онлайн-знакомств.

«Оу», — проносится у меня в голове. Я делаю паузу и судорожно почесываю ногу, будто это поможет унять дискомфорт, пронизывающий меня. А затем, по глупости, я нарушаю другой постулат преподавательской мудрости: я предлагаю информацию, опережая вопрос.

— Дэниел, я хочу, чтобы ты кое-что знал, — произношу я. — Мы с папой действительно счастливы вместе, и мы всегда честны друг с другом. Он все рассказывает мне, а я — ему.

На другом конце линии сын на мгновение замолкает. Хочется верить, что сейчас он думает о том, как ему повезло, что у него такие прогрессивные и высокоморальные родители. Но вдруг он спрашивает:

— Подожди. Ты что, тоже так делаешь?

Я задерживаю дыхание. Дэниел видел анкету Стюарта на сайте знакомств, но не видел мою. И я слишком поздно понимаю, что неправильно истолковала тревогу в его сообщениях и волнение в его ломающемся, почти взрослом голосе. Он думал, что его отец изменяет мне. В представлении сына этот звонок должен был предупредить меня, защитить его наивную мать от предательства. Но ведь думать, что твой отец изменщик, так же неприятно, как знать, что твоя мать спит с другими мужчинами, верно? В тот момент я не была в этом уверена. В моем сознании проносились бесчисленные варианты того, как подобное откровение о сексуальной жизни матери может навредить сыну.

А затем я просто медленно выдыхаю.

Рано или поздно наступает такой момент, когда то, чего ты боялся, просто случается. Я боялась этого семь долгих лет. А может, даже дольше. Возможно, я боялась этой минуты с тех пор, как родился Дэниел и я поняла, что мой ребенок однажды вырастет и взглянет на меня совсем иными глазами, узнает, какая я на самом деле. Но такое не случается в одночасье. Как правило, этот процесс затягивается на долгие годы. Мне потребовалось много лет, чтобы увидеть в моей матери несовершенную женщину из плоти и крови, создание со своими собственными сексуальными и духовными потребностями, которые иногда шли вразрез с потребностями ее ребенка.

И в ту долю секунды, когда я размышляла, что же сказать сыну — правду или ложь, — я думала о своей матери. Интересно, поступила бы *она* по-другому сейчас?

А я? *Я* бы тоже могла поступить по-другому?

# Часть первая

# Глава 1

Дождь за окном усиливался. Мэтт распахнул передо мной дверь, пропуская внутрь, и стремительно вошел следом. Над головой я держу его куртку, и, когда опускаю ее вниз, на кафельный пол стекают капли воды. Мы стоим посреди кухни. В его небольшой однокомнатной квартире нет ни просторной прихожей, ни коридора с четырьмя одинаковыми шкафами, как в моем доме.

Из нас двоих промок только Мэтт, но он хватает полотенце со столешницы и протягивает его мне.

— Не надо, я в порядке, — тихо шепчу я.

Капельки воды стекали по его кудрявым волосам, а одна и вовсе замерла на кончике носа. Вместо того чтобы вытереть их, он отбрасывает полотенце в сторону.

Мы стоим лицом друг к другу в небольшом пространстве между духовкой и раковиной. За спиной Мэтта стоит кровать. В любой момент он может подхватить меня на руки и отнести туда.

Холодильник прекращает монотонно гудеть, и шум дождя становится еще громче. Мэтт смотрит на меня, не отводя внимательного взгляда. В его глазах я вижу зарождающуюся страсть.

Кто-то из нас (а может, и мы одновременно) произносит:

— Нам не стоит этого делать.

Я знаю, почему этого не стоит делать Мэтту: он изменит своей девушке. Но почему я не должна так поступать?

*Ох, Молли, а что это будет значить для тебя?*

Я делаю шаг ему навстречу и, скользнув ладонями по плечам, запускаю руки в его густые волосы. Мэтт обхватывает меня за талию своими сильными руками с длинными красивыми пальцами, крепко прижимая к себе. А потом его губы накрывают мои. И вот оно: ощущение от поцелуя другого мужчины, не моего Стюарта. У поцелуя Мэтта привкус пива. Его губы такие теплые и намного мягче, чем я ожидала, они более податливые. Это так непохоже на поцелуи Стюарта, которые обычно бывают двух видов. Есть поцелуи для приветствия и прощания: мимолетное механическое прикосновение к моим губам. А второй вид он использует перед и во время секса. Это поцелуи, дающие понять, что Стю все контролирует, а мне лишь нужно полностью довериться и отдаться ему, расслабиться и наслаждаться моментом.

Поцелуй Мэтта открывает что-то неизведанное для меня. Он словно приглашает меня взять все в свои руки. Не ждать, пока он подхватит меня и отнесет на кровать, а взять его за руку и повести за собой. Я так долго ждала этого момента, и теперь, когда он настал, мои страхи и желания вступили в отчаянную борьбу между собой. Именно желаний — и их всепоглощающей силы — я боюсь больше всего. Мы одновременно открываем глаза и отходим друг от друга на шаг.

— Мне пора, — коротко сообщаю Мэтту. Я отхожу к двери, а он внимательно следит за моими действиями, даже не пытаясь остановить. В его взгляде я читаю: *будет так, как ты захочешь*.

Непогода разыгралась не на шутку, и на душе у меня сейчас также неспокойно. По телу пробегают электрические разряды, разум меня не слушается. Сейчас я словно сгусток оголенных нервов и не в силах взять себя в руки. Едва переставляя ноги, я медленно бреду по улице. Если я могу отсрочить свое возвращение домой, то и немного продлить послевкусие от этих новых для меня ощущений тоже смогу. Не возвращаться так стремительно в свою привычную жизнь в качестве Кухарки и Посудомойки, Вытиральщицы носов и Подтирательницы поп.

Я ныряю под навес, достаю телефон и какое-то время гипнотизирую его взглядом. Такое решение я не могу принять в одиночку. За считаные секунды набираю текст и нетерпеливо нажимаю на кнопку «Отправить». Я написала обо всем Стюарту, рассказала ему, что уже сделала и что хочу сделать, и попросила у него разрешения.

*Мне стоит вернуться?*

* * *

С МЭТТОМ Я ПОЗНАКОМИЛАСЬ почти два года назад. Но то время, когда меня еще не закрутило в вихрь тайных желаний и чувства вины, присущего всем матерям, я с трудом могу вспомнить.

День, когда мы познакомились, ничем не выделялся из сотни таких же дней. Тем утром Стюарт сказал мне, что вернется домой «пораньше» — то есть достаточно рано, чтобы застать меня бодрствующей, но не настолько рано, чтобы помочь уложить детей спать.

И вот на часах 20:47. Интересно, на какой планете это считается «рано»?

Краем уха слышу, как в замке поворачивается ключ, и мое тело напрягается. Остро ощущаю, что не хочу идти и встречать его. Не хочу говорить с ним.

— Мне нужно пройтись, — коротко сообщаю мужу. Я стараюсь не смотреть на него, боясь, что сорвусь и закричу на него или сделаю что-то похуже.

— Куда ты пойдешь? — недоумевая, спрашивает он. Для Стюарта такой вечер под лозунгом «пришел пораньше» означает заказ доставки еды из ресторана, совместный просмотр какого-нибудь ТВ-шоу и, возможно, быстрый секс.

— Хочу просто прогуляться, — схватив куртку и ключи, отвечаю я и выхожу в приоткрытую дверь, которую муж еще не успел закрыть.

В воздухе, наполненном ароматом сирени, собирается легкий туман. Я бреду по улице, смотря себе под ноги, и делаю пару глубоких вдохов, стараясь выровнять дыхание и ослабить спазм, сковавший горло.

— Молли?

Поднимаю взгляд и вижу перед собой коллегу-преподавательницу, с которой (как мне кажется) мы общались в какой-то другой жизни.

— Кайла! Ох, прости, не заметила тебя. Задумалась.

— Ничего страшного, — отвечает она и обнимает меня. — Мы так давно не виделись! Какие планы на вечер?

— Просто прогуляться. Мне нужно было сменить обстановку. Дети сегодня довели меня до ручки.

Кайла не замужем, и детей у нее нет. Я невольно задаюсь вопросом, имеет ли она хоть какое-то представление о том, что я говорю. Или ее познания ограничены рамками избитых клише из сериалов, в которых показывают измученных мам-домохозяек. Но в ее взгляде я улавливаю сочувствие.

— Ты должна пойти со мной! Я иду в бар на встречу с друзьями.

Я смотрю на подругу: она улыбается, и на ее лице легкий вечерний макияж. На ногах у Кайлы аккуратные сапожки на высоком каблуке, и за ней тянется тонкий шлейф приятного парфюма. Я невольно задумываюсь о том, как выгляжу я. Сегодня утром (а это было примерно пятнадцать часов назад) я наспех расчесала волосы и воспользовалась дезодорантом, но душ, конечно же, не успела принять. На мне широкая толстовка, джинсы, кроссовки и абсолютно никакого макияжа. И я чувствую себя невыносимо уставшей и разбитой.

Закончив с оценкой своего вида, я осознаю еще одну важную деталь:

— Я забыла свой бумажник.

— Не переживай. Я куплю тебе выпить, — отвечает Кайла, взяв меня под руку. — Соглашайся. Тебе определенно это нужно.

Я много раз проходила мимо бара с вывеской *Gate*, обычно толкая впереди себя коляску сначала с Дэниелом, а затем и с Нейтом, когда шла в сторону детской площадки через дорогу. Но когда мы с Кайлой вошли в помещение через массивные деревянные двери, я поняла, что никогда не заходила внутрь. Мы переехали в Бруклин, и уже через неделю я родила Дэниела, а за шесть лет, минувших с тех пор, у меня, конечно же, не было времени и возможности прогуляться по барам поблизости.

Пока мои глаза привыкают к тусклому свету, я жадно впитываю окружающие звуки разговоров и звонкого смеха и улавливаю на фоне известную мелодию группы *Pearl Jam*. В помещении пахнет пивом и благородной древесиной, и я позволяю себе в полной мере прочувствовать этот момент. Я и забыла, как это приятно — находиться в месте, где нет детей.

Кайла стоит рядом со мной и обводит взглядом помещение. Заметив своих друзей за столиком в дальнем углу, она берет меня за руку и ведет за собой.

— Привет, ребята! Это моя подруга Молли. Мы столкнулись на улице.

Две женщины в конце стола улыбаются мне и кивают в знак приветствия. Отодвинув стул рядом с подругой, я вешаю на спинку толстовку и опускаюсь на сиденье.

— Молли, да? — уточняет человек с глубоким голосом совсем рядом. — У меня была собака с таким именем.

— Я часто это слышу, — отвечаю я и поднимаю взгляд, чтобы увидеть обладателя чарующего баса. Яркие зеленые глаза смотрят прямо на меня.

— Я — Мэтт, — представляется мужчина. — Что будешь пить?

— А здесь есть индийский светлый эль? — уточняю я и делаю паузу. — Но у меня нет с собой денег. Кайла собиралась меня угостить.

— Не парься, — коротко бросает Мэтт и пренебрежительно взмахивает рукой, вставая со стула. Он высокий мужчина спортивного телосложения, ростом выше 185 сантиметров. — Сейчас принесу твой эль. Я скоро, — добавляет он и уходит в сторону барной стойки.

Кайла сидит слева от меня и с улыбкой общается с друзьями. Я притворяюсь, что увлечена их разговором, но мой взгляд прикован к Мэтту. Он стоит ко мне спиной, и я мысленно отмечаю его поджарую фигуру и то, как на его крепких бедрах сидят джинсы, а также восхищаюсь его густыми вьющимися волосами. Мое тело реагирует на то, что я вижу, прежде чем мой разум успевает взять ситуацию под контроль. Приятное щекочущее чувство зарождается где-то внутри меня, стремительно поднимается к сердцу, заставляя его бешено стучать, и тут же устремляется вниз живота.

Мэтт поворачивается, держа в руках два бокала, и замечает, что я рассматриваю его. Он ухмыляется, и тогда я быстро перевожу взгляд на свои руки, лежащие на столе. Ногти короткие и обкусанные (ведь я уже несколько месяцев не ходила на маникюр), а обручальное кольцо переливается под светом настенного бра. Я убираю руки под стол и, не прикасаясь к бокалу, отпиваю пиво, которое Мэтт любезно поставил передо мной.

— Ммм, — довольно протягиваю я. — Давненько я не пила разливного пива. Спасибо.

— Пожалуйста, — отвечает он, и в его глазах я замечаю игривые искорки. — Мне просто любопытно, как она тебя сюда затащила?

— Я сбежала из психушки.

Мэтт смеется.

— Без обид, но примерно так я и подумал. Ты выглядишь как беглянка, — отмечает он и, отпив пиво, выжидающе смотрит на меня.

— У меня двое детей, — говорю я и тут же жалею о своих словах. Приятно было целых пять минут не вспоминать о том, что я мать. Парень напротив меня слишком молод, чтобы быть родителем. — Они замечательные, но иногда просто сводят меня с ума. Мне нужно было проветрить голову, и я вышла прогуляться.

Он кивает:

— Понимаю тебя. Ну, не скажу, что знаю, каково это, из личного опыта, но у моей сестры двое детей. Они живут в Айове, и прошлое Рождество я провел с ней и племяшками. Наверное, именно поэтому твое обреченное выражение лица показалось мне знакомым.

— Все так плохо, да? — спрашиваю я и чувствую, как расслабляюсь. Я боялась, что мое признание станет камнем преткновения в нашем общении, но слова Мэтта меня успокоили.

— В этом нет ничего плохого, — ответил мужчина. — Просто ты выглядишь как человек, которому нужна перезагрузка.

— За это и выпьем, — и я поднимаю свой бокал.

— За тебя, — поправил Мэтт, и мы чокнулись.

Часы и бокалы эля пролетели, как кадры из фильма 80-х годов. В первом эпизоде Мэтт радуется вместе со мной, когда я попадаю дротиком точно в цель. В следующий момент я уже стою на улице в компании крутых ребят, затягиваюсь сигаретой и глажу чью-то собаку. И вот, в конце вечера, я возвращаюсь за стол и говорю Мэтту, когда ребята собираются расходиться:

— За тобой пара раундов, — а затем, набравшись смелости, продолжаю: — Ты ведь живешь где-то поблизости? Дай мне свой номер, и мы как-нибудь сыграем еще раз!

*Браво, Молли!*

— Я дам тебе свой номер, если ты оставишь мне свой, — отвечает парень. — Ловлю тебя на слове насчет игры.

— Кайла, у тебя есть ручка? — спрашиваю у подруги и снова поворачиваюсь к Мэтту, поясняя: — У учителей всегда есть ручка.

Смотря на меня с удивлением, Кайла лезет в сумочку и достает оттуда ручку.

— Видишь? Она даже красная.

Я пишу свой номер на салфетке, затем передаю ручку Мэтту, и он делает то же самое. Кайла переводит взгляд с него на меня, а затем шепчет мне на ухо:

— Похоже, за твою выпивку мне платить не придется.

Я бросаю на нее короткий взгляд и шепчу в ответ:

— Это ничего не значит, Кайла. Я ведь замужем.

— Как скажешь, — уклончиво протягивает подруга.

Я иду по улице и сжимаю в руке салфетку с номером Мэтта. Прохладный воздух на улице действует на меня отрезвляюще. На мгновение останавливаюсь и задумываюсь о том, что я сделала. Я только что обменялась номером телефона с мужчиной. С достаточно молодым мужчиной. Да и к тому же холостым. Для того чтобы проанализировать все, что я знаю о нем, мне понадобилась пара минут. Мэтт из Айовы — штата, который я неоднократно проезжала, сидя на заднем сиденье автомобиля, когда ехала в гости к родителям моей мамы в Денвер. Мэтт учился вместе с Кайлой в колледже, а следовательно, они примерно одного возраста, то есть он моложе меня на восемь лет. У него есть сестра и племянницы, с которыми он очень близок. Я знаю, что он работает в районе Манхэттена, но не представляю, чем именно мой новый знакомый занимается. Он веселый, милый и умеет слушать. Кроме того, он выглядит потрясающе. Мэтт знает, что я замужем, и все равно хочет снова встретиться со мной. По крайней мере, он сказал, что хочет этого. Мой энтузиазм постепенно пошел на спад. Скорее всего, мы больше не увидимся с ним. Но несмотря на это, я отлично провела время. Это была одна из лучших ночей с тех пор, как родились мои дети.

Дети.

Внезапно я почувствовала острое желание увидеть их. Обнять моих мальчиков. Отчасти такой порыв был вызван нахлынувшим на меня чувством вины за те часы, которые я провела вдали от них. Но дело было не только в этом. Мне действительно нравится быть матерью. И это чистая правда. Даже в самые тяжелые дни, когда сыновья были еще совсем малышами и отказывались засыпать в дневной сон, Стюарт был на работе, а мое желание принять душ казалось несбыточной мечтой, лежа на полу в гостиной, я звонила маме. Наблюдая за хаосом, царящим вокруг, и великой битвой между коварным злодеем по имени Дизель и отважным героем Томасом, на вопрос мамы «*Если бы у тебя была такая возможность, ты бы поменялась местами со Стюартом?*» я искренне ответила: «Нет». Потому что в таком случае я лишу себя звонких поцелуев моих мальчишек, того ощущения маленькой победы, когда сыновья успешно сходили на горшок, и удовольствия наблюдать за тем, как Дэниел терпеливо объясняет брату придуманные им правила игры для фигурок из мультфильма про паровозика Томаса и его друзей. Я бы пропустила вечерние ванны с пузырьками, звонкий смех до колик в животе и еще тысячи милых вещей, которыми насыщено материнство. Те моменты, которые наполняют мое сердце любовью, пусть даже иногда я представляю, как сбегаю из дома со скоростью света.

Я ускоряю шаг и на ходу достаю из кармана толстовки ключи. Войдя в дом, я сразу замечаю игрушки, обувь и куртки, разбросанные на полу гостиной. Все вещи лежат на тех же местах, где их вечером бросили ребята. Я вздыхаю и прохожу мимо. Все равно завтра картина будет такой же.

Я иду прямиком в комнату сыновей. Прислушиваюсь к их ровному дыханию и, глубоко вдохнув, наслаждаюсь таким родным детским запахом. Я целую свои любимые макушки и с нежностью рассматриваю лица спящих детей. Дэниел нахмурил свои брови, даже во сне он, как всегда, серьезен. А Нейт улыбается уголками губ, словно ему снится идея для новой шалости.

В нашей спальне горит свет. Я не удивляюсь, ведь обычно муж не засыпает раньше двух-трех часов ночи, и хотя мне кажется, что меня не было целую вечность, сейчас только полночь. Открыв дверь, я вижу Стю, сидящего на кровати и увлеченно читающего журнал о музыке. Он постоянно оставляет эти журналы на полу у кровати, а я собираю их и отношу на банкетку у пианино.

— Ты вернулась, — произносит он, — а я думал, ты вернешься не раньше чем через час. Я бы позвонил тебе, но ты забыла телефон, — продолжает муж и в подтверждение своих слов протягивает мне мобильный.

— Прости, но мне срочно нужно в туалет, — на ходу говорю я, направляясь в ванную. Не закрывая двери, я стягиваю джинсы и опускаюсь на унитаз. Будет легче говорить, если я не буду видеть лица супруга.

— А где ты была? Признаться честно, я уже начал волноваться.

— Я дошла лишь до конца улицы и столкнулась с Кайлой. Она пригласила меня в бар.

— Кайла?

— Она учитель. Мы с ней вместе работали, — уточняю я. Стюарт редко посещал мои школьные мероприятия, но я чувствую острую необходимость объясниться, поэтому добавляю: — Неужели ты ее не помнишь?

— А кто такой Мэтт?

— Мэтт? — переспрашиваю я, стараясь звучать непринужденно и выигрывая для себя время, спустив воду из бачка. — Одногруппник Кайлы из колледжа. Он был с нами в баре. Как ты узнал о нем? — Я вышла из ванной, крепко сжав руки в кулаки. Если я начну по привычке грызть ногти, Стю заметит, что я нервничаю.

— Он прислал тебе сообщение несколько минут назад, — отвечает муж, взглядом указывая на мой телефон.

— Что пишет?

Стю взял мобильный и прочистил горло, понизив голос до сексуального баритона, он зачитал:

— Рад был познакомиться с тобой, Молли. Надеюсь, мы сможем скоро увидеться снова. Мэтт.

Стюарт заинтересованно посмотрел на меня.

— Я ведь уже сказала: он был с нами в баре, — ответила я и принялась развязывать шнурки, лишь бы не встречаться с цепким взглядом супруга. — Я забыла бумажник и немного пофлиртовала, чтобы получить пару бесплатных напитков.

— Похоже, с этой задачей ты справилась на отлично, — сказал муж. Я чувствовала, что он внимательно смотрит на меня, и щеки залил румянец. — Значит, ты собираешься снова с ним встретиться?

— Конечно нет, — мгновенно ответила я, стягивая носки.

— Почему?

Я взглянула на Стюарта. С тех пор прошло много времени, но этот взгляд я уже видела раньше.

— Потому что я замужем. За тобой. Помнишь?

— Помню.

— И у нас есть дети. А Мэтт молод, холост, и ему это не нужно.

— А как по мне, так очень даже нужно. — Стюарт внимательно наблюдает за тем, как я расстегиваю лифчик. — Я испытал смешанные чувства, прочитав его сообщение.

Я замолкаю, чтобы обдумать слова супруга. До того как у нас появились дети, мы занимались сексом как минимум три раза в неделю, а иногда и по три раза в день. Сейчас же можно считать невероятной удачей, если у нас получилось заняться сексом два раза в месяц. Вернее, в этой ситуации в выигрыше оставался только *Стюарт*. Как будто в подтверждение всех избитых клише, которые я слышала о супружеском сексе, я слишком устаю, чтобы воспринимать занятия любовью как нечто сродни везению. Секс стал для меня еще одним супружеским долгом. И Стю это чувствует. В свою очередь, он всячески пытается разнообразить нашу интимную жизнь: старается придумать что-то новое, поцеловать не так, как обычно, подключить замысловатые оральные ласки или попробовать новую позу, поиграть с моей попкой во время прелюдии. Но все, чего я хочу, — быстрого секса. Такой классический вариант, когда мы оба достигаем оргазма и после я могу поспать еще несколько драгоценных часов до того, как услышу плач Нейта.

— Малыш, мне льстит, что тебя это заводит. Но продолжения не будет.

— Не согласен с тобой, — парирует супруг, — оно будет, если ты этого хочешь. А я уже все решил.

— Что решил?

— Ты можешь снова встретиться с ним. Только если у тебя не будет от меня секретов. — Стюарт ложится на бок и притягивает меня к себе, помогая устроиться на подушке, затем нежно целует в затылок.

Той ночью, лежа рядом со Стюартом на нашем супружеском ложе, я не могу сомкнуть глаз. Мои мысли постоянно перескакивают с Мэтта на Стю и обратно.

*Надеюсь, мы скоро сможем увидеться снова.*

*Можешь встретиться с ним... но у тебя не должно быть секретов от меня.*

Невольно я вспомнила разговор со Стюартом, который состоялся накануне нашей помолвки. Тогда речь зашла о количестве сексуальных партнеров и той огромной пропасти между моей цифрой и его. У меня было всего четыре мужчины, у Стю — десятки женщин. Наш разговор закончился на интересной ноте: он тогда сказал мне одну фразу, которая теперь оказалась пророческой. Но в тот момент его высказывание показалось мне далеким от реальности и даже пугающим.

— Просто подожди, — сказал мне жених. Со своей бритой налысо головой и озорным взглядом карих глаз он был так похож на знаменитого теннисиста Андре

Агасси, который мне тогда безумно нравился. — Через десять лет ты увидишь какого-нибудь парня и подумаешь: интересно, каково это — переспать с ним. И я не буду против. Просто ты должна будешь мне об этом сказать.

И вот этот день настал. Спустя десять лет.

## Глава 2

Следующие две недели показались мне вечностью. Наверное, это так ощущалось, потому что теперь я жила двойной жизнью.

В своей первой, обычной, жизни я придерживалась того же распорядка дня: я просыпалась вместе с детьми рано утром, готовила им завтрак и собирала ссобойки. Потом забирала их с занятий, развозила на кружки или праздники друзей, готовила ужин и принимала ванну, читала сыновьям сказки на ночь и пела колыбельные. Поздно вечером я встречала Стюарта с работы, делала ему расслабляющий массаж или мы занимались любовью, а затем я засыпала в его объятиях. Я — олицетворение заботливой матери и кроткой жены, но это лишь вершина айсберга. В своей второй, «тайной», жизни я постоянно думаю о Мэтте. Я представляю, чем он занимается в этот момент, где он и с кем. Меня мучает любопытство, вспоминает ли он обо мне. Даже после секса со Стю я прикасаюсь к себе и представляю, что это умелые руки Мэтта доводят меня до оргазма еще раз.

После сообщения, которое он прислал той ночью, я буквально заставила себя дождаться следующего дня, чтобы написать ему ответ. С тех пор мы обменялись лишь парой коротких посланий. Каждое из них приводило меня в исступление, но я старалась отвечать на них со всей непринужденностью, на какую только была способна. А после томительно ожидала следующего сообщения.

На сообщение Мэтта *«Как прошли выходные?»*, которое он прислал в воскресенье вечером, я коротко ответила *«Нормально, а твои?»* в понедельник утром.

*«В целом неплохо. Неделя будет загруженной»*, — пришло от него ближе к вечеру. Сообщение давало мне понять, что какое-то время мы, возможно, не будем общаться. Спустя пару дней я понимаю, что больше не могу молчать, и набираю лаконичное: *«Надеюсь, ты в норме!»*

В таком стиле наше общение продолжается до середины следующей недели. До тех пор, пока на одно из моих бессмысленных сообщений Мэтт не отвечает фразой: *«Сейчас я не отказался бы от бутылочки пива»*, — и я понимаю, что надо действовать.

*«Ну, помнишь, за мной должок в парочку бокалов»*, — быстро набираю в ответ. В ожидании его сообщения я нетерпеливо грызу ногти. На этот раз Мэтт отвечает в течение часа.

*Верно. Когда ты свободна?*

Ложась со Стю в постель той ночью, особо не вдаваясь в подробности, я как бы невзначай произношу:

— Мэтт предлагает встретиться.

— Да? — спрашивает муж, будто он только и ждал этого. Его ладонь плавно скользит вверх по моему бедру под одеялом. — И что ты ответила?

— Еще ничего.

— Малышка, я не против. Серьезно.

— Ты уверен? — повернувшись лицом к нему, уточняю я, а рука мужа тем временем плавно перемещается к моему лобку.

Он нежно целует меня в шею, а затем сжимает грудь ладонью:

— Абсолютно.

Признаться, я завидую его уверенности.

На следующий день, когда Дэниел был в школе, а Нейт размазывал бананы по столешнице, я написала Мэтту. У меня ушло несколько часов на то, чтобы придумать идеальное сообщение. «*Какие планы на пятницу?*» — кажется излишне навязчивым. «*Ты свободен в пятницу?*» — слишком формально. «*Давай сходим куда-нибудь в пятницу!*» — чересчур отчаянно.

Самое ужасное, что мне не с кем посоветоваться. Большинство моих друзей в браке. Я представляю, как обращаюсь за советом и говорю кому-то из них: «…*и Стюарт хочет*, чтобы *я пошла на свидание*», — и как на лице друга отражается недоверие.

*Как насчет пятницы?*

Я смотрю на три слова на экране. Непринужденно, но уверенно, мысленно отмечаю я и сразу же нажимаю кнопку «Отправить». Ответ от Мэтта приходит незамедлительно.

*Отлично.*

* * *

ДНИ ДО ПЯТНИЦЫ проходят как в тумане. Я заранее сообщаю Стю, что найду няню на вечер пятницы, чтобы он не торопился домой с работы. Но на самом деле я просто хочу, чтобы он вернулся домой хоть немного позже. Более того, я понимаю, что хочу какое-то время побыть наедине с собой после встречи с Мэттом. Мне будет необходимо побыть одной.

В пятницу я замечаю, что не могу съесть ни крошки. В обычный день я доедаю остатки яичницы Нейта на завтрак или корочки от запеченного бутерброда с сыром, а на обед съедаю остатки хот-дога, и на протяжении всего дня я перекусываю чипсами из морских водорослей и батончиками из гранолы. Но сегодня мне не хочется даже чашечки кофе, поэтому я потягиваю через трубочку чай со льдом и, допив его, прогрызаю дыру в соломинке.

Няня приходит в пять тридцать, и у меня остается больше часа, чтобы принять душ и собраться. Я украдкой достаю из холодильника бутылку пива, а из выдвижного ящика открывалку, прячу улов под толстовку и бегу в спальню. Когда я делаю большой глоток, на мой телефон приходит сообщение от Стю.

*Повеселись сегодня, малышка.*
*Я буду думать о тебе.*

Эта простая фраза чем-то задевает и раздражает меня. Неужели он думает, что все это ради него?

И вот на часах без четверти семь, и я полностью готова. Дэниел увлечен мультфильмом про Губку Боба, а вот Нейт заходится в истерике, видя, что я направляюсь к двери.

— С ним все будет хорошо, — уверяет меня няня, после того как я в третий раз обнимаю и целую младшего сына. Закрывая за собой дверь, я слышу, как она говорит Нейту: — А давай выберем игрушки, которые пойдут с нами купаться.

*«С ним все будет хорошо,* — как мантру повторяю я про себя, стоя на крыльце нашего дома. — *Все будет хорошо. Все будет хорошо. Все будет хорошо»*.

Я вспомнила те времена, когда ездила на работу, у меня была возможность почитать что-нибудь в метро. Как-то я наткнулась на интересную строчку в романе Кейт Шопен «*Пробуждение*». Главная героиня Эдна сказала следующую фразу: «Я готова отдать жизнь за своих детей, но не душу». Тогда меня смутило такое разграничение. Но теперь, когда у меня появились дети, эта фраза обрела для меня свой сокровенный смысл. И тем не менее один вопрос остается без ответа: «Кто же *я*, если не мать и жена?»

Признаться честно, я не знаю. Возможно, пришло время выяснить это.

* * *

МЫ С МЭТТОМ договорились встретиться в том же баре. Открывая тяжелую дверь, я поймала себя на том, что у меня дрожат руки. Пройдя внутрь и осмотревшись по сторонам, замечаю мужчину у барной стойки в джинсах и классической рубашке. Когда он улыбается и машет мне, сковывающее мое тело напряжение сразу отходит на второй план и сменяется чем-то другим. Чем-то всепоглощающим и непреодолимым.

Желанием.

Пока я иду к нему, он встает со стула. Я и забыла, какой же он высокий. Стюарт часто упрекал меня тем, что есть определенный типаж мужчин, который мне нравится: высокий, спортивного телосложения, с густой копной волос. «*Представь себе мою противоположность, вот такой парень тебе понравится*», — не раз повторял супруг.

Не задумываясь, я делаю то, что кажется естественным в этой ситуации: я обнимаю Мэтта. Мое лицо оказывается на уровне треугольника открытой кожи на его груди. Я думаю о том, что такое объятие можно воспринимать как проявление дружеских чувств, не более. Вдохнув его запах — геля для душа, пива, молодости и свободы, — я понимаю, что он тоже сжимает меня в объятиях. Еще какое-то мгновение мы не отпускаем друг друга.

— Привет, — говорит Мэтт, глядя на меня своими глазами цвета морской волны.

— Привет, — легко отвечаю я.

Под его пристальным взглядом я снимаю куртку.

— Ты хорошо выглядишь.

Я смеюсь.

— О да, я приняла душ и даже нашла одежду без единого пятна.

Сказанная мной фраза звучит небрежно, но на самом деле я потратила не один час на то, чтобы выбрать одежду для нашей встречи. Мне не хотелось выглядеть слишком ярко и неуместно, но я также хотела вытеснить из его памяти образ растрепанной и замученной матери в декрете. Мой выбор пал на черные джинсы, ботинки на небольшом каблуке и тонкий облегающий гольф.

Я сделала легкий макияж, дополнила свой образ серьгами-кольцами и уложила волосы. Сидя на барном стуле рядом с Мэттом, я чувствую себя красивой. Такой же красивой, как чувствовала себя в начале отношений со Стюартом. Я понимаю, что муж не виноват в том, что моя самооценка упала в район плинтуса. Он постоянно повторяет мне, что я прекрасна. Но мне трудно в это поверить. Материнство беспощадно высосало из меня всю былую красоту. Я забыла, как это приятно, когда ты хорошо выглядишь.

— Будешь эль? — спрашивает Мэтт. — Их пильзнер[1] тоже хорош, хочешь попробовать?

Он пододвигает свой бокал по барной стойке прямо ко мне. Я приподнимаю его и делаю глоток. Я пью из бокала Мэтта. И он помнит, что я пила в прошлый раз.

— Вкусно. Но, по-моему, сегодня *я угощаю тебя*.

— Не парься. Следующий бокал можешь взять ты. Или даже два.

Мы не спеша пьем пиво, и мне трудно сосредоточиться. Я лишь вполуха слушаю нашу непринужденную беседу, в которой мы освежаем в памяти то, что узнали друг о друге во время первой встречи. В основном я думаю о том, на каком близком расстоянии находятся наши лица. И о том, что наши бедра постоянно соприкасаются. Учитывал ли Мэтт этот нюанс, когда выбирал, где мы будем сидеть? А может, он рассчитывал на то, что между нами не будет стола, создающего условную границу?

[1] Пильзнер, или пилснер (от *нем.* Pilsner) — вид пива низового брожения, изготавливается из светлых сортов солода, имеет характерный пивной аромат и мягкий вкус хмеля.

В момент, когда я почти допила второй бокал, до меня дошел смысл ответа Мэтта. Минутой ранее я спросила его, давно ли он живет в Парк-Слоуп[1]. Казалось бы, совершенно безобидный вопрос.

— Мы с девушкой переехали сюда несколько месяцев назад, — ответил он. — Мы снимаем квартиру на Шестнадцатой улице возле парка. А вы с мужем давно здесь поселились?

*Девушка. Муж.*

Я замолкаю. Конечно, он знает, что я замужем. И я никогда не пыталась скрыть этого. Но в ту секунду, услышав от него слово *«муж»*, я почувствовала, будто Стю стоит у меня за спиной. У Мэтта есть девушка. Почему эта информация меня задела? Может, он считает, что мы оба изменяем своим партнерам? А возможно, он воспринимает наше общение как не больше чем дружбу? Я допиваю до дна и перевожу взгляд вверх, словно размышляю над ответом на его вопрос.

— Дай-ка подумать, — протягиваю я. — Мы поселились здесь прямо перед рождением Дэниела, а сейчас ему шесть. Ну да. Прошло уже шесть лет. И скоро мы переедем в новый дом. В этом же районе. Так что получается, что мы решили остаться здесь навсегда. Сейчас в том доме идет ремонт. Это сложный процесс, но так здорово, что у нас будет больше свободного пространства.

Я прислушиваюсь к тому, что говорю, и мне становится дурно. Звучит так, будто я в восторге от своей однотипной жизни. *Моему сыну уже шесть. Мы скоро переедем в дом побольше. А сейчас там ремонт.* Ох,

---

[1] Парк-Слоуп — район в западном Бруклине, штат Нью-Йорк, США.

*это такое испытание.* Становится тошно от того, что я несу. Это все не я. Но ведь я и не та женщина, которая сейчас игриво прикасается коленом к бедру почти незнакомого мужчины и строит ему глазки.

Мои пальцы немного дрожат, когда я достаю из кармана свой телефон.

— Боже мой, как поздно. Мне пора домой, отпускать няню.

— Оу, хорошо, — произносит Мэтт. — Можно тебя проводить?

— Нет, тебе не по пути. Но когда мы переедем на Десятую улицу, то станем соседями! — щебечу я, стараясь звучать максимально дружелюбно. Достав из бумажника несколько купюр, кладу их на стол и прижимаю пустым бокалом. — За напитки. Было здорово!

Я буквально спрыгиваю с барного стула и набрасываю на плечи куртку.

— Да, было, — задумчиво кивает Мэтт, пристально смотря на меня. — Тебя точно не нужно проводить?

— Точно! Пока! — На прощанье я машу ему рукой и неловко пробираюсь между двадцатилетними ребятами, преграждающими мой путь к выходу.

Выйдя из бара, я прячусь в темноте улицы и быстрым шагом иду вперед. Что я творю?! О чем я только думала! Я — жена. Я — мать двух маленьких детей. Как в моем представлении должно было пройти «свидание» с молодым парнем? Ускоряю шаг по направлению к дому. Ну конечно, у него есть девушка. Неужели он должен тосковать по мне в то время, когда я с семьей, и надеяться, что я выкрою час-другой для встречи с ним? Скорее всего, он просто воспринимает меня как женщину постарше, запавшую на него, общение с которой тешит его самолюбие.

Я достаю из кармана телефон и отправляю сообщение мужу: «*Иду домой*».

Тут же приходит ответ: «*Уже?*»

Представляю, как он в предвкушении схватил со стола телефон, ожидая пикантных подробностей, чтобы подрочить в кабинете. Я буквально вижу, как его лицо искажает гримаса недовольства, когда он понимает, что ждать больше нечего.

«*Да. Это все неправильно*», — пишу я.

*Ох, сладкая, мне очень жаль.*
*Ты как? Мне приехать?*

Я чувствую себя разбитой. И от осознания того, что Стюарт тоже понимает это, на глаза наворачиваются слезы. Что сказать ему? Как объяснить, что сейчас я хочу побыть в одиночестве. Свернуться клубочком в кровати и оплакать утрату того, что изначально не было моим?

«*Я в порядке!* — пишу я, запоздало понимая, что восклицательный знак выдает мою ложь. — *Просто устала. Лягу спать раньше*».

«*Хорошо*, — сразу приходит в ответ. — *Если захочешь поговорить — я выслушаю. Я люблю тебя*».

*Спасибо, дорогой. Я тоже тебя люблю.*

Я чувствую, что этого недостаточно. И теперь всегда будет так.

## Глава 3

Я ВСЕ МЕНЬШЕ ДУМАЮ О МЭТТЕ. Первые несколько месяцев после моего неудачного «свидания», когда мы со Стюартом занимались сексом, он старался подогреть мои фантазии о молодом человеке. Разговоры о Мэтте возбуждали моего мужа. Когда супруг просил меня представить, какой член у Мэтта или как парень ласкает меня между ног языком, его движения становились чересчур жесткими и резкими. А однажды во время секса Стю назвал меня *похотливой сукой*, и от обиды я расплакалась.

— Ты злишься на меня? — спросила я, всхлипнув.

— О малышка, нет, — сразу ответил Стюарт, крепко обнимая меня, пока я тихо скулила у него на груди. — Я не имел в виду ничего плохого. Мне нравится представлять тебя с другими мужчинами. Меня возбуждают такие мысли. Просто если я не придумаю, как ненадолго отвлечься и снять напряжение, то кончу слишком быстро.

Но то, что возбуждало Стюарта, не действовало на меня. Меня не интересует просто член Мэтта. Точнее, не так. Мне нужно его внимание. Я хотела бы представить, как Мэтт готовит для меня ужин. Как он смотрит на меня, увидев обнаженной в первый раз. Но такие сценарии не устраивают Стю, а значит, мы не станем их обсуждать.

— Давай больше не будем говорить о нем в постели, — осторожно прошу я.

Но вместо того чтобы сказать Стюарту правду — знакомство с Мэттом показало мне ту пустоту в моей жизни, которую не в силах заполнить брак и материнство, и одно упоминание его имени наполняет душу невыносимой болью и тоской, и я не могу с этим справиться, — я говорю:

— Просто во время секса я хочу думать только *о тебе*.

И я действительно делаю все возможное, чтобы выкинуть Мэтта из головы.

К счастью, отвлекающих факторов в моем арсенале предостаточно. Мы переехали в новый дом, и я решила вернуться к преподаванию. Своему мужу я рассказала небольшую часть правды о том, чему меня научил опыт общения с Мэттом: мне нужна жизнь, в которой будет что-то помимо детей. Я восстановилась в школе на полный рабочий день, и теперь мы с Кайлой ведем один класс на двоих. В этом году и младший сын пошел в начальную школу, и я уже представляю, как совсем скоро буду не спеша пить кофе с коллегами, в одиночестве ходить в туалет и использовать свой мозг по несколько часов подряд.

Теперь я просыпаюсь, когда небо еще не тронула утренняя заря, и к восьми утра, после того как Дэниел и Нейт разойдутся по своим классам, спешу в свой кабинет, чтобы целый день провести в компании шумных подростков. Когда я забираю мальчиков с продленки в пять часов, моя голова уже раскалывается от жуткой боли. С полузакрытыми глазами вместе с ребятами я на метро добираюсь до дома, готовлю ужин и собираю им ссобойки на следующий день. Затем мою посуду и забрасываю вещи в стирку. Купаю детей и одеваю их в пижамы, читаю мальчикам сказки и пою песни, укладывая их, и если повезет, то проверяю несколько работ своих учеников. К тому времени, когда Стюарт возвращается домой («пораньше» — как он все еще любит это называть), ярость во мне бурлит и клокочет, грозясь вырваться наружу.

Но и в этой ситуации есть свои плюсы: живя в постоянном состоянии хаоса, я могу проводить бóльшую часть времени, притворяясь, что все в порядке. И бывают моменты, когда это действительно так.

Сразу после весенних каникул я обнаружила на электронной почте новое сообщение:

ТОЛЬКО ТССССССС! ЭТО СЮРПРИЗ!!!
ДАВАЙТЕ ОТПРАЗДНУЕМ
ДЕНЬ РОЖДЕНИЯ КАЙЛЫ!
Где: караоке-клуб *Sing Sing*
Когда: пятница, 24 апреля 2009 г.
Время: с 20:00 до ???
Подтвердить приглашение: ЗДЕСЬ
И помните… НИЧЕГО НЕ ГОВОРИТЕ КАЙЛЕ!!!

С замиранием сердца я нажимаю на прикрепленную ссылку и просматриваю список приглашенных. И вот он в самом низу: *Мэттью Вулф*. Должно быть, это он. Ну естественно, у него даже фамилия сексуальная. А думала бы я так же, если бы увидела в списке, скажем, *Мэттью Динкельдорфа*? У меня бы так же дрожали коленки? Возможно. Он еще не ответил на приглашение, но я мысленно повторяю себе, что это ничего не меняет. Кайла — моя подруга. И я в любом случае пойду на ее вечеринку. Я нажимаю на вариант «*Приду*» рядом со своим именем и игнорирую графу, в которой нужно поставить +1, то есть отметить, буду я одна или с супругом. Стю все равно не захочет идти. «*Жду с нетерпением!*» — набираю в окошко для комментариев.

И вот на протяжении следующих двух недель я каждый день, а иногда и несколько раз в час, открываю письмо с приглашением и проверяю статус Мэтта. Не знаю, что будет хуже: увидеть «*+1*» рядом с его именем или фразу «*Мне жаль, но я не смогу прийти*». Тем временем я рассказываю Стюарту о предстоящей вечеринке, и когда говорю, что ему не обязательно идти со мной, замечаю, как он вздыхает с облегчением. И больше он не вспоминает об этом. Видимо, муж забыл, что Кайла — связующее звено между мной и Мэттом. Ну а мне остается только расслабиться. Не думаю, что смогла бы вынести тонкие намеки и комментарии супруга касательно этой ситуации.

До вечеринки осталось два дня. Между делом нахожу время проверить почту и вижу там новое письмо из рассылки с темой «*Не забудьте подтвердить присутствие!*». Возможно, теперь Мэтт как-то отреагирует на приглашение. Я буквально убеждаю себя дождаться окончания уроков, чтобы проверить его статус. Выпроводив из класса последних учеников, незаметно поворачиваю монитор, чтобы Кайла не видела открытую вкладку, и обновляю страницу. Два щелчка, и вот оно: Мэтью Вулф — «*Приду*».

И никакого «*+1*».

* * *

Я СОБИРАЛАСЬ ИДТИ в караоке вместе с коллегой, но в последний момент она сообщила, что не сможет прийти, сославшись на больное горло. И вот я иду на праздник одна. Сидя в вагоне метро, я нервно подергиваю ногой, так же, как один семиклассник постоянно делает на моих занятиях. Пока я иду вдоль по Хьюстон-стрит, в моей голове снова и снова проносятся слова одной из песен Лиз Фэр: «*Почему я не могу дышать, когда думаю о тебе?*»[1]

Чтобы не испортить сюрприз, мы все договорились собраться немного заранее. И теперь, когда время уже поджимает, у меня нет возможности объехать весь квартал, чтобы успокоиться. Подходя к караоке-клубу с яркой вывеской *Sing Sing*, я оглядываюсь по сторонам, глазами ища Мэтта.

Его высокий рост позволяет мне с легкость заметить его в помещении клуба. Он стоит в начале группы людей, направляющихся в одну из приватных комнат. Я смотрю на его профиль. Он смеется в компании своих одногруппников и чувствует себя непринужденно. Я совершила ошибку. Мне не следовало приходить на праздник, тем более одной.

Я ныряю в уборную, делаю несколько глубоких вдохов и, глядя в зеркало, начинаю убеждать себя: *в этом нет ничего такого. Просто чертова вечеринка в честь*

---

[1] Строчка из песни Лиз Фэр (*англ.* Liz Phair) *Why Can't I*, альбом *Liz Phair*, 2003 год, Capitol Records.

*дня рождения. А ты никогда не выходишь в люди. Расслабься и хорошо проведи время.* Я поправляю одежду, окидываю себя взглядом и, выдохнув, выхожу в коридор. Проходя мимо закрытых дверей, я слышу звонкий смех и звуки музыки. Когда я вхожу в караоке-комнату, забронированную для нашей компании, то отчетливо слышу слова песни: «*...единственный, кто мог до меня достучаться, был сын проповедника*»[1].

В комнате темно, а две девушки, с которыми я познакомилась в баре *Gate* в прошлом году, стоят возле монитора под бликами диско-шара, отчаянно поют в микрофоны и зажигательно танцуют. Еще пара человек сидит на диване, изучая каталог песен под светом от фонарика телефона. Мой взгляд падает на стол в углу, где стоит диспенсер с пивом, стаканы и легкие закуски. Мне нужно чем-то занять руки, и я сразу направляюсь туда. Потянувшись за одним из бокалов, я слышу позади себя глубокий голос.

— Привет. Можешь налить и мне?

Я оборачиваюсь и вижу Мэтта, который довольно ухмыляется, а в его глазах пляшут озорные чертики.

— Конечно! — сразу отвечаю я, мысленно благодаря его за четко поставленную задачу. Я аккуратно наливаю в бокал пиво и протягиваю ему. Когда пальцы Мэтта касаются моих, меня словно пронзает электрический разряд. — Ты как?

Я сосредоточенно наливаю бокал для себя, избегая его взгляда.

— Хорошо, спасибо. А ты?

---

[1] Строчка из песни Дасти Спрингфилд (*англ.* Dusty Springfild) *Son of a Preacher Man*, альбом *Dusty in Memphis*, 1969 год, Atlantic Records.

— Неплохо, неплохо… — неразборчиво бормочу я, не зная, что еще сказать. Делаю первый глоток пенного напитка, чтобы потянуть время, и только затем поднимаю взгляд на Мэтта. Его глаза сейчас невероятного зеленого цвета. Я позволяю себе лишь на мгновение утонуть в их глубине, а затем поспешно отвожу взгляд. — Ты собираешься петь? — кивком головы указываю в сторону монитора и микрофонов.

— О да, черт возьми! — с улыбкой отвечает он. — У меня есть несколько проверенных песен для караоке, и они каждый раз выстреливают. Но одна из них — дуэт, так что мне понадобится помощь. Составишь мне компанию?

— Сочту за честь, — отвечаю я.

Как такое возможно? Мы снова флиртуем, и все идет так легко и естественно. Прошло больше года с тех пор, как мы виделись в последний раз. И тогда я повела себя как полная идиотка. А теперь мы стоим здесь, пьем пиво и обсуждаем совместный выход на сцену, как будто ничего и не было. *Так ничего и не было*, тут же напоминаю я себе.

Кайла вовсю наслаждается праздником и вместе с друзьями поет чуть ли не каждую песню. Часы пролетают незаметно. И уже совсем не важно, у кого в руках микрофон, мы громко поем нестройным хором голосов: *«Не переставай мечтать!»*[1], *«Мне нравятся большие задницы, и я не стану врать!»*[2] и *«Девочки просто хотят оторваться!»*[3]

---

[1] Строчка из песни *Don't Stop Believin'* американской рок-группы *Journey*.

[2] Строчка из песни *Baby Got Back* американского рэпера *Sir Mix-a-Lot*.

[3] Строчка из песни *Girls Just Want to Have Fun* американской певицы Синди Лопер.

Мэтт весь вечер пристально следит за тем, чтобы мой бокал не пустел. И когда свет в комнате резко загорается, сигнализируя о том, что наше оплаченное время закончилось, я с удивлением замечаю, что помещение кружится, и сфокусировать взгляд мне удается лишь спустя пару минут. Одна из подруг Кайлы, та, которая планировала эту вечеринку, поднимается с дивана, взмахом руки отбросив волосы назад, и говорит, привлекая внимание собравшихся: «Ребята! Наша вечеринка еще не закончилась! Было бы здорово, если бы вы по чуть-чуть сбросились на оплату комнаты, а потом мы продолжим веселиться в баре за углом. Идет?»

Все гости сразу же достали по двадцатидолларовой купюре и, схватив куртки, вскочили с диванов, готовые веселиться до рассвета. Я невольно задумалась о том, что выгляжу инородно в этой толпе молодежи. Здесь нет никого моего возраста или старше. И, возможно, я единственная, у кого есть дети.

Отдав девушке двадцатку, я повернулась, чтобы взять со спинки дивана свою куртку. Но Мэтт уже держал ее в руках:

— Мы с тобой еще не спели дуэтом.

Сейчас он смотрит на меня как-то иначе. Или мне показалось? Я невольно вспоминаю о Нейте и Дэниеле, которые, вероятнее всего, уже уснули в своих кроватках.

Словно прочитав мои мысли, Мэтт уточняет:

— Или тебе уже пора домой?

Я невольно сглатываю и прочищаю горло.

— Я могу ненадолго задержаться. Но, кажется, ребята уже сдали комнату администратору, — робко отвечаю я.

— Да, но тут есть маленькие комнаты, и после полуночи просят всего десятку за тридцать минут, —

произносит Мэтт почти шепотом. — Уделишь мне полчаса?

Он все спланировал. Даже заранее уточнил нюансы. Мне остается только утвердительно кивнуть.

— Отлично. Сейчас вернусь.

Я в замешательстве брожу по коридору и кручу в руке телефон. Час назад мне пришло сообщение от Стюарта:

*Привет, малышка. Я освободился немного раньше, поэтому отпустил няню. Не торопись домой, веселись! Я люблю тебя.*

Глядя на текст сообщения, я задумалась. Почему я не сказала Стю, что Мэтт будет на празднике? Почему мне не хочется писать ему об этом сейчас? Стю нравится, что я флиртую с другим мужчиной, и он не против, если этим дело не ограничится. Так почему же я чувствую, что переступаю черту?

*Спасибо! Мы отлично проводим время. Мы решили выпить еще по стаканчику в баре, но я не буду сидеть допоздна. Я тоже тебя люблю.*

Я нажимаю «Отправить» и блокирую экран. Поднимаю взгляд и вижу Мэтта, идущего ко мне.

— Все готово.

Остальная часть нашей компании уже вышла на улицу. До меня доносятся обрывки фраз одного из гостей, убеждающего более трезвых участников вечеринки пойти в бар. Оставшись без свидетелей, Мэтт хватает меня за руку и нетерпеливо тянет в сторону комнаты под номером три. Помещение совсем крошечное. Войдя внутрь, мы падаем на мягкое кресло перед экраном. Я чувствую, как соприкасаются наши бедра.

— Итак, дай-ка я найду ее, — говорит Мэтт и берет со столика сборник песен, внимательно просматривая названия. — Вот она! Самое время тебе взять микрофон!

Он набирает код композиции и резво встает на ноги, артистично прочистив горло.

С первых аккордов я узнаю песню *Islands in the Stream*[1] и, притворно застонав, встаю на ноги следом за мужчиной.

— Вот сразу видно, что ты из Айовы, Мэтт.

— Ой, не притворяйся, что тебе не нравится эта песня. Заткнись и давай пой, — улыбаясь, парирует он.

Мэтт начинает петь партию Кенни Роджерса с закрытыми глазами. Я жду, когда на экране появятся розовые слова, предвещающие вступление Долли. Не отрываясь от пения, Мэтт подходит ко мне сзади и обхватывает одной рукой поперек талии, притягивая меня к себе.

*Ты делаешь со мной что-то такое, что я не могу объяснить.*

*Прижми меня ближе, и я не чувствую боли…*

Мы плавно покачиваемся в такт музыке, а я всячески пытаюсь сосредоточиться. Но у меня получается это сде-

---

[1] Песня *Islands in the Stream* Кенни Роджерса и Долли Партон (*англ.* Dolly Parton & Kenny Rogers) с альбома *Eyes That See in the Dark*, 1983 год. RCA Victor.

лать не на тексте, а на точках соприкосновения тела Мэтта с моим. Он упирается подбородком в мою макушку, а тазом — в уровень моей попы и поясницы. Я чувствую его дыхание на своей коже. А когда он поет, его грудь прикасается к моей спине. По телу пробегают приятные импульсы, будоражащие кровь. В памяти всплывает цитата из книги Криса Крауса *I Love Dick*[1], которую я быстро прочитала сразу после нашего переезда. Тогда эта книга заставила меня почувствовать себя неискушенной и неопытной (ведь были моменты, которые я едва могла понять), но и достаточно дерзкой и смелой, когда люди в метро замечали, какое произведсние я читаю.

*«Желание — это не недостаток, это избыток энергии, запертый под кожей».*

Спев последнюю строчку, мы опускаем микрофоны, и Мэтт на мгновение крепче прижимает меня к себе, прежде чем убрать руку. Я поворачиваюсь и смотрю на него.

— Лучшее вложение десятки в моей жизни, — говорит он. И если мы оба думаем о поцелуе, то сейчас настал тот самый идеальный момент. Он внимательно смотрит на меня и ждет какого-нибудь сигнала. Все, что мне нужно сделать, — протянуть руку и дотронуться до него, а остальное он сделает сам. Но я не могу этого сделать.

— Мне пора, — тихо произношу я, разбивая магию этого момента.

* * *

ПРИДЯ ДОМОЙ, Я ЗАСТАЮ Стюарта на диване за просмотром телевизора.

— Ты быстро! Ну как прошла вечеринка?

---

[1] *I Love Dick.* Крис Краус, издательство No Kidding Press, 2019 год.

— Отлично! — отвечаю я, снимая куртку. — Подробности расскажу завтра. Я устала.

Все, чего я сейчас хочу, — забраться в постель и окунуться в воспоминания об этом вечере. Я перегибаюсь через спинку дивана, чтобы поцеловать мужа. Поцелуй получается быстрым и механическим.

— Хорошо, — произносит Стю, изучающе смотря на меня. — Кстати, ты хорошо выглядишь. Я давно не видел тебя с макияжем. — По его интонации я понимаю, что в этой, на первый взгляд, обычной фразе скрыт вопрос, но я делаю вид, что не замечаю этого.

— Спасибо. Жду в кровати.

— Я уже иду. Видел этот фильм раньше, — быстро отвечает муж и, выключив телевизор, идет следом за мной.

Стюарт ложится в постель, а я оставляю дверь в ванную открытой. Чистя зубы, я всячески делаю вид, что безумно устала, и часто зеваю. Но нутром я уже чувствую, что не смогу промолчать. Нет смысла скрывать от него то, что произошло.

Когда муж поворачивается, чтобы выключить свет в комнате, у меня с губ срывается «*Там был Мэтт*» — раньше, чем я успеваю подумать.

— Я знаю.

Удивленная этой фразой, я сразу же поворачиваюсь лицом к нему и пытаюсь в темноте разглядеть его.

— Знаешь? Откуда?

Он смеется и отвечает, медленно проводя кончиками пальцев по моему плечу:

— Молли, ты для меня открытая книга. Так что же произошло?

Воспроизводя события вечера для Стю, я не до конца осознаю, что переосмысливаю произошедшее, тем самым размывая границы истины. В версии, которую слышит муж, Мэтт — главный герой. А мне отведена лишь роль объекта его желания, а не активной участницы событий.

— Он весь вечер следил за тем, чтобы мой бокал был полон. Я даже не знаю, сколько выпила... И хоть я обещала спеть с ним дуэтом, но не думала, что он не даст мне уйти без песни... А прежде чем я поняла, что происходит, он обнял меня...

Пока я говорю, рука Стюарта плавно движется по моему телу, поглаживая бедра, спускается вниз на поясницу и ощутимо сжимает ягодицу. И когда я заканчиваю рассказ, муж включается в повествование.

— А ты знаешь, что сейчас делает Мэтт? — низким голосом уточняет он и опускает руку к моему лобку, поглаживая кожу через тонкую ткань трусиков.

— Нет, — шепчу я в ответ.

— А я знаю. Он думает о том, что хотел бы сделать с тобой на том диване.

— И что же он хотел сделать?

— Я покажу, — отвечает Стюарт, стянув мое белье вниз и введя в меня два пальца. Закрыв глаза, я в мыслях перенеслась в ту маленькую комнату с небольшим диваном. Я послушно раздвигаю ноги, позволяя длинным пальцам Мэтта дразнить меня и ощущать, насколько я возбуждена.

— Трахни меня, — прошу я, возможно, впервые позволив себе такую грубую формулировку за всю нашу супружескую жизнь. Когда Стюарт медленно входит в меня, с моих губ срывается протяжный стон. И я позволяю Мэтту трахать себя.

* * *

НА СЛЕДУЮЩИЙ ДЕНЬ я отправляюсь в гости к моей подруге Джесси. Пару лет назад она была безумно влюблена в учителя музыки ее сына. И тогда я стала одной из немногих, кому она доверилась и открыла эту тайну. А сейчас, пока мы пьем кофе на кухне и наши дети играют в соседней комнате, я решаю, что пришла моя очередь открыться ей.

— Мне нужно тебе кое-что рассказать, — начинаю я, опустив чашку на стол.

— Взрослые секреты? — с пониманием уточняет она, подперев голову рукой, и немного подается вперед. — Я вся внимание.

В том, чтобы поделиться своим секретом, есть что-то захватывающее, и я наслаждаюсь выражением заинтересованности на лице Джесси, когда она слушает. Но когда я дохожу до фразы о том, как Мэтт обнимал меня в караоке, выражение лица подруги меняется. Она выглядит *обеспокоенной.*

— Подожди-ка, — произносит она, жестом останавливая мой рассказ. — Ты что, собираешься переспать с ним?

Сделав глубокий вдох, я продолжила:

— Дело в том, что Стюарт *хочет*, чтобы я переспала с Мэттом.

— Что?! — восклицает подруга и качает головой, не веря в услышанное.

— Он говорит, что сама мысль об этом его возбуждает, — добавляю я.

Джесси внимательно смотрит на меня. Она опускает руку, зависшую в воздухе, поверх моей и вздыхает.

— Молли. Буду с тобой честна. Похоже, ты заходишь на опасную территорию.

Мое горло сковывает спазм. Та часть мозга, которая до сих пор управляла моей жизнью, согласна со словами подруги. И то, куда движется наша история с Мэттом, кажется *плохой затеей*. Я понимаю, что именно поэтому я рассказываю об этом Джесси. Я надеялась, она убедит меня в том, что это новое чувство стоит того, чтобы подвергать себя опасности. Что время от времени важно позволять себе какие-то необдуманные поступки. А иначе ты можешь пасть жертвой своего собственного чувства осторожности. Проснувшись однажды утром, есть шанс найти себя в контейнере с остатками вчерашней курицы и морковными палочками, которые накануне ты сама собрала домашним на обед. И выхода отсюда нет.

И в этот момент я даже рада услышать звуки плача, доносящиеся из соседней комнаты.

— Прекрати, Нейт! Мама! Нейт опять сломал нашу железную дорогу!

— Мы не договорили, — напоминает Джесси, когда мы одновременно встаем и идем к двери.

После обеда мы с детьми собираемся уходить. У порога Джесси протягивает мне визитку с именем и номером телефона.

— Я не указываю тебе, как быть, — начинает она, пока я застегиваю куртку младшего сына, — но я ходила к одному психотерапевту в центре. Он потрясающий. Возможно, ты захочешь обсудить с ним эту историю с Мэттом.

Джесси быстро обнимает меня, и я выхожу за дверь вслед за детьми, стараясь внешне выглядеть спокойной (насколько это возможно), спрятав свои эмоции глубоко внутри.

* * *

НЕКОТОРОЕ ВРЕМЯ Я УБЕЖДАЮ себя записаться на прием. Это моя вторая попытка пойти на терапию с того момента, как я стала жить в Нью-Йорке. Едва переехав в город, я остановилась в доме моей подруги Нины. Мы дружили еще со времен начальной школы, и наши пути разошлись, когда она поступила в колледж Барнард. За год до этого, в момент, когда я переживала расставание со своим парнем Уильямом (после того как не раздумывая поехала за ним на север штата), большинство своих выходных я проводила в доме Нины. Она терпеливо выслушивала все мои переживания и тревоги, связанные с Уильямом, познакомила меня с компанией потрясающих людей, которые стали моими друзьями, и даже устроила мне собеседование в школе, где проходила стажировку в качестве психолога. Я получила работу, переехала к Нине, а затем я столкнулась с дилеммой: мне нужно было придумать, как провести бесконечные часы «каникул» до начала нового учебного года. Каждый день как минимум один из этих часов занимали мои рыдания.

Придя однажды с работы и увидев меня в постели, в окружении кучи использованных салфеток и смотрящую по телевизору знаменитую мелодраму «*Касабланка*», Нина предложила: «Давай я найду тебе психотерапевта. Поверь мне. В Нью-Йорке *все ходят* к терапевту».

На первый прием я взяла с собой огромный кукурузный кекс, и на протяжении всего сеанса я то плакала из-за истории с Уильямом, то откусывала по кусочку от ароматной выпечки. В конце психотерапевт презрительно посмотрела на крошки, которые остались после меня, и попросила ничего не есть во время будущих сессий. После этого я старалась произвести лучшее впечатление, держа под контролем как свой голод, так и свои чувства. В течение всего учебного года я раз в неделю ездила в Верхний Ист-Сайд и, как я тогда надеялась, достаточно здраво и мудро рассуждала о том, как хорошо я справляюсь с адаптацией к новой работе и городу.

Все закончилось в одночасье. Я сидела в зоне ожидания у офиса психотерапевта. Она вышла из своего кабинета, уверенным шагом подошла ко мне, посмотрела прямо в глаза и, протянув руку, представилась:

— Здравствуйте. Я доктор Рэндольф.

Я ходила к ней на сеансы каждую неделю на протяжении целого года (а это почти пятьдесят сессий), и она даже не запомнила меня.

И вот долгожданная среда. Четыре часа дня. Пока мальчики остались на продленке, я сижу в центре узкого дивана, а по бокам от меня лежат милые декоративные подушки. Я в кабинете Митчелла Каплана, дипломированного психотерапевта. И первое, что бросается в глаза: Митчелл — далеко не доктор Рэндольф. Возраст человека напротив трудно определить. Его волосы полностью седые, но у него молодое лицо и ясные голубые глаза. Имя доктора подсказывает мне, что у него еврейские корни, а акцент указывает на то, что он из одного из штатов Среднего Запада. Это открытие сразу позволяет мне расслабиться и почувствовать себя комфортно. Безупречный покрой одежды в сочетании с его склонностью к экспрессивным жестам наталкивает меня на мысль, что он гомосексуалист. Во время нашего знакомства он просит меня называть его по имени. Говоря другими словами, мой психотерапевт просто идеален.

Почти сорок минут я рассказываю ему свою историю. Он прерывается только для того, чтобы задать уточняющие вопросы.

Когда мой рассказ окончен, я выжидающе смотрю на него и вдруг осознаю, что надеюсь услышать от него то же самое, что и от Джесси.

Я хочу переспать с Мэттом. И я не хочу, чтобы меня останавливали. Я хочу, чтобы мне разрешили это сделать.

В свою очередь, Митчелл не делает ни того, ни другого. Вместо этого он спрашивает:

— Молли, а что это все значит для тебя? Почему ты хочешь переспать с ним?

Я задумываюсь, пытаясь осознать масштаб его вопроса. И после паузы признаюсь:

— Я не знаю.

— Итак, — протягивает он и немного наклоняется вперед, как будто хочет раскрыть мне страшный секрет, — люди веками занимались сексом, не понимая, зачем они это делают. Но у меня есть одно предположение.

Я невольно подаюсь вперед, приготовившись внимать каждому слову доктора.

— Думаю, нам с тобой стоит уделить этому время и разобраться в вопросе.

Выходя из кабинета Митчелла и назначая следующий сеанс через две недели, я чувствую, что с моих плеч упала одна ноша, но я тут же взвалила на плечи другую. Некий проблеск осознания постепенно появляется в моем разуме. Я буквально чувствую его приближение. Причина моей одержимости Мэттом кроется не в нем. Все дело во мне.

* * *

РАННИМ СУББОТНИМ УТРОМ я сижу на полу рядом с ванной, где плещется и смеется Нейт. Опытным путем я выяснила, что если дам Нейту поиграть в ванне утром, то эти полчаса смогу даже если не поспать, то просто отдохнуть рядом. Во мне уже две чашки кофе, но я все равно прислоняюсь к холодному кафелю на стене головой в надежде немного подремать.

Мой телефон вибрирует, оповещая о новом сообщении. Оно от Мэтта. Это первое его сообщение после вечеринки в караоке, и я чувствую, как мое сердце начинает отчаянно биться.

*Привет. Какие планы на день?*

Я жду минуту, потом набираю ответ:

*Наверное, пойду с детьми на площадку. А что?*

*«А после? Например, что будешь делать вечером, когда они уснут?»* — приходит от него.

Слова Митчелла всплывают в моей памяти: *«Что это значит для тебя, Молли?»* Я ведь должна разобраться в себе, верно?

Я грызу кожу вокруг ногтя, обдумывая, как лучше ответить Мэтту. В последние дни я часто грызу этот несчастный палец. Кожа вокруг ногтевой пластины вся красная и в заусенцах. Наглядное подтверждение того, что я нервничаю.

*«А что ты задумал?»* — быстро набираю в ответ.

*Может, хочешь выпить по стаканчику? Рядом с моим домом есть бар, в который я давно хотел заглянуть. Как насчет девяти?*

Я прислушиваюсь к звукам из-за стены: Стюарт в своей студии записывает мелодию. Он играет одни и те же пять нот снова и снова, создавая одну из своих коротких композиций промо-музыки, которые можно условно назвать «*одолжениями*» для его клиентов. Эта музыка, которую он записывает «не в службу, а в дружбу» по выходным, как правило, занимает все его выходные. Я могу прямо сейчас пойти и спросить, что он думает об этой ситуации. Наш единственный план на вечер: заказать еду из доставки. Уверена, после того как я все оформлю, он с удовольствием отправит меня на свидание с Мэттом. Но я не хочу *спрашивать* Стюарта, могу ли я увидеться с Мэттом.

*Что это все значит для тебя, Молли?*

Вот и первая зацепка: я хочу *просто сообщить* Стю о своих планах.

Я пишу Мэтту: «*Отлично, мне подходит. Пришли адрес, я приду*».

Внезапно день, который мне казался бесперспективным, преобразился. И вот она, новая подсказка. Я заворачиваю ребенка в полотенце с капюшоном и поднимаю его на руки. Издавая звуки летящего самолета, я заношу его в детскую, где старший сын сосредоточенно клеит стикеры с Губкой Бобом в альбом.

— Какое белье ты хочешь сегодня? — уточняю у Нейта. — Губку Боба или Диего?

Нейт бросает взгляд на книгу Дэниела:

— Губку Боба!

— Я принесу, — отзывается старший сын, взяв на себя заботу о младшем брате. И пока они вдвоем заняты делом, я стучусь в дверь студии Стюарта.

— Привет, Мэтт хочет встретиться сегодня вечером. Мы договорились на девять. Здорово, правда?

Стюарт вместе со стулом разворачивается ко мне.

— Здорово, — повторяет он за мной, удивленно приподняв левую бровь.

— Здорово, — еще раз отзываюсь я. — Я собираюсь пойти с мальчиками на площадку.

— Развлекайтесь, — отвечает муж, все еще с удивлением смотря на меня.

Остаток дня у меня проходит на уровне рефлексов. Когда на детской площадке кто-то из сыновей кричит «*Посмотри на меня!*», я сразу поворачиваюсь на звук голоса, когда они по очереди спускаются с крутой горки, пытаются залезть на брусья или ползают по канатам-паутине, просто страхую их. Я делаю то, что они говорят: смотрю, улыбаюсь, хлопаю. Раскачиваю их на качелях. Покупаю еду, когда они оба проголодались. Переодеваю им майки, когда мальчики облились соком. Мы возвращаемся домой, и я рефлекторно готовлю обед так, как они любят: складываю на тарелке равиоли в форме ракеты, тушу брокколи и между делом с пола собираю игрушки моих сорванцов.

Стю выходит из студии около семи часов, и я успеваю принять душ. Уложив обоих мальчиков спать, бросаю взгляд на часы и вижу там волшебные цифры: 20:05. И когда мы со Стюартом сидим друг напротив друга за кухонным столом, я, не отвлекаясь на разговоры, разворачиваю палочки, ем суши и стручковую фасоль. Только когда я убираю тарелки и составляю посуду в раковину, муж подходит ко мне сзади, обхватывает руками поперек талии и целует за ухом.

— Готова к важному свиданию? — возбужденно шепчет он.

— Мы просто выпьем по стаканчику, — спокойно отвечаю я. Я заставляю себя говорить непринужденно, но уверена, что Стюарт чувствует, как у меня участился пульс. — Он живет с девушкой, помнишь?

— Ага, — отзывается супруг, проходя дорожкой поцелуев по моей шее. — Ты чувствуешь, как я возбужден? — спрашивает он и тазом вжимается в меня.

— Да, — отвечаю я и понимаю, что хочу отстраниться от него. Я хочу сфокусироваться на мыслях о Мэтте, а не о Стюарте. И этот намек супруга на его возбуждение кажется мне навязчивым.

*Что это значит для тебя, Молли?*

Речь идет о *моем* желании, а не о желании Стюарта.

Я отгоняю эту мысль и поворачиваюсь лицом к Стю. Я заставляю себя улыбнуться и легонько целую его в губы.

— Мне пора идти. Я напишу тебе позже.

* * *

КОГДА Я ДОХОЖУ ДО МЕСТА, где мы с Мэттом должны встретиться, то слышу раскаты грома где-то совсем близко. Он выбрал один из баров в южной части города, где на каждом заведении висит яркая вывеска. Я дважды прохожу мимо нужного бара, паникуя и жалея, что не взяла с собой зонтик, прежде чем понимаю, что подошла к правильной двери. Войдя внутрь, я сразу смотрю на барную стойку, ожидая увидеть Мэтта там. Но вместо этого я нахожу его за маленьким столиком в углу. Со своей комплекцией он выглядит забавно, пытаясь удобно расположиться на невысоком стуле. Мэтт улыбается мне, и я легко взмахиваю рукой, приветствуя его.

Я подхожу и наклоняюсь, чтобы обнять его, в то время как он встает, чтобы обнять меня. И мы встречаемся где-то посередине, соприкоснувшись на мгновение щеками. Вместо того чтобы посмеяться над комичностью ситуации, я отстраняюсь и смущенно молчу. Мэтт быстро уходит в сторону бара, на ходу бормоча: «Я принесу тебе выпить».

Я снимаю куртку и поправляю рукава, вешаю сумку на спинку стула. Опустившись на сиденье, закрываю глаза и делаю глубокий вдох. Эх, надо было пропустить стаканчик, прежде чем выходить из дома.

Услышав приближающиеся шаги Мэтта, я открываю глаза и стараюсь придать лицу невозмутимое выражение. Он ставит наши бокалы на стол, а затем садится на стул рядом со мной, а не на тот, что стоит напротив и где висит его пиджак.

Я чувствую, как его бедро прижимается к моему (ох, то ощущение, которого я жаждала уже несколько недель), и на этот раз наши намерения предельно ясны. Я отпиваю глоток пива и какое-то время всячески избегаю взгляда моего спутника. Я понимаю, что это бессмысленно, и поднимаю взгляд на него. Мы долго смотрим друг на друга. Затем он улыбается.

— Привет, Молли, — с улыбкой говорит он, и я вижу, как загорается озорной огонек в его глазах.

— Привет, Мэтт.

Разговор скользит по поверхности, но все мое внимание приковано к нашим ногам. К этой точке соприкосновения между нами. Даже когда он встает, чтобы пойти к барной стойке за новой порцией эля, опустившись обратно на стул, Мэтт тут же возвращает свою ногу на прежнее место. Сейчас наши бедра словно два магнита, которые притягиваются друг к другу. Дэниел любит взять какую-нибудь букву из магнитного алфавита и держать ее в миллиметре от двери холодильника, чтобы почувствовать, как поверхности притягиваются друг к другу.

И вдруг Мэтт произносит:

— Хочешь уйти?

— Хм? — хмыкаю, будто не понимаю, о чем он. Но я с предвкушением ждала этих слов с той самой ночи, когда мы встретились в первый раз. Я представляла, как он скажет мне нечто подобное, и не верила, что когда-нибудь услышу эту фразу наяву. Я не думала о том, что скажу, когда наступит этот момент.

Он небрежно проводит ладонью по лицу. Этим жестом он будто стряхивает с себя последние крупицы сомнений и затем пристально смотрит на меня.

— Моя девушка уехала из города. Я живу здесь неподалеку, — говорит он.

Так вот почему он хотел встретиться не в баре в моем районе, а где-нибудь поближе к своей квартире. Вероятно, сегодня он проснулся рано, помог ей донести чемодан до ожидающего такси, а затем поспешил обратно в дом, чтобы отправить мне сообщение и пригласить на свидание. Он настолько близок к тому, чтобы предложить мне переспать с ним, насколько это только возможно, при этом не говоря мне этого откровенно.

Мэтт продолжает, пытаясь заполнить паузу в нашем разговоре:

— Я бы очень хотел, чтобы ты согласилась.

И это все больше похоже на неизбежность, чем на выбор.

— Хорошо.

На улице уже вовсю разыгралась непогода. Дождь идет стеной и звонко стучит по навесу над входом в бар. Мэтт снимает с себя куртку и накидывает ее мне на голову. Мы быстрым шагом идем по тротуару, стараясь не поскользнуться, и я чувствую, как отчаянно мое сердце бьется в груди, побуждая меня идти дальше. Буквально за минуту или две мы добегаем до его дома. Рубашка Мэтта насквозь промокла и прилипла к коже. Я смотрю на его сильную спину, пока он открывает дверь и пропускает меня вперед.

И вот мы уже стоим друг напротив друга у него на кухне.

* * *

КОГДА Я ВЫБЕГАЮ НА УЛИЦУ, где продолжает бушевать гроза, все, что мне приходит в голову, — написать Стюарту. Он единственный, кто может мне помочь принять решение. Потому что в данный момент это моя реальность, а не гипотетический сценарий или фантазия, которую мы разыграли в нашей супружеской постели.

*Мне стоит вернуться?*

Я писала, спрятавшись под навесом, не обращая внимания на яркие вспышки молний. Взглядом я гипнотизирую экран, молясь лишь о том, чтобы муж побыстрее ответил мне. И через несколько секунд он отвечает.

Для такого фундаментального вопроса ответ Стюарта невероятно краток: *«Действуй»*.

*Действуй.* И его совет *выходит за рамки* нашего брака. Хотя я получила от мужа одобрение и даже его поддержку, я делаю это не ради него. Я делаю это не для того, чтобы как-то взбудоражить наш брак. Я иду в квартиру другого мужчины, потому что *Я* хочу этого. Стремительно поднявшись по лестнице, я нажимаю на кнопку звонка и расстегиваю свое промокшее насквозь платье еще до того, как Мэтт откроет дверь, потому что *я* хочу *его*.

* * *

ИЗ КВАРТИРЫ МЭТТА Я ВЫХОЖУ в три часа ночи. Оказавшись на улице, я смотрю на мокрый тротуар, который теперь кажется мне совсем другим. Буря закончилась, наступило затишье. Мое платье и туфли еще не до конца просохли. Я иду в сторону дома. Прохожу мимо навеса, под которым всего несколько часов назад пряталась от дождя, набирая сообщение мужу.

Дома я снимаю мокрую одежду и забрасываю ее в стирку, беру с пола первую попавшуюся футболку и надеваю ее. Я забираюсь в кровать, надеясь, что Стюарт крепко спит, но тут в темноте слышу его голос:

— Ну и как все прошло, моя сексуальная женушка?

Где-то в глубине моего сознания срабатывает предупреждающий сигнал, и я решаю не рассказывать всего.

— Забавно, — коротко отвечаю я.

Я не говорю ему, что все, чего я хочу, — это вернуться назад, почувствовать сильные руки Мэтта на моем теле и его губы, сминающие мои в страстном поцелуе.

# Глава 4

НЕЙТ ПРОСЫПАЕТСЯ РАНО УТРОМ, отвлекая меня от раздумий. Я почти не спала, но не чувствую себя уставшей. Мной овладевает какой-то прилив неконтролируемой энергии. Я несу младшего сына на кухню, а он весело смеется и забавно фырчит. Пока я насыпаю хлопья в тарелку, чувствую, как мысли в моем сознании загудели с новой силой, оттесняя все действия на задний план. Бороться с этим бесполезно.

Подхватив сына на руки, отношу его в гостиную и включаю телевизор. Поставив перед ним тарелку с завтраком, щелкаю каналы.

— Noggin![1] Это как детский сад по телевизору! — с восторгом кричит ребенок и улыбается.

Нейт внимательно смотрит, как лось Мус в компании своего молчаливого друга-птицы по имени Зи объявляет следующую передачу, а я удобно устраиваюсь на

[1] Noggin — американский образовательно-развлекательный бренд. Начинался как канал кабельного телевидения и одноименный веб-сайт, сосредоточен на концепции развития воображения, творческих навыков и образования детей.

диване позади сына и закрываю глаза. Воспроизводя в памяти события прошлой ночи, я судорожно кручу на безымянном пальце свое обручальное кольцо. Я хочу вспомнить каждое мгновение.

*Мэтт открывает дверь. А я уже расстегнула платье наполовину и наблюдаю, как его взгляд мечется между моим лицом и грудью. Застежка на бюстгальтере находится спереди, и я, стоя прямо в дверях, с легкостью расстегиваю ее. Я. Девушка, которая в старших классах не могла без стеснения взглянуть мальчику в глаза. Девушка, которая потеряла девственность почти в девятнадцать лет и которую парень бросил на следующий же день. Но я теперь другая. Я — сексуальная, уверенная в себе. Делаю шаг вперед, и наши губы соединяются в поцелуе. Одной рукой Мэтт обхватывает мою грудь, а второй скользит вверх к шее и останавливает свою большую ладонь на затылке, запуская пальцы в мои волосы. Его лицо гладко выбрито, и кожа такая нежная. Он затягивает меня в квартиру и захлопывает за нами дверь. Не отрываясь друг от друга, мы, спотыкаясь, проходим мимо кухни, где буквально десять минут назад впервые поцеловались. То место, где я отскочила от Мэтта, словно его губы были пропитаны ядом. Но это сделала та девушка, которой я была раньше. А теперь я готова снова и снова целовать его. И сейчас я понимаю, что это был не яд, а опьяняющий эликсир, который жизненно необходим мне. Он нужен, чтобы та другая Я, грустная и осторожная трусишка, оставалась там, где и должна быть. Место этой тихони в чулане под лестницей, и никак иначе. Мы падаем на его кровать. Не разрывая поцелуя, я нетерпеливо тянусь к пряжке на ремне мужчины. Сейчас я пробую на вкус этот дурма-*

*нящий коктейль по имени Мэтт. И едва я делаю свой первый большой глоток...*

— Мамочка?

Я открываю глаза и вижу маленькое личико Нейта прямо перед собой. Позади него на экране телевизора — Даша-путешественница, которая уговорила белку Тико проехаться с ней через мост, но старый ворчливый тролль пытается помешать им.

— Я съел все хлопья. А можно мне еще немножко? Пожалуйста.

— Конечно, милый. Только дай мне одну минутку.

— Хорошо. — Сын протягивает ко мнс свою маленькую пухлую ручку и кладет ее поверх моей, лежащей на груди. А затем оборачивается к экрану, чтобы посмотреть, как Даша справится с новой преградой, возникшей на нее пути.

Я снова закрываю глаза и пытаюсь вернуться в тот момент, на котором остановилась. *Я расстегиваю ремень Мэтта, тяну вниз собачку молнии и просовываю руку в его боксеры. Скольжу пальцами по его твердому члену…* Поцелуй на моей щеке и легкое покалывание щетины. Открыв глаза, я вижу нависшего надо мной Стюарта. Муж к чему-то принюхивается.

— Ты пахнешь по-другому, — констатирует он. — Ты не принимала душ, когда вернулась?

— Извини, — тихо отзываюсь я. — Было очень поздно. Я не думала, что ты будешь против.

— Ну я как бы против, — сухо отвечает супруг и уходит.

*Что это значит для тебя, Молли?*

Я не знаю, что это значит для меня, и не хочу знать. Опасность, которую я ощущала все это время, теперь вполне осязаема. Сейчас я одновременно и актриса в фильме ужасов, входящая в темный лес, где прячется маньяк, и встревоженная зрительница в зале кинотеатра, которой хочется крикнуть: *«Нет! Не ходи туда!»* И все знают, что произойдет дальше. Это часть острых ощущений.

Я достаю телефон и набираю сообщение: *«Извини, Митчелл. Я хочу отменить нашу встречу на следующей неделе».*

* * *

Я ПЛАНИРУЮ СЪЕЗДИТЬ с Дэниелом и Нейтом к моим родителям. Маме становится все хуже, и эту поездку откладывать больше нельзя. Кроме того, есть еще одна причина, по которой я хочу увидеть мать: мне нужно поговорить с ней, а точнее, я хочу вернуться к одному нашему разговору и поставить наконец в нем точку.

Конечно же, Стюарту нужно работать, и на выходных он останется дома. В ночь перед отъездом я допоздна собираю вещи: один большой чемодан с одеждой для меня и мальчиков, две небольшие сумки с игрушками и легким перекусом на время полета. Стю заходит в комнату и перекладывает стопку нижнего белья в сторону, чтобы сесть на край кровати.

— Уделишь мне минутку?

— Конечно, — отвечаю я, не поднимая глаз. — А ты не знаешь, где резиновые сапожки Нейта?

Если верить прогнозу погоды, ближайшие дни в Чикаго будут дождливые, но я твердо решила, что мы с детьми не будем сидеть дома.

— Понятия не имею, — говорит он. — Лена пригласила меня на выходные. Пока вас нет дома.

Я перестаю складывать майки и смотрю на мужа.

— Лена? В смысле — твоя бывшая девушка Лена?

— Ага, — отвечает Стюарт. — Кажется, я уже говорил тебе, она сейчас переживает довольно тяжелый развод. Лена просто хочет поговорить.

— О-о, просто поговорить? — я опускаю глаза и делаю вид, что сосредоточенно изучаю кучу одежды, разложенной на кровати.

— Думаю, да. Но что, если бы это был не просто разговор? Как бы ты к этому отнеслась?

Мое сердце сжимается до размера мячика для пинг-понга, прижимается к легким и, кажется, даже перекрывает мне дыхание. Из всех девушек из прошлого Стю Лена — одна из немногих, кто расстался с ним, а не наоборот. Но они остались друзьями. Лена была одной из пяти его бывших, которые присутствовали на нашей свадьбе, что в целом можно рассматривать как проявление некоего привилегированного положения на фоне его многочисленных девушек. Я не то чтобы ревновала мужа к ней. Лена старше меня и с годами стала довольно тучной женщиной. Но я знаю, что где-то в глубинах сознания Стю хочет показать бывшей, кого она упустила. И мысль о том, что они проведут выходные вместе, заставляет меня чувствовать себя подавленной.

— Я не уверена, — начинаю я, по-прежнему не глядя на него. Боюсь, что начну плакать, если сейчас взгляну на мужа. Ощущение, что я вот-вот расплачусь, не покидало меня с тех пор, как я провела ночь с Мэттом. Точнее, оно появилось после того, как прошло несколько дней и я поняла, что, возможно, больше никогда его не увижу. Его девушка вернулась, и теперь мужчину переполняет чувство вины. — Думаю, ничего страшного. Ну, в смысле, это нечестно, если я единственная, у кого будет… ну знаешь…

— Круто, — коротко бросает Стю и встает на ноги, чтобы уйти. — Сомневаюсь, что что-то будет. Она до сих пор держится за своего мужа, но я хотел убедиться, что ты не против. Просто на всякий случай.

— А-ага. Поняла, — произношу я.

Стюарт останавливается в дверях:

— Ты уверена, что все нормально?

— Да, — я наконец поднимаю на него взгляд и натянуто улыбаюсь. Неужели он не понимает, что я вру? — Я просто немного волнуюсь из-за поездки.

— Я отвезу вас в аэропорт утром, — говорит муж. — Буду скучать по вам.

*«С чего бы тебе скучать по нам?* — ехидно думаю я. — *Ты остаешься один дома да еще и пойдешь на свидание с Леной, а оно, между прочим, с возможным продолжением.»*

Но вслух я произношу:

— Мы тоже будем по тебе скучать.

* * *

К ТОМУ ВРЕМЕНИ КАК НАШ самолет приземляется в аэропорту О'Хара, у меня начинается жуткая мигрень. Отец предложил встретить нас, и я с облегчением выдыхаю, когда вижу его, стоящего со сцепленными за спиной руками (прямо как часовой на боевом посту) возле ленты выдачи багажа. Его борода с проседью аккуратно подстрижена, но волоски из густых бровей торчат в разные стороны. Он пристальным взглядом обводит толпу людей, и я машу ему рукой, пока он не замечает меня.

— Хоппин! — кричит Нейт, используя имя, которым называет отца старший сын моей сестры. Мой малыш врезается в ноги дедушки, и папа наигранно хрипит, как будто детский удар был невероятно сильным. Нейт в восторге смотрит на дедушку. Отец гладит младшего внука по волосам и протягивает руку, чтобы поприветствовать рукопожатием старшего.

*«Серьезно?* — тут же проносится в моей голове. — *Ему всего восемь лет, а мы уже отказались от объятий? Наверное, я должна быть благодарна, что отец не заставляет внуков называть его просто Филом».*

— Привет, пап, — говорю я, заключая его в объятия, прежде чем он успевает их избежать.

— Привет, малышка, — говорит он и неловко пару раз похлопывает меня по спине.

В машине я спрашиваю отца о здоровье мамы:

— Скажи честно, как она себя чувствует?

— О, мы оба держимся, — говорит он, не отрывая взгляда от дороги. — Я взял на себя некоторые домашние дела, например стирку. Знаешь, ей тяжеловато ходить по лестнице. И в основном я закупаю продукты и сам готовлю.

Он переводит взгляд на меня, оценивая мою реакцию на такое развитие событий. Во времена моего детства отец никогда не занимался домашними делами, и я знаю, что он хочет, чтобы я похвалила его сейчас. Я едва заметно киваю ему и немного приподнимаю брови, имитируя удивление. Но мне кажется, что теперь таких усилий мало и уже слишком поздно. Я вспоминаю, как тяжело маме давался быт, и молчу, просто слушая его.

Мигрень ни на секунду не отступает. Я чувствую ужасную боль, когда обнимаю маму. Когда хожу за Нейтом по дому, в сотый раз прося его не мучить собаку. Когда пью кофе и когда готовлю обед. Когда смотрю, как мальчишки карабкаются по веревочному городку или качаются на качелях под моросящим дождем. Мигрень — моя верная спутница. Ей удается вытеснить из моей головы все мысли о Стюарте и Лене. Перед тем как лечь в постель, я глотаю таблетку *тайленола*[1], который прячу от мамы.

У меня есть несколько минут, прежде чем лекарство начнет действовать. В течение этого времени я рассматриваю узоры на голубых обоях и забываюсь сном. Бóльшую часть моего детства это комната была родительской спальней. Я унаследовала ее только летом перед одиннадцатым классом, после того как моя сестра уехала из дома, а родители решили перебраться в освободившуюся спальню. Но я никогда не обживала эту комнату. Ковер, лампа, комод и даже кровать — все это когда-то принадлежало моим родителям. И мне до сих пор кажется, что все эти вещи принадлежат только им.

И я стараюсь не думать о том, кто еще мог здесь лежать. Но трудно не вспоминать о том, что я знаю.

* * *

ПРИМЕРНО ЗА ГОД ДО рождения Дэниела мы со Стюартом поехали на выходные в Бостон. Моя любимая тетя, старшая сестра моей матери Анна, приехала в гости к своему сыну — моему брату Генри, — чтобы отпразд-

---

[1] Тайленол — сильное обезболивающее средство, активным ингредиентом которого является парацетамол, используется при разных видах боли, а также как анальгетик и жаропонижающее средство.

новать свой шестидесятый день рождения. В глазах моей примерной матери Анна была несносным ребенком. Тетя была в разводе, много пила и только что сделала татуировку. Она пригласила нас с мужем на ужин, и в какой-то момент, во время нашей совместной трапезы, после третьей порции тоника с водкой разговор зашел о семье. Я редко встречалась с тетей без присутствия матери и, воспользовавшись этим моментом, призналась:

— Знаешь, что в маме сводит меня с ума? — сказала я. — Она всегда так чертовски идеальна. На нее едва ли можно за что-то рассердиться.

— Пфф, — фыркнула тетя. — Твоя мама не такая уж и идеальная.

— Что ты имеешь в виду?

— Ох, мне не следовало этого говорить, — ответила Анна, явно наслаждаясь моим замешательством. Я заметила, что Генри принялся сосредоточенно пить воду, избегая визуального контакта со мной.

— Что? Расскажи мне, — потребовала я.

Тетя выпрямилась и неторопливо отпила из своего бокала. А затем сказала будничным тоном:

— У нее была интрижка на стороне.

— Что?! — воскликнула я. Казалось, что лампы в помещении погасли и столики вокруг нас исчезли, а свет прожекторов упал на Анну и заиграл бликами на стекле бокала, который она снова поднесла к губам. — Когда? С кем? — не унималась я.

Стюарт положил руку мне на бедро.

— Это неважно, детка. Твои родители все еще женаты. И, похоже, они любят друг друга, — сказал он.

— Для меня это чертовски важно! — отрезала я. Мне казалось, что я знаю свою мать. Я думала, что точно знаю, какой она человек, а теперь мне говорят, что она совсем другая. Развратница. Лгунья. — Ну же, Анна. Кто это был?

Тетя посмотрела прямо мне в глаза:

— Думаю, ты и так знаешь.

И я действительно знала. Джим.

Джим был лучшим другом моей матери. Он был на восемь лет ее младше (точно такая же разница в возрасте и у нас с Мэттом). Джим был человеком простым, веселым и умел смешно пародировать голоса. Они познакомились, когда он только окончил колледж и устроился на работу в среднюю школу, где мама преподавала английский. Как и моей маме, ему был близок духовный поиск себя. Когда мне было шесть лет, он познакомил мою маму с последователями учения *Махикари*. Они вместе посещали *доздё* — место, где приверженцы этой японской целительной практики могли обмениваться «божественным светом». В конце концов мама и Джим вместе отправились в Лос-Анджелес. Там они прошли недельный курс и стали членами религиозной общины *Махикари*.

Я до сих пор могу отчетливо представить, как они вдвоем обмениваются «светом» в гостиной. Когда Джим приходил, мой отец засиживался допоздна на работе, а сестра запиралась в своей комнате. Но мне не нравилось оставаться наедине с собой. Я тихо сидела на лестнице и подглядывала за мамой и Джимом, пока они по очереди выполняли практику по обмену и принятию «божественного света». Весь процесс занимал много времени. Обычно это были два часа между ужином и временем, когда я ложилась спать. Несмотря на то что я часами не издавала ни звука, я была рада, когда Джим приходил. Ведь если бы не было его, мама захотела бы поделиться «светом» со мной.

Сначала мама отдавала «свет», а Джим принимал. Они садились лицом друг к другу, подогнув под себя ноги. Мама произносила вслух заклинание, которое я уже знала наизусть. А затем в течение десяти минут она держала свою руку надо лбом Джима и, когда начинала уставать, меняла ее на другую. Если сеанс затягивался, мужчина ложился на живот. Теперь мама в течение двадцати минут направляла «божественный свет» из своих ладоней на различные точки вдоль его позвоночника. Прикосновения в процессе духовной практики были минимальными. Иногда она проводила большим пальцем по его телу, чтобы нащупать место скопления токсинов. И когда она находила такую точку, ее рука поднималась над телом примерно на пять сантиметров и невидимый «свет» лился из ее ладони. Во время их практик Джим всегда был очень серьезен. И мне было не по себе, когда он так резко менялся. Будто в такие моменты он превращался в другого человека.

В те вечера, когда Джим не приходил, мама обычно разговаривала с ним по телефону. Прислушавшись к голосу мамы, я всегда могла точно определить, с кем она разговаривает. Общаясь с Джимом, она сначала заливалась звонким смехом, потом на какое-то время наступала тишина, и затем мама откидывалась назад в кресло, словно парализованная, и начинала отчаянно хватать ртом воздух. Я знала, что делает Джим на другом конце линии. То же самое происходило, когда он присоединялся к нам за ужином перед обменом «светом». Он начинал с того, что говорил что-нибудь забавное (по крайней мере для моей мамы), а когда она начинала хихикать, его лицо становилось невозмутимым и голос приобретал обманчивую суровость:

— Мэри, это не смешно. Перестань смеяться, Мэри.

И больше ничего не требовалось. Он был единственным, кто так смешил мою маму.

Мне нравилось слышать звонкий смех мамы. Той женщины, которая всегда была занята какими-то важными делами: то готовила ужин, то мыла посуду, то до поздней ночи засиживалась за кухонным столом, проверяя работы учеников. Или обменивалась «светом» с Джимом. И в ее жизни не было времени на нечто большее, чем выполнение этих обязанностей.

Но когда она смеялась с Джимом, я слышала нечто другое. Это было что-то легкое и свободное.

* * *

ВЕСЬ СЛЕДУЮЩИЙ ГОД, на протяжении всей моей беременности, я хранила тайну, которую раскрыла мне тетя Анна. Но когда Дэниелу было всего несколько дней от роду, отец Стюарта серьезно заболел. Уже через неделю он оказался в больнице с тяжелой формой пневмонии. Мужу пришлось оставить меня и новорожденного сына, чтобы успеть попрощаться с умирающим отцом.

Я была благодарна за то, что именно в то непростое время мне выпала одна-единственная задача — заботиться о своем малыше. Материнство окутало меня защитным коконом. Моя чувствительная грудь была единственным источником питания для Дэниела, и я проводила часы своих дней и ночей, кормя его грудным молоком. Мама приехала, чтобы помочь мне. Она тогда сказала, что это ее долг — позаботиться *о своем* ребенке, пока я забочусь о своем.

Почти все время Дэниел был приложен к груди, и меня мучила жажда. Мама приносила мне пластиковые стаканчики с прохладной водой с длинной соломинкой, чтобы можно было пить без помощи рук, а потом садилась на диван рядом со мной, пока я кормила сына. Мы разговаривали с ней обо всем на свете — от лучшей мази для моих ноющих сосков и подходящих способах срыгивания для Дэниела до фундаментальных вопросов жизни и смерти, которые в этот момент были особенно актуальны.

В тот день, когда Стюарт позвонил и сообщил, что его отец умер, я положила трубку и, опустив голову на мамино плечо, разрыдалась в голос, пока сын продолжал медленно сосать молоко. Измученная и подавленная, теперь я больше не могла молчать. Мучающий меня вопрос наконец сорвался с моих губ.

— Я знаю о твоем романе, — начала я. — Это не мое дело, но я хочу спросить только одну вещь. А папа знает?

Мама на мгновение замолчала, опустив взгляд на свои руки, лежащие на коленях. Я тоже посмотрела на них. Симптомы ее загадочной болезни только начали проявляться, а пальцы левой руки уже не распрямлялись. Они буквально скрючились вокруг невидимого яйца в ее ладони.

— Это была идея твоего отца, — ответила она.

* * *

КОГДА ТАБЛЕТКА НАКОНЕЦ начинает действовать, я погружаюсь в сон, в котором возвращаюсь в наш дом в Бруклине или встречаюсь со Стюартом в его офисе или в ресторане (сценарий сновидения постоянно меняется) и выясняю, что рядом с мужем уже другая женщина, которая заняла мое место. Спустя пять или шесть часов, когда младший сын бесцеремонно будит меня, я выпиваю две таблетки обезболивающего с кофеином, но мигрень не отступает.

К последней ночи в родительском доме я уже не уверена, проходила ли вообще головная боль или я просто привыкла к ней. Укладывая Дэниела и Нейта на двухъярусную кровать, которая теперь стоит в моей старой комнате (ту, что была моей в далеком детстве), я смотрю на обои с бабочками, которые когда-то сама выбирала. Сыновья засыпают, а я подхожу к родительской ванной и тихо стучусь в дверь.

— Входи! — слышу я мамин голос, как и всегда, жизнерадостный, независимо от того, что происходит.

Я застаю ее сидящей на краю унитаза в неравной схватке с компрессионными носками. Несколько лет назад, в тот момент, когда я заканчивала свой первый год работы учителем английского языка, мама, проверяя эссе своих учеников по роману Германа Гессе «*Сиддхартха*», заметила, что не может удержать ручку в руке. А затем большой палец на ее левой ноге стал неметь. Со временем ее речь стала путаться и нарушилась координация движений. Мама обратилась в клинику «Мейо», частный медицинский исследовательский центр в Миннесоте, но врачи не смогли выяснить причину ее недуга. *Атаксия*[1] — так продолжает называть это заболевание

---

[1] Атаксия — нарушение согласованности движений различных мышц при условии отсутствия мышечной слабости. Одно из распространенных нарушений моторики. Нервно-мышечное заболевание, которое может носить генетический характер.

моя мама в отсутствие реального диагноза. Во время одного из моих визитов после рождения Нейта мы обсуждали с ней возможные причины появления этого заболевания. «*Возможно, все дело в моем подавленном гневе*», — рассуждала она. Как мать двоих детей, я прекрасно понимала, что она имеет в виду. Иногда я и сама не знала, что сильнее разрушает меня — сама ярость или попытки подавить ее. Но теперь я задаюсь вопросом: «Неужели ее ярость еще глубже, чем я себе представляла?»

— Привет, мам, — говорю я. — Нужна помощь?

Процессы одевания и раздевания, похоже, занимают все время мамы в эти дни.

— Не-а! Это моя физиотерапия. Дети уже уснули?

— Если нет, мы скоро это узнаем, — отвечаю я и сажусь на пол, прислонившись спиной к гладкой поверхности ванны. Я смотрю на мамино лицо. Оно по-прежнему красивое, и так думают все окружающие, кроме нее самой. Сосредоточенная на процессе, мама хмурит брови. Трудно сказать, пытается ли она надеть носок или снять его.

— Я так рада, что ты здесь, — говорит она, а носок так и свисает с ее пальцев. — У нас не было возможности поговорить наедине. Расскажи мне обо всем. Как Стюарт?

*Расскажи мне обо всем.* О другом мужчине, с которым я переспала? О женщине, с которой Стюарт, возможно, в этот момент трахается?

«*Твоя мать не так уж идеальна*», — сказала мне тетя. Оказывается, я тоже не такая уж и идеальная.

— Он в порядке, — начинаю я, — но порой бывает трудно. Дети и все остальное, понимаешь? — Я снова смотрю на нее, надеясь взглядом объяснить все то, чего не могу сказать.

— Супружеская пара — это как два камня в реке, — говорит мама. Схватку с носком она выиграла. Мама плавно опускает ногу на пол, а затем обращает все свое внимание на меня. — На протяжении всей жизни вы притираетесь друг к другу. И именно так сглаживаются все неровности.

Я сдерживаю подступающие слезы, пока мама продолжает смотреть на меня. Она все видит. Она все понимает.

— Стюарт — твой идеальный камешек, милая. Я никогда в этом не сомневалась.

Я киваю и отвожу взгляд. Я хочу спросить ее о многом. О моем отце. О ее ярости. И о том, что же значит быть хорошей женой и матерью. Но я не могу подобрать слов. Мигрень накрывает меня с новой силой и блокирует ту часть сознания, которая могла бы сформулировать все эти вопросы.

— Я устала, — говорю я и встаю на ноги, чтобы поцеловать ее в макушку. — Спокойной ночи, мама. Я люблю тебя.

Лежа в старой родительской кровати и думая о Стюарте и Лене, я хочу вернуться в ванную, из которой, скорее всего, еще не ушла мама. Наверное, она старательно чистит зубы или умывается. Сейчас мама настолько медлительна, что на все приготовления ко сну у нее уходит больше часа. Но я не могу заставить себя это сделать. Кроме того единственного раза, после рождения Дэниела и смерти отца Стюарта, мы с мамой никогда не говорили о сексе откровенно. И хотя мой отец был не против этого, она все равно называла свои отношения с Джимом «интрижкой». Когда мама рассказывала мне об этом, по интонации ее голоса я понимала, что ей стыдно, и похоже, что одобрение мужа не имело для нее никакого значения. Как будто не существует ничего, что может оправдать желание женщины захотеть кого-либо или что-либо вне рамок брака.

Но неужели стыд моей матери — это та причина, по которой я не хочу задавать ей те вопросы, что мучают меня? Возможно ли, что именно поэтому я не хочу выяснять, были ли у моего отца «интрижки»? А если моя мать была так же раздавлена ревностью и болью, которые я испытываю при мысли о том, что Стюарт спит с Леной?

И я понимаю, что не хочу ничего спрашивать у матери, потому что я не хочу рассказывать ничего о себе. Я не хочу, чтобы мама узнала правду о моем браке. Потому что я размышляю о том, не совершила ли я ужасную ошибку.

Потому что по причинам, которые я не могу четко сформулировать, меня тоже накрывает чувством стыда.

* * *

МОЯ ГОЛОВА ВСЕ ЕЩЕ РАСКАЛЫВАЕТСЯ, а наш самолет уже идет на посадку. Стюарт встречает нас у ленты выдачи багажа. Заметив отца, Нейт и Дэниел бросаются к нему. Он крепко обнимает мальчиков и, немного нагнувшись вперед, собирается поцеловать меня.

— У меня ужасно болит голова, — сообщаю я ему.

— Мне жаль, милая. Давай отвезем тебя домой.

Я смотрю, как Стю поднимает Нейта одной рукой, затем тянется к ленте и с легкостью снимает наш тяжелый чемодан. Я наблюдаю, как двигаются его широкие плечи, как напрягаются под футболкой бицепсы, и останавливаюсь на лице с отросшей рыжевато-золотистой щетиной.

Стю с мальчиками идут в сторону парковки, а я семеню следом, смотря на уверенную походку мужа, его симпатичную круглую попу, и отмечаю ту ласковую манеру общения, в которой он обращается к детям. Внутри меня поднимается волна паники. Мой муж сексуален, он потрясающий отец и просто находка. Как я могла забыть об этом?

Всю дорогу до дома мальчики болтают, не замолкая ни на минуту, а я закрываю глаза, чувствуя, как пульсируют виски от напряжения. Мысли не дают мне покоя. Совсем скоро мы со Стюартом останемся наедине, и я узнаю ответ на терзающий меня вопрос. И другого выхода из этой ужасной ситуации нет, есть лишь надежда на то, что, *возможно, между ними ничего не было*, и я смогу с облегчением вздохнуть.

Едва мы переступаем порог дома, как Дэниел убегает в свою комнату, а Нейт отправляется на поиски кота. Стюарт несет наш чемодан наверх, а я иду следом за ним, с трудом переставляя ватные ноги. Сейчас я как робот, выполняющий последнюю миссию и готовящийся к самоуничтожению.

Войдя в спальню, я закрываю за собой дверь.

— Мне положить его на кровать? — спрашивает Стю, кивком головы указывая на чемодан в его руке.

Я молчу и чувствую, как дрожат мои колени. Смотрю вперед и вижу перед собой темные пятна и круги. Все, что я могу, это шепотом спросить:

— Ты спал с ней?

Стю опускает голову вместе с чемоданом и шумно выдыхает. Он смотрит на меня, и я вижу ответ в его глазах еще до того, как он его произносит.

— Да.

Мои ноги подкашиваются. Я падаю на пол рядом с кроватью. Боюсь, что меня сейчас стошнит.

— Молли... — начинает он.

Но я едва слышу его. Я словно упала на дно глубокого темного колодца и иду ко дну. Откуда-то словно через толщу воды доносятся слова и собираются в какое-то подобие фраз, какие-то обрывки предложений... *Она ничего для меня не значит... Ты же сказала, что не против... Почему ты так реагируешь?..*

Но до меня доносится только одно слово, которое он сказал. *Да.*

*Все, чего я боялась, произошло.*

* * *

Я ПРОСЫПАЮСЬ, когда за окном уже темно. Кажется, теперь голова болит из-за ушиба, а не из-за продолжительной мигрени. Осторожно встаю с кровати и спускаюсь вниз по лестнице. В доме тихо. Стюарта я нахожу на кухне: он в наушниках моет посуду.

Я осторожно подкрадываюсь к нему сзади и обхватываю руками поперек талии, уткнувшись лицом в спину супруга. Он выключает кран, небрежно вытирает руки о джинсы и достает один наушник.

— Ты уложил детей спать, — говорю я. — Спасибо.

— Разумеется, — отвечает он, не обернувшись. Его голос звучит холодно.

— Прости меня, — говорю я.

— За что? — спрашивает он. Стюарт ненавидит, когда я извиняюсь, не зная за что. Сейчас я задумалась о том, сколько раз моя мама *просила прощения* только за выходные и в течение многих лет до этого, на протяжении всей моей жизни. На самом деле она постоянно извинялась. Ни за что. И за все.

— Я не знаю.

Некоторое время мы стоим в тишине и я крепко обнимаю Стю. Не замечаю, как начинаю плакать.

— Я намочила твою майку, — бормочу я.

Муж поворачивается ко мне:

— Давай поговорим.

Мы идем в гостиную и садимся на диван. Приятно вот так сидеть рядом, ощущая тепло его тела, но не глядя друг другу в глаза. Мне хочется забраться к нему на колени. Но вокруг Стюарта я чувствую некую броню, невидимое силовое поле, которое я не могу преодолеть.

— Я не знаю, как говорить с тобой об этом, — начинает он, фокусируя взгляд на своих руках. — Я не хочу чувствовать себя виноватым за то, что сделал то, что ты мне разрешила.

Я понимаю, что он злится на меня. *Он* злится *на меня*. Мой разум мутнеет, и тошнота накатывает с новой силой.

— Я не думаю, что мне следовало рассказывать тебе о Лене, — продолжает он. — Мне нравится слушать, когда ты рассказываешь о себе и Мэтте, но я понимаю, что ты не испытываешь таких эмоций, если речь идет обо мне и другой женщине.

Безусловно, он прав, но то, что он сейчас говорит, волнует меня меньше всего. Проблема в том, что это вообще происходит. Я вспоминаю слова моей матери:

*«Это была идея твоего отца».* Но это совсем другое. Ведь секс с Мэттом был *моей* идеей, верно?

— Лена никогда не заменит мне тебя, Молли. — Он украдкой смотрит на меня, а затем возвращает взгляд на свои руки. — Она мой друг, но не более того. Так же, как ты и Мэтт. И это ничего не значит.

Я задыхаюсь, у меня кружится голова, и накатывает новый приступ тошноты. *Что это значит для тебя, Молли?* Я до сих пор не знаю, что значит для меня секс с Мэттом, но это точно не про дружеские отношения.

Стюарт продолжает говорить, то ли не замечая, то ли намеренно игнорируя мое молчание:

— Но стоит признать, это довольно приятно, когда тебя считают привлекательным, понимаешь?

Конечно, я понимаю. Ведь я испытываю то же самое. Но я забыла, что Стюарт тоже хотел бы слышать эти слова. Как-то в начале наших отношений мы посетили дом его родителей на Лонг-Айленде. Он показал мне фотографию, сделанную на его бар-мицве: толстый ребенок, втиснутый в костюм кремового цвета, пиджак, пуговицы которого держались просто чудом, очки с толстыми стеклами, прыщи, огненно-рыжие вьющиеся волосы (Стю называл свою прическу «еврейское афро»), зажатый между улыбающимися родителями и высоким, стройным старшим братом. *«Мама называет брата „роскошным парнем"»*, — сказал мне тогда Стю, и от окатившей меня волны ужаса я на какое-то мгновение забыла, как дышать.

Новый поток слез хлынул из моих глаз. Я вспомнила, как увидела мужа в аэропорту сегодня днем. Не знаю, когда в последний раз я говорила ему, что он сексуальный. Стюарт постоянно повторяет мне это, но я все равно не верю ему. Почему же мы не можем дать друг другу это чувство уверенности в своей неотразимости? Что с нами не так?

Он берет мою руку — обмякшую и безвольную — и сжимает в своей.

— Думаю, нам нужно что-то решать. Ты хочешь остановиться?

Конечно хочу. Мы должны прекратить это. Я не могу делить Стюарта с кем-либо. Я не могу делить его с Леной, женщиной, которая мечтала стать его женой. Женщиной, которая знает его дольше, чем я. Женщиной, дети которой называют моего мужа дядей Стю.

Но в то же время я не могу *больше никогда не увидеться* с Мэттом. И я до сих пор не могу объяснить почему. Возможно, Стюарт прав и дело в том, что мне нужно посмотреть на ситуацию под другим углом. Мне нужно почувствовать себя желанной женщиной, а не только женой и матерью. Быть может, мои чувства к Мэтту — не более чем зависимость от того, что я ощущаю, находясь рядом с ним: я блистаю, и все для меня так ново.

— Я не знаю, — признаюсь я.

— Хочешь, посмотрим спектакль? Поговори со мной! — забавным голосом произносит муж, и я поднимаю глаза. Он держит руки на уровне лица и изображает кукольный театр, будто его правая рука общается с левой.

Мне так хочется поддаться на его уловку. Умение Стюарта заставить меня смеяться, даже в самой нелепой и катастрофической ситуации, — его суперспособность, стоящая на лидирующем месте в списке причин, по которым я вышла за него замуж. Но теперь я сомневаюсь в искренности его мотивов. Может, он просто пытается отвлечь меня от пропасти, образовавшейся между нами? *Смотри, какие смешные куклы, и не смотри вниз.*

Все это слишком утомительно. Решаю довериться супругу, потому что не вижу другого выхода, и бросаюсь ему на шею.

— Я так тебя люблю, — говорю я, крепко прижимаясь к нему.

— Я тоже тебя люблю, девочка моя, — отвечает он. — И я всегда буду любить тебя. Но давай на время попробуем ввести новое правило. Больше я не буду рассказывать тебе о том, что я делаю.

— Хорошо, — отвечаю я, кивая. Мои виски пульсируют, превращая поток мыслей в бесформенные фразы, не поддающиеся анализу и осознанию.

— Но ты… — добавляет Стю с коварной ухмылкой, — должна рассказывать мне все.

* * *

НОЧЬЮ Я ЛЕЖУ В ПОСТЕЛИ, прижавшись к Стюарту.

Мне не дает покоя одно воспоминание из прошлого. Почти десять лет назад я путешествовала с подругой Марией по Венесуэле, и эта поездка совпала с нашей со Стюартом первой годовщиной свадьбы. Тогда мне показалось весьма символичным то, что в этот день нам не обязательно быть вместе и что, хотя мы и женаты, у каждого из нас все равно может быть своя независимая жизнь.

Во время отпуска мы с подругой отправились на двухдневную экскурсию с рафтингом. На второй день пути наши гиды остановились у одного моста.

Это было популярное место, откуда люди прыгали в реку и свободно дрейфовали по порогам, после чего под прямым углом выплывали на берег. Видимо, это были люди, которые находили такое развлечение забавным.

Так уж вышло, что я смертельно боюсь высоты. Но, повинуясь какому-то внутреннему порыву, я захотела бросить вызов своему страху. Тем более у меня появилась такая возможность. Я хотела хоть раз забыть об излишней осторожности и проявить смелость. И я даже вызвалась прыгнуть первой. Позже Мария описала мне эту сцену со своей точки зрения.

— Это было похоже на наблюдение за попыткой самоубийства, — подытожила подруга.

Я проигнорировала все советы, которые давали опытные инструкторы: *обязательно вытяните носки, скрестите руки на груди и оттолкнитесь от моста, стараясь отпрыгнуть вперед на несколько метров.* Вместо этого я просто шагнула вниз, в полете хаотично размахивала руками и ногами и со звонким шлепком упала в воду. Потрясенная произошедшим, я замерла на воде, даже не пытаясь пошевелить руками или ногами. Мария прыгнула в воду вслед за мной и вытащила мою никчемную тушку на берег.

— Больше никогда так не делай! — прокричала она.

— Хорошо, — покорно согласилась я, вернувшись к привычному послушному состоянию, пока подруга удерживала меня на плаву. — Не буду.

Позже у меня появились огромные синяки на боку и бедрах, на месте удара тела о гладь воды. Самый большой был диаметром с футбольный мяч и переливался зелеными, пурпурными и золотыми оттенками. Мария сфотографировала мне это недоразумение, чтобы я помнила о своем обещании. Но синяк уже давно зажил, фотография потеряна, и я уже знаю, что нарушу свое обещание.

Я готовлюсь к еще одному безумному прыжку.

# Глава 5

В ТЕЧЕНИЕ СЛЕДУЮЩИХ ЧЕТЫРЕХ лет я спала с Мэттом всего несколько раз: когда его девушки не было в городе или когда Стюарт отправился на конференцию, а дети — в летний лагерь. Наше общение проходило примерно по следующему сценарию: после очередного секса Мэтт присылал мне сообщение, что больше не может так поступать и что его гложет чувство вины. Я плакала и впадала в уныние, боролась с очередным приступом мигрени, а потом с головой окуналась в родительские обязанности. Я говорила себе: мои дети еще совсем маленькие, я нужна им. Поэтому все к лучшему. Затем проходило несколько долгих месяцев, и мы с Мэттом снова начинали общаться. Сначала обменивались сообщениями раз в неделю или две, потом писали друг другу чаще. Наши сообщения были насквозь пропитаны фальшивым целомудрием в те моменты, когда на горизонте появлялась возможность в скором времени увидеться. Его девушка вскоре собирается в очередную рабочую поездку. Или я останусь одна дома на выходных. И самое главное, мы никогда не планируем нечто большее. Мы просто *узнаём*, свободен ли один из нас, чтобы пойти выпить по стаканчику и пообщаться.

Я скрываю от Мэтта то, что Стю знает о нашей с ним связи. Хочу, чтобы мужчина думал, что мы с ним в одной лодке и что меня одолевают те же демоны, что и его. Но на самом деле чем ближе наши «невинные» свидания, тем лучше я себя чувствую и тем реже у меня случаются приступы мигрени. Когда я уже знаю, что скоро увижу Мэтта, я терпеливее отношусь к выходкам детей и охотнее занимаюсь сексом со Стюартом.

В те ночи, когда мы с Мэттом встречаемся (а делаем мы это исключительно ночью), электрический разряд пробегает по моему телу, как только я вижу его глаза цвета морской волны. Час или два мы ведем себя как обычные друзья: общаемся и выпиваем по стаканчику, это помогает избавиться от всех назойливых мыслей и запретов. А затем наши колени соприкасаются под столом, и мы больше не сдерживаем себя. Наши взгляды пересекаются, и вот мы уже пьяно бредем к его квартире или моему дому (в зависимости от того, что свободно в этот момент), стремительно раздеваем друг друга, неистово трахаемся (правда, секс заканчивается слишком быстро) и затем, лежа в кровати, минут десять уделяем напряженным разговорам, прежде чем чувство вины Мэтта и мой стыд снова поднимут свои уродливые головы. А вскоре все начинается заново.

Причина чувства вины, терзающей Мэтта, мне понятна, но причина моего стыда не так очевидна. Я сняла с себя всякую ответственность за девушку моего любовника. (*Ведь если он изменяет ей еще до брака, значит, их отношения обречены, не так ли?*) А мой муж не против этих отношений. Тем не менее есть что-то в признании собственных неудовлетворенных потребностей, что заставляет меня стыдливо отводить взгляд.

Однако в постели со Стю весь мой стыд исчезает, и Мэтт снова становится неотъемлемой частью нашего брака, выполняя роль той маленькой тайны, которая была изначально ему отведена. Даже несмотря на продолжительные перерывы в общении с Мэттом, я все равно могу возбудиться при мысли о нем. *Ты хотел бы посмотреть, как я делаю Мэтту минет? А хотел бы увидеть, как я двигалась, когда была сверху?* Я выплескиваю весь свой страх и все свое желание на Стюарта. Наш секс кажется опасным, как будто мы с ним ходим по краю пропасти и крепко хватаемся друг за друга, чтобы не упасть. В моменты, когда Стюарт делает что-то новое (как-то непривычно ласкает меня языком, помогает принять какую-то незнакомую мне позу), я замираю. В моей голове сразу возникает вопрос: *«Где он научился этому?»* Но я боюсь спрашивать его об этом. Я интенсивно мотаю головой, отгоняя все эти навязчивые идеи, и заставляю себя погрузиться в то первобытное состояние, когда мной овладевают инстинкты, а не мысли. Затем меня накрывает волной оргазма. И сейчас эти ощущения намного сильнее, чем в первые дни нашего брака.

* * *

Я НЕ ЗНАЮ, КАК ЧАСТО Стюарт встречается с Леной. Но я точно знаю, что они видятся. Как-то загружая вещи в стирку, я по привычке проверила карманы мужа, чтобы выбросить из них пустые упаковки от жвачки, скомканные салфетки и квитанции из химчистки. Но среди мусора я нащупала что-то похожее на кредитную карту. Вытащив пластик из кармана, я несколько секунд внимательно смотрю на него, прежде чем осознаю, что именно у меня в руках.

*«Отель „Хилтон". Приятного пребывания»*.

Ключ-карта от номера в отеле. Я смотрю на нее и буквально слышу в голове голос мужа: *«Я больше не буду рассказывать тебе о том, что делаю. Вместо этого я просто оставлю ключ от номера в кармане. Я знаю, что ты будешь стирать вещи и найдешь его. А значит, ты представишь нас в гостиничном номере. Если ты вспомнишь, в какой день эти джинсы были на мне, то даже сможешь точно определить, когда это произошло. Невольно подумаешь о том сообщении, в котором я написал, что задерживаюсь на работе. И ты поймешь, что это была именно та ночь, когда я пришел домой в 04:30 утра и поцеловал тебя, пока ты спала. Я поцеловал тебя губами, которыми целовал ее. Губами, которые изучили каждую клеточку ее кожи, возможно, неоднократно заставляя ее кричать и стонать»*.

Я задумалась обо всем том времени, которое я проводила наедине с детьми: ужины, укладывание мальчиков на ночной сон, мытье посуды, и то чувство одиночества, преследовавшее меня, потому что я все это делала сама — ведь Стюарт должен работать. Но осознав, в какой реальности я живу сейчас, я задаюсь вопросом: *«А действительно ли он проводил в офисе все это время?»* Да, я верю, что все было именно так. В конце концов, он явно плохой конспиратор, который и сейчас не в состоянии аккуратно замести следы.

Но, несмотря на мои попытки подавить эти неприятные мысли, во мне уже поднимается что-то другое.

Он мог бы все эти вечера провести дома. Выходит, он и сейчас срывается с работы, чтобы побыть с *ней*?

Я чувствую, как ревность смешивается с обидой, которую я сдерживала годами, каждый раз, когда чувство одиночества в нелегком деле воспитания детей ползло по моим венам, сжимало горло и пробирало до самых внутренностей. Но смотреть на свой гнев все равно что смотреть на солнце. И долго ты не сможешь наблюдать за ним, ведь можно навредить себе. А значит, то, что ты успеваешь увидеть, — лишь один элемент огромного пазла.

Я чувствую, как меня переполняет ярость. Ключ-карта стремительно летит в мусорное ведро.

* * *

ЗА ВСЕ ЭТО ВРЕМЯ Я ни разу не приглашала Мэтта домой, если там были дети. До сегодняшнего дня. Возможно, дело в том, что Нейту уже восемь лет и я уверена, что он не проснется посреди ночи. А может быть, на этот безрассудный поступок меня подтолкнуло то, что я нашла ключ от гостиничного номера. Я чувствую себя так, словно выпила крепкий коктейль из ревности и злости, затуманивший мой разум. Я осознаю, что мое негодование направлено не столько на Лену, сколько на свободу Стюарта делать все, что ему заблагорассудится. Он может ночевать в отелях, не заботясь о таких деталях, как время сна детей или возможность найти свободную няню на вечер. В любом случае я успокаиваю себя тем, что Дэниел и Нейт сладко спят в своих кроватях наверху. Между нами — два этажа, и мы с Мэттом в гостевой комнате с запирающейся на замок дверью и отдельным выходом на крыльцо.

Наша одежда небрежно разбросана на полу. Я говорю Мэтту, что мне нужно проверить детей. Оставляю его в теплой постели и голышом бегу вверх по лестнице на кухню. Признаюсь, это немного безрассудно. Я вовсе не собираюсь смотреть, как там мальчики. Вместо этого я набираю сообщение Стюарту. Он с такой готовностью согласился задержаться в офисе, поддерживая мою безумную затею, что я уже начала испытывать чувство вины.

*«Мэтт еще здесь. Но не волнуйся. Как любовники вы абсолютно разные».*

В моих словах лишь доля истины. С Мэттом секс совсем другой, он возбуждает своей незаконностью и неправильностью. Но Стю так хорошо знает мое тело. Мэтту потребуются годы, чтобы в этом плане приблизиться к уровню моего мужа. Но в основном я хочу успокоить Стюарта, донести до него ту приемлемую версию «всего, что я делаю», как он и просил.

Я нажимаю кнопку «Отправить». И с ужасом осознаю, что сообщение доставлено не тому человеку.

Трясущимися руками я набираю сообщение для Стю:

*Как отменить отправку сообщения?*
*Я думала, что пишу тебе, а отправила текст Мэтту!*

Стюарт пытается помочь, но ничего не получается. Сообщение доставлено. Я сбегаю вниз — все еще голая — и несу какую-то околесицу, роясь в нашей разбросанной одежде. Я ищу телефон Мэтта. Сейчас его мобильный словно бомба замедленного действия, и мне необходимо удалить это сообщение.

— Молли, — зовет Мэтт, но я не поднимаю на него взгляда. — Молли, — повторяет он. — Для кого это сообщение?

Он все еще лежит на кровати, но уже надел джинсы. А в руках у него телефон, который, должно быть, лежал в заднем кармане брюк.

Не моргая, я смотрю на телефон в его руке и пытаюсь понять, смогу ли я еще как-то выкрутиться. Но нет.

— Для Стюарта, — отвечаю я. — Но не пойми меня неправильно. Ты потрясающий любовник. Я просто пыталась как-то подбодрить его.

— О, это меньшее из того, что меня беспокоит, Молли. То есть он знает, что я здесь?

Я киваю. Когда он смотрит на меня, я замечаю что-то новое в его взгляде. Возможно, это чувство отвращения, но испытывает он его по отношению ко мне, к себе или к нам обоим, я не могу точно сказать. В горле так сухо, будто я проглотила горсть песка. Я не могу произнеси ни звука.

— Я лучше пойду, — говорит Мэтт. — Мне нужно подумать.

Я молча наблюдаю, как он торопливо засовывает ноги в ботинки и натягивает рубашку через голову. Он уходит так быстро, что я начинаю сомневаться, а был ли он вообще здесь. Беру в руку телефон и отправляю сообщение Стю:

> *Он ушел. Можешь приехать домой, пожалуйста?*

Мне невыносимо смотреть на скомканные простыни и думать, что, скорее всего, это была наша последняя встреча. Я заставляю себя сложить диван и бросить простыни в стиральную машину, принять душ и надеть пижаму.

Когда Стюарт приходит домой, он обнимает меня и говорит, чтобы я не переживала.

— Это не так уж важно, — говорит Стюарт. — Почему он вообще об этом волнуется?

Я не могу объяснить ему, почему я так уверена, что это конец. Но одно то, как Мэтт смотрел на меня, уже многое меняет. Он смотрел так, будто я все это время использовала его. Возможно, так и было. Но не в том ключе, как он думает. Я использовала Мэтта не только как маленький секрет в нашем браке — как я хотела, чтобы считал Стюарт. Нет. Я использовала Мэтта как своеобразный портал в другой мир. В такое измерение, где я могу бегать голой по собственной кухне, не считая, что делаю что-то неправильное. Но этот другой мир нереален. И мой портал закрылся.

Я часами лежу на кровати и не могу заснуть. Как только в окно спальни проскальзывает первый луч света, я пишу Мэтту, пытаясь все объяснить. Он присылает лаконичный ответ:

*Я желаю тебе всего наилучшего, Молли,*
*но с меня хватит. Прощай.*

Остаток дня я провожу словно во сне. Я в ужасе от случившегося и от степени идиотизма своей ошибки. Сейчас я как главная героиня мыльной оперы. Годами лгала Мэтту о том, что Стюарт не в курсе отношений между нами. Занималась сексом с любовником в комнате для гостей, пока мои дети спали наверху. Разгуливала по дому голышом. Отправила просто ужаснейшее сообщение в самый неподходящий для этого момент, да еще и человеку, которому категорически нельзя было этого видеть! Если бы это все сделала не я, то нелепость этой ситуации была бы забавной. Но это все моих рук дело. И теперь я утопаю в чувстве стыда.

В тот вечер Стюарт вернулся с работы рано. По моему состоянию он понял, что в мыслях я где-то далеко, куда он не сможет добраться, и постарался позаботиться обо мне.

— Хочешь поговорить об этом? — спросил он после того, как дети уснули. Я молча лежала на диване. Мои глаза были красные и опухшие от слез.

— Я не знаю, смогу ли, — отвечаю я.

Он молча кивает. А потом добавляет:

— Хочешь, чтобы я перестал встречаться с Леной?

Его слова похожи на спасательный круг. Я буквально отталкиваюсь от дна и плыву вверх, чтобы ухватиться за него.

— Ты сделаешь это для меня? — осторожно уточняю я.

— Конечно, — сразу отвечает супруг. — Ты для меня важнее всех на свете. Давай сделаем перерыв. Пока тебе не станет лучше.

И вот круг начинает шипеть и сдувается, а я снова медленно иду ко дну. Перерыв. А не конец.

— Ты не понимаешь, — начинаю я. — Я не думаю, что *когда-нибудь* буду готова пережить это снова. Это слишком больно.

И я даже не знаю, как мне разобраться со всей этой болью. Больно делить Стюарта. Больно терять Мэтта. Но также больно думать, что этот этап моей жизни закончился. Что я больше никогда не смогу почувствовать себя блистающей и неизвестной для кого-то. Что я больше никогда не буду такой сверкающей и загадочной для себя.

— Думаю, я *понимаю*, — говорит Стюарт, взяв меня за руку. — Помнишь *Le Trapeze*?

Конечно помню. В этот захудалый секс-клуб мы ходили еще до свадьбы. Но если судить по взгляду супруга, наши воспоминания отличаются. Когда он спросил, у меня в памяти всплыл эпизод с двумя распутными девицами в женском туалете, которые обсуждали свои ожидания от сегодняшнего вечера. Они говорили о том, что Джонс, который привел их туда, потом отвезет их в «Макдоналдс».

— Мне там не понравилось, — возражаю я.

— Что? Неправда, — оживляется супруг, взмахнув рукой. — Если бы это действительно было так, мы бы не ходили туда *дважды*. Было то, что тебе понравилось, и то, что тебе не понравилось. То же самое касается и свиданий с другими людьми.

Следует признать, что он прав. В том забытом богом месте мне нравилось ходить с обнаженной грудью. И мне нравилось, как на меня смотрел Стюарт, да и другие мужчины тоже. И то ощущение, что я вырвалась из своего образа хорошей девочки, что я вся такая дерзкая и желанная, мне тоже очень нравилось.

Но анонимность этого места мне не нравилась. Меня не устраивала эта атмосфера взаимозаменяемости тел. Поэтому я сказала Стюарту, что хочу уйти, как только ко мне прикоснулся незнакомец. И хотя это была полностью моя идея, сходить в клуб еще раз для того, чтобы эту затею воплотить в жизнь, — я здорово напилась.

— Я ничего не обещаю, — сообщаю я мужу. — Но я подумаю об этом. Просто дай мне немного времени. Я думаю, что для начала мне стоит вернуться к терапии.

— Отличная идея, — поддержал Стюарт и поцеловал меня в лоб. — Только бы мне не пришлось туда идти.

* * *

МИТЧЕЛЛ ВЗГЛЯНУЛ НА МЕНЯ.

— Во время нашей прошлой встречи я попросил тебя подумать о том, что бы значило для тебя переспать с Мэттом, — сказал он.

Немного удивленная, я молча киваю. Как будто мы и не прерывали наши сеансы. Даже если он просматривал свои записи перед тем, как я вошла в кабинет, в его глазах я вижу что-то искреннее. Я ценю эти ощущения, которые мне дает общение с Митчеллом: он запомнил меня. Он знает, кто Я.

— Но в прошлый раз я не хотела думать о том, что это значит. Я просто хотела сделать это, — отвечаю я и делаю паузу. — И я переспала с ним. Несколько раз.

Я и не знала, что так приятно признаваться в своих грехах. Но еще приятнее то, что Митчелл не реагирует так, будто я совершила что-то поистине ужасное.

Он просто спрашивает:

— И теперь ты чувствуешь какие-то изменения? В плане — ты готова подумать над этим вопросом?

Я киваю в знак согласия и добавляю:

— Мне нужно кое-что прояснить для себя.

Внезапная боль обрушивается на меня, и голова буквально оказывается зажата в тисках. Митчелл замечает стремительное изменение моего состояния. Должно быть, я неосознанно вздрогнула.

— И что сейчас происходит с тобой? Я имею в виду в физическом плане.

— У меня болит голова, — говорю я. — Это больше похоже на мигрень. Приступы бывают очень сильными. Но я не испытываю боль постоянно.

— Хм, — произносит Митчелл, делая пометку в блокноте, — полагаю, мы только что выяснили, каким будет твое первое домашнее задание. Я бы хотел, чтобы в течение следующих двух недель ты записывала, что делала или о чем думала, когда почувствовала приближение головной боли.

— Хорошо, — легко соглашаюсь я, приободрившись, потому что чувствую, как боль отступает. — Я люблю домашние задания.

— Правда? — уточняет Митчелл, улыбаясь. — А почему?

Я задумываюсь над это вопросом. Помню день, когда я перешла в третий класс. Я была так взволнована, ведь именно с этого года мне наконец-то начнут задавать уроки на дом.

— Наверное, потому что у меня это хорошо получалось, — предполагаю я. — В первый же день третьего класса я сделала все домашние задания на год вперед. Исписала целых две рабочих тетради по чтению и математике. Так что в итоге я перескочила через четвертый класс.

Митчелл делает еще одну пометку. Я не уверена, что эта информация имеет какое-то отношение к моей сексуальной жизни или даже к моим головным болям.

— Должно быть, ты была младше своих одноклассников?

— Да, — я киваю. — Я была самой младшей в классе. Так что мне было всего двенадцать, когда я перешла в среднюю школу. А уже в шестнадцать я поступила в колледж. Окружающие называли меня Дуги Хаузером[1]. Но не потому, что я придумала, как вылечить рак или что-то такое, нет. Мне просто легко давалось обучение.

— Я уверен, здесь кроется нечто большее, — с улыбкой отметил Митчелл. Мне было приятно, что доктор находит меня забавной. — Как ты отнеслась к тому, что тебе пришлось перепрыгнуть через класс?

Я какое-то время обдумываю его вопрос.

— Мне нравилось, что меня считали умной, — говорю я. — Взрослые считали меня одаренной, особенно мои родители.

Митчелл внимательно смотрит на меня.

— Но тяжело было быть столь юной, — произношу я, и тут меня осеняет одна мысль. — Всю жизнь меня считали ботаником. И до первого курса колледжа у меня никогда не было парня. А потом появился Уильям. Мы встречались с ним четыре года, до того, как я встретила Стюарта. Собственно, поэтому Стю и сказал мне — еще до нашей помолвки, — что хочет, чтобы я спала с другими парнями. Он считал, что я упустила возможность насладиться молодостью или что-то в этом роде.

Я наблюдаю за Митчеллом, пока он что-то быстро записывает.

— К тому же это его заводит, — добавляю я.

---

[1] «Доктор Дуги Хаузер» (*англ.* Doogie Howser, M.D.) — американский медицинский сериал, который транслировался на канале ABC с 1989 по 1993 год. В нем рассказывалась история мальчика-гения, который в 16 лет работал врачом в местной клинике. Помимо взрослых серьезных проблем главный герой сталкивался с трудностями, типичными для своего возраста: конфликты в общении с друзьями и девушкой, поиск себя.

Доктор кивает и молча смотрит на меня.

— И еще кое-что, — вспоминаю я. — Не знаю, важно это или нет, но у моих родителей тоже был открытый брак. Правда, они его так не называли. Моя мама спала с одним парнем, и отец поощрял ее поведение. В общем, как у нас со Стюартом. Но когда мы со Стюартом обсуждали такой формат брака, я не знала, что мои родители так жили.

Митчелл приподнимает брови, а ручка в его руке напряженно царапает бумагу.

К тому времени, когда наш сеанс заканчивается, я завалена домашними заданиями. Первое задание — отслеживать свои головные боли. Но второе задание намного важнее.

— Молли, — задумчиво произносит Митчелл, смотря на полоток и, видимо, собираясь с мыслями, а затем переводит взгляд на меня. — Ты рассказала мне, почему Стюарт считает, что ты должна состоять в открытом браке. И ты привела в пример отношения твоих родителей. Но ты так и не смогла сформулировать, что ты желала получить от этого соглашения. Поэтому я бы хотел, чтобы ты обдумала этот момент.

Я киваю, жалея, что не могу забрать Митчелла с собой домой.

Тем временем он продолжает, интонацией придавая следующим словам особое значение:

— И я настоятельно рекомендую тебе поговорить с матерью.

## Глава 6

Я НЕ БЫЛА БЫ СОБОЙ, если бы не взялась за выполнение домашнего задания со всей ответственностью.

Я прилежно отслеживала свои мигрени, но в них трудно было выявить какую-то закономерность. Голова могла заболеть, когда я отводила Нейта в класс, во время обеда или последнего урока или когда я забирала Дэниела из школы после уроков, а порой и в моменты, когда я вечером укладывала мальчиков спать. Или я могла резко проснуться в четыре утра, потому что во сне мою голову придавило огромным камнем. Я замечала, что выпивала по таблетке *экседрина*[1] перед запланированным свиданием со Стюартом, пытаясь сдержать приступы боли, чтобы изображать счастливую супругу, готовую к безудержному сексу. Я могла подумать о Мэтте и ощутить подступающую тошноту, а в глазах начинали мигать яркие вспышки. Все это загоняло меня

[1] Экседрин — комбинированный препарат при головной боли и мигрени. Содержит три активных компонента: ацетаминофен, аспирин и кофеин, которые помогают воздействовать на боль разными способами.

в постель, и я, тихо рыдая под одеялом, надеялась, что смогу избавиться от головной боли и вытереть слезы до того, как меня найдут дети.

А что же еще провоцирует мои приступы? Размышления о двух других моих заданиях.

*Почему я хочу, чтобы формат нашего брака стал открытым?*

*Действительно ли мне нужно поговорить с мамой?*

В субботу я попросила Стюарта отвести мальчиков на игровую площадку, чтобы я смогла позвонить маме. В начале недели я отправила ей письмо на электронную почту с вопросом, сможем ли мы найти время для разговора. На самом деле мы с ней регулярно общаемся по телефону. Поэтому моя просьба была направлена на то, чтобы предупредить ее: этот разговор будет отличаться от нашего повседневного общения.

*«Конечно же мы сможем поговорить. Как интригующе!»* — написала мама в ответ.

Несколько дней я ломала голову, пытаясь придумать, с чего начать наш разговор. Ожидая, пока мама ответит на звонок, я мысленно прокручиваю в голове начало нашего диалога. В трубке раздается шуршание, и я снова вспоминаю о маминой реальности с ее новыми физическими возможностями.

— Привет, мама! — начинаю я, придавая голосу максимально позитивную окраску.

— Привет, милая, — отзывается мама, как будто отошла от телефона очень далеко. — Ох, прости. Подожди минутку, я правильно возьму трубку.

Я вспоминаю телефонные разговоры с бабушкой за несколько месяцев до ее смерти. Чаще всего она переворачивала телефон динамиком вверх, и мне приходилось громко кричать, чтобы она перевернула его. По крайней мере, мама знает о том, что что-то не так.

— Так-то лучше! — мама говорит не так быстро, как раньше, но я слышу бодрость в ее тоне, как и всегда. — Так в чем дело? Признаюсь, твое письмо заинтриговало меня.

Я делаю глубокий вдох и, пока не передумала, произношу заготовленную заранее вводную фразу:

— Ну, я сейчас хожу к психотерапевту, и он задал мне пару домашних заданий. И одно из них — обсудить кое-что с тобой. Но я не знаю, с чего начать.

— Понятно! — отвечает она. Иногда я думаю, что моя мама могла бы с легкостью пройти прослушивание на роль неунывающей Джун Кливер[1]. — Ну в таком случае я предлагаю тебе просто начать говорить!

Хотя я догадывалась, что мама отреагирует на мою фразу именно так, мне никогда не удавалось заранее составить текст своей следующей реплики. Я делаю глубокий вдох и чувствую, как меня сносит потоком слов, которые я вовсе не собиралась произносить.

— Хм, ну хорошо. Несколько лет назад Стю захотел, чтобы я переспала с каким-нибудь другим мужчиной, так же как папа когда-то сказал тебе, что ты должна завести роман на стороне. И я так и сделала. Его зовут Мэтт. Наши отношения продолжались какое-то время, но теперь он больше не хочет со мной разговаривать. А еще я думаю, что у нас со Стюартом сейчас все хорошо, но переживаю, что могла разрушить свой брак. И я не уверена, что мне стоит делать что-то подобное снова.

---

[1] Джун Кливер — персонаж популярного американского комедийного сериала «Проделки Бивера» (1957–1963 годы). Джун — образцовая мать семейства, квинтэссенция идеальной домохозяйки.

Я очень скучаю по Мэтту, но не знаю, действительно ли я скучаю по нему или просто мне не хватает тех ощущений, которые я получала рядом с ним. И я все еще люблю Стюарта, но я не думаю, что смогу принять его отношения с другими женщинами. И сейчас я в полном раздрае, меня постоянно мучают мигрени, и я не знаю, что мне делать.

Как только я закончила говорить и вдохнула воздух, слезы хлынули из моих глаз. Не знаю, насколько мама смогла разобрать мой словесный поток, но я больше не могу говорить. Я зажимаю телефон между левым плечом и ухом и тянусь к коробке с салфетками, стоящей на тумбочке.

— О милая, — начинает мама. — Ты так долго держала это в себе. Я так рада, что ты рассказала мне об этом.

— Правда? — спросила я, шмыгнув носом. — Я боялась тебе сказать. В последний раз, когда я заговорила о тебе и Джиме, ты выглядела очень… ну как-то неловко…

Я избегаю называть то мамино состояние чувством стыда. С прошлого нашего разговора на эту тему прошло уже больше десяти лет, и в моей памяти он все еще окутан дымкой послеродового истощения. Но сейчас, когда я резким движением сорвала пластырь с этой раны, сдерживающей воспоминания, я буквально наяву вижу, в какой напряженной позе тогда замерла мама. Я слышу ее тихие слова: «*Я была девственницей, когда мы поженились. Твой отец думал, что такая интрижка придаст мне уверенности. Это было так давно*».

— Наверное, так и было, — отвечает мама. — И я до сих пор не хочу делиться интимными подробностями моей жизни. Но если *тебе* нужно поговорить об этом — что ж, это другое дело.

— Хорошо, — говорю я. — Думаю, не стоит обсуждать детали, но у меня есть пара вопросов. Так, для общей информации.

— Ладно, — соглашается она. — Задавай.

— Как ты думаешь, если я буду спать с другими мужчинами, это разрушит мой брак?

— Определенно нет, — отвечает мама с такой уверенностью, что я невольно прыскаю смехом. Она тоже смеется. И я снова вспоминаю, как она заливалась звонким смехом, разговаривая с Джимом по телефону. Это моя настоящая мама. Не тот образ примерной и счастливой матери, которому я пыталась подражать в детстве, а цельная личность — та, что бросила вызов правилам и призывает свою дочь сделать то же самое, да еще и вдобавок ко всему смеется над этим.

— Но почему ты так уверена? — спрашиваю я, когда мы успокаиваемся.

— Потому что у вас со Стюартом есть два волшебных ингредиента, — отвечает мама ровным голосом. — Вы разговариваете друг с другом и любите друг друга. Если вы будете продолжать делать две эти вещи, погружаясь в новый опыт, ваш брак станет только ярче и крепче.

— Ты говоришь так, будто это все просто. А вам с папой было легко? Ты не ревновала? — спрашиваю я, выведывая важную информацию. — То есть, я полагаю, ты тоже разрешила ему спать с другими женщинами.

— Я не собираюсь обсуждать с тобой опыт твоего отца, — холодно чеканит мама, как всегда, не собираясь доставать скелеты из шкафа. Ее слова звучат размеренно, с паузами между ними. Она всегда говорит так, когда старается сдержать эмоции и контролировать мышцы рта. — Об этом ты должна поговорить с ним сама. — Я содрогаюсь при одной только мысли о том, чтобы спросить отца о его сексуальной жизни или поделиться с ним хотя бы крупицей информации о своей собственной. — Скажу только, что это было *нелегко*. Ничуть. Иногда мы не спали ночами, обсуждая все на свете. Но если бы передо мной встал выбор, начать все сначала или оставить как было, я бы ничего не изменила.

Когда она произносит эти слова, у меня в горле поднимается какой-то небольшой сгусток горечи.

— Но, мам, — начинаю я, — у тебя с Джимом были полноценные отношения. И ты до сих пор с ним дружишь. Может быть, поэтому ты ни о чем не жалеешь. Мы с Мэттом почти не виделись. И теперь я думаю, не было ли все это просто… не знаю… поверхностным.

— О милая, — отзывается мама. — Не волнуйся. Все еще впереди.

И только когда я кладу трубку, до меня доходит: в жизни мамы тоже должно быть что-то еще.

Тем вечером, когда дети уже уснули в кроватях, Стюарт усадил меня на диван в гостиной, чтобы расспросить о разговоре.

— Как все прошло? — спрашивает он с таким видом, будто только что получил пропуск за кулисы на концерт любимой группы. — Что ты узнала? Какие-нибудь пикантные подробности?

— Не совсем, — отвечаю я. — Мама, как и всегда, была довольно немногословна.

Он вздыхает и качает головой, демонстрируя свое разочарование.

— Так о чем вы говорили?

— Мы просто поговорили об открытом браке в целом, хотя она никогда его так не называла. Я сомневаюсь, что этот термин ей вообще знаком.

Я делаю паузу, думая, чем еще могу с ним поделиться. Я не могу сказать Стю, что спросила маму, считает ли она, что наш с ним брак проблемный. Это выдало бы мой собственный страх. Я решаю отойти от опасной темы и по иронии выбираю не менее скользкую дорожку:

— Она сказала, что мы с тобой хорошо общасмся. И это самое главное, — продолжаю я.

— О, как мило, — отвечает муж. — И я с этим полностью согласен. — Его ладонь сжимает мое колено, он нагибается вперед и целует меня. — Я собираюсь немного поработать. Спокойной ночи, мой сексуальный Чемоданчик.

Чемоданчик — одно из его прозвищ для меня. Стю любит обращаться ко мне *Малета* — одно из немногих слов, которые он помнит из школьного курса испанского языка. *Малета* переводится как *«чемодан»*, и в понимании Стю оно созвучно с именем *Молли*. Не понимаю, как эти нестандартные мысли рождаются в голове моего мужа.

— Спокойной ночи, милый. Я люблю тебя.

Позже я лежу в нашей постели и вспоминаю своих родителей в те годы, когда я была ребенком. По словам моей матери, *«мы иногда не спали всю ночь, разговаривая»*. Я помню, что подслушивала по крайней мере некоторые из этих ночных разговоров. Отдельных слов я разобрать не могла, но тон их голосов — баритон отца и альт матери — действовали на меня успокаивающе. И теперь моя мама верит, что *я*, возможно, постепенно осознала всю важность построения коммуникации в своем браке.

Где-то на краю моего сознания витает одна мысль, которую я никак не могу ухватить. Я начинаю верить, что настоящий источник моих головных болей — невысказанные истины, которые я не хочу осознавать и в которых не могу признаться даже самой себе. И вот эта мысль начинает обретать четкие очертания. Речь идет о той фразе, которую сказала мне мама, когда симптомы ее болезни только начинали проявляться. Когда она стала медленнее передвигаться, спотыкаться на ровном месте, путать слова и бессвязно бормотать.

*«Возможно, все дело в моем подавленном гневе»*, — сказала она тогда.

Но как этот гнев сочетается с той картиной супружеской идиллии, которую мама мне обрисовала? С той жизнью, в которой они с отцом не ограничивали свободу действий друг друга и говорили обо всех своих глубоких и сложных чувствах? Откуда взялась эта ярость?

И что гнев моей матери означает для меня?

* * *

С ЭТИМИ ВОПРОСАМИ Я пришла на следующий сеанс с Митчеллом.

— Как *ты* думаешь, в чем источник гнева твоей матери? — спросил доктор.

И вот я мысленно возвращаюсь в 1979 год. Мой отец прибывает домой из поездки со своими учениками. Папа руководит экспериментальной программой обучения для старшеклассников. Моя мама тоже учительница, но «обычная»: она ведет уроки, а затем проверяет и оценивает работы учеников. А еще она мать, и ей приходится самой забирать детей из школы, ходить в магазин за продуктами, готовить ужин и мыть посуду. Моя мама тяжело вздыхает, когда отец сообщает, что завезет белье в прачечную и на следующий день снова уедет.

— Моя мама только так и выражала свой гнев, — говорю я Митчеллу. — Она вздыхала. Как же это чертовски нелепо!

— Молли, а как *ты* выражаешь свой гнев? — уточняет Митчелл.

И внезапно меня осеняет.

— Никак! Вот почему у меня мигрени!

— Ага-а, — протягивает Митчелл. — Кажется, мы что-то нашли. Ты отслеживала свои приступы, как я просил?

— Да, — с готовностью отвечаю я. Никогда еще мысли о моих головных болях не были столь увлекательными. Я сделала заметки в своем телефоне. Открываю документ и начинаю читать вслух. Почти все в моем списке — забота о детях, преподавание, даже секс со Стюартом — связано с моими обязанностями и зоной ответственности. Единственный пункт — мысли о Мэтте — связан с исчезновением из моей жизни того, что *не воспринималось* как что-то продиктованное чувством долга.

— Я знаю, что у мужчин тоже есть обязательства, — говорю я, — но я уверена, что быть матерью — это совсем другое, нежели быть отцом. Это не про обязанность обеспечивать свою семью, а про отказ от той *прежней себя*. Будто тебе вообще не позволено иметь собственного *Я*.

— Многие женщины испытывают подобные чувства. И похоже, твоя мать смоделировала для тебя этот тип женственности, но за одним исключением.

— Точно! Как будто сексуальная свобода была ее единственной отдушиной, — замечаю я. — Но она до сих пор винит в своей болезни *подавленный гнев*. Так что, очевидно, этой отдушины было недостаточно.

Митчелл подается вперед и опирается локтями на колени:

— Молли, кажется, перед тобой открывается уникальная возможность. Что ты можешь вынести для себя из пути твоей матери? Подавленные эмоции могли стать причиной ее болезни. И похоже, что твои подавленные эмоции тесно связаны с твоим самочувствием. Я говорю о твоих изнурительных мигренях.

Я смотрю на него и энергично киваю в знак согласия, а слезы наполняют мои глаза. Чувство облегчения заполняет меня. Так приятно, когда кто-то объясняет, что же, черт возьми, с тобой происходит.

— Я хочу дать имя той части тебя, которая преисполнена чувством долга и подавляет свой гнев. Давай назовем ее Отличница-Молли.

— О, это определенно мне подходит, — смеюсь я.

— И поскольку Отличница-Молли любит домашние задания, давай зададим ей задачку. Наша тема на сегодня — свобода. Поэтому я хочу, чтобы ты заполнила три колонки.

Митчелл вырывает из тетради чистый лист бумаги и пишет заголовок: «*Переосмысление жизни Отличницы-Молли*». Затем он разделяет лист на три колонки. Мне уже нравится это задание. Печатные буквы, прямые линии — это же мой конек!

Тем временем Митчелл продолжает:

— Первая колонка — это «Свобода от...». Сюда ты запишешь, от чего нужно освободиться нашей Отличнице-Молли. Вторая колонка называется «Свобода быть», и, наконец, третий пункт — «Свобода делать».

Он заканчивает писать и протягивает лист мне. У меня такое ощущение, что он протягивает мне реальную частичку свободы.

— Ты отлично потрудилась сегодня, Молли. Увидимся через две недели, — прощается со мной Митчелл.

* * *

МОЙ КУСОЧЕК «СВОБОДЫ» Я НОШУ с собой повсюду. К концу второй недели тетрадный лист становится похож на использованную салфетку, а мои записи почти нечитаемые. Я заполнила каждую колонку желаемыми свободами и, прежде чем отправиться на терапию, мысленно подвожу итоги, пытаясь привести в порядок этот бесформенный хаос. Окончательный список я набираю в заметки телефона, чтобы он всегда был под рукой.

СВОБОДА ОТ…:

- давления, заставляющего быть пунктуальной;
- взятых на себя обязательств (никогда больше не соглашусь возглавлять родительский комитет!);
- чувства вины;
- стремления угождать другим.

СВОБОДА БЫТЬ:

- спонтанной;
- несовершенной;
- у себя в приоритете;
- откровенной со Стюартом.

СВОБОДА ДЕЛАТЬ:

- глупости;
- вещи, которые приносят удовольствие и рассчитаны только на меня (может, уроки игры на гитаре?);
- работу, которая даст мне больше свободы, чем преподавание.

* * *

НА СЛЕДУЮЩЕЙ СЕССИИ МИТЧЕЛЛ хвалит меня за проделанную работу и рекомендует поделиться составленными списками со Стюартом. Я заметила, что мне нравится думать о себе в третьем лице, словно речь идет о двух людях. К черту Отличницу-Молли! Настоящей Молли нужно больше свободы, больше спонтанности, больше несовершенства, больше, больше, БОЛЬШЕ!

Обсудив это со Стю, я решаю бросить преподавание и устроиться на работу в компанию, которую основал мой отец после ухода из школы. Я буду работать над составлением учебных программ и инструктировать учителей. Моя новая должность предполагает частичную занятость и редкие командировки. Муж клянется подстраховывать меня, когда я буду уезжать из города, и я уже представляю, как свободно смогу ходить по утрам в спортзал или на занятия в музыкальную школу, делать покупки в будний день, в одиночестве отправляться в «рабочие поездки».

Кроме того, мы решили, что наш брак остается открытым. Я твердо решила сделать этот формат отношений удобным для себя, расширить свои сексуальные горизонты и привнести в жизнь больше спонтанности и приключений. Но, несмотря на мой новый фокус на полную свободу, невероятно сложно так сразу отказаться от старых привычек. Я взволнована и одновременно напугана. Я боюсь, что снова испытаю боль. Я боюсь потерять Стюарта. Обо всех своих переживаниях я рассказываю супругу. И в конце своего монолога добавляю:

— Я не думаю, что нам стоит сохранять наш старый уговор: что я должна тебе все рассказывать, а ты мне — ничего. Потому что, если ты не скажешь мне, с кем ты, я знаю, что начну придумывать невесть что. Например, я буду переживать, что знаю ее, или что она намного моложе меня, или что ты хотел бы жениться на ней, а не оставаться со мной.

— Молли, этого не случится, — говорит Стю. — Но у меня есть идея. Давай установим новые правила.

— Например, никаких бывших подружек?

Бракоразводный процесс Лены уже завершен, и она встречается с новым партнером, который хочет, чтобы их отношения были моногамными.

— Конечно, это я могу принять.

Как только я начинаю составлять свой список, количество моих правил растет как снежный ком. Я не записываю их. Почему-то я уверена, что мне достаточно произнести их вслух. Я считаю, что даю Стюарту черновой вариант сценария, но такой, который «живет и дышит» и может быть изменен по мере необходимости. Словно мои правила говорят ему, как *он должен себя вести, чтобы я чувствовала себя в безопасности*. Но, помимо этого, они также подчеркивают все мои страхи и сомнения.

*Не встречаться с бывшими. Не встречаться ни с кем, кто живет с нами по соседству. Не встречаться с тем, кто живет слишком далеко. Не встречаться с коллега-*

*ми. Не влюбляться. Ходить на свидание только в тот вечер, когда я тоже иду на свидание. Не ходить ни к кому домой. Никаких свиданий в дневное время. Никаких ночевок вне дома. Не встречаться с теми, в кого ты можешь влюбиться. Не играть в шахматы и не ходить в кино — это то, что мы делаем вдвоем. Не встречаться со слишком юными партнерами. Не показывать мне ее фотографии в течение года. Рассказывать мне по чуть-чуть, но не слишком много. И я серьезно: никаких влюбленностей. Рассказывать только плохое. Не писать мне сразу после свидания, потому что я буду волноваться, что ты все еще думаешь о ней. Хотя нет! Писать мне сразу, чтобы я знала, что ты думаешь обо мне.*

*И запомни: абсолютно никаких влюбленностей.*

* * *

СПУСТЯ НЕСКОЛЬКО НЕДЕЛЬ Я ужинаю с моей подругой Эди, матерью одного из одноклассников Дэниела, которой я давно восхищаюсь. Она стильная, сексуальная и совсем не похожа на среднестатистическую маму. Возможно, главное ее отличие заключается в том, что она не замужем. Уже один этот факт делает Эди одной из немногих, кому я могу рассказать о нашей со Стюартом договоренности.

Я жду, пока мы закажем вторую бутылку вина, а затем осторожно направляю разговор в нужное русло, сфокусировавшись только на *ее* опыте.

— Ну и как проходят свидания в наши дни? — осторожно спрашиваю я.

— Боже мой! — восклицает она. — Это одновременно и удивительно, и ужасно. Я только недавно установила *Tinder*.

— Что это такое?

— Это приложение для знакомств. Смотри, сейчас я тебе покажу.

Эди достает свой телефон и поворачивает экран так, чтобы я могла все увидеть.

— Здесь все одинокие парни в радиусе десяти километров. Если тебе кто-то нравится — ты смахиваешь вправо, если нет — влево.

И она показывает мне фотографии. Вихрем на экране проносится множество разных мужчин. Единственное, что их объединяет, — возраст до тридцати лет.

— Ох, признаюсь, у меня зависимость. Эта зараза похлеще наркотиков.

— Ты ходила на свидание с кем-нибудь из этих парней? — уточняю я.

— Я бы *не назвала* это свиданием, — с улыбкой говорит она и многозначительно приподнимает брови, а я начинаю смеяться. — Есть один парень, который заходит ко мне, пока дети в школе. Секс с ним просто потрясающий, но он намного моложе. Ну и теперь он без памяти влюблен в меня. А я действительно не хочу ничего серьезного. И это ужасно!

Я не могу понять, то ли Эди — мой герой, то ли она сейчас размахивает перед моим лицом красным флажком. Возможно, и то и другое. Но, похоже, она именно тот человек, у которого стоит спросить совета.

— У меня к тебе вопрос… — начинаю я деликатно.

Вскоре я рассказала ей все о Мэтте и Лене, о своих родителях и о том, что мы со Стюартом хотим сделать наш брак открытым, но так, чтобы никто не пострадал.

— К тому же я чувствую, что должна быть осмотрительной. Я не хочу, чтобы об этом узнали все вокруг, — добавляю я.

И это кажется мне серьезным камнем преткновения. Мысль о том, что другие люди узнают о моих похождениях, буквально вызывает у меня нервную дрожь. Что подумает мой сосед, местный пастор, если узнает, что я неверная жена? А кто-то кроме Эди, вроде благовоспитанных мам друзей моих сыновей, разрешит своим детям ночевать в доме такой бесстыдницы? Я даже боюсь того, что же подумают фармацевты в аптеке у дома, если увидят, что я покупаю презервативы или — о ужас! — *смазку*.

— Я понимаю, — говорит Эди. — Люди любят лишь осуждать. — И тут я замечаю, как на Эди сходит какое-то озарение. — О, подожди, а ты Говарда Стерна[1] слушаешь?

— Нет, — отрезаю я, наполняя наши бокалы. Единственная моя ассоциация с Говардом Стерном — что он женоненавистнический засранец. Но я стараюсь сохранять непредвзятость.

— Он всегда рассказывает об одном сайте знакомств в своем шоу, — продолжает Эди. — Сайт называется *Ashley Madison*[2]. Он для тех, кто не прочь завести интрижку. Ну, знаешь, для тех случаев, когда парни не

---

[1] Говард Аллен Стерн (*англ.* Howard Allan Stern) — американский скандальный теле- и радиоведущий, юморист, автор книг.

[2] Ashley Madison — канадская виртуальная служба знакомств и социальная сеть, предназначенная для людей, состоящих в браке или в постоянных отношениях, но желающих завести роман вне существующего брака или партнерских отношений. Сайт создал в 2002 году Деррен Дж. Моргенштерн под девизом «Жизнь коротка. Заведи интрижку». Название происходит от двух популярных в Северной Америке имен — Эшли и Мэдисон.

спешат жениться, или у них с женой политика в браке «не спрашивай, не рассказывай», или что-то в этом духе. Тебе стоит заглянуть туда!

Вино смешивается с ободряющими словами Эди, и у меня создается впечатление, что эта идея достаточно привлекательна. Вроде как своеобразное освобождение от чувства вины. Свобода быть спонтанной! Свобода делать глупости! К тому же шансы влюбиться в хронического изменщика ничтожно малы.

Тем же вечером, опьяненная этим коварным сочетанием вина и свободы, я захожу во всемирную паутину и, найдя нужный сайт, создаю свой профиль. Слоган сайта гласит: «*Жизнь коротка. Заведи интрижку*». Для мужчин предусмотрена плата за регистрацию, а женщины создают аккаунт бесплатно. Большинство пользователей используют вместо имен говорящие прозвища — Готов-На-Все, Скорпиоман, ИзвращенецДляТебя — и размещают либо фотографии ниже шеи, либо отредактированные снимки. На их лицах часто можно увидеть мультяшные стикеры в виде очков, усов или шляп, которые предлагает использовать сам сайт. Я выбираю фотографию, которую Стю считает особенно сексуальной. На ней я в черном платье и экстравагантной шляпке, кокетливо стоящая на крыльце нашего дома. Из предложенных стикеров я выбираю черный прямоугольник и закрываю им глаза. В строку с именем я пишу: Мерседес Инвьерно — это мое альтер эго, созданное на опыте моего восьмилетнего изучения испанского языка и такого пикантного и приятного на слух перевода моей фамилии. В этом виртуальном мире два невинных греха — культурная апроприация и искаженное представление себя для мужчин с фетишем на латиноамериканок — вряд ли кажутся существенными.

Мерседес Инвьерно — крутая штучка. Она не чета Отличнице-Молли. Более сотни лайков за 24 часа после своего дебюта на сцене онлайн-знакомств получила Мерседес. От сотни безымянных, почти безликих мужчин, ищущих *легкую интрижку* с *горячей единомышленницей*.

И она с удовольствием вкушает это внимание, как тарелочку свежеприготовленных сладких чуррос.

# Часть вторая

# Глава 7

СЕГОДНЯ СРЕДА. ТРИ ЧАСА ДНЯ. Я где-то в районе Амстердам-авеню. Оплот уныния в Верхнем Вест-Сайде. У барной стойки расположилось несколько одиноких любителей пропустить по стаканчику в дневное время. На них фланелевые рубашки, а лица источают уныние. Женщина-бармен с копной рыжевато-коричневых кудрявых волос в неприлично короткой майке наполняет стаканы посетителей выпивкой. И только один человек сидит за столиком в дальнем углу бара, куда не проникает дневной свет. На нем бейсболка, и он похож на тех парней, которых я встречала на вечеринках в колледже. Симпатичный, но непримечательный, из тех, кто всегда приходил в компании худенькой блондинки из женского общества и ни разу не взглянул в мою сторону.

Мой кавалер на сегодня — Майк. Хотя я сомневаюсь, что это его настоящее имя. Мужчина смотрит, как я иду к нему, и неуверенно поднимается со стула.

— Мерседес? — уточняет он, поставив ударение в имени как в марке автомобиля.

— Мое настоящее имя Молли, — поправляю я. Н-да, плохо у меня выходит притворяться. — А ты, должно быть, Майк.

— Эм, да, привет, — бормочет он, не поправляя меня. Определенно, это не его настоящее имя. — Не могу поверить, что ты — это действительно ты. В смысле, ты такая же, как на фотографии.

Он без стеснения разглядывает меня с ног до головы. Но, учитывая обстоятельства нашего знакомства, с чего бы ему чувствовать неловкость?

Я смеюсь.

— А бывает иначе?

— О боже, ты даже не представляешь, как бывает. Могу я угостить тебя?

— Я буду то же, что и ты, — отвечаю я, кивком головы указывая на полупустую бутылку пива в его руке.

— Круто, — и он направляется к бару.

Я сажусь за стол и с удивлением отмечаю, как спокойно себя чувствую. Я полностью контролирую ситуацию. Может, я и сказала «Майку» свое настоящее имя, но Мерседес Инвьерно — это та девушка, которая сейчас здесь. Та, кто чувствует на себе заинтересованный взгляд незнакомца с расстояния в десять метров и кокетливо поправляет волосы, медленно скрещивает ноги под столом и затем наносит блеск на губы.

Вскоре «Майк» возвращается и ставит на стол два бокала. Он колеблется, прежде чем сесть рядом со мной. Мужчина избегает зрительного контакта. Он нервничает, и это подпитывает мое ощущение превосходства.

— Расскажи мне об этих женщинах, которые не те, за кого себя выдают, — говорю я, пока он делает большой глоток.

— О боже! — снова эмоционально восклицает он. — Это ужасно. Ну, по крайней мере для мужчин. Половина «женщин» на сайте — русские хакеры или кто-то даже хуже. Они просто пытаются провести тебя. Придумывают какую-нибудь сложную жизненную ситуацию, чтобы ты отправил им деньги. Но если ты предлагаешь встретиться, то тебя сразу блокируют. — Он наблюдает за моей реакцией, чтобы убедиться, что я понимаю весь масштаб этой трагедии. — Но я купился не на это.

Я невольно задумываюсь о своих входящих сообщениях. Просмотр десятков сообщений и анкет занимает половину моего дня. Неудивительно, что я так популярна.

— Ого, я и не знала. Так что за история с тобой приключилась?

— Ну я был только на одном реальном свидании, — говорит он, воодушевившись тем, что я внимательно слушаю. — Девушка на фото была такой сексуальной. И снимок был сделан недавно, потому что на заднем фоне я увидел плакат с рекламой последнего фильма о Джеймсе Бонде.

— И что было потом? — спрашиваю я своим самым ободряющим тоном.

— Когда она пришла на свидание, то выглядела лет на тридцать старше, чем на снимке. Как будто это был тот же человек, но намного *старше*. И это было так странно. Ну просто как она сделала снимок на фоне свежей афиши? Он был реальным, не выглядел как фотошоп.

«Майк» задумчиво смотрит куда-то вдаль, словно все еще не может разгадать эту загадку своего первого свидания.

— Это очень странно, — соглашаюсь я.

— И я не знал, что сказать. Как-то не хотелось начинать с фразы: «А как ты так быстро постарела?» Ну это было бы очень грубо, понимаешь?

— Ты абсолютно прав.

— Поэтому я просто сказал: «Ты выглядишь совсем не так, как на фотографии». И знаешь, что она мне ответила? — Он наклонился вперед, и я уловила запах виски, исходивший от него. Я поняла, что, хотя я только собираюсь сделать первый глоток, он уже какое-то время провел в баре. Также я замечаю, что под футболкой у него бугрятся мышцы, а это значит, что мое первое впечатление о нем было ошибочным.

— Что?

— Она сказала: «Да, на той фотографии, что ты видел, моя дочь. Но все говорят, что мы очень похожи!» — Он раздосадованно качает головой и отпивает из стакана большой глоток. — Черт! Как тебе такое?!

— Довольно хреновая ситуация, — подтверждаю я.

— О, кстати, прежде чем мы продолжим говорить о моей дерьмовой жизни, я просто должен сказать, что ты выглядишь потрясающе. Даже сексуальнее, чем дочь той женщины.

И вот оно. Признание, которого я так жажду.

* * *

ПАРУ ЧАСОВ СПУСТЯ МЫ с «Майком» выходим из бара и отправляемся на прогулку по Центральному парку. Деревья окрашены в фантастические желтые и красные цвета, и даже воздух сегодня какой-то особенно свежий. Мимо нас, возвращаясь с работы, проходят люди как будто из другого мира: мужчины в стильных костюмах, а женщины в белоснежных рубашках и изящных юбках-карандашах. Я до сих пор не знаю, чем занимается мой спутник, ведь он смог встретиться со мной посреди рабочего дня, но, если честно, мне абсолютно все равно. Я мельком смотрю на телефон, чтобы убедиться, что не пропустила звонков из школы. Сообщений в голосовой почте тоже нет, а это значит, что няня забрала мальчиков вовремя. Интересно, проверяет ли Стю свой телефон во время свидания? Задумывается ли он о том, где находятся мальчики в это время? Отвлекает ли его чувство ответственности от присутствия в настоящем моменте и наслаждения им? Но я и так уже знаю ответ. Стю не нужно ни о чем переживать, ведь я все предусмотрела заранее. И так было всегда.

Я беру «Майка» за руку и увожу с асфальтированной дорожки на усыпанную листьями траву. Классическая сцена из романтических комедий: пара в осенних сумерках бредет по Центральному парку. Все сходится, кроме того, что я чувствую себя как милые героини, сыгранные Мег Райан, но из альтернативной вселенной. Я останавливаюсь у огромного вяза, притягиваю мужчину к себе, позволяя ему прижать меня к шершавой коре и опустить руки на мои бедра. В тени дерева мы укрыты от посторонних глаз, но сейчас даже такая дерзкая демонстрация чувств не кажется мне достаточно безрассудной.

— Подожди секунду, — прошу я. Или это не я, а таинственный голос с придыханием, принадлежащий Мерседес Инвьерно? Немного отстранившись, я достаю из заднего кармана телефон. Помимо того, что Эди рассказала мне о существовании сайта знакомств для женатых, она также сбросила мне ссылку на страницу, где можно забронировать номер в отеле на несколько часов с хорошей скидкой. После поиска участвующих в акции отелей в Верхнем Вест-Сайде (и это явно дело рук Отличницы-Молли) у меня в контактах появились телефонные номера администраторов. Я набираю один из них, сообщаю необходимые данные своей кредитной карты, и уже через мгновение у меня появляется номер стоимостью всего в 59 долларов, в который мы с «Майком» можем пойти. Мужчина стоит в стороне, наблюдая за мной почти с таким же недоверием, с каким и я оцениваю свои поступки.

В гостинице я подхожу к стойке администратора, чтобы получить ключ. Для этого я предъявляю работнику отеля свои водительские права, провожу кредиткой по терминалу, расписываюсь в документе, подтверждающем, что я ознакомилась с правилами отеля и что в номере запрещено курить. Кажется, я слишком быстро трезвею и боюсь, что «Майк» испытывает то же самое. Он стоит сбоку от меня и осматривается по сторонам, словно ищет кого-то. Мы целуемся в лифте, пытаясь разжечь нашу пьяную страсть, но, оказавшись в номере, я понимаю, что мне срочно нужно в туалет, и без лишних слов скрываюсь за дверью уборной. Я включаю воду в кране, чтобы скрыть возможные посторонние звуки, а затем, стянув с себя одежду, бросаю ее в кучу на пол.

Когда я вхожу в комнату, «Майк» лежит на кровати. Он уже разделся до белья и, запустив руку в боксеры, старается воскресить свою эрекцию, видимо пытаясь притвориться, что та искра, которая проскочила между нами в парке, еще не угасла. Свет выключен, и в комнате почти темно, последние лучи закатного солнца проскальзывают в помещение сквозь задернутые шторы.

В полумраке я вижу лишь его силуэт, поэтому могу представить на месте «Майка» кого захочу. Я забираюсь на кровать и устраиваюсь на мужчине сверху, наклоняюсь вперед, чтобы поцеловать его, пока он возится с застежкой на лифчике. Интересно, есть ли у него дети? А грудь его жены так же вся покрыта растяжками, как и моя, и выглядит словно два полусдувшихся шарика? Я переворачиваюсь на спину, чтобы сила гравитации не сыграла со мной злую шутку. Даже в полумраке я чувствую себя уязвимой.

— Подожди, — шепчу я, впервые произнося слова с момента разговора с администратором. Я достаю из сумки коробку с презервативами — еще одно доказательство того, что этот план не такой уж спонтанный, как мне хотелось бы, чтобы «Майк» подумал. Мужчина послушно вскрывает коробку, пока я стимулирую его пенис — меньше, чем у Стюарта или Мэтта. К тому времени, как «Майк» надевает презерватив и умудряется войти в меня, его член становится совсем вялым.

— Прости, — бормочет он. — Мне давненько не приходилось пользоваться резинками. Моя жена принимает таблетки.

— Не волнуйся, — отвечаю я.

«Майк» опускается на кровать рядом со мной. Я приподнимаюсь и аккуратно снимаю с него презерватив, делая это, как я надеюсь, сексуально и без осуждения. Провожу кончиком языка вдоль его ствола, словно слизываю тающее мороженое. В номере достаточно душно, и несколько выбившихся из прически волос прилипают к моим губам. Я опираюсь на локоть, чтобы моя вспотевшая грудь не прилипала к его ногам, а второй рукой удерживаю его член. Теперь я чувствую себя уверенно, я в своей стихии. Минет у меня получается особенно хорошо. Поступив в колледж в шестнадцать лет, я понимала, что еще не готова лишиться девственности. Моя сестра забеременела в девятнадцать, и сама мысль об интимной близости меня пугала. Но вот оральный секс не вызывал у меня паники. Я делала минет парням, с которыми познакомилась в общежитии или на вечеринках братства и в лагере на весенних каникулах. Сам процесс мне не особо нравился, но я наслаждалась той властью над партнером, которую получала. Тот момент, когда член оказывался у меня во рту, а не в вагине, давал мне ощущение полного контроля над ситуацией. Но сейчас моя выносливость уже не та, что прежде. И вот я уже чувствую, что устала, но продолжаю скользить губами вверх и вниз по члену «Майка», который так разочаровал меня. Я понимаю, что мое опьянение сменяется подступающим похмельем и во мне просыпается неприятное и совсем неуместное чувство долга. И теперь я не могу притворяться, что мне это нравится. Хочу лишь, чтобы все быстрее закончилось. И чтобы довести «Майка» до финиша, я начинаю интенсивнее двигать рукой и глубже заглатываю его член. Но все же в тот момент, когда он начинает стонать, обхватывает руками мою голову, кончает мне в рот и я послушно все проглатываю, я испытываю что-то вроде чувства удовлетворения. На секунду я представляю, что это его лучший оргазм за последние годы, и ощущаю себя особенной. После этого я лениво массирую его волосатую спину и мы обмениваемся парой незамысловатых фраз.

— Это было круто, — говорит он.

— Ага, — вру я.

— Ты просто потрясающая, — добавляет «Майк».

— Спасибо, — отзываюсь я.

— Мне стоит поторопиться, если я хочу успеть на поезд.

— Оу, а где ты живешь? — уточняю я.

— В Вестчестере[1], — отвечает мужчина, не вдаваясь в подробности.

— Что ж, спасибо, что приехал в город, чтобы встретиться со мной, — говорю я.

— Без проблем, — коротко отвечает он.

Когда он уходит, я беру свой телефон и смотрю на время. Сейчас 19:23, время, когда родился Дэниел. Я быстро вычисляю точный возраст старшего сына, чтобы отвлечься от витающего в воздухе уныния, которое уже подкрадывается ко мне, пока я обнаженная лежу на кровати. Дэниелу двенадцать лет, семь месяцев и пятнадцать дней. Прошло так много времени с того момента, как я стала матерью.

Я думаю об автобиографической книге Рейчел Каск о материнстве «*Дело жизни*»[2], которую мне подарила подруга после рождения Нейта. В предисловии Каск пишет о том, что роды отделяют матерей от остального мира и даже отделяют женщин от самих себя. Дословно я помню следующую строчку: «Когда она с ними, она не принадлежит себе; когда она без них, она не принадлежит себе; и поэтому ей так же трудно расставаться со своими детьми, как и оставаться с ними». Я считаю, что это чистая правда. И кажется немыслимым, что человек, только что переспавший с не-

---

[1] Округ Вестчестер (*англ.* Westchester County) — округ штата Нью-Йорк.

[2] «Дело жизни: О том, как стать матерью» — *англ.* A Life's Work: On Becoming a Mother — Рейчел Каск, 2001 год.

знакомцем, тот же человек, которого Дэниел и Нейт называют *Мамой*. Где во мне прячется этот переключатель? Сейчас я не понимаю, как мне быстро вернуться в состояние материнства, чтобы отпустить няню и уложить детей спать. Поэтому я неподвижно лежу на скомканном покрывале, которое мы с «Майком» так и не удосужились снять, и смотрю, как на пустой стене пробегают блики от света фар проезжающих под окнами машин. В 21:30 я убеждаю себя, что дети уже уснули и мне можно идти домой. Так я и делаю.

* * *

— Я ДУМАЮ, ЧТО МНЕ НУЖНО встречаться с несколькими людьми, — говорю я Митчеллу после того, как рассказываю о свидании с «Майком». Сейчас, когда с той встречи прошло уже больше недели, мне кажется, что это просто история. Я сижу на удобном диване, скрестив перед собой ноги, держу в руке стаканчик с тыквенным латте из кофейни за углом и говорю об этом так непринужденно, как будто Митчелл пропустил встречу книжного клуба и мы с ним наверстываем упущенное.

— И почему же? — спрашивает он, а я уже приготовила ответ на этот вопрос.

— Я не хочу зацикливаться на каком-то одном парне.

«Майк» ждал целых два дня, чтобы отправить мне сообщение с невнятным приглашением повторить нашу встречу:

> *Не могу перестать думать о твоем ротике. Встретимся снова?*

А он мне даже не понравился. И в этом я могу себе признаться. Но я все равно была разочарована его запоздалым сообщением и тем фактом, что он ссылался не на что иное, как на мое умение сосать член.

— Мне кажется, если я буду встречаться одновременно с несколькими парнями, то мне будет легче сохранять эмоциональную отстраненность, — продолжаю я. — Стю поступает именно так. Сейчас он встречается примерно с четырьмя разными женщинами.

Стю по-прежнему старается не делиться со мной подробностями своих свиданий, но все же рассказывает, с кем и когда встречается. И эта информация вызывает во мне странную смесь облегчения и ревности. С одной стороны, если муж встречается с несколькими женщинами, он вряд ли влюбится в какую-то из них. Но, с другой стороны, я завидую тому, как легко у него все получается.

— Хорошо, — соглашается Митчелл, выдерживая свою фирменную паузу. Я заметила, что в те моменты, когда доктор прищуривается, обычно он пытается подобрать слова, чтобы сказать мне то, что я не хочу слышать. И сейчас он смотрит на меня немного прищурившись. Большой и указательный пальцы его левой руки подпирают лоб, подчеркивая сосредоточенность Митчелла. — Ты только что сказала, что стремишься к «эмоциональной отстраненности» в отношениях с мужчинами. Однако когда ты описывала свидание с Майком, мне показалось, что частично именно эта отстраненность привела к тому, что ты осталась неудовлетворенной. — Он широко открывает глаза и смотрит на меня. — Замечаешь здесь дилемму?

— Да, — со вздохом признаю я. — Ну может быть. Возможно, на самом деле я хочу, чтобы мужчины испытывали чувство привязанности ко мне, а я держалась на расстоянии от них.

— А-а-а, — протягивает Митчелл, делая новые заметки. — И знаешь, о чем это говорит мне?

— Нет, — честно говорю я. И мне не терпится узнать ответ. Даже когда Митчелл сообщает мне неприятную правду, я испытываю чувство благодарности за его способность разобраться в моих противоречивых мыслях.

— Это говорит о том, что ты все еще пытаешься угодить другим, чтобы получить одобрение для себя. Понимаешь, что я имею в виду?

— Не совсем, — признаюсь я.

— Ну твое свидание с Майком — хороший пример. Ты хотела, чтобы он желал *тебя*, и ты хотела доставить *ему* сексуальное удовольствие. И это было для тебя важнее, чем самой желать *его* или получить какое-то полноценное удовольствие для себя.

— Да, наверное, ты прав.

— И я не считаю, что это плохая идея для тебя — ходить на несколько свиданий, — продолжает он. — Однако я считаю, что важно выяснить, что доставляет удовольствие *именно тебе*. Возможно, частью этого будет наличие одновременно нескольких партнеров. Но, как ты говорила ранее, то, что подходит Стюарту, не обязательно подойдет тебе. Твоя задача: обратить особое внимание *на себя* и на то, что ты получаешь от каждых взаимоотношений.

* * *

В ТОТ ВЕЧЕР Я ПОТРАТИЛА не один час, чтобы просмотреть сотни входящих сообщений на сайте знакомств. Я согласилась на встречу с «Майком», потому что он был красив и молод — те два качества, которые, как предполагалось, должны были заставить сорокалетнюю меня почувствовать себя лучше. Но я понимаю, о чем говорил Митчелл. Мне нужно повысить планку моих запросов, выбирать тех мужчин, которым есть что мне предложить. В итоге я договариваюсь встретиться с двумя такими мужчинами на этой неделе.

На первом свидании я встречаюсь с Лео, который даже не женат. Его девушка уже пять лет живет в Филадельфии, и он рассказал мне, что у них есть договоренность: то, чем каждый из них занимается на своей территории, — его личное дело. Лео — весельчак, сценарист комедийного жанра, работавший над сериалами, которые мне нравятся. Он известен в узких кругах кинематографистов, и у него есть профиль в интернет-базе кинофильмов, что окончательно убеждает меня в том, что он — реальный человек. Мужчина приглашает меня в бар неподалеку от своего дома.

Накануне нашей встречи он написал мне:

*Я больше не пью,*
*но я с удовольствием посмотрю,*
*как ты выпьешь пару коктейлей.*

И это был первый и последний раз, когда я встречалась с Лео за пределами его квартиры.

Мужчина старше не только меня, но и даже Стюарта, и это подтверждает его опыт. Лео — творческая натура и искусный любовник. Однажды я получила сообщение с вопросом: «*Какую самую сексуальную песню ты можешь вспомнить?*»

*«Kiss*, — сразу пишу я в ответ, а затем без особой необходимости добавляю: *— которую исполняет Принс*[1]*»*.

В следующий раз, когда я прихожу к Лео, он встречает меня у порога, держа в руках наушники и тонкий шарф. Он аккуратно завязывает мне глаза, а затем надевает наушники. И вот я слышу вступление песни, а к тому времени, когда обволакивающий голос Принса говорит мне, чтобы я просто предоставила все ему, Лео уже спускает мои трусики к щиколоткам и стоит передо мной на коленях, задрав вверх мою мини-юбку.

После этого я уже никогда не попадаю в спальню Лео полностью одетой. Как только я вхожу в дверь, его руки оказываются на моем теле, он страстно целует меня, попутно расстегивая пуговицы на джинсах или молнию на платье.

Мужчина ловко снимает мой бюстгальтер одной рукой и укладывает меня на кровать, параллельно стимулируя меня как минимум тремя пальцами.

Когда Лео в первый раз практикует со мной фистинг, я не сразу понимаю, что происходит. Физически я ощущаю такую наполненность, не сравнимую с теми ощущениями, которые испытывала ранее. После секса я прошу его объяснить мне, что он сделал, и теряю дар речи, когда он показывает пальцем одной руки место под запястьем другой.

— Все это было внутри меня?!

— Ага, — с улыбкой отвечает он, наслаждаясь замешательством на моем лице.

— Я и не знала, что такое возможно!

---

[1] Песня *Kiss* Принса (*англ.* Prince) — с альбома Parade, выпущенная как сингл в 1986 году.

— Не всем это нравится так сильно, как тебе, — объясняет он, поглаживая мое бедро. — А тебе явно приятна стимуляция точки G.

* * *

А ЕЩЕ Я ПОЗНАКОМИЛАСЬ с Лораном. Он наполовину француз, а наполовину аргентинец, что выгодно выделяет его на фоне всякого сброда, что обитает на сайте. Если моя цель — удовольствие, то как я могу пройти мимо такого горячего экземпляра? В отличие от Лео, Лоран состоит в браке и у него есть двое маленьких детей. Но он уверяет меня, что у них с женой есть правило: не спрашивай, не рассказывай.

— Она из-з-з Бразилии, — растянуто произносит он. — Она… ну… как бы это сказать… разбирается в латинских мужчинах.

На нашем первом свидании, когда я ухожу в дамскую комнату, Лоран отправляется следом за мной. Усадив меня на раковину, он опускается на колени и ласкает меня. А когда на втором свидании он снова идет за мной следом, я позволяю ему трахнуть меня в кабинке туалета. На третьем свидании мы встретились на углу Челси. Он сказал, что у него для меня есть сюрприз: билеты на шоу.

— Правда? — переспрашиваю я, воодушевившись так, что вынуждена сама себе признаться в том, что я безумно хочу настоящих свиданий. Из нашей выписки с общего счета я знаю, что Стюарт всегда приглашает женщин на ужин, прежде чем отправиться в отель. Но я не Стюарт, напоминаю я себе. Для меня ужин и отстраненность в отношениях несовместимы, не так ли? — Что-то вроде бродвейского шоу?

Он смеется:

— Не совсем. Но ты же любишь Шекспира?

Сердце в груди делает восторженный кульбит. Он запомнил то, что я говорила на прошлом «свидании»! Чтобы сгладить неловкий момент после бурного секса в туалете, я пошутила о том, что мне нужно поставить соответствующую галочку в списке с необычными местами для близости, и добавила, что следующий пункт «секс за решеткой», а потом заговорила об удивительной пьесе Шекспира *«Юлий Цезарь»*, постановкой которой занимались заключенные из женской тюрьмы. Тогда мне показалось, что Лоран даже не слушал меня. Но, напротив, он отметил одно из моих увлечений, купил билеты и спланировал наш совместный вечер.

Лоран берет меня за руку и целенаправленно идет вперед. Когда он поворачивается, чтобы подойти к дверям величественного отеля, я отдергиваю свою руку.

— Подожди, куда мы? — спрашиваю я.

Он снова смеется.

— Ты не слышала о *Sleep No More*?[1]

— Нет, — признаюсь я. — А что это такое?

— Ну это такое шоу. По мотивам «Макбета». Тебе понравится.

Лоран открывает дверь, пропуская меня вперед, и я вхожу в фойе с приглушенным светом. Две женщины в черных масках и красных мантиях жестом указывают нам на бар. Лоран уходит за вином, а я рассматриваю

[1] Sleep No More — иммерсивный театр в Нью-Йорке, созданный британской театральной компанией Punchdrunk в 2011 году. Зрители буквально оказываются внутри сюжета и могут перемещаться по залу вместе с актерами. Такой подход позволяет гостям мероприятия насладиться полным погружением в постановку.

люстры в стиле ар-деко и изящные латунные перила и пытаюсь сформулировать одолевающий меня поток мыслей в хоть какой-нибудь вопрос. Когда он возвращается, я задаю единственный вопрос, который меня сейчас волнует: «Ты уже был здесь раньше?»

Лоран прыскает смехом и прижимает палец к губам. В этот момент я понимаю, что окружающие нас люди разговаривают шепотом. Я пью свое вино и наблюдаю за другими посетителями. Никто из них не выглядит таким же растерянным, как я. Женщины в красных мантиях жестами подзывают нас, и группа людей, стоящих у бара, молча следует за ними. Мы останавливаемся у старинного лифта, и женщины вручают каждому из гостей белую венецианскую маску, полностью скрывающую лицо, а затем бесшумно удаляются. Я осторожно примеряю свою маску, пока сотрудник театра пропускает нас в кабину лифта и, войдя последним, закрывает раздвижные металлические ворота. Глядя на лица в одинаковых масках, которые меня окружают, я чувствую себя не так, как на постановке «*Макбета*», а скорее как на съемках фильма «*С широко закрытыми глазами*»[1]. В воздухе витает какое-то напряжение. Что-то эротическое. И опасное.

Лифт неспешно поднимается вверх, и мужчина приветствует нас хорошо поставленным голосом: «Добро пожаловать в *Sleep No More*. Здесь вы должны соблюдать три правила: не разговаривать, не пользоваться мобиль-

[1] «С широко закрытыми глазами» (*англ.* Eyes Wide Shut) — художественный фильм Стэнли Кубрика, снятый по мотивам повести австрийского писателя Артура Шницлера «Новелла о снах». Картина затрагивает проблемы супружеской верности и полна фрейдистских намеков. Главные роли исполнили Том Круз и Николь Кидман.

ными телефонами и не снимать маску. — Лифт резко останавливается, и двери открываются. — И помните: удача сопутствует смелым!» — напоследок добавляет мужчина.

Лоран берет мою руку в свою. Я послушно иду за ним через различные помещения, где актеры пантомимой разыгрывают сцены из пьесы, но не по порядку. Раньше я преподавала эту великую трагедию ученикам, и меня захватывает абстракция образов, я пытаюсь расшифровать пророчества ведьм, сцену убийства жены и сына Макдуфа, но Лоран не позволяет мне надолго задерживаться возле актеров. Он тащит меня из одной комнаты в другую, вниз по лестницам и наконец останавливается у группы зрителей в белых масках, собравшихся вокруг забрызганной кровью ванны, в которой моется обнаженная женщина. Здесь все просто: Леди Макбет смывает с себя кровь после убийства Дункана. Я завороженно наблюдаю за происходящим, когда Лоран кладет мою руку себе на ширинку и шепчет на ухо: «Иди за мной».

Он направляется в темный угол, закрытый красным бархатным занавесом. Лоран еще раз оглядывается по сторонам, прежде чем нырнуть внутрь, увлекая меня за собой. Тяжелый театральный занавес буквально давит на меня. Я чувствую себя трупом, завернутым в ковер, и это ощущение только усугубляется маской, скрывающей мое лицо. Сняв ее, я делаю глубокий вдох. Лоран же не снимает свою. Он стоит перед моим затуманенным взором словно призрак.

Я слышу его сбивчивое дыхание под маской и смотрю на его руку, которая активно двигается в его штанах. Другую руку Лоран кладет мне на плечо и нажимает, опуская меня перед собой на колени. Когда я лицом оказываюсь на уровне его ширинки, он молча направляет свой член в мой рот. Мы находимся так близко к другим зрителям, что я слышу их шепот, вижу мыски их туфель у занавеса. Уже через пару мгновений Лоран кончает мне в рот. А еще через секунду он быстро застегивает молнию на брюках и выходит из-за занавеса, оставляя меня стоять в одиночестве на коленях.

«Ничего страшного, — говорю я себе. — Это тоже приключение. Я *живу*».

* * *

КАК-ТО ЛЕО ПРИСЫЛАЕТ МНЕ сообщение:

*Может, тебе стоит купить анальную пробку и взять ее с собой в следующий раз? Мне кажется, тебе понравится.*

В моем районе есть секс-шоп под названием *Babeland*. Мне всегда казалось, что он выглядит неуместно, ведь рядом с ним расположились магазин с детскими книгами и веганское кафе. Тот факт, что кто-то может увидеть, как я захожу внутрь, пугает настолько, что я даже не позволяю себе подумать об этом. Но и по причинам, которые я не могу объяснить, казалось бы, очевидное решение в этой ситуации — заказать секс-игрушку через интернет — вызывает у меня не меньший ужас. Вместо этого я решаю отправиться в центральный магазин сети в Нижнем Ист-Сайде, где мамы с колясками — такая же редкость, как и мамы, покупающие анальные пробки.

Я подхожу к витрине с анальными игрушками и невольно ахаю, когда вижу длину и обхват некоторых из представленных за стеклом экземпляров. Здесь есть анальные бусы с функцией нагрева, фаллоимитаторы с пультом дистанционного управления и пробки с пушистыми заячьими хвостиками. Работница магазина, девушка со множеством татуировок и двойным проколом в крыле носа, помогает мне выбрать «пробку для начинающих» — она фиолетовая, сделана из медицинского силикона и, откровенно говоря, весьма очаровательная. Название магазина и представленный ассортимент указывают на то, что это место ориентировано на женскую аудиторию.

— Я рекомендую вам также приобрести качественную смазку, — добавляет девушка-консультант, и я решаю последовать ее совету. Хорошо, что я пришла за покупками с рюкзаком. Выйдя из магазина, я запихиваю в него ярко-розовый брендированный бумажный пакет с моей первой взрослой покупкой.

Поздним вечером, когда дети уже уснули, я решаю поэкспериментировать со своей новой игрушкой. Ложусь на кровать и подкладываю подушку под ягодицы, пытаясь расслабиться. Тюбик с лубрикантом лежит рядом со мной. Сейчас я чувствую себя так же, как в тот первый раз, когда вставляла тампон. Мама никогда не обсуждала со мной подобные темы, поэтому с этим средством женской гигиены я познакомилась только на первом курсе колледжа. Я вернулась в комнату из нашей общей ванной и сказала своей соседке, смышленой второкурснице из города Флинта (что расположен в штате Мичиган), что тампон не вставляется. Она терпеливо нарисовала для меня схему трех отверстий в женских половых органах. Мне было стыдно ей признаться, что я знала только о двух.

— Вот это верхнее — канал для мочи. Он находится прямо под твоим клитором. Вот это по центру — место, куда во время секса входит член, и сюда же вставляется тампон. А нижнее — чтобы покакать, — она с улыбкой протянула мне листок. — Иди, и пока не разберешься, не возвращайся.

Тогда я со всем разобралась и сейчас собираюсь сделать то же самое. Девушка в магазине посоветовала мне сначала ввести в сфинктер смазанный лубрикантом палец, а потом, когда я полностью расслаблюсь, попробовать вставить пробку.

— Сначала просто походите с ней по дому. На первый раз не больше десяти-пятнадцати минут, пока не привыкнете к ощущениям. Если захотите, то со временем вы сможете носить пробку весь день. Некоторые люди даже спят с ними.

Мысль о том, чтобы ходить с анальной пробкой круглыми сутками, выглядит для меня столько же привлекательно, как и предложение проколоть мне аппендикс. Но само понимание того, что кто-то относится к своим анальным игрушкам как к удобной паре тапочек, пробуждает мое любопытство. После нескольких попыток у меня получается вставить пробку.

Конечно, сразу я испытываю странные ощущения. Но не скажу, что мне неприятно. Скорее наоборот.

Стюарт работает в своей студии внизу, и я отправляю ему сообщение: «*Ты знаешь, что на мне сейчас надето?*»

«*Полагаю, это не гавайская распашонка*», — отвечает он.

*«Поднимись наверх и посмотри»*, — дразню я.

*«Дай мне только записать этот трек. Я сейчас приду»*.

К тому времени, как Стю добирается до спальни, я уже начинаю испытывать дискомфорт. Но мне хочется похвалиться своей смелостью, поэтому я наклоняюсь вперед и демонстрирую ему свой маленький фиолетовый секрет.

— Что это, черт возьми, такое? — удивленно спрашивает он.

— Это моя новая секс-игрушка! — отвечаю я.

Муж смотрит на меня с недоверием.

— Я не знал, что ты таким увлекаешься.

— Ну я еще не решила, нравится ли это мне. Это была идея Лео, но я хотела сначала опробовать ее дома.

— Я думал, что это Лоран со странностями.

— Ну, я думаю, у них обоих специфические вкусы, — говорю я, все больше раздражаясь. — А *ты* что думаешь?

— Я не знаю, — говорит Стюарт, а потом делает паузу. — Это должно было выглядеть как приглашение?

— Именно так я и предполагала, когда писала тебе. Но теперь я чувствую дискомфорт, — говорю я. Когда я вижу замешательство на лице мужа, во мне волной поднимается беспричинный гнев. — Почему ты так долго не поднимался?! — выкрикиваю я.

— Почему ты злишься на меня? — в ответ кричит Стю. — Ты купила секс-игрушку, чтобы использовать ее с другим мужчиной, и теперь кричишь на меня, потому что я поднялся недостаточно быстро, чтобы испробовать ее?

Слова вылетают прежде, чем я успеваю их обдумать.

— Могу поспорить, ты не торопился, потому что так устал от секса с миллионом других женщин, что не хочешь заниматься сексом со мной!

— Миллион женщин? — переспрашивает Стюарт, опускаясь на кровать рядом со мной и тяжело вздыхая. — Молли, я, конечно, рад, что ты считаешь меня таким Казановой, но тебе не кажется, что ты сильно преувеличиваешь?

— Мне кажется, для тебя все намного проще, — признаюсь я, наконец-то озвучив то, о чем думала уже несколько месяцев. Мерседес Инвьерно хочет притвориться, что секс с разными мужчинами — воплощение ее мечты. А Отличница-Молли слишком азартна, чтобы признать, что Стюарт побеждает в этих Играх в Открытый Брак. Я опускаю голову на его плечо, старательно надувая губки.

Стю обнимает меня.

— Ты ведь знаешь, почему это так?

Я смотрю на его профиль, уже догадываясь, что он сейчас скажет. Но все равно спрашиваю:

— Почему?

— Потому что я встречаюсь с *женщинами*, — говорит муж. — А ты встречаешься с *мужчинами*. И, как мы оба знаем, *мужчины бывают редкостными козлами*.

— Это точно, — киваю я.

Чувствую, как напряжение постепенно отпускает меня. Так приятно оказаться в объятиях человека, который точно знает, как меня нужно обнять, чтобы я успокоилась.

— И чисто для справки, — говорит Стю, помогая мне залезть к нему на колени. — Я *действительно хочу* заняться с тобой сексом. Ты просто застала меня врасплох.

— Я *сама себя* застала врасплох, — бормочу я, опустив голову на его грудь. — Да что за фигня со мной происходит?

— О сладкая, не волнуйся. Я здесь и готов помочь тебе во всем разобраться. Но сначала кое-чему тебе придется научиться самой.

Я крепче прижимаюсь к нему.

— И что же это? — спрашиваю я, и меня приятно согревает мысль о том, что Стю так хорошо меня знает. Что же он скажет? Что мне нужно научиться доверять своему внутреннему голосу? Или установить более четкие границы? А может, поставить самоуважение выше моей потребности угождать?

Он меряет меня взглядом, и его невозмутимое выражение лица начинает меняться.

— Тебе нужно научиться вынимать пробку, — говорит он и заливается звонким смехом.

# Глава 8

На сессии с Митчеллом я рассказываю о Лоране, Лео и моей небольшой стычке со Стю. Также я говорю доктору о покупке анальной игрушки. Мне кажется, в рамках моей терапии это важно, даже несмотря на то что я еще не использовала девайс по назначению. Но я опускаю подробности моих свиданий с Лораном и опыта первого фистинга с Лео. Что-то не дает мне рассказать Митчеллу такие пикантные нюансы.

Когда я заканчиваю свой монолог, Митчелл оживляется:

— Итак, Молли. Я думаю, что мы имеем дело с двумя разными проблемами.

— Только двумя?

Доктор смеется.

— Начнем с двух. Во-первых, звучит так, будто ты не чувствуешь взаимосвязи между своей сексуальностью и остальной частью твоей личности. А во-вторых, похоже, ты боишься, что отношения Стюарта будут мешать вашему браку, особенно когда дело касается секса.

Черт возьми, как же он хорош. Митчелл неторопливо продолжает:

— Мне интересно, получится ли у вас со Стюартом использовать свои сексуальные эксперименты вне брака для создания более прочной связи между вами. Я считаю, что твой порыв пригласить Стю вместе поэкспериментировать с секс-игрушкой был верным шагом. Это показывает, что ты готова открыто говорить с ним о новом сексуальном опыте, который испытываешь, и о твоем желании интегрировать его в ваш брак.

— Но я не знаю, готова ли я слушать о сексуальных подвигах Стюарта, — признаюсь я. — Не хочу, чтобы он лгал мне, но я также не хочу знать никаких подробностей о женщинах, с которыми он встречается. Или что он с ними делает.

— Скажи ему об этом. Но у меня создалось впечатление, что Стюарт не прочь узнать о процессе *твоего* самопознания. Так что, возможно, тебе стоит начать именно с этого.

— Хорошо, — говорю я. — Это странно. Мы со Стюартом всегда могли открыто говорить о сексе или по крайней мере о нашем с ним сексе. И мне как-то неловко говорить о сексе, которым я занимаюсь не с ним, особенно о некоторых извращениях, которые пробую.

— Что для одного человека извращение, то для другого — наслаждение, — с улыбкой парирует Митчелл. — Судя по тому, что ты рассказывала мне о Стюарте, вряд ли ты его шокируешь.

— Тоже верно, — со смехом отвечаю я.

— Но неловкость, которую ты ощущаешь, размышляя о разговоре с мужем о сексе, подводит меня к той неувязке, о которой я упоминал ранее. Помимо своей сексуальности ты мало чем еще делишься с Лораном и Лео. Я думаю, что тебе следует попробовать раскрыться перед ними, рассказать, какая ты. Тебе нужно сократить ту пропасть, что есть между Мерседес и Молли.

* * *

ЛОРАН ДАЖЕ НЕ МОЖЕТ ЧЕТКО ПРОИЗНЕСТИ мое имя. Он просто рифмует его со словами, схожими по звучанию. В то же время, благодаря моим артикуляционным особенностям жителя Среднего Запада, последнюю согласную его имени я произношу с приглушенным бульканьем. Но в основном мы избегаем называть друг друга по именам. Поэтому я решаю, что Лео — лучший кандидат на роль того, с кем я могу поделиться какими-то подробностями о себе.

В течение следующих недель, вместо того чтобы отправлять ему сообщения с сексуальным подтекстом, как я обычно делала, я посылаю Лео аудиозаписи с моей игрой на гитаре и пением. Я приглашаю его на один из своих «концертов». По сути, это просто вечер с открытым микрофоном на маленькой сцене в одном из баров Бруклина. Лео сразу пишет мне, что с удовольствием придет, но за несколько часов до выступления я получаю от него следующее сообщение:

*Сегодня у меня не получится,*
*но ты разбивай сердца!*

В этой фразе я вижу отсылку к песне Джоан Арматрейдинг[1], которую он предлагал мне выучить, так как считает, что она отлично подойдет моему голосу.

[1] Джоан Арматрейдинг (*англ.* Joan Amatrading) — британская вокалистка и мультиинструменталист, композитор, автор текстов и продюсер.

Признаться честно, я часами работала над ней, стремясь отрепетировать ее достаточно хорошо, чтобы сыграть для него лично. Момент, когда я смогу реализовать свою задумку, видимо, еще не наступил, но я все равно чувствую, что наши взаимоотношения вышли за рамки просто секса. После очередной бурной близости Лео предлагает мне пропустить по стаканчику освежающего лимонада. Мы пьем его обнаженными на маленькой кухне квартиры мужчины. А через неделю после Рождества, когда мы встречаемся, Лео вручает мне банку консервированных лимонов, которые он подарил всем своим друзьям на праздники.

— Они отлично сочетаются с жареным цыпленком, — говорит он, пока я рассматриваю его подарок.

Для меня это кое-что значит. Я — человек, которого Лео может представить не только в своей постели, но и как женщину с такой насыщенной жизнью, что мне в любой момент может понадобиться оригинальная специя для незапланированного ужина с друзьями.

В одно унылое февральское воскресенье, пока Стюарт отводит Дэниела и Нейта в кино, я лежу в постели Лео. В его доме довоенной постройки радиаторы греют на всю мощь. Я встаю с кровати и распахиваю настежь окно. Лео лежит на кровати и, опершись на локоть, смотрит на меня. Я наслаждаюсь тем, как прохладный воздух обволакивает мое разгоряченное тело.

— Итак, Эм-Джей, у меня к тебе вопрос, — начинает Лео с улыбкой. В какой-то момент мы решили угадать вторые имена друг друга, используя в качестве подсказки только первую букву. Я почти сразу угадала, что второе имя Лео — Ричард. Но после нескольких безуспешных попыток — *Дженнифер? Джослин?* — его догадки стали еще более нелепыми. *Джабба Хатт? Джей Ло?* И мне кажется, что Лео *теперь* довольствуется тем, что называет меня по инициалам. Мне нравится быть Эм-Джей (ведь это имя девушки Человека-паука), это кто-то между реальной Молли Джин и ее альтер эго Мерседес Инвьерно.

— Нет, мое второе имя не Джамбалайя, — предугадывая его вопрос, отвечаю я.

Лео смеется.

— Рад это слышать, но я не это хотел спросить. А где, по мнению твоего мужа, ты сейчас находишься?

Я отвечаю рефлекторно, но тут же удивляюсь, что говорю ему правду. Похоже, личность Эм-Джей ближе к Молли, чем я думала.

— Он знает, что я здесь. С тобой. У нас открытый брак. — Глаза Лео удивленно расширяются, и я спешу добавить: — Прости, что ничего не сказала. Я боялась, что это может тебя смутить.

— Ну ничего себе, — произносит он, совершая головой неопределенное движение, что-то между выражением недоверия и утвердительным кивком. — Это действительно чертовски прогрессивно. Ну и сексуально.

— Разве?

— Определенно, — подтверждает Лео. — А я-то думал, что развращаю тебя. Но у тебя все под контролем.

— Я бы не сказала, что это так, — возражаю я. — Я все еще привыкаю к такому формату. На самом деле ты один из немногих, кому я рассказала об этом.

— Что ж, я польщен твоим доверием, — говорит он. — Я думал о том, чтобы быть более откровенным с Клэр обо… всем. Уверен, она и так все знает. Но, наверное, мне нравится некое ощущение секретности, понимаешь?

* * *

В ТОМ, ЧТО КАСАЕТСЯ ВЛЕЧЕНИЯ моих мужчин к чему-то запретному, я считаю, что между Лео и Лораном больше общего, чем я изначально предполагала.

Однажды я пришла в школу Нейта на родительское собрание. В начале года я решила заработать себе дополнительные баллы к образу «хорошей мамочки» и согласилась вступить в родительский комитет. После того как наша встреча закончилась, я вышла на улицу и достала телефон, чтобы просмотреть электронную почту. Мой взгляд сразу упал на сообщение с пометкой «СРОЧНО: нарушение условий соглашения», и я поспешила открыть его.

*Уважаемый клиент сервиса Breather[1]:*
*Мы с сожалением вынуждены сообщить Вам, что Вы нарушили условия предоставления услуг, касающиеся запрета на сексуальные отношения в одном из пространств нашего проекта. Сообщество Breather построено на взаимном уважении и доверии. Участникам, не соблюдающим нормы сообщества, навсегда запрещается дальнейшее использование наших пространств. Кроме того, с Вашей кредитной карты будет списано 200 долларов.*

---

[1] Breather — приложение, позволяющее любому человеку взять в кратко- или долгосрочную аренду рабочее пространство (небольшие офисы, место в коворкинге, студию). Концепция сервиса заключается в том, что человек может уединиться и поработать, провести переговоры в тишине или просто отдохнуть в приятном помещении.

Чувство унижения накрывает меня с головой. Я с опаской оглядываюсь по сторонам, чтобы понять, заметил ли кто-нибудь из «нормальных» матерей развратницу среди них. Быстрым шагом я иду в тенистый угол близлежащих строительных лесов и набираю сообщение Лорану.

*«Мне только что запретили посещать Breather! Навсегда! И с меня требуют 200 долларов! КАКОГО Х..?!?»*

Я смотрю, как под моим сообщением появляются и пропадают три точки. Ответ приходит сразу:

*Какое-то безумие. Слава богу, мы воспользовались твоей кредиткой!*

Я несколько раз перечитываю его слова и трясу головой, будто прогоняю наваждение. Это он что, пошутил?! То, что мы находим смешными совершенно разные вещи, наверное, лишь одна из причин, заставляющих меня задуматься, почему я до сих пор встречаюсь с Лораном. Но шутит он или нет, я жду от него какого-то поступка. Предложения покрыть хотя бы половину этих неожиданных расходов. В конце концов, идея с посещением пространства этой компании принадлежала Лорану. По правде говоря, он с удовольствием продолжал бы заниматься сексом в туалетах баров, но когда я посетовала на то, что мне это уже надоело, он предложил заняться сексом в помещении компании *Breather*. У них множество офисов по всему городу, и там можно поработать, провести совещание или, как говорится на сайте, «*просто подзарядиться*». Лоран заверил меня, что в почасовой структуре оплаты было зашифровано разрешение подзаряжаться так, как мы посчитаем нужным. Он попросил меня забронировать одно из помещений, чтобы его жена не увидела в их выписке с карточки такого платежа.

«Она у меня все знает, но не хочет знать. Улавливаешь?»

И поэтому именно я создала учетную запись на сервисе, ввела данные кредитной карты и забронировала помещение.

Но, как выяснилось, пространства *Breather* не предназначены для разврата. И меня до сих пор терзает любопытство, как же они узнали о моем нарушении правил, вопиющем неуважении к *общественным нормам*. Была ли там видеокамера на стене, спрятанная где-то под безликими картинами? Или ее вмонтировали в столешницу из экошпона? А может, она спряталась в спинке кожаного кресла? Или люди по соседству услышали, как мы развлекаемся, и пожаловались? Кроме того, я также задаюсь вопросом, была ли эта плата своего рода моральной компенсацией или это стоимость профессиональной химчистки, чтобы смыть следы нашего греха? Но, по правде говоря, я не хочу знать больше того, что уже знаю. Мне запретили пользоваться данным сервисом, с моей карты списали деньги. А Лоран, кроме сообщения с шуткой на тему того, что попалась я, не сделал ничего.

— Сегодня мне пришло неожиданное письмо, — делюсь я с мужем, когда мы ложимся в постель.

— Кто-то нашел твою пробку? — Стю дразнит меня с тех пор, как я вернулась домой после свидания с Лео и обнаружила, что оставила пакет с пробкой и смазкой в метро.

— Ха-ха, — наигранно смеюсь я и легко хлопаю его по плечу. Я рассказываю мужу о штрафе за нарушение пользовательского соглашения и о том, что мне запрещено пользоваться услугами сервиса *Breather*. И он заливается смехом.

— О-о, эта история гораздо лучше, чем «Сказка о потерянной пробке»! Кроме шуток.

Я закатываю глаза.

— Почему бы вам просто не снять отель? Он может себе это позволить.

Как-то я сказала Стюарту, что Лоран — финансист, но упустила другую важную информацию. Хотя мой кавалер младше меня на шесть лет, он сейчас состоит уже в третьем браке и ежемесячно тратит огромные суммы на алименты. И если затронуть детали, то меня коробит это, как мне кажется, сексистское суждение о том, кто должен платить на свиданиях. Я знаю, что Стю платит за каждый номер в отеле, за каждый ужин — за тем редким исключением, когда женщина настаивает на своем. Я подозреваю, что мой супруг считает, что так и должно быть, хотя никогда не скажет об этом прямо.

— Думаю, Лорану нравится само ощущение чего-то запретного, — отвечаю я.

Но нарушение запретов — не единственное, что ему нравится. Как и предлагал Митчелл, я рассказываю Стюарту все пикантные подробности, как он всегда и хотел. Такие вещи, как: «Иногда Лоран шлепает меня по лицу, а затем облизывает щеку. Это очень приятно!» Стю недоверчиво смотрит на меня, пытаясь понять, что за незнакомка стоит перед ним.

Как-то раз мы с мужем занимались сексом и я попросила его помочь мне перевернуться на живот, чтобы он мог войти в меня сзади, как это делает Лоран.

— Шлепни меня! — в порыве страсти прошу я.

Обескураженный, но старающийся не испортить момент, Стюарт ударил меня по лицу. Не сильно, но достаточно, чтобы я расплакалась.

— Зачем ты это сделал? — всхлипывая, воскликнула я.

— Ты же просила меня ударить тебя! — возразил он. — Я думал, такое теперь тебе нравится!

— Я просила шлепнуть меня, а не ударить! — кричу я на него. — И вообще, мне нравится, когда это делает Лоран.

* * *

Я СТОЮ, СКЛОНИВШИСЬ НАД СТОЛОМ и привстав на цыпочки, чтобы улучшить угол проникновения члена Лорана, и одновременно стараюсь не удариться головой о монитор компьютера. Вдруг слышу вдалеке короткое *дзинь.* Двери лифта открылись. Лоран занят тем, что издает свои собственные звуки, тихонько постанывая позади меня.

— Шшш, — стараюсь подать ему сигнал я. — Кажется, кто-то идет.

— Все норм, — бормочет Лоран, не сбавляя темпа. — Расслабься.

Но секс в кабинете явно *не* располагает к тому, чтобы расслабиться. Несмотря на это, я привела Лорана в арендный кабинет пространства *Greendesk* в районе Дамбо — более дешевую версию *Breather*, но с долгосрочной арендой. И, согласно «зеленой политике» организации, здесь никогда не включается кондиционер или отопление. Учитывая поздний час и не по сезону прохладную погоду, я рассчитывала, что на моем этаже сегодня не будет никого и моя отгороженная кабинка с плексигласом станет подходящим местом для быстрого секса.

Но теперь я слышу голоса. И они направляются в нашу сторону, но сворачивают в комнату на две двери раньше. Лоран не останавливается. Да и я не прошу его об этом.

— Оуииии, — стонет он на французском.

Я опускаю голову так, чтобы монитор скрывал бóльшую часть моего лица. Но мысленно я уже представила удивление своих соседей по этажу. Два высоких парня и неприметная девушка в очках. Они занимают большой угловой кабинет. Я не знаю их имен, но иногда перекидываюсь парой слов с девушкой, когда мы встречаемся у ксерокса. И хотя общаются они негромко, я слышу, что их разговор идет в ровном темпе. Свет над моим столом выключен. Возможно, нам удастся не выдать себя.

Когда движения Лорана становятся жестче, я изо всех сил вдавливаю ноги в пол, а попу — в его пах. Теперь мое удовольствие отходит на второй план. Мне нужно, чтобы он кончил как можно скорее, чтобы я могла приступить к планированию нашего побега. Как раз в тот момент, когда Лоран достигает своего пика — «*Ооооохх!*» — я слышу нечто другое, от чего у меня подкашиваются ноги. Тишина. Я утыкаюсь лицом в свое предплечье.

Лоран опускает голову мне не плечо и тяжело дышит. Но обычный ритм разговоров в конце коридора стих. А потом я услышала шепот.

— Бооооже, это было фантастично! — восклицает Лоран.

— Шшшшш… — шепчу я. — Думаю, они нас услышали.

Лоран смеется, даже не стараясь сделать это тихо.

— Вы, американцы, слишком серьезны! В чем проблема — немного позаниматься любовью?

Я снова слышу звук, сигнализирующий об открытии дверей лифта, и пару минут выжидаю, прежде чем убедиться в том, что мы остались одни и можно собираться.

— Ну, по крайней мере, дай мне презерватив, чтобы я могла выбросить его в туалете, — говорю я, натягивая джинсы и поворачиваясь к мужчине. — Не хочу, чтобы кто-то из уборщиц его увидел.

Лоран смотрит на меня с застенчиво-нелепой улыбкой.

— Упс, — произносит он, поднеся руку ко рту с наигранным вздохом. — Похоже, я о нем забыл!

Чувствую, как мои виски сдавливает подступающая мигрень. Он уже не в первый раз трахает меня сзади, не предохраняясь. В прошлый раз он заявил, что у него слетел презерватив. А теперь он даже не пытается оправдаться. Но ведь я должна была догадаться, верно? Должна была почувствовать разницу. Я смотрю на него, пытаясь решить, кто из нас в этой ситуации больше виноват.

— Все в порядке, Молли, — говорит он. — Я же абсолютно чистый, да? И ты ведь принимаешь таблетки? Ага?

— Дело не в этом, — говорю я. — Не важно. Подожди, я схожу в туалет, чтобы не получить еще одну инфекцию.

Я не рассказала Стю об инциденте с отсутствием контрацептивов, оправдывая себя тем, что мы оба регулярно проверяемся на наличие венерических заболеваний. Но скрыть от мужа очередную инфекцию мочевыводящих путей будет достаточно трудно. За те шесть месяцев, что я встречаюсь с Лораном, у меня их было уже три. Когда я вылечилась от последней, Стю обиженно вздохнул.

— Этот парень ломает мою любимую игрушку, — по-детски наивно пожаловался он. Тем не менее до осуждения муж не опустился.

Лоран перехватывает мою руку, когда я собираюсь открыть дверь кабинета. Двери на самом деле бессмысленны, так как эти так называемые стены-перегородки, отделяющие один «кабинет» от другого, даже не касаются потолка.

— Ты иди пописай, а я должен уйти. Я уже припозднился.

Я вздыхаю. Уже продолжительное время он старается уйти так, чтобы нас не видели вместе. Лоран притягивает меня к себе. Пальцы его второй руки приподнимают мой подбородок.

— *Bonne nuit, ma chérie*[1], — прощается он, целуя меня. Затем резко отпускает, хватает пиджак и уходит, на ходу бросив: — Я наберу.

Не удосужившись застегнуть джинсы, я на ватных ногах бреду в дамскую комнату. Сидя на унитазе, я задумчиво смотрю на рулон туалетной бумаги, висящий на стене. Изначально задумывалось, что это будет мое приключение. История о моем удовольствии. О моей

---

[1] Bonne nuit, ma chérie. — Доброй ночи, милая *(фр.)*.

внутренней свободе. И как я докатилась до такого состояния? Честно говоря, я понятия не имею.

Чувство стыда скоро сделает свое дело. Оно сгладит в памяти некоторые детали, пока они не станут приемлемыми.

## Глава 9

Я ЛЕЧУ В ХЬЮСТОН, ЧТОБЫ ПРОВЕСТИ обучение для учителей. Сидя в самолете, я стараюсь незаметно почесать зудящую промежность.

Пару недель назад Лоран задал мне довольно острый вопрос:

— Ты не задумывалась об эпиляции?

Его французский акцент только усугубил ситуацию.

Я была крайне возмущена. Да кем он себя возомнил, говоря мне, что делать с моим телом? Какой психопат захочет, чтобы *там* я выглядела как девочка-подросток? Но мое возмущение было омрачено сомнениями в себе.

Я вспомнила, как в колледже мы зависали веселой компанией первокурсников в одной из комнат общежития. Вчерашние школьники обсуждали взрослые темы. В такие моменты ты понимаешь, что уже вырос, и откровения сыплются как из рога изобилия. Кажется, очередной вопрос, который мы только что затронули, для моего друга Рахула — единственного ребенка из консервативной индийской семьи — стал настоящим откровением:

— Месячные могут длиться неделю?! А если бы вы могли изменить что-то в себе физически, что бы это было?

Я уже точно знала, что скажу, и по глупости начала первой.

— Уменьшила бы количество волос на теле, — выпалила я.

Последовала шокированная пауза, а затем взрыв смеха. Я не помню, что отвечали остальные. Вроде бы кто-то сказал, что хотел, чтобы пальцы на ногах были длиннее, а одна девочка не хотела быть такой худой.

Лоран назвал ту физическую особенность, которую я больше всего в себе ненавижу, но я не стала доставлять ему удовольствие, признавшись в том, что он попал в точку. И все же я решила спросить мнение Стюарта. Я надеялась, что его ответ немного успокоит меня.

— Слушай, а кто-нибудь из женщин, с которыми ты встречаешься… ну, эпилирует… свои… киски?

— Воу! — воскликнул муж. — И с чего такой интерес?

— Просто ответь на вопрос.

— Думаю, большинство из них это делает.

— Что?! — Я по-настоящему была удивлена, это далеко не тот ответ, на который я рассчитывала.

— Но не все. И не все делают глубокое бикини, — поспешно добавил он. — К тому же мне в любом случае это не важно.

— А Лорану важно, — удрученная, пробубнила я. — Он, по сути, попросил меня сделать эпиляцию. Я думала, что он какой-то извращенец, но, похоже, это я со странностями.

— Детка, ты не странная. Мне *нравится* твой кустик, — сказал Стю, пройдя по мне многообещающим взглядом. Стюарта может возбудить *все* что угодно.

— Дело не только в моем кустике, — пожаловалась я. У меня так много волос на верхней части бедер, что когда я бреюсь, кожа краснеет и волоски потом воспаляются. Может, он прав. Возможно, мне стоит избавиться от волос.

— Делай что хочешь, мой маленький хоббит, — ласково сказал Стю, целуя меня в макушку. — Я в любом случае буду считать тебя сексуальной.

Я решила для начала проконсультироваться и записалась в клинику, специализирующуюся на удалении волос лазером. Такой метод удаления волос показался мне более быстрым решением, чем восковая эпиляция. По крайней мере, мне не пришлось бы подвергать себя пыткам каждые пару недель. Но мои надежды быстро рухнули. Владелицы салона — Валерия и Наталья, практически одинаковые русские женщины, — взглянули на мой лобок и неодобрительно хмыкнули. Из салона я уходила практически враскорячку, утопающая в жалости к себе. На моей клубной карте был отмечен один сеанс из двадцати, которые я приобрела. Очевидно, что приведение моего ландшафта в приемлемый вид потребует много времени, денег и боли.

Но никто не предупредил меня о последующем раздражении и зуде. Весь полет я держала свою толстовку на коленях, чтобы под ней незаметно чесать пострадавшие участки кожи. И теперь, когда самолет заходит на посадку в Хьюстоне, я мысленно разрабатываю стратегию, как мне быстро достать ручную кладь с верхней полки и добежать до передней части самолета. Мне необходимо попасть в туалет. Стянуть с себя джинсы, вдоволь почесаться и нанести волшебную мазь для заживления кожи.

Пока самолет медленно подруливает к телескопическому трапу, я достаю телефон, чтобы отвлечься. Отключаю режим полета и наблюдаю, как из киберпространства на экран моего смартфона обрушивается шквал сообщений. Все они от Дэниела.

И вот я здесь, в укромном уголке у стены, сбоку от информационных табло, стою, зажав сумку между ног, чтобы не добавлять лишнего дискомфорта многострадальным половым губам. На другом конце провода я слышу ломающийся голос тринадцатилетнего Дэниела.

— Так что… у вас с папой открытый брак?

Рука, держащая телефон, дрожит, пока я пытаюсь придать своему голосу максимально нейтральную окраску.

— Дэниел, я хочу, чтобы ты кое-что знал: мы с папой действительно счастливы вместе и всегда честны друг с другом. Он все рассказывает мне, а я — ему.

Молчание.

— Подожди. Ты что — тоже так делаешь?

— Ну было бы несправедливо, если бы только папа этим промышлял, — пробурчала я.

— Да, я так и подумал, — отвечает мой подрастающий сторонник женского равноправия. — Но у меня есть вопрос.

— Валяй, — я морально подготавливаюсь к тому, что последует дальше.

— *Когда*? Ну то есть я понимаю, что у папы есть на *это* время, но когда *ты* успеваешь этим заниматься?

Вопрос Дэниела приносит мне облегчение сразу по двум причинам. Во-первых, он использует красивое расплывчатое слово «*это*». А *это* может означать что угодно. *Это* может означать, что я взаимодействую с другими мужчинами в чисто социальном или интеллектуальном плане. *Это* может означать, что я выхожу в свет, веду глубокие беседы о поэзии и политике, а не трахаюсь с неверными мужьями в туалетах баров.

Во-вторых, я беспокоилась, что редко бываю дома и недостаточно времени уделяю детям. И вот подтверждение того, что по крайней мере в восприятии Дэниела я так часто нахожусь рядом, что он не может понять, как у меня может быть время, чтобы проводить его где-то еще.

И все же я уклоняюсь от ответа. Другими словами, я лгу.

— Я делаю это не очень часто. — Надеюсь, мой тон звучит достаточно нейтрально и убедительно, но, кажется, сейчас самое время перевести разговор в другое русло, поэтому я прошу Дэниела сделать кое-что для меня. — Не мог бы ты убрать папин ноутбук? Я не хочу, чтобы Нейт это увидел.

— Да я уже, мам.

Полагаю, мысль о том, что его младший брат узнает об *этом*, вызывает у Дэниела почти такое же отвращение, как и у меня. В то время как большинство детей (и Дэниел в их числе) предпочли бы избегать разговоров с родителями о сексе или по крайней мере сделать эти разговоры как можно более короткими и обобщенными, десятилетний Нейт — полная их противоположность. Он смотрит на мир через сексуальную призму и своими наблюдениями делится со всеми, кто оказывается рядом.

Нейту было всего три года, и я как-то пришла забрать его из детского сада. Учительница сына попросила меня поговорить с ней пару минут наедине.

— Сегодня я отвела Нейта и одну девочку в туалет, — сказала она, едва сдерживая смех. — И знаете, что он ей сказал?

Я решила не гадать.

— Он сказал: «У тебя классная задница!» — И она рассмеялась. Я почувствовала облегчение оттого, что заявление Нейта вызвало скорее веселье, чем тревогу.

Для Нейта секс был сексом. И все, что с ним связано, было поводом для восторга.

Конечно, за исключением тех случаев, когда речь заходила о том, что его *мама* занимается сексом. Всю начальную школу Нейт оценивал мужчин, с которыми мы сталкивались: отцов своих одноклассников, работников-мужчин в пиццерии или магазине на углу, случайных прохожих.

— Ты ему нравишься, — время от времени говорил мне Нейт, недобрым взглядом смерив незнакомцев. Иногда я ощущала на себе заинтересованные взгляды. Но меня смущало, что Нейт тоже это замечал.

* * *

ЧЕРЕЗ НЕСКОЛЬКО ДНЕЙ после возвращения в город я сижу на приеме у Митчелла.

— Не знаю, с чего начать, — я тяжело вздыхаю и тянусь за салфеткой. Есть что-то жалкое в том, что я расплакалась с первой же минуты нашего сеанса, но это лучше, чем другая крайность, в которую способен впасть мой организм. В дни, когда я выхожу из кабинета Митчелла и чувствую, как подступает приступ мигрени, я понимаю, что недостаточно глубоко погрузилась в себя во время сеанса. Ну и к тому же выходит, что я зря потратила двести долларов.

— Давай просто посидим пару минут. А потом ты можешь начать с того, что первым придет на ум.

Такой подход мне нравится. Как только я утихомириваю рой мыслей в голове, сам собой отпадает вопрос о том, что больше всего меня тяготит. Перед собой я вижу лицо Дэниела, и его голос звучит в моих ушах. Я рассказываю Митчеллу о том, что старший сын случайно узнал.

— Думаешь, я порчу ребенка? — говорю я, вытирая слезы. — Это мой самый большой страх, потому что больше всего на свете я хочу быть хорошей матерью.

— Молли, — сразу же говорит Митчелл, — я думаю, что ты портишь его ровно настолько, насколько это нужно.

Я начинаю смеяться. Мои мысли сразу же переключаются на маму, Джима и Махикари. Неужели моя мать тоже испортила *меня* ровно настолько, насколько нужно?

* * *

ВЕСНА 1983 ГОДА. Мне десять лет, и ужасный шестой класс почти позади. Разница в возрасте между мной и одноклассниками сейчас ощущается сильнее, чем в тот момент, когда в мои восемь было принято решение перескочить через класс. В средней школе девочки носят бюстгальтеры, говорят о мальчиках и у них начинаются месячные. А я чужая для этого мира.

Мне неловко попросить маму купить мне бюстгальтер, который мне даже не нужен. И я не могу поговорить с ней о том, как сильно я хочу, чтобы и у меня начались месячные. Мы с мамой разговариваем о том же, о чем она говорит с Джимом: Махикари.

С третьего класса я постоянно болею. Простуда, конъюнктивит и фарингит — три моих главных недуга. Но Махикари, учение, к которому моя мама обращается в поисках ответов, утверждает, что болезнь — это очищение и что ничто не должно мешать токсинам выходить из организма. Поэтому вместо лекарств мама дарит мне «свет».

Она держит руку над моим лбом, а я закрываю глаза и слушаю ее песнопения на языке, которого никто из нас не понимает. Я единственная в нашей семье, кто охотно позволяет маме это делать. Мой отец называет Махикари «макарониной». А сестра в принципе не скрывает своей враждебности к тому, чем занимается мама, и в особенности к учению Махикари.

Однако я — хорошая девочка.

Несколько раз в неделю я сажусь перед мамой в определенной позе на полу. Я стою на коленях с прямой спиной. Большой палец левой ноги лежит поверх правого, а большой палец левой руки располагается над правым. Молитва произносится прямо у моего сердца. Мы кланяемся друг другу, и я закрываю глаза. Она хлопает три раза и начинает петь:

— *Гоку би джи-ай со ген ген шикари…*

Я ощущаю мамину ладонь над моим лбом, пока она не произносит заключительную фразу «*О шидзу мари*!», освобождая мой дух от власти «света».

Мама говорит, что теперь, когда мне уже исполнилось десять лет, я достаточно взрослая для того, чтобы присоединиться к ней.

— Хотела бы ты принять *кэнсю*? — спрашивает она, используя официальный термин для названия первого этапа посвящения.

В маминых глазах я вижу надежду. Джим переезжает в Нью-Йорк, и ей не с кем будет практиковать передачу «света». Маме нужна я.

— Ты сделаешь меня самой счастливой матерью на свете, — добавляет она.

Махикари — практика для взрослых. Она скучна и непонятна для меня, но то, что мама предложила мне заняться чем-то таким взрослым, заставляет меня почувствовать себя важной и особенной. Не могу же я упустить возможность порадовать маму?

— Ладно, — говорю я, не совсем понимая, на что соглашаюсь.

На фотографии, сделанной во время церемонии *кэнсю*, я сижу в первом ряду. Я такая маленькая. На мне моя самая красивая одежда: блузка пастельного оттенка и юбка цвета хаки. Носки на моих ногах натянуты до колен, и, согласно японскому обычаю, я, как и все остальные, без обуви. Мои длинные волосы светло-песочного цвета, который я уже почти не помню, разделены по пробору и подколоты двумя заколками. Я серьезна и неулыбчива, что резко контрастирует со стоящей за мной мамой, которая сияет.

* * *

ГНЕВ БУРЛИТ ВНУТРИ МЕНЯ.

— Раньше я никогда об этом не задумывалась, — говорю я Митчеллу. Я начинаю складывать пазлы воедино, и итоговый результат вызывает тревогу.

— Но Джим — причина, по которой моя мама вообще попала в Махикари. И с ее стороны было довольно нелепо просить меня присоединиться к их культу. Не то чтобы она называла это учение культом. Но лечение без лекарств? И все эти деньги, которые она им отдавала. Как мама могла внушить десятилетнему ребенку всю эту чушь? Ведь я была в возрасте Нейта!

Митчелл смотрит на меня с сочувствием.

— Очень часто люди вспоминают или даже заново переживают какие-то события из детства, когда их собственные дети находятся в том же возрасте.

Я киваю, представляя себе ту маленькую десятилетнюю заболевшую Молли, которая стоит рядом с Нейтом. Я ощущаю, как во мне поднимается желание защитить эту малышку Молли. А еще я чувствую бессмысленное негодование. Ведь с того момента прошло уже больше тридцати лет.

— Но что мне со всем этим *делать*?

Митчелл переводит взгляд на потолок. Он ставит руки перед лицом, сложив из пальцев треугольник и подпирая указательными кончик носа. Доктор буквально закрывает этим жестом рот, чтобы дать себе время подумать над ответом.

— Молли, что тебе с этим делать — зависит только от тебя, — после паузы начинает он. — Похоже, ты действительно злишься на свою мать за то, что она вовлекла тебя в то, что должно было быть *ее* путешествием.

— Я *на самом деле* злюсь, — подтверждаю я. Мне приятно в этом признаться, хотя я не могу представить, как скажу матери о своих чувствах. Я невольно задумываюсь о том, каким обиженным становится выражение маминого лица, когда моя сестра злится на нее. И я не хочу, чтобы причиной ее расстройства была я.

— А еще ты переживаешь о том, как *твой* путь к открытому браку отразится на твоих собственных детях.

Я снова киваю, и вся моя ярость сменяется чувством вины.

— Прочувствуй то, что сейчас происходит с тобой. Каждую эмоцию. Сейчас самый благоприятный для этого момент, — мягко говорит Митчелл.

И я пытаюсь. В голове проносятся образы, каждый из которых поднимает эмоциональную волну. Я — мое горло, которое буквально горит от недолеченной инфекции. И снова я такая серьезная на фотографии в *кэнсю*. Джим за обеденным столом смешит мою маму. Дэниел, читающий слова «*открытый брак*» на ноутбуке Стюарта. Нейт, недобрым взглядом провожающий мужчин, которые мне улыбаются.

Когда наш сеанс заканчивается и я встаю с дивана, чтобы уйти, Митчелл говорит:

— Молли, сегодня ты показала себя довольно стойким человеком. — Его улыбка становится лукавой, и он отвечает на вопрос, который я не задавала ему вслух: — Между прочим, я считаю, что твоя мать испортила тебя ровно настолько, насколько это нужно.

* * *

В ТЕЧЕНИЕ СЛЕДУЮЩИХ НЕСКОЛЬКИХ недель Дэниел был озадачен вопросом о моем местонахождении.

— А куда ты идешь? — спрашивал он меня в очередной раз. — Ты действительно идешь к Джесси? А ты точно идешь в спортзал?

А Стюарт при этом продолжает приходить и уходить как ему вздумается, но старший сын не обращает на него ни малейшего внимания. Меня гложет чувство вины, но в то же время меня поглощает ярость, и я выплескиваю на Стю оба этих чувства.

Поздней ночью за закрытой дверью нашей спальни я взрываюсь:

— Почему Дэниел не спрашивает, куда *ты* идешь?! — Я не кричу, но негодование разрывает меня на части. — Почему никого не волнует, что отцы занимаются сексом, а каждая мать должна быть треклятой Девой Марией?

— Может, тебе стоит воспринимать это как комплимент, — резонно замечает Стю. — Ты нужна ему больше, чем я. Или, может быть, он беспокоится о тебе.

— Ни от одного из этих вариантов мне не становится легче.

— Как насчет того, чтобы я поговорил с нашим сыном по-мужски?

— И что ты ему скажешь? — спрашиваю я.

— Предоставь это мне, — отвечает муж.

На следующий день мне приходится сжать в кулак всю свою силу воли, чтобы не подслушивать их разговор. Я достаточно хорошо знаю своих мужчин, чтобы с уверенностью сказать, что ни один из них никогда не расскажет мне подробностей из этого разговора. Вернувшись в спальню, Стю говорит мне, что все прошло хорошо. А Дэниел просит меня поговорить с ним наедине.

— Мам, прости, что я все время спрашиваю, куда ты идешь, — начинает он. — Я знаю, что это твое личное дело. И это несправедливо, что я никогда не устраиваю папе такой допрос с пристрастием.

— Все в порядке, милый, — отвечаю я, как и обычно, удивляясь своему рассудительному и не по годам развитому мальчику. — Просто я не думаю, что ты на самом деле хочешь знать, иду ли я на свидание. А иногда я могу действительно идти к Джесси или в спортзал.

— Ага, — соглашается он задумчиво. — А ты можешь просто солгать мне? Я постараюсь не спрашивать, куда ты идешь, но если вдруг спрошу, ты можешь просто соврать, если действительно идешь на свидание?

Разумеется, именно это я и делала все это время. Но разрешение, которое он мне дает, признание Дэниелом того, что моя ложь в его интересах, немного снижает чувство вины, которое породила моя нечестность. Но все же стыд остается.

* * *

В СЛЕДУЮЩИЙ РАЗ С ЛЕО МЫ встречаемся после долгого перерыва. Он отправился в плавание с друзьями из Нью-Йорка в канадские воды. В течение нескольких недель он присылает фотографии, на которых стоит на лодке, загорелый и обдуваемый ветром, или фотографируется перед безвкусной вывеской на фоне живописного портового городка. На электронную почту от него приходят сообщения, которые едва ли можно воспринять как приглашение: «*Когда-нибудь ты должна отправиться в плавание — со своей гитарой!*»

На следующий день после возвращения Лео присылает сообщение рано утром, практически умоляя меня приехать. Но умолять и не нужно. Дети уже в школе, и приглашение на полуденный секс без вопросительного взгляда Дэниела мне в спину — как раз то, что нужно.

Я быстро принимаю душ и запрыгиваю в вагон метро, следующий в центр города. Пока я иду по улице к квартире Лео, я пытаюсь разглядеть себя в витринах магазинов и небольших зеркалах. Проверяю свой макияж и надеюсь, что капельки пота, скапливающиеся у линии роста волос, не испортят его. Лео встречает меня у двери, как обычно, полуодетый, и совместными усилиями меньше чем за минуту мы оба остаемся без одежды. Наши встречи всегда проходят по одному сценарию, но в этот раз все иначе.

Наверное, не зря за моряками закрепилась такая своеобразная репутация изголодавшихся по женскому вниманию мужчин. Ведь они подолгу находятся в море без доступа к женщинам. В тот день наш секс хоть и был по обоюдному согласию, но он был грубым. Значительно грубее, чем обычно, и жестче, чем я хотела. Я отдаюсь желаниям Лео и пытаюсь подавить свои. В порыве страсти мужчина сильно прикусывает мою губу. Оставленная им лиловая отметина еще несколько дней напоминает о себе болью. И как только наш секс подходит к логическому завершению, вместо привычных разговоров мы прощаемся. У Лео накопилось слишком много дел. Он благодарит меня за то, что я так быстро приехала, и… выпроваживает за дверь.

Даже когда я иду по улице в сторону метро, я сомневаюсь в своих ощущениях от этой встречи. Но саднящая боль в губе не позволяет мне лгать себе.

Почему я не остановила его? Почему я не сказала ему о том, что он ранил мои чувства? Почему я не сказала, что почувствовала себя как второсортный бургер из доставки?

Он просто сожрал меня, даже не воспользовавшись тарелкой, приборами и салфетками. А ведь действительно, кто я такая? Я не особенная. Я не его любимая девушка. Я даже не любовница Лео. Я просто его интрижка. Девушка, согласная на быстрый секс. Чего я вообще ожидала?

* * *

СЛЕДУЮЩУЮ СЕССИЮ с Митчеллом я начинаю с признания.

— Я чувствую себя дерьмово. Я думала, что путь к свободе должен быть веселым, — говорю я.

— Ничего не бывает веселым всегда, — отвечает Митчелл, а я, понимая, что его слова звучат логично, тяжело вздыхаю. — Давай подробнее обсудим твои чувства. Слово «дерьмово» звучит весьма образно.

— Хорошо, — соглашаюсь я. — Как насчет «я себе неподвластна»? Как будто я просто поддаюсь тому, что хотят мужчины. Я совершенно не отстаиваю свои интересы. Безусловно, получать внимание и секс приятно, но это все так кратковременно. А потом я чувствую себя дерьмово. Прости… Я имею в виду, что после чувствую себя опустошенной.

Сам факт произнесения этого слова вслух поднимает это чувство на поверхность. Опустошенность. Пустота. Я чувствую пустоту. Слезы с новой силой текут из глаз, и я тянусь за салфеткой.

Митчелл делает паузу, давая мне время прийти в себя. Он смотрит в потолок, по своей привычке обдумывая, что сказать дальше.

— Молли, позволь мне спросить тебя кое о чем. На твой взгляд, что *противоположно* этому чувству? Чувству пустоты.

— Противоположно? — переспрашиваю я, задумавшись. — Полагаю, наполненность?

— Отлично, — говорит Митчелл. — А теперь давай на мгновение отвлечемся от тех поступков, которые приводит тебя к ощущению опустошенности. Вместо этого я хотел бы, чтобы ты подумала над обратной стороной этой ситуации. Можешь ли ты вспомнить несколько моментов, когда ты чувствовала себя наполненной?

Я погружаюсь в свои мысли. В какие моменты я *чувствую* себя наполненной? Я вспоминаю разговоры с Дэниелом, чтение сказок Нейту перед сном, те минуты, когда Стюарт крепко обнимает меня.

— Мои дети дарят мне чувство наполненности, — говорю я. — А еще Стюарт. Но это странно. Когда я отдаю им слишком много себя, я также чувствую себя опустошенной. А может, я буду чувствовать себя опустошенной, что бы я ни делала. — И эта мысль грозит вылиться в новый поток слез, и я тянусь за новой салфеткой.

— Хм. — Митчелл сосредоточенно прищуривает глаза. — Мне пришла в голову одна идея, и я думаю, подойдет ли она нам.

Я выжидающе смотрю на мужчину.

— Мне кажется, в твоем ведре есть дыра.

Дыра в моем ведре. Я согласно киваю. Мне нравится конкретность этого образа. Сразу вспоминается старая детская песня.

— Ты наполняешься всеми хорошими вещами из своей жизни, включая мужа и детей, но потом они выливаются через эту дыру, и ты снова чувствуешь опустошенность. Тебе нужно залатать дыру, чтобы все хорошее не утекало.

— И как мне это сделать?

— Над этим предстоит поработать, — говорит Митчелл. — Именно это тебе необходимо выяснить.

* * *

В ТЕЧЕНИЕ СЛЕДУЮЩИХ НЕСКОЛЬКИХ НЕДЕЛЬ я думаю о фразе, сказанной мне Митчеллом. О моем ведре и коварной дыре в нем.

Однажды ночью я наблюдаю, как Стюарт спит, надув губы и едва слышно посапывая. Мне кажется, что Стю только и делает, что веселится, наслаждаясь нашим форматом открытого брака. А что я делаю не так? Почему его ведро в лучшей форме, чем мое? В голове крутится мотив старой народной песни, и мой внутренний голос жалобно скулит: *«Чем мне исправить это, дорогой Стюарт, чем?»*[1]

Для начала я решаю больше не встречаться с Лео. Хотя боль от его укуса уже прошла, но в моей памяти отпечатался поступок этого мужчины. Он напоминал мне о том, как мое самоуважение стремительно рухнуло вниз после нашего последнего секса, и об ужасном послевкусии от той встречи. Словно подтверждая мою мысль о том, что Лео на самом деле нет до меня дела, он перестает писать. Я борюсь с желанием отправить ему сообщение. Мне кажется абсурдным писать ему только для того, чтобы сказать, что я боль-

---

[1] Речь идет о старой юмористической детской песне «В моем ведре дыра» (ориг. *нем. Ein Loch ist im Eimer*). В основе песни лежит затянувшийся диалог между Генри и Лизой о дырявом ведре. Генри жалуется Лизе, и она советует ему починить ведро, но чтобы это сделать, герою нужна то солома, то нож, то точильный камень, то вода — которую он не может принести из-за того, что ведро дырявое.

ше не хочу с ним встречаться. Его молчание говорит само за себя.

А что касается Лорана, то уровень наших отношений достиг новой отметки. И я даже не уверена, выше он или ниже по своему рангу, чем быстрый секс в туалетах баров, в пространстве *Breather* и моем кабинете в *Greendesk*.

Символ сексуальной свободы — отель *Liberty Inn* — занимает треугольник земли в редко посещаемом уголке Манхэттена. Мимо него можно проследовать, двигаясь в объезд Вестсайдского шоссе по 14-й улице или забирая что-то с одного из многочисленных складов района Митпэкинг. В этом отеле забронировать номер можно на два или три часа. Предпочтительна оплата наличными, и Лоран готов раскошелиться на несколько двадцаток, лишь бы не использовать свою кредитку. В некоторых номерах на потолке есть огромные зеркала. Мебель защищена чехлами из мягкого пластика, который легко протирается, так что единственная жидкость, с которой здесь может столкнуться пара, — их собственные выделения. На ресепшене даже предусмотрен звонок в номер за десять минут до конца оплаченного времени. Это сделано *не столько для того, чтобы разбудить* постояльцев, сколько для того, чтобы *вежливо напомнить, что им пора уходить*. Удрученного вида уборщица, с которой я избегаю зрительного контакта, ходит по коридору, наблюдая за тем, какой номер нужно подготовить к визиту следующих постояльцев.

Отель *Liberty Inn* стал нашим с Лораном особенным местом.

Однажды вечером, когда мы мечемся по комнате как тараканы, стараясь собраться до того, как истекут оплаченные часы и нам выставят штраф за задержку, я набираюсь смелости, чтобы кое-что сказать Лорану. И моя фраза звучит как вопрос.

— Может, в следующий раз пойдем в другое место? — предлагаю я, ища свой бюстгальтер, которым Лоран совсем недавно связал мне руки, а затем отшвырнул куда-то в сторону. — Это место такое… Я не знаю… стремное.

Лоран смотрит на меня нахмурившись:

— Что это за слово?

— Стремное? Ну это как отвратительное, мерзкое, гадкое. Просто оглянись вокруг, и сам поймешь, каким словом это описать, — говорю я.

— Как по мне, это сексуально, — говорит Лоран, подходя ко мне сзади и сжимая ладонями мою грудь. — Как и ты, — добавляет он и целует меня в шею.

Я замечаю свой бюстгальтер висящим на кондиционере и отстраняюсь от мужчины.

— У нас всего три минуты, чтобы собраться.

— Ладно-ладно, — говорит он, поднимая руки и улыбаясь как маленький мальчик, пойманный на краже денег из маминого кошелька. Я натягиваю платье через голову и всовываю ноги в босоножки. Мы сбегаем вниз по лестнице и протягиваем ключ через специальное отверстие в пуленепробиваемом стекле. Портье ворчит и открывает для нас дверь, ведущую на улицу. Холодный ветер задувает со всех сторон. Мусор вперемешку с опавшими листьями кружится по пустынной улице.

— Вот, просто оглянись, — говорю я. — Просто жуть.

Лоран берет меня за руку и тянет за собой вдоль по 14-й улице. Здесь не получится случайно поймать такси, особенно в это время суток.

— Ты права, — соглашается он. — В следующий раз идем в новое место. Я все равно хотел, чтобы ты пошла со мной.

— Правда? — спрашиваю я, оживляясь. — Куда?

Он обхватывает меня рукой за плечи, притягивает к себе и шепчет на ухо:

— В секс-клуб…

Я выворачиваюсь из-под его руки и останавливаюсь.

— Подожди секунду. Я рассказывала тебе, как мы со Стюартом ходили в *Le Trapeze*. И я не собираюсь возвращаться в подобные места.

— Расслабься, — устало протягивает он. — Это совсем другое место. Клуб *Bowery Bliss*. Обещаю, тебе понравится.

Придя домой, я расплачиваюсь с няней и сразу же иду к компьютеру. Набираю в строке поиска название клуба, и на экране появляется опубликованная в 2013 году статья из *Time Out New York* — навигатора по местам города. И написано там следующее:

*Я полагаю, что существует множество веских причин, по которым вам никогда не стоит посещать свингер-клубы. И открытие Bowery Bliss — многоуровневого сексплораториума площадью почти 400 квадратных метров на стыке Нижнего Ист-Сайда, Чайнатауна и Нолиты — не с самым удачным расположением — точно не стоит вашего внимания.*

Чем больше я читаю, тем сильнее пробуждается мой посттравматический синдром от посещения клуба со Стю. И совсем не важно, говорила ли я тогда, что мне это нравится. Не имеет значения, что в итоге я ходила туда дважды. Посещение *Le Trapeze* пришлось мне не по вкусу, и *Bowery Bliss*, несмотря на его модное расположение, едва ли кажется лучше.

Я решаю разобраться с этой ситуацией на берегу. Забравшись в постель, я отправляю Лорану сообщение:

> *Я просмотрела информацию о Bowery Bliss. Извини, но групповой секс не для меня. Может, хоть раз сходим просто в хороший отель?*

Лоран присылает в ответ один эмодзи: обиженное лицо.

Я видела это выражение раньше. Вживую. В тот момент, когда Лоран отговаривал меня использовать презерватив. Он жаловался на дискомфорт и говорил, что это все равно что заниматься сексом в резиновой перчатке. Убеждал, что ему важно все чувствовать, чтобы испытать оргазм. А потом я со стыдом думаю о том, как я в конце концов сдалась и как рационализировала свой выбор. Тогда я подумала: «*Он ведь все равно снимет презерватив. А я принимаю таблетки. Я попрошу его кончать в меня только при анальном сексе* (я пришла к этому виду получения удовольствия несколько месяцев назад). *И я буду продолжать сдавать анализы на венерические заболевания*».

И вот теперь Лоран снова просит меня уступить. Отказаться от давно принятого решения: никогда больше не ходить в подобные места.

Хотелось бы, чтобы Стюарт был здесь. Я не могу вспомнить, на свидании он сегодня, или работает допоздна, или отправился в бар с друзьями. Мне бы хотелось обсудить с ним сложившуюся ситуацию и спросить, что мне делать. Но тут откуда-то из недр моей души поднимается уверенность. Мне не нужен совет Стю. Я не пойду ни в какой новый секс-клуб. Я не буду этого делать.

Словно прочитав мои мысли, Лоран присылает сообщение: «*Только один раз. Я обещаю*».

«*Прости, Лоран.* (А почему я вообще извиняюсь?) *Мое решение окончательно. Никаких секс-клубов*», — набираю я в ответ.

Я жду, пока три маленькие точки превратятся в новое сообщение.

«*Значит, мое удовольствие для тебя не важно?*» — пишет он. И присылает еще одно «обиженное лицо». И вдруг что-то внутри меня щелкает.

«*Какого хрена?! Все, что я делаю, я делаю ради твоего удовольствия! Перестань быть таким незрелым засранцем!*» — взрываюсь я.

Мое сердце стучит где-то в районе горла, пока три точки на экране мигают целую вечность.

«*Очень хорошо. Наверное, мне пора искать другую пуговку*».

Какое-то время я тупо смотрю на его последнее сообщение. В памяти всплывает диалог с нашего первого свидания. Когда я вскользь спросила о его жене и известно ли ей о его похождениях, он уклонился от ответа. Вместо этого Лоран рассказал мне то, что часто повторяла ему мама-аргентинка: «*Женщины — как пуговицы. Если потеряешь одну, всегда можно найти другую»*. Почему я тогда не вскочила и не убежала прочь?!

На меня накатывает волна тошноты. Он пытается заставить меня выполнять каждую свою прихоть. Он пытается заставить меня испытывать чувство вины за то, что я ему *не* угождаю. Или делай то, что он хочет, или смотри, как он найдет кого-то, кто сделает это.

Я представляю себе дырявое ведро и вижу, как мое чувство собственного достоинства растекается лужицей по полу. Мне нужно остановить этот поток, и вдруг я четко осознаю, как это сделать.

*«А давай*, — пишу я в ответ. — *Между нами все кончено»*.

Я нажимаю кнопку «Отправить». И прежде чем я увижу его очередной манипулятивный или какой-нибудь агрессивный ответ (или, что еще хуже, полный игнор вместо ответа), я блокирую номер Лорана.

Затем я падаю лицом в подушку. Маленькая искорка моего достоинства колышется в темноте, как одинокий росток под резкими порывами ветра в пустом поле. Я отпустила Лео. Я порвала с Лораном. Но сейчас мне не нужен ни один из них.

Я хочу Стюарта. Мне нужен Стюарт.

Я слышу пронзительный крик. И я слышу его прежде, чем понимаю, что этот звук исходит от меня. Сильнее утыкаясь лицом в подушку, я набрасываю сверху еще пару. Сейчас я не могу контролировать громкость своих рыданий, поэтому пытаюсь заглушить их или хотя бы немного приглушить, пока они выплескиваются из моего тела. Я плачу так долго, что даже не помню, как проваливаюсь в сон. Свет в комнате остается включенным, а я лежу, уткнувшись головой в подушки, насквозь пропитанные моими слезами и измазанные слюнями. Мои глаза опухли, а на отекшем лице выступили лопнувшие кровеносные сосуды.

И когда Стюарт вернулся домой, он застал меня именно в таком виде.

## Глава 10

— ИТАК, ДАВАЙТЕ ПРИСТУПИМ. Что вас привело ко мне?

Раздается простой вопрос, заданный нашим новым психотерапевтом для пар Эвелин. Она — приятная женщина с округлыми формами, ее седые волосы уложены в элегантное каре. Между ее внушительных грудей висит крупный нефритовый кулон. Но ответить на ее вопрос — непосильная задача.

Стюарт делает размашистый жест в мою сторону, как бы говоря: «*Ну, давай, вперед. Расскажи этой милой даме, почему мы здесь*». Консультация была моей идеей или, если говорить откровенно, моим ультиматумом.

Прошло две недели с момента моего «провала» — как мне нравится его называть. В этом слове есть что-то утешающее, что-то загадочное, несмотря на обстоятельства. На самом деле я задействую все свои внутренние ресурсы, чтобы поддерживать иллюзию моей функциональности для детей и внешнего мира. Однако Стюарт знает правду, и это очень важно для меня. Он должен знать, что я разбита. Раздавлена. Просто уничтожена.

Митчелл настоятельно рекомендовал нам обратиться к Эвелин, но я не возлагаю на наш визит больших надежд. Возможно, все дело в огромном пространстве, в которое мы попали. Кабинет Эвелин вдвое больше уютного офиса Митчелла. На широком диване доктора Стюарт чувствует себя отчужденно. А сама Эвелин кажется недосягаемой, сидя по ту сторону огромного кофейного столика.

Я делаю глубокий вдох и начинаю:

— Мы здесь, потому что я больше не хочу быть в открытом браке. Но Стюарт хочет.

Стю тяжело вздыхает, и Эвелин кивает в его сторону.

— Вы не согласны с этим, Стюарт?

Он склоняет голову и смотрит на мой профиль. В его глазах я вижу немой упрек. Я смотрю на него невинным взглядом. Да, я понимаю, что слишком упростила нашу ситуацию, но мои слова близки к правде.

— Дело не в том, что я хочу сохранить открытую форму нашего брака, не считаясь с чувствами Молли. Дело в том, что я знаю, что она передумает, — он поворачивается ко мне лицом. — Сейчас ты несчастна, я понимаю. Но ты должна дать себе немного времени. Ты встретишь кого-то нового, и твое состояние изменится.

Слезы застилают мне глаза. Мы не пробыли здесь и пяти минут.

— Мне не нужен никто новый. Я хочу *тебя*.

— Ох, детка, — начинает Стюарт. — Я и так твой. И я *всегда* буду с тобой.

— Но мне так не кажется. Я чувствую себя такой одинокой.

— Ты не одинока, Молли! — восклицает он в отчаянии. — Я здесь! Я рядом с тобой! Прямо сейчас!

Эвелин поднимает руку, чтобы остановить его, — излюбленный жест регулировщика дорожного движения возле школы. Похоже, мы снова вернулись в первый класс и полагаемся на взрослого, который убедится в том, что машины остановились и ничто не угрожает нам, а затем переведет через дорогу.

— Стюарт, Молли сказала, что *чувствует* себя одинокой. Чувства — это не факты, поэтому лучше не пытаться их оспорить.

Стю поднимает в воздух ладони и склоняет голову вниз. Является ли этот жест искренним признанием своей вины или сарказмом, я не могу определить.

— Молли. Не могли бы вы уточнить, что конкретно нужно сделать Стюарту, чтобы вы не чувствовали себя одинокой?

— Я хочу, чтобы он был счастлив дома, — говорю я.

— Ты не можешь заставить меня быть счастливым, Молли! — вспыхивает Стюарт. — Простите. Мне не стоило перебивать.

— Нет, вы можете говорить, — включается Эвелин. — И ваша точка зрения понятна. К вопросу о вашем восприятии счастья мы вернемся позже. Молли, попробуйте еще раз. Что нужно *вам*, чтобы не чувствовать себя одинокой?

Я задумываюсь над этим. Ведь я не все время чувствую себя одиноко. Я пытаюсь окунуться в свои чувства и понять, что мне действительно нужно.

— Мне нужно больше времени проводить со Стюартом, — начинаю я. — Раньше нам было так здорово вместе.

— Отлично, — говорит Эвелин, ободряюще кивая. — А как бы вы проводили время вместе? Чем бы вы занимались? —Я уже открываю рот, чтобы ответить, но она жестом останавливает меня и поясняет: — Не говорите мне. Обращайтесь к Стюарту.

Я поворачиваюсь к мужу лицом.

— Я хочу, чтобы ты пригласил меня на завтрак. На прошлой неделе ты пригласил Бет на завтрак, и это задело мои чувства, потому что мы с тобой больше никогда так не делаем. А я люблю ходить на завтраки куда-нибудь.

Стюарт смеется.

— Ну да, ты это любишь, — соглашается он, протягивая ко мне руку и накрывая своей теплой ладонью мою. — Я обязательно приглашу тебя на завтрак на этой неделе.

— Точно-точно? — спрашиваю я, сияя.

— Конечно! — радостно соглашается Стю. — Выбери день, когда у тебя не будет никаких семинаров или встреч, и мы пойдем в кафе, пока дети будут в школе. Идет?

Мои плечи опускаются, когда я обдумываю его слова.

— Ну теперь я чувствую, что ты согласился для галочки. А я хочу, чтобы ты *сам захотел* пойти со мной на завтрак. И чтобы это была *твоя* идея.

Стю нервно отдергивает от меня руку. Он откидывается назад на диван с такой силой, что я слегка подпрыгиваю на своем месте.

— Она не дает мне шанса! — кричит он, обращаясь теперь к Эвелин. — Что бы я ни делал, она все равно расстраивается!

— Ладно, давайте попробуем что-нибудь другое, — отзывается доктор. — Мы сделаем упражнение на слушание. Стюарт, вы расскажете Молли, почему вы считаете, что она не дает вам ни единого шанса. А вы, Молли, будете повторять за Стюартом все, что он говорит. Вам необязательно повторять его речь дословно, но вы не должны редактировать его фразы или излагать собственную позицию. Я буду вам помогать. Попробуйте, Стю. Посмотрите на Молли и начните с того, что вы только что сказали: «Ты не даешь мне шанса. Что бы я ни делал, ты все равно расстраиваешься».

Стюарт устало трет лицо рукой и поворачивается ко мне. Я вижу, что он не хочет этого делать. Но он послушно делает то, что ему сказала Эвелин.

— Ты не даешь мне ни единого шанса. Что бы я ни делал, ты все равно расстраиваешься.

— Молли, повторите слова Стюарта, — обращается ко мне доктор.

— Ты считаешь, что я не даю тебе ни единого шанса. Что бы ты ни делал, я расстраиваюсь.

— Она все правильно поняла, Стюарт? — уточняет Эвелин.

— Ага.

— Хорошо, давайте продолжим. Что еще?

— Ты хочешь, чтобы я умел читать твои мысли, — говорит Стю. — И если я не угадаю, о чем ты думаешь, ты разочаруешься во мне.

— Я хочу, чтобы ты прочитал мои мысли, — повторяю за мужем я. — И если ты не угадываешь, о чем я думаю, я делаю вид, что разочаровалась в тебе.

— Верно, — соглашается муж. Я наблюдаю, как расслабляются мышцы на его лице. Я тоже ощущаю, как успокаиваюсь.

— Ну как вам, Стюарт? — спрашивает Эвелин. — Что вы чувствуете, когда Молли действительно слышит то, что вы говорите?

— Так приятно! Как будто у меня появился свой собственный маленький попугайчик!

Я легонько бью мужа по руке, и он сжимает ладонью мое колено. Эвелин с улыбкой смотрит на нас. Во мне снова зарождается свет надежды на лучшее.

Мы возвращаемся к выполнению упражнения «Молли-хочет-крекер» — так назвал его Стю, а затем меняемся ролями. Наш сеанс подошел к концу, и вот мы уже весело смеемся.

— Я хочу, чтобы вы оба попрактиковали эту технику дома. И помните, Молли, это нормально — нуждаться в Стюарте и говорить ему о том, что вам нужно. Независимо от того, решите ли вы сохранить ваш брак в открытом формате или нет.

Эта концепция вызывает у меня неожиданный прилив облегчения. Наш брак — независимо от того, моногамный он или нет, — нуждается во внимании и заботе. И мы можем работать над этим, не принимая окончательного решения о том, оставить наш брак открытым или нет.

Эвелин обращается к Стю:

— В следующий раз, Стюарт, мы поговорим о том, что *вам* нужно от Молли, чтобы чувствовать себя счастливее в браке. Подумайте об этом.

Когда мы вместе заходим в лифт, я спрашиваю мужа:

— Ну и что ты о ней думаешь?

— Она оказалась приятнее, чем я рассчитывал, — признается он. — А тебе как?

— Я думаю, встреча с ней пойдет нам на пользу.

Двери открываются, и мы оказываемся в холле. Стюарт быстрым шагом идет в сторону двери. Ему не терпится окунуться в работу и перевести дух после всех этих трогательных разговоров. Но я не хочу отпускать его. Не хочу, чтобы та близость, которую я ощущала, сидя рядом с ним на широком диване, растворилась с его выходом за дверь. Я еще не готова. Изнутри меня согревает прилив щедрости. И я хочу чем-то отблагодарить мужа.

— А как называется тот сайт знакомств? Тот, который подходит для людей с открытыми отношениями. О котором тебе рассказывала та цыпочка Кейти.

— Ты имеешь в виду Кэти? — с улыбкой поправляет Стю. Он знает, как мне нравится путать имена женщин, с которыми он встречается. — Он называется *OkCupid*. Да, он в целом неплох. Там даже можешь выбрать статус «Немоногамный».

— Точно. Думаю, я заведу аккаунт. Если ты согласишься продолжать ходить на сессии с Эвелин, я перестану встречаться с отстойными мужчинами с моего сайта и попробую по-настоящему вступить в открытый брак.

— О! Это так здорово, малышка, — говорит Стю, положив ладони на мои предплечья и фокусируя свой взгляд на моих глазах. Мне нравится, когда он так делает. В такие моменты я чувствую, что он видит меня. — Спасибо тебе за это, — он едва ощутимо целует меня в губы. — Мне уже нужно бежать на работу, но я вернусь домой пораньше.

И я не решаюсь спросить, что скрывается за его излюбленным «пораньше».

* * *

ТЕМ ЖЕ ВЕЧЕРОМ Я УДАЛЯЮ СВОЙ аккаунт с *Ashley Madison* и регистрируюсь на сайте *OkCupid*. И вот оно. В списке семейного положения есть пункт

*«Немоногамный»*, он расположен среди вариантов *«Одинок»*, *«Состою в отношениях»* и *«Все сложно»*. Но для меня все это кажется достаточно сложным.

В моем профиле на сайте указано настоящее имя. Молли. Здесь нет места для Мерседес. Я выбираю фотографию, где хорошо видно мое лицо, и начинаю отвечать на вопросы, которые помогут мне найти идеальную пару. Половина из них — лишние, как будто алгоритм не до конца убежден в том, что я понимаю значение слова «немоногамный».

*Как вы оцениваете свою готовность встречаться с человеком, у которого есть другой партнер?*

*Если бы ваш партнер сказал вам, что целовался с кем-то еще, как бы вы отреагировали?*

*Насколько важна для вас эксклюзивность во взаимоотношениях?*

Я выбираю из предложенных ответов самые подходящие: *«Полностью готова»*, *«Меня бы это устроило»*, *«Не важно»*. И вот так я официально вступаю в открытый брак.

На следующие несколько дней аккаунт на *OkCupid* становится центром моей новой вселенной. И вскоре я узнаю, *как* этот «бесплатный» сайт знакомств зарабатывает деньги. Пока я не оформлю подписку на премиум-аккаунт, я даже не смогу прочитать входящие сообщения! Проведя все необходимые манипуляции, я приступаю к эпической задаче: отсеиваю зернышки от плевел. Но как только я выясняю, как отфильтровать мужчин, которые, кроме того, состоят еще и в свободных отношениях, мой список потенциальных партнеров сокращается с 537 человек до 12. И моим лучшим потенциальным партнером (что, полагаю, обнадеживает) оказывается Стюарт.

— Какого черта? — недовольно вопрошаю я, стоя с мужем на кухне поздним вечером и показывая на моем телефоне его же анкету. — Я думала, ты сказал, что это лучшее приложение для людей, состоящих в открытом браке.

— Ну разработчики добавили пункт «Немоногамный» совсем недавно. И мне это понравилось, потому что мне больше не нужно сотню раз объяснять одно и то же. Тебе не стоит ограничиваться мужчинами, которые состоят в открытом браке. Как насчет тех парней, у которых стоит статус «Одинок»?

— Да, пожалуй, ты прав. Но мне хотелось бы больше узнать обо всем этом немоногамном мире, понимаешь? — отвечаю я и прокручиваю страницу вниз, остановившись на одном из потенциальных партнеров. — Вот, например, что насчет этого парня? Лиам. У него написано, что он немоногамен, но одинок. И что это значит?

Стю через мое плечо заглядывает в экран, рассматривая человека, о котором идет речь. На фотографии изображен атлетически сложенный мужчина с копной светло-каштановых волос, мечтательными голубыми глазами и чувственными пухлыми губами. Стю зачитывает вслух основные моменты из анкеты Лиама:

— Гетерогибкий сомелье моложе тебя более чем на десять лет. Давай, детка. Что ты теряешь?

* * *

ЛИАМ ЖИВЕТ В КВИНСЕ, который вполне можно сравнить с Филадельфией, если судить по развитому транспортному сообщению, связывающему его с Парк-Слоуп. Мы договариваемся встретиться в парке в Нижнем Ист-Сайде, недалеко от ресторана, где парень работает. Я прихожу первой и сажусь на скамейку, оглядываясь по сторонам, пытаясь ненароком заметить его и в то же время выглядеть достаточно непринужденно. Человек, профессия которого тесно связана с вином, решил устроить свидание, на котором не будет алкоголя.

Симпатичный парень в узких джинсах идет ко мне прямо по траве. Несмотря на прохладный осенний воздух, он без пальто, а его льняная рубашка расстегнута настолько, что обнажает грудь без единого волоска. Когда он подходит ближе, я вижу на его лице выражение безмятежности, он слишком расслаблен, чтобы его губы потревожила улыбка.

— Молли, — произносит он, скорее констатируя, чем спрашивая. На последних шагах он распахивает руки и крепко обнимает меня, прижимая к себе. Мне это кажется слишком интимным объятием для первой встречи, но его действие при этом лишено сексуального подтекста. — Я безумно рад познакомиться с тобой, — говорит он мне куда-то в шею.

— Я тоже, — отвечаю я, заливаясь румянцем.

— Расскажи мне о себе, — просит он, садясь рядом со мной на скамейку. Его нога касается моей, но это не похоже на заигрывание. Тем не менее мне трудно выдержать силу его зрительного контакта. — Как давно ты стала полиаморной?

— Ч-что? — заикаюсь я, потрясенная этим словом. — Оу. Я состою в открытом браке, но не уверена, что я вообще полиаморна. А может, мне просто не нравится этот ярлык. — Я краснею еще сильнее, понимая, что, возможно, только что оскорбила его. — Я имею в виду, не то чтобы в этом было что-то плохое. О боже. Прости. Я говорю так же нелепо, как Джордж Костанза[1].

— Все круто, — мягко говорит Лиам. Он, наверное, даже не понял, о чем речь. Должно быть, ему было лет девять, когда сериал «*Сайнфелд*» вышел в эфир. — Полиамория до сих пор неправильно воспринимается. Даже участники полисообщества не могут прийти к единому мнению о том, что это такое.

— Правда? — уточняю я. — Потому что мне бы точно не помешал какой-нибудь справочник!

Лиам не то чтобы засмеялся. Его выражение лица похоже больше на улыбку дзенского монаха, которая вызывает *желание* рассмеяться.

— В таком случае я точно тебе подхожу. Моя мать была поли, и я вырос в поликоммуне, — говорит парень, а затем зачем-то добавляет: — В Северной Калифорнии.

— Мои родители тоже состояли в открытом браке, но они не хотят использовать этот термин. Мама называет это «интрижкой с разрешения мужа».

— У-гу, — задумчиво протягивает он. Должно быть, он первый человек, которого не смущает мое признание. — Люди порой излишне зацикливаются на всех этих терминах, понимаешь? Например, некоторые пуристы вообще не считают открытый брак проявлением полиамории. Они считают, что это усложняет иерар-

[1] Джордж Костанза (*англ.* George Costanza) — один из главных персонажей американского телевизионного сериала «Сайнфелд» (производство телеканала NBC, выходил с 1989 по 1998 год), роль которого исполнил Джейсон Александер. Констанза — низкий и коренастый лысый мужчина, который борется с чувством неуверенности, часто обрекая свои романтические отношения на провал из-за собственного страха быть брошенным.

хию — супруги автоматически становятся «первичными» друг для друга, а другие партнеры — «вторичными» или что-то в этом роде.

— А что насчет тебя? — спрашиваю я.

— Ну я соло-поли, — отвечает он.

— И что это значит? — Для меня это звучит как оксюморон, но я стараюсь сохранять непредвзятость.

— Это значит, что я сам для себя являюсь первичным партнером. То есть я не собираюсь жениться или даже стараться сделать так, чтобы мои романтические отношения были долгосрочными. Но это не значит, что я не воспринимаю отношения всерьсз, — объясняет он, и я не сомневаюсь в его словах. Во взгляде Лиама читается такая твердость, которую можно описать не иначе как серьезность. — Это как если у тебя больше одного близкого друга. Люди ведь любят своих друзей, но им не нужен юридический документ, обязывающих их хранить верность друзьям на протяжении всей жизни. И никто не скажет: «Не могу поверить, что ты встречаешься с другими друзьями». Понимаешь, о чем я?

Я киваю, чувствуя, как волнение закипает внутри меня, когда я принимаю эту идею.

— Да, я совершенно точно понимаю, о чем ты.

Я думаю об Иди. Нине. Кайле. Джесси. Каждая из них играет свою роль в моей жизни, и я не хотела бы расставаться ни с одной из них. Почему же в сфере секса и романтических отношений не может быть так же?

— Кроме того, с некоторыми из своих новых партнеров я познакомился благодаря моим предыдущим отношениям. И это круто. Когда ты любишь двух людей, которые также любят друг друга.

Волна восторга и возбуждения идет на спад. Я пытаюсь представить себе, как «люблю» какую-нибудь из подружек Стюарта. И все, что из этого выходит, — я ощущаю какое-то тяжелое чувство, больше похожее на сковывающий ужас. Лиам считывает мою реакцию с обескураживающей точностью.

— Я полагаю, ты еще не знакома с комперсией? — спрашивает он.

— Ком... что?

— *Комперсия*. Это чувство радости, которое ты испытываешь, когда твой партнер любит кого-то еще. Что-то вроде противоположности ревности.

— Нет, — сразу отрезаю я. — Я определенно не испытывала такого.

Лиам посмотрел на меня как строгий учитель на ученика, понимая, что ему предстоит проделать огромную работу.

— Знаешь, тебе стоит прочитать одну книгу, — тактично начал он.

По дороге домой я заезжаю в книжный магазин. Он достаточно большой, чтобы спрятать между своими многочисленными полками мое смущение, которое я испытываю, взяв в руки экземпляр книги «*Этика бл**ства*»[1]. Если верить Лиаму, то эта книга — библия полиамории. Он сказал, что я найду раздел о *комперсии* в оглавлении. И, конечно, он там есть — притаился ровно между *построением общения* и *состраданием* с одной стороны и *соперничеством* и *конфликтами* — с другой.

---

[1] «Этика бл**ства» (*англ.* The Ethical Slut: A Practical Guide to Polyamory, Open Relationships & Other Adventures) Досси Истон и Кэтрин А. Лист, издательство «Гаятри», 2006 год.

Заняв место в вагоне поезда, я смело открываю главу 18 и читаю: «Некоторые полифолки используют слово „сорадость", чтобы описать чувство радости, возникающее при виде партнера, получающего сексуальное удовольствие от секса с кем-то другим».

И я тут же захлопываю книгу. Думаю, мне стоит начать с первой страницы.

* * *

НЕСКОЛЬКО ДНЕЙ СПУСТЯ ЛИАМ присылает мне сообщение, приглашая зависнуть в баре ресторана, где он работает.

*На этой неделе у меня все смены вечерние — приходи, я угощу тебя парой бокальчиков.*

Я чувствую себя потерянной в плане того, что у меня нет ни точного времени, ни конкретного дня, когда он меня ожидает. Немного поразмыслив, я решаю, что для нашей встречи подойдет будний день. Если я подожду, пока дети лягут спать, а Стю вернется с работы, то я приду в бар достаточно поздно. Но для чего именно будет достаточно поздно, я не могу сказать.

Вторник. 22:30. Распахнув дверь и войдя внутрь, я удивленно озираюсь по сторонам: полный зал. Неужели все эти люди безработные? А еще я замечаю, что за барной стойкой вместо Лиама работает женщина. Она молодая, красивая и какая-то невероятно стильная, мне кажется, что она сделана из солнечного света и звездной пыли.

Я протискиваюсь сквозь толпу людей и опускаюсь на последний свободный табурет. Фокусируюсь на том, чтобы выглядеть уверенно. После пары неудачных попыток мне все-таки удается повесить сумку на крючок под барной стойкой. И я немного приподнимаюсь, чтобы судорожно разгладить свою юбку на попе. Проделывая все эти махинации, я время от времени бросаю взгляд в сторону бармена и чувствую, как внутри меня нарастает паника. Мне же надо как-то ей объяснить, кто я такая и как меня занесло в это место с мягкими технотреками и нежно-голубым освещением по периметру пространства. Когда девушка подходит ко мне, я все еще мысленно подбираю слова, не зная, что же ей сказать.

— Привет, — начинает она. — Как настроение?

Вблизи она еще красивее. Ее волосы небрежно собраны в высокую прическу, а на лице особенно выделяются огромные бирюзовые глаза и нос пуговкой. Голос и акцент девушки так похожи на калифорнийский говор Лиама. Видимо, у их работодателя в требованиях к кандидатам так и указано: «Чтобы работать здесь, ты должен быть чертовски хорош собой».

— Я неплохо. Неплохо, — говорю я, чувствуя себя необычайно глупо и не в своей тарелке. — Я... эм, подруга Лиама. Он сказал, что будет здесь сегодня вечером.

— Оо, круто-круто.

Это она так дразнит меня, повторяя фразы? Или просто пытается помочь мне почувствовать себя не полной идиоткой? Я настолько поглощена анализом этого короткого диалога, что почти пропускаю то, что она говорит дальше:

— Ты, должно быть, Молли. Лиам сказал мне присмотреть за тобой. Я сообщу ему, что ты пришла. Может быть, хочешь что-нибудь выпить?

Несмотря на то что Лиам сам пригласил меня, я ошеломлена тем, что меня ждали.

— Отлично, отлично, — повторяю я в своей привычной манере, теряя все крохи обретенной уверенности. — Я бы не отказалась от бокала домашнего белого.

— У меня есть кое-что получше, — с улыбкой говорит она. — Лиам убьет меня, если я угощу его подругу домашним вином.

И вот я пью уже второй бокал белого «Вионье» — вина, о котором я никогда не слышала и название которого не осмелилась бы произнести вслух, — когда чувствую нотки травянистого одеколона Лиама.

— Приветик, — говорит он, опустив руку мне на спину и целуя в щеку. Его легкую щетину, выросшую за день, так же приятно ощущать, как и вдыхать тонкий аромат его духов.

— Привееет! — восклицаю я слишком громко. Я похожа на бородавочника, попавшего в загон с прекрасными газелями в зоопарке. Но газели, кажется, не замечают присутствия постороннего.

Лиам подхватывает со стола мой бокал и делает небольшой глоток, затем одобрительно кивает.

— Я вижу, Тея хорошо о тебе заботится, — с улыбкой говорит он. — Я попрошу кухню прислать наш фирменный суп из запеченной моркови. Он прекрасно сочетается с этим вином.

— Звучит потрясающе. Спасибо, — говорю я. Я умираю от голода, но, похоже, сегодня я буду питаться все же как утонченная газель.

Лиам снова наклоняется ко мне, и я рефлекторно вдыхаю его запах. Может быть, на сегодня мне хватит одного его чарующего аромата.

— Я смогу уйти на перерыв примерно через полчаса, — шепчет он мне на ухо. — Подождешь меня здесь?

Я молча киваю, и он снова целует меня в щеку, на этот раз захватив уголок моего рта. Когда я допиваю третий бокал вина, а также съедаю суп, в который, к счастью, помимо моркови был добавлен еще и питательный нут, Лиам снова возникает у меня за спиной. Он протягивает руку под барную стойку, теплой ладонью проведя по моему бедру, и легким движением снимает с крючка мою сумку. От его четких действий я чувствую, как теплая волна зарождается внизу моего живота. Парень берет меня за руку и ведет на улицу.

Следом за Лиамом я иду в тенистое место между дверью и эркером здания и задаюсь вопросом, сколько еще женщин он приводил сюда. А еще я думаю, не застрял ли у меня в зубах нут. Но когда этот идеальный высокий мужчина наклоняется и целует меня, эти вопросы уже не имеют особого значения. Поцелуй Лиама уверенный и властный, но в то же время нежный и обходительный. Он словно чувственный главный герой фильма в реальной жизни. Один поцелуй переходит в другой, и я теряю всякое ощущение времени. Поцелуй с Лиамом — мультисенсорный опыт. Прикосновение его мягких губ, его аромат с травянистыми нотками, а вкус его языка такой, будто он весь вечер жевал листья мяты, а возможно, так оно и было. Даже гул транспорта и звуки разговоров прохожих, кажется, исходят от самого Лиама — главного дирижера в этом звуковом пространстве.

— Доберись домой в целости и сохранности, Молли, — мягко говорит он, и я открываю глаза, чтобы посмотреть на него. Полиамория в его взгляде так же очевидна, как и калифорнийский говор в его голосе. Передо мной мужчина, который не боится влюбиться.

* * *

НА СЛЕДУЮЩИЙ ДЕНЬ ЛИАМ написал мне:

*Привет. Спасибо, что заглянула вчера. Было здорово увидеть тебя снова.*

Я стараюсь подавить в себе приступ радости из-за того, что он написал, и переключаю внимание на воспоминания о мягких губах и сексуальной щетине Лиама. И я быстро набираю ему ответ:

*Я тоже была рада тебя увидеть. Спасибо, что угостил меня!*

*В любое время. Кстати, ты когда-нибудь ходила на Poly Cocktails? Дай знать, если захочешь пойти! Ближайшая — в понедельник вечером.*

*Хорошо, спасибо. Я напишу тебе позже!*

Я сразу же принялась искать информацию о *Poly Cocktails*. И это оказалось именно тем мероприятием, о котором я подумала, исходя из названия.

Вечеринка для полиаморов: «Идея создания подобного мероприятия пришла к нам в День святого Валентина в 2007 году. Три полиаморных активиста и их друзья решили создать социальную площадку для местного полисообщества в Нью-Йорке». Я смотрю раздел навигации по сайту и нажимаю на вкладку «Что такое полиамория?».

*Полиамория (происходит от греческого и латинского корней, означающих «много любви») также известна как этическая или консенсуальная немоногамия. В полиаморных отношениях у человека могут быть значимые эмоциональные и/или физические отношения с несколькими людьми одновременно, с полного ведома и согласия всех участников.*

Пока все хорошо. Никакой новой или шокирующей информации. Я читаю дальше:

*Существует столько же форм полиамории, сколько и людей, которые ее практикуют, но главными отличительными чертами являются честность, постоянное общение и эмоциональная открытость между партнерами. На самом деле многие знания, полученные из полиамории, применимы и к традиционным отношениям. Несмотря на то что существует некоторое сходство, полиамория — это НЕ свингерство, обмен супругами или кинк-игры. Полиамория не предполагает какого-то определенного сексуального поведения или правил; скорее она поощряет людей исследовать и определять свои собственные правила таким образом, чтобы они удовлетворяли их запросы и уважали потребности и желания всех участвующих сторон.*

Прочитав информацию, я понимаю, что все это мне подходит. Постоянное общение с партнером. Эмоциональная открытость. Отсутствие давления, заставляющего делать то, чего вы не хотите. Покажите мне того, кто будет против этого!

* * *

НА СЛЕДУЮЩИЙ ДЕНЬ МЫ со Стюартом зашли на ужин в ресторан *MooBurger* перед школьным спектаклем Нейта. В зале полная посадка, вокруг — семьи с детьми. Замученные мамы пытаются хоть чем-то покормить детей и обменяться парой слов с такими же подругами, стараясь докричаться друг до друга через шум и гам, царящий в помещении.

— И почему ты снова выбрала это место? — спрашивает Стю, отодвигая свой стул, чтобы дать проехать маме с коляской.

Сейчас за столом сидим только я и Стюарт. Наших детей с нами нет. Нейт ест пиццу вместе с актерами спектакля, а Дэниел, теперь уже восьмиклассник, гуляет с друзьями и встретится с нами сразу на спектакле. Растущая независимость моих детей одновременно волнует и ужасает. «*О, славная свобода!*» — кричит одна часть меня. «*О, утрата моего предназначения!*» — горюет другая.

— Прости. Наверное, просто сила привычки. Это мое любимое место рядом со школой. К тому же у них есть безглютеновые булочки и вино! — широко улыбаясь, я радостным жестом показываю на поставленные передо мной блюда.

— Ага, — протягивает Стю. — Но у них нет виски. Или даже нормальной газировки. Ненавижу это приторное дерьмо, — резюмирует он и нехотя делает глоток воды.

— Может, закажешь себе пиво? — снедаемая чувством вины, осторожно предлагаю я. Если бы муж привел меня в заведение, в котором нет полноценной винной карты, я бы обязательно высказала ему за это. Стю отрицательно качает головой, и я хаотично придумываю, как быстро сменить тему. — А ты слышал что-нибудь о вечеринке *Poly Cocktails*?

Стюарт смотрит на меня косо.

— Эм, ну… да?

— А почему твой ответ звучит как вопрос? — уточняю я, потянувшись за картошкой фри из его тарелки. — Ты либо слышал о ней, либо нет.

— Я сомневаюсь, действительно ли ты хочешь знать ответ, — отвечает муж. — Как бы тебе объяснить… Ты склонна сначала задавать вопросы, а потом злиться, когда я честно на них отвечаю.

— Ты совершенно прав, — признаю я.

Стю удивленно смотрит на меня.

— Я? Прав? Ого, я думал, ты и на смертном одре будешь отрицать это.

— Ну я работаю над этим. Кажется, я записалась на курс «Полиамория для чайников» под руководством Лиама. Это он пригласил меня на эту вечеринку. И он рассказал мне об одном термине, который называется *комперсией*. Об этом ты тоже слышал?

— Ага, — говорит Стю, смеясь. — Я прохожу тот же курс, но думаю, что иду с двухнедельным опережением по программе.

Я сжимаю свой бокал с вином обеими руками. Значит, сейчас Стюарт встречается с кем-то, кто знакомит его с тем же миром и терминами, что и мы с Лиамом обсуждаем. Но это ведь хорошо, да? Значит, что мы с ним на одной волне. Но тогда почему меня гложет ревность? Я пытаюсь вспомнить одну мысль, которую прочитала в «*Этике бл**ства*»: «Ревность часто является маской, скрывающей самый сложный внутренний конфликт, который вы сейчас проживаете».

— Просто дай мне время, идет? Так… ты действительно ходил с кем-то на эту вечеринку?

— Ну не совсем, — начинает муж. — Но я ходил на свидание… ну что-то вроде того… с тем, кто регулярно посещает эти мероприятия. Хотя сомневаюсь, что увижу ее снова.

Услышав эти слова, я почувствовала, как напряжение в моем теле исчезает. «*Видишь? Мне не к чему ревновать*», — мысленно говорю я себе.

— Это одна из тех, о ком ты мне рассказывал?

— Нет, — отвечает Стю. — Я знал, что ты будешь смеяться надо мной, если я расскажу. Прямо перед тем, как расстроишься.

— Почему ты так уверен, что я расстроюсь? — спрашиваю я, при этом уже начиная расстраиваться.

— Ладно, — говорит он, подавая знак официантке, чтобы она принесла наш счет. — Я быстро расскажу тебе, но только потому, что нам уже пора идти на спектакль. Люблю, когда у меня есть запасной план для отступления, — с улыбкой добавляет муж.

— Идет. У нас есть пять минут. Обещаю не перебивать.

— Мне понадобится не больше двух, — отвечает Стю. — Я познакомился с женщиной по имени Тинкербелл на *OkCupid* и…

— Тинкербелл?! — тут же громко перебиваю я. — Это ее настоящее *имя*?

Стю молчит и демонстративно выгибает бровь дугой.

— Извини. Я не буду больше перебивать. Продолжай.

— Как я уже говорил, — медленно произносит Стюарт, протягивая официантке свою кредитную карту, — на сайте ее зовут Тинкербелл, и она часто ходит на эти вечеринки. Но большинство людей, которые туда ходят, просто знакомятся с другими полилюдьми, чтобы устраивать свои... вечеринки.

— Секс-вечеринки?! — громко уточняю я. Сейчас я рада тому, что вокруг нас столько орущих детей и меня никто не слышит.

— Нет, Молли, — говорит Стю. — Вечеринки с презентацией сковородок. А как ты думаешь, а? Можно я уже закончу эту историю, пожалуйста?

— Хорошо. Извини.

— Итак, вечеринки как бы закрытые, там не более четырех-пяти пар, и все должны предварительно сдать тест на венерические заболевания. Тинкербелл была ведущей такой вечеринки и попросила меня побыть ее спутником. Ну я и согласился. — Официантка возвращается с карточкой Стю, он благодарит ее и расписывается в чеке. — Пойдем, — коротко говорит он мне.

— Подожди, ты не можешь уйти, не закончив рассказ!

— Я расскажу, пока мы будем идти. Спектакль вот-вот начнется.

И пока мы идем в сторону школы, Стюарт добавляет несколько деталей в свою историю. Придя на вечеринку, он почувствовал себя неловко — всем присутствующим было под сорок. Они с Тинкербелл немного поразвлекались вдвоем, но он не почувствовал к девушке особого влечения. Это была их вторая встреча, и до этого Стю не видел ее обнаженной.

— У нее вся спина в татуировках, а на сосках — пирсинг, — описывает он. — А ты знаешь, я такие вещи не люблю.

— У-гуу, — реагирую я, испытывая благодарность к Стюарту за то, что он рассказал только о негативных моментах этой встречи, то есть о тех деталях, с которыми я могу справиться. Но, естественно, я сама настаиваю на большем. — А было ли в этом что-то такое, что тебе понравилось?

— Конечно, — сразу отвечает Стю. И прежде чем я успеваю отказаться от своего вопроса, он добавляет: — Знаешь, это как смотреть порно на большом экране, сидя в первом ряду. Ну было забавно наблюдать за тем, как другие получают удовольствие.

Я молча киваю, а на глаза наворачиваются слезы. Я стараюсь незаметно проморгать их. Мы заходим в школу Нейта, и я с нетерпением жду этого часа в темном актовом зале, чтобы обдумать то, что Стюарт мне только что рассказал. Наш сын играет продавца газет и выступает только в одной сцене — ближе к концу постановки, так что у меня есть время, чтобы погрузиться в свои мысли.

Чувство, стоящее за этими слезами, мне знакомо. Это мое беспокойство, мой внутренний страх, что я не удовлетворяю все потребности Стюарта. Ему нравится смотреть, как люди занимаются сексом. И я не могу дать ему этого (но не из-за того, что я даже не пыталась).

Пока я наблюдаю за тем, как дети от волнения спотыкаются на сцене и забывают свои реплики, а родители пытаются настроить камеры в телефонах так, чтобы получить лучшее фото своей звездочки, на меня сходит озарение.

*А какое это имеет значение, если Стю удовлетворяет свои потребности в другом месте?* И за этой мыслью скрывается новое чувство, и оно внезапно вызывает ощущение свободы и мурашки по всему телу. Если я больше не единственный сексуальный партнер Стю, значит, не будет больше этого чувства вины за то, что я отказываюсь от того, что не хочу делать. И это ведь здорово! Все в выигрыше! Так почему же я все еще чувствую ревность? Почему это чувство сорадости недостижимо для меня?

«Свежие новости! Специальный выпуск! Прочитайте все об этом!» — слышу я позади себя голос Нейта. Все головы в актовом зале поворачиваются к источнику звука. Я пытаюсь на ощупь найти свой телефон и с облегчением замечаю, что Стю уже снимает видео на свой. Вот наш маленький мальчик шагает по проходу, очаровательный и уверенный в себе. Без сомнения, это его звездный час. Мое юное дарование. Он смеется больше всех и делает драматический поклон, прежде чем покинуть сцену.

Стюарт останавливает съемку, берет мою руку, целует тыльную сторону ладони и опускает ее вместе со своей вниз. Он наклоняется ближе и шепчет мне на ухо: «Я люблю тебя». И я понимаю, что наш брак в безопасности. Не важно, что я не пойду с ним на секс-вечеринку. Нет ничего, что могло бы связать нас со Стюартом сильнее, чем наш общий объект любви — наши дети.

* * *

В ВОСКРЕСЕНЬЕ Я ПОЛУЧАЮ НОВОЕ сообщение от Лиама:

*Очень надеюсь, что ты сможешь прийти завтра на вечеринку. Будут два моих партнера — я бы хотел, чтобы ты с ними познакомилась.*

Я сразу же обращаюсь к своей настольной книге и просматриваю оглавление в поисках помощи. Пробегаю глазами между разделами под названиями «Бл**ская утопия», «Наслаждайтесь сексом» и «Личные границы». В течение десяти минут я убеждаю себя, что не хотела бы ничего больше, чем просто потусоваться с потрясающими подружками Лиама, но иррационально беспокоюсь, что среди них может оказаться Тинкербелл, и в конце концов решаю отказаться от его приглашения. И хотя авторы книги в каждой главе уверяют, что я должна быть нежной и мягкой по отношению к себе, что мне должно быть комфортно говорить простое слово «нет» и делать то, что подходит для меня, я чувствую себя невротичной и дремучей.

Я набираю ответ Лиаму:

*Не думаю, что эта вечеринка для меня. Но большое спасибо за приглашение. Я многому у тебя научилась!*

Нажав кнопку «Отправить», я с облегчением вздыхаю. Дверь в это направление полисообщества закрылась за моей спиной.

* * *

ЧТОБЫ НЕ ДУМАТЬ О СВИДАНИИ, рассчитанном на четверых, на которое я не пойду, вечер понедельника я провожу за просмотром анкет на сайте знакомств. Возможно, мне и нужен не профессор в области полиаморных отношений, а скорее новичок в открытых отношениях, тот, у кого столько же вопросов, сколько и у меня. Пока я читаю десятки входящих сообщений, одно из них привлекает мое внимание. Анкету украшает фотография крупным планом. Мужчина на ней выглядит достаточно молодо, он бородат и широко улыбается.

Имя: Карл
Возраст: 36 лет
Рост: 190 см
Тип фигуры: Немного полноват
Статус отношений: Этически немоногамный (есть партнер)

*«Привет,* — пишет мне Карл. — *Мне показалось, что ты интересный человек. Ты учитель? Может быть, ты подтянешь мою грамматику! Я немец и обожаю подкаст Grammar Girl*[1] *(он на втором ме-*

---

[1] Grammar Girl — образовательный подкаст, который ведет Миньон Фогарти — основательница сайта «*Советы на скорую руку*», филолог, преподаватель журналистики и научный писатель.

*сте после выступлений „Радиочас Мотылька"*[1]*). Предлагаю сотрудничество: партия в нарды в обмен на грамматику!»*

Его энтузиазм подкупает: никаких игр — кроме нардов, конечно. Я мысленно хвалю свой премиум-аккаунт за то, что мне пришло оповещение о том, что собеседник в Сети. Я быстро набираю текст.

*Привет, Карл. Звучит заманчиво.*
*Где ты живешь?*

*О, и ты в киберпространстве!*
*Я живу в Виндзор Террас. А ты?*

На секунду я теряюсь. Район Виндзор Террас — это очень близко. Но уверена, Стюарт будет так рад, что я нашла кого-то, кто мне понравился, что он и не обратит внимания на то, что я сама нарушаю свое правило *«Никого, кто живет рядом»*.

*«А я в Парк Слоуп!* — набираю в ответ. — *Расскажешь о своем семейном положении? Ты женат? Давно состоишь в открытых отношениях?»*

*Пока не женат. Я и моя невеста,*
*Мартина, живем вместе. Мы открыты*
*уже около 6 месяцев. А ты?*

---

[1] «Радиочас мотылька» (*англ.* The Moth Radio Hour) — объединение творческих людей из Нью-Йорка, посвятивших себя искусству рассказывания историй. Мероприятие проходит в формате открытого микрофона. Любой желающий может высказаться на заданную тему вечера.

*Замужем 16 лет. Открыты давно, но все еще разбираемся с нюансами. И вот твой первый урок грамматики: «Моя невеста и я» — личное местоимение стоит на втором месте.*

*Ого! Личное местоимение?! Для меня это звучит как прелюдия! ЛОЛ.*

Я терпеть не могу «ЛОЛ», но раз уж я *смеюсь* вслух, то решаю пропустить это мимо ушей.

*«Тогда мы прекрасно поладим»*, — лаконично отвечаю я.

* * *

С КАРЛОМ МЫ ДОГОВОРИЛИСЬ встретиться вечером в четверг. В баре *Lucey's Lounge* на Третьей авеню. В целом не очень далеко от нашего района, но шансы, что я могу встретить кого-то из соседей или матерей друзей моих сыновей, почти равны нулю. Бар от меня в десяти минутах спокойной ходьбы, но я выхожу на полчаса раньше и выбираю извилистый маршрут. Мне нужно время подумать.

За следующие три дня мы с мужчиной обменялись десятками сообщений. Он задает мне множество вопросов по английской грамматике — такие тонкости, как употребление сослагательного наклонения и разница между *less* и *fewer*, — чем заслужил мое уважение. Он рассказывает о своей работе фотографа-фрилансера и расспрашивает о моей жизни. В среду он присылает мне голосовое сообщение, чтобы я могла услышать его акцент: «Халло, Молли. Это Карл. Теперь ты точно убедишься, что я немец!» Его голос звучит дружелюбно, а акцент просто очарователен.

Самое главное, от Карла я узнаю, что он и его невеста Мартина уже много лет обсуждают возможность сделать свои отношения открытыми. И в целом это была именно ее идея. Карл рассказал, что многому они учатся *вместе* и все идет хорошо. Я чувствую определенную безопасность в этом параллельном характере нашего опыта. Возможно, эти отношения будут долгосрочными. Может быть, Карл станет тем человеком, который заполнит те пустоты, что есть во мне. А возможно, мы полюб…

От этой мысли у меня одновременно кружится голова от предвкушения и накатывающего на меня ужаса, ноги наливаются свинцом. Условие *не влюбляться* по-прежнему занимает первое место в списке наших правил открытых отношений. Но хочу ли я следовать этому правилу? А не нарушила ли я его *уже*? В моем сознании те чувства, которые я испытывала к Мэтту, до сих пор не поддаются четкому определению. Но я точно знаю, что они были. Я также знаю, что мои отношения с Лео и Лораном — это истории, которые были в первую очередь связаны с сексом, они не задели струн моей души.

Книга, купленная по совету Лиама, заняла свое почетное место в ящике моей прикроватной тумбочки, и я раз за разом обращаюсь к ней в поисках ответов. Глава под названием «Договоренности» зачитана до дыр, и многие фразы и даже абзацы выделены маркером. Особенно меня зацепил следующий абзац:

*Например, Джанет и один из ее партнеров начали свои отношения с соглашения о том, что они могут заниматься сексом с другими людьми, но не могут влюбляться в кого-то еще. А затем один из них влюбился. (Оглядываясь назад, можно сказать, что это было довольно глупое соглашение — как будто можно просто решить не влюбляться!)*

И эти слова в равной степени ужасают и успокаивают. Неужели наша договоренность не влюбляться обречена на провал? И смогу ли я на самом деле полюбить кого-то еще, не ставя под угрозу свой брак?

Все эти мысли я задвигаю в самый дальний уголок своего сознания и переключаюсь на то, что от свидания с Карлом меня отделяет один квартал. Подойдя к бару, я вижу, что посреди тротуара стоит крупный мужчина в темном пальто и громко сморкается в то, что выглядит как настоящий тканевый носовой платок. Он поднимает глаза и видит, что я иду к нему. Лицо мужчины озаряется широкой улыбкой, хотя он все еще энергично вытирает нос платочком. Карл. И он в первую минуту нашей встречи демонстрирует мне, как хорошо умеет сморкаться. Но есть что-то уязвимое в этом поступке — и это полное отсутствие притворства, — что посылает головокружительную волну тепла от моего сердца к низу живота и обратно.

Карл убирает платок в карман и раскрывает объятия. И он в буквальном смысле слова огромный, как медведь! Мужчина крепко сжимает меня в объятиях. Его шерстяное пальто пропитано запахом сигарет. И хотя я никогда не встречалась с курильщиками, этот аромат мне определенно нравится. На первый взгляд Карл кажется таким милым и правильным, но этот запах сигаретного дыма свидетельствует о его порочной натуре, добавляя его образу черты «плохого парня». Спустя мгновение Карл отпускает меня.

— Так ты Молли? — с широкой улыбкой спрашивает он, рассматривая мое лицо.

— Полагаю, тебе стоило спросить об этом прежде, чем обнимать меня.

Он смеется. Достаточно громко. И так непринужденно.

— И то верно. Может, зайдем внутрь?

— С удовольствием.

* * *

ТОЙ ЖЕ НОЧЬЮ, ЛОЖАСЬ в постель к Стю, я на секунду замираю, когда он спрашивает о свидании с Карлом. И я понимаю, что мне трудно рассказать ему что-то нейтральное, не выдав себя. Если я скажу хотя бы малую часть правды (что я прекрасно провела время), то докажу Стюарту, что моя заинтересованность в сохранении открытого формата нашего брака зависит от того, с кем я встречаюсь в данный момент. А что будет, если мои отношения с Карлом не сложатся и я все-таки захочу положить конец открытому формату брака? Какие аргументы я буду использовать, если Стюарт начнет уверять меня, что я передумаю, как только встречу нового партнера?

Кроме того, я не уверена, что если открою ему правду о том, что испытываю *чувства* к другому человеку, то из этого выйдет что-то хорошее. Возможно, Стю отмахнется, не поверив, что я могу быть так очарована после одного свидания? А может, он разозлится, обидится и обвинит меня в том, что я перешла черту? Или все будет еще хуже? Вдруг он признается, что у него тоже появились чувства к кому-то другому? Чтобы избежать развития любого из этих воображаемых сценариев, я решаю не вдаваться в подробности и ответить кратко.

— О чем вы с этим парнем говорили? — спрашивает муж.

— Ну знаешь. Такие общие темы для первого свидания. Немного о семье, немного о работе, — отвечаю я.

Я не говорю о том, что Карл показал мне несколько своих фотографий и что они подтверждают, что мой новый знакомый прекрасен не только внешне, но и внутренне. Я не упоминаю, что Карл рассказал мне о смерти отца и что он заплакал, когда делился со мной этим. И того, что я тоже пустила слезу, не стала ему говорить.

— Ла-адно, — протянул Стю, смотря на меня с подозрительным прищуром. В большинстве случаев он не может заставить меня замолчать, а сейчас разворачивается обратная ситуация. — Так как он выглядит? О нет, подожди. Дай угадаю. Ставлю на то, что это еще один Анти-Стю: высокий, худой и у него на голове шикарная шевелюра.

— Ну он действительно высокий, но далеко не тощий. И у него намечается проплешина на макушке. Видишь? — я показываю ему фото в профиле Карла и наслаждаюсь удивлением на лице мужа, когда он рассматривает фигуру мужчины, очки и обычную внешность парня. Именно так я хочу, чтобы Стюарт чувствовал себя, будто ему ничего не угрожает.

— Ты с ним целовалась?

В голове проносятся воспоминания о нашем первом поцелуе. Мы сидели на диване в дальнем углу бара. Как только все остальные посетители ушли, Карл наклонился ближе и положил руку на мое колено. Он сказал мне, интонационно отделяя каждое слово паузой: «Я так хочу тебя поцеловать. Ты не будешь против?»

Я молча кивнула, и мужчина нагнулся ко мне. Это был самый нежный первый поцелуй в моей жизни, скорее чувственный, чем сексуальный. Его густая борода оказалась гораздо мягче, чем я ожидала, а его сильные пальцы касались моей щеки.

— Ага, — отвечаю я Стю.

— И?

— Было приятно.

— Просто приятно? — свой вопрос он подкрепляет цепким взглядом.

— Да, — говорю я. — Это было просто приятно.

И это *просто приятно* — именно то, чего я так страстно желаю.

## Глава 11

Звонок от мамы раздается, когда я складываю белье.

— У меня есть новости, — говорит мама.

— Да? — немного рассеянно спрашиваю я. Обычно мамины новости связаны с тем, какие цветы распустились у нее во дворе, или с какими-то событиями в жизнях людей из моего детства, которых я почти не помню. Мой разум сейчас занят более насущными делами: Карлом. Сегодня я снова встречаюсь с ним — уже третий раз за неделю. Во время нашего второго свидания мы пошли поужинать, а потом отправились на любимое шоу Карла: послушать открытый микрофон для рассказчиков в клуб *Bell House*. Мы пришли слишком поздно, чтобы занять места, поэтому Карл встал позади меня, пока мы слушали выступления участников, опустив свои большие ладони мне на бедра. Он буквально приглашал меня удобно устроиться у него на груди и вдохнуть пленительный аромат его тела. В отличие от того, как меня щупал Лоран, прикосновения Карла кажутся легкими, почти что невесомыми и не опускаются ниже моих бедер. А сегодня вечером, пока его невеста гуляет со своей подругой, Карл пригласил меня в их квартиру.

Сегодня днем, пока Дэниел и Нейт превращали пространство нашей гостиной в поле боя и строили крепость из подушек, я читала раздел «*Этики бл**ства*», в котором рассказывается о том, что называется энергией новых отношений, или ЭНО. Думаю, Карл наглядно объяснил мне, что же это такое. Отличница-Молли даже выделила нужные фрагменты и почти зазубрила их:

*Многие люди, недавно вступившие в свободные отношения, стараются ограничить внешние сексуальные контакты до уровня случайных, развлекательных, чтобы избежать пугающего призрака того, что ваш партнер может быть влюблен или по крайней мере симпатизирует кому-то… Мы, конечно, не хотим очерчивать границы наших договоренностей настолько жестко, чтобы не пришлось исключить всех, кто нам нравится. Нет такого правила, которое защитило бы нас от наших собственных эмоций.*

Далее авторы книги напомнили мне, что новые отношения захватывают, потому что они новые. Что фаза конфетно-букетного периода рано или поздно заканчивается. И что новые отношения не должны угрожать той глубокой близости, которая есть у меня с мужем. Но в книге нет ни слова о том, что мне делать с этой бешеной энергией, проходящей через мое тело. С этими мощными вибрациями, которые я чувствовала, находясь рядом с Мэттом. Однако в том, что я уже сталкивалась с такими ощущениями прежде, есть что-то обнадеживающее. Если наш брак пережил ураган по имени Мэтт, то переживет и Карла. Правильно? Но что насчет меня? Справится ли мое сердце с еще одним цунами? Даже сейчас, сидя на кровати, разговаривая с мамой и складывая белье, я не могу выбросить этого мужчину из головы.

— Вчера я ходила к новому врачу, — тем временем продолжает мама.

— Ага, — бормочу я.

Визиты к врачу — еще одна популярная тема в наших разговорах. И кажется, что список неврологических заболеваний, которых у моей матери *не обнаружили*, растет с каждым новым визитом. В ее крови нет избытка тяжелых металлов. У нее нет и хронической болезни Лайма. Нет ни опухоли мозга, ни рассеянного склероза, ни инфекции внутреннего уха. Однако возможности ее тела продолжают угасать. Ходить, вставать с унитаза, даже подносить вилку ко рту — все эти простые действия становятся для нее все труднее с каждым днем.

— Новый невролог, — говорит мама. — Она уверена, что у меня болезнь Паркинсона.

Я застываю, и боксеры Стюарта замирают в моих руках. Мать объявляет этот диагноз тем же ровным тоном, каким она поделилась бы со мной новостью об окончании школы внуком бывшей коллеги.

— Что? Я думала, в клинике Майо болезнь Паркинсона исключили еще много лет назад.

— Похоже, этот врач считает, что они ошибались. Она назвала это паркин-со-ни-з-м. Ох! Трудно же это произнести!

— Ну и что это значит?

— Я не уверена, — медленно начинает мама. — Но это может быть очень хорошей новостью. Она назначила мне лекарство под названием синемет. И если оно подействует, то через пару недель я смогу двигаться гораздо лучше.

— Ого! Мама, это потрясающе! Так ты уже начала принимать это лекарство? — спросила я, затаив дыхание и вспоминая ее прежнее недоверие к западной медицине. Она столько лет крепко держалась за веру Махикари в то, что все болезни — это выведение токсинов из организма. Надеюсь, эта слепая вера осталась в прошлом.

— Да, — отвечает она, и я облегченно выдыхаю.

— Заметила какие-нибудь изменения? — сразу уточняю я.

— Ну трудно сказать. Но, думаю, да! Я чувствую, что у меня стало немного больше энергии. Но, может быть… — Мама замолкает, но я уже услышала эту интонацию в ее речи. — Может, это просто возвращение надежды.

Во мне тоже поднимается смесь неоднозначных чувств.

— Это замечательная новость, мама. Ты так много пережила. Ты заслуживаешь немного надежды.

— Ох, родная. Спасибо, — отвечает она.

* * *

ТЕМ ЖЕ ВЕЧЕРОМ Я ИДУ к дому Карла вдоль кладбища Грин-Вуд. Проходя последний квартал, с одной стороны упирающийся в молчаливые могилы, я останавливаюсь у припаркованного вдоль дороги автомобиля, чтобы взглянуть на свое отражение в его окне. Мне хотелось бы сказать своему отражению хоть пару ободряющих слов, но мысли отказываются собираться в предложения. Пока я поднимаюсь на крыльцо и нажимаю на кнопку под номером 2, напротив которой написаны имена Карла и Мартины, бесформенная масса мыслей все еще крутится в моем сознании. Я вижу, как в конце коридора появляется Карл и, расплывшись в хитрой ухмылке, уверенными шагами направляется ко мне. Я улыбаюсь в ответ.

Он открывает дверь и целует меня в губы.

Я настороженно бросаю взгляд на дверь с номером 1, расположенную сразу справа от нас, и Карл, поймав мой взгляд, отмахивается:

— Не волнуйся. Соседи — наши друзья. Они знают все о нас с Мартиной.

Он берет меня за руку и ведет в сторону своей двери. И сейчас я чувствую себя персонажем детской книги «*Выбери себе приключение*»[1]. Войдя в квартиру, я понимаю, что не ошиблась с выбором. Я оказываюсь во взрослой, наполненной женственностью стране чудес. В доме, в котором точно нет детей и который не выглядит как типичная холостяцкая берлога. На кофейном столике зажжено несколько свечей, а на обеденном стоит букет цветов. Комнату наполняют звуки акустической гитарной мелодии, доносящиеся из колонок, а на столе стоят бутылка вина и два бокала.

Карл заключает меня в объятия и снова целует, и в этот раз его поцелуй страстный.

— Я с нетерпением ждал этого мгновения с самого первого твоего сообщения, — признается он. — Но где

[1] «Выбери себе приключение» (*англ.* Choose Your Own Adventure) — серия детских книг-игр, написанная от второго лица, где игрок должен сам выбирать, как будет развиваться сюжет истории. Выпуском книг на русском языке занималось издательство «Радуга», всего вышло 15 историй.

же мои манеры? Пожалуйста, позволь мне взять твое пальто. И обувь тоже снимай, если хочешь. Здесь очень мило и уютно.

Пока он вешает мое пальто, а затем разливает вино по бокалам, я прохожу в гостиную, и мои ноги погружаются в мохнатый ковер с высоким ворсом, на котором нет ни крошек от печенья, ни спрятанных кубиков от конструктора Лего. На стенах висят фотографии в рамках. Некоторые из них я уже видела раньше — Карл показывал мне их на телефоне во время нашего первого свидания.

— Будь как дома, — радушно произносит мужчина, протягивая мне бокал вина. Я опускаюсь на диван и откидываюсь на мягкие подушки, а он садится рядом и похлопывает себя по колену. — Дай мне свои ноги. Я делаю очень хороший массаж.

— Шутишь? — спрашиваю я, оглядывая квартиру в поисках скрытой камеры.

— Почему это должно быть шуткой? — с улыбкой спрашивает Карл, снимая с меня носки и начиная разминать одну ступню своим сильным большим пальцем. Я прилагаю немало усилий, чтобы не застонать вслух.

— Не шутка, — сдавленно произношу я. — ...Просто в твоей квартире атмосфера отличается от моей. Я чувствую себя так, будто попала в спа-салон.

Он смеется.

— Именно поэтому я домосед, — он поднимает мою ногу вверх и нежно целует подушечку большого пальца. В эту секунду я ликую, что вчера успела сделать педикюр. — И я очень рад видеть тебя в нашем доме.

От слова *«наш»* меня на мгновение передергивает, но мой разум быстро сглаживает неприятные ощущения. Делая очередной глоток вина, я наконец собираю мысли воедино: я встречаюсь с мужчиной, который находится в такой же ситуации, что и я. У нас обоих есть партнеры, с которыми мы живем и которых мы любим. И плюсы такого положения вещей начинают становиться очевидными. Карл явно знает, как осчастливить женщину.

Я опускаю бокал с вином на столик и закрываю глаза. Руки Карла постепенно движутся вверх, нежно массируя икры. А потом он скользит ладонями по моим бедрам, аккуратно стягивает легинсы и опускает теплую ладонь поверх белья на лобок. Я чувствую его дыхание на своем лице и приоткрываю рот, позволяя себя поцеловать. Его сильные пальцы едва ощутимо скользят вверх и вниз по полоске ткани между моих ног. Но он не позволяет себе больше. Меня еще никогда не касались так мягко и так нежно. Это самая сладкая агония, которую я когда-либо испытывала. Я начинаю нетерпеливо ерзать на диване, когда Карл вдруг останавливается.

— Можно тебя раздеть?

— Да.

Он берет меня за руки и помогает встать на ноги. Я стою и чувствую ноющую боль между ног, а Карл подхватывает края моего платья и медленно поднимает подол вверх, вскоре стянув его через голову. Он аккуратно складывает платье и опускает его на столик. Мужчина хитро улыбается и расстегивает застежку моего бюстгальтера, по очереди целует каждый сосок, а затем аккуратно кладет лиф на платье. Карл опускается на колени и медленно снимает с меня трусики. У меня дрожат ноги, когда он нежно целует меня чуть ниже пупка.

— Пойдем со мной, — мягко говорит он, вставая с пола. В спальне я опускаюсь на поистине королевскую кровать. Свет приглушен, на прикроватной тумбочке горит свеча. Пространство комнаты наполняет звук все той же акустической гитары, который льется через скрытые динамики. Нежные прикосновения Карла совпадают с моментами удара по струнам музыкантом. Мужчина буквально играет на моем теле как на драгоценном инструменте, в поисках неслыханных ранее нот. Его пальцы и рот двигаются настолько плавно, словно слились с моей кожей. И это все так ново, это нечто такое великолепное, что, когда я наконец испытываю оргазм, у меня просто нет слов. Я чувствую себя взорвавшейся звездой, окутанной ярким светом и невероятными красками, которые можно выразить только через музыку и ощущения. Звук моего собственного крика и слезы, стекающие по лицу, возвращают меня в реальность. Перед собой я вижу улыбающееся лицо Карла, и я хватаюсь за него, рыдая ему в шею.

— Тебе было хорошо? — спрашивает он, и я смеюсь сквозь всхлипывания.

— Я даже не знаю, что это было! — отвечаю я, когда вновь обретаю способность говорить. И тут я замечаю, что Карл все еще полностью одет. — А как же ты?

Он целует меня в нос.

— Не беспокойся обо мне. Я получаю удовольствие оттого, что доставляю удовольствие *тебе*.

— Правда? — переспрашиваю я. — И как мне так повезло?

— Это мне повезло. Расслабься. Я сейчас вернусь.

Он оставляет меня на кровати и исчезает в гостиной. Мягкая музыка звучит в комнате. Лавандовая свеча благоухает на тумбочке. Я смотрю в потолок, наслаждаясь этим мгновением, а в моей голове безмятежная пустота и ни одной мысли. Перевернувшись на бок, я только сейчас замечаю на стене у кровати огромную черно-белую фотографию. На ней изображено обнаженное женское тело, распростертое на кровати на животе. Я приподнимаюсь на локте и смотрю на узкую талию девушки и идеально очерченные ягодицы. Она словно виолончель, созданная искусным мастером. Ее голова немного повернута в сторону, но копна светлых вьющихся волос скрывает лицо. Рассматривая детали снимка, я замечаю, что изголовье кровати на фотографии совпадает с тем, к которому я сейчас прислоняюсь, и на снимке такие же подушки. Карл возвращается с наполненными вином бокалами.

— А кто это? — спрашиваю я, стараясь придать своему голову нейтральную окраску.

— А это, — с широкой улыбкой произносит Карл, — Мартина. Разве она не прекрасна?

* * *

ПОЗЖЕ КАРЛ ВЫЗВАЛСЯ ПРОВОДИТЬ меня до дома, но я отговорила его, сказав, что он должен встретить Мартину, когда она вернется. А мне нужно многое обдумать, использовать эти полтора километра, разделяющие его квартиру и мой дом (какое-то смехотворно короткое расстояние, учитывая пропасть между распутством и ответственностью, которые оно символизирует), чтобы разобраться в своих чувствах.

Я упорно цеплялась за свою роль «основного» партнера Стюарта. Его жены. Матери его детей. Когда Стю встречается с другими женщинами, он возвращается домой ко *мне*, всегда уверяя, что я единственная, с кем он видит всю свою дальнейшую жизнь. И хотя я выбрала Карла во многом потому, что у него похожие отношения с Мартиной (хотя и без детей и многолетнего брака за спиной), я никогда не задумывалась о том, что значит быть «второстепенным» партнером. До сих пор.

Женщина на фотографии — та женщина, которую Карл считает вершиной красоты. Женщина, с которой он хочет всегда быть рядом. Женщина, которую он любит. И осознание этого пробуждает во мне чувство ревности, которое, как мне казалось, я могу испытывать только по отношению к Стюарту. Но Мартина — это еще и женщина, которая создала это невероятное святилище, которым я только что в полной мере насладилась. Это *она* выбрала ароматические свечи и шикарное постельное белье. *Она* ушла из дома, чтобы я могла насладиться временем с *ее* мужчиной. И за это я ей глубоко благодарна. Кроме того, я чувствую себя заинтригованной (и даже чем-то связанной с ней), и это осознание меня удивляет.

Поднимаясь по ступенькам крыльца нашего дома, я почувствовала, как в кармане завибрировал телефон. Достав его, я увидела сообщение от Карла.

*«Надеюсь, ты уже благополучно добралась до дома!»* — пишет он.

Я улыбаюсь. Возможно ли, что Карл — первый мужчина (конечно же, не считая Стюарта), который беспокоится о моем благополучии после свидания? Меня охватывает приятный трепет. *«Да, я уже у своей двери,* — набираю в ответ. — *Спасибо за чудесный вечер»*.

*«Для меня он тоже был чудесным»*, — отвечает он. Я вижу, как на экране снова мигают три точки, и жду,

пока они сложатся в новое сообщение. Вставив ключ в замок, я пока не собираюсь проворачивать его и возвращаться в свою усыпанную конструктором и крошками печенья квартиру. Я еще не хочу разрушать чары Карла. Приходит следующее сообщение:

*Мартина рада, что я не поменял постельное белье после твоего ухода. Ей нравится твой запах.*

Я внимательно смотрю на сообщение. Не отрывая глаз от экрана телефона, я поворачиваю ключ в замке и открываю дверь. Я подпрыгиваю на месте, когда прямо перед собой вижу Стюарта.

— О, и я тоже рад тебя видеть, детка, — с улыбкой говорит он и наклоняется вперед, чтобы поцеловать меня.

— Прости, не ожидала, что ты будешь дома. Разве у тебя не было свидания сегодня вечером?

Пару недель назад, после того как Нейту исполнилось одиннадцать, мальчики начали нас убеждать, что им больше не нужна няня. В конце концов, Дэниелу было почти четырнадцать. Решив проверить, как мальчики справятся без няни, мы со Стю пошли поужинать в местный ресторан, а когда вернулись домой в десять часов, Дэниел объявил, что Нейт уже в постели, чего я редко добивалась в столь раннее время.

— Как ты это сделал? — спросила я старшего сына.

— Я разрешил ему поиграть со мной в видеоигры, а потом поставил таймер, чтобы посмотреть, как быстро он успеет почистить зубы и надеть пижаму. И я сказал ему, что если он не ляжет в постель до того, как вы вернетесь домой, то мы больше никогда не останемся одни, — самодовольно объяснил он.

Стоит признать, что отсутствие необходимости в няне стало поворотным моментом в моей жизни. Особенно когда оба мальчика, казалось, были искренне рады остаться дома вдвоем.

— Ага, — кивнул муж, пока я снимала пальто и ботинки. — И угадай что? У меня было свидание с женщиной, которая тоже состоит в открытом браке. У нее трое детей. И ей нужно было вернуться домой к полуночи. А живет она в Нью-Джерси.

— Ого, — задумчиво протянула я. В последнее время Стюарт встречался со многими одинокими женщинами. С последней он расстался, когда та спросила, разведется ли он со мной. Он ответил, что она может на это не рассчитывать, и женщина расплакалась.

— Я думал, тебе это понравится, — говорит он.

— Понравилось, — говорю я. Женщина со своей собственной жизнью, собственным мужем, собственными детьми. Та, которой не нужно больше, чем Стюарт может ей дать. — Это действительно здорово.

— Ну и как прошло твое свидание с Карлом? — спрашивает Стю, многозначительно понизив голос.

Я знаю, что он хочет услышать какие-то пикантные подробности, но это не то, о чем я сейчас хочу говорить. Во-первых, наш секс с Карлом кажется слишком особенным, каким-то волшебным. И я не хочу опошлять его, описывая в тех выражениях, которые возбудят Стюарта. Во-вторых, ситуация с Мартиной — вот то, что мне действительно нужно обсудить.

— Было весело, — говорю я, присаживаясь на диван. — Но кое-что меня смущает. — Я рассказываю мужу о фотографии обнаженной Мартины, о ее замечании по поводу моего запаха на простынях.

— Интересно, — протягивает Стю, и я слышу, как от возбуждения звенит его голос. — Значит, ты кончила на простыни, да? Расскажи мне об этом. — Он перехватывает мои лодыжки и устраивает их на своих коленях. Я уже не помню, когда в последний раз мне делали массаж ног, не говоря уже о том, чтобы наслаждаться им дважды за один вечер.

— Дело не в этом, — возражаю я. — Тебе не кажется, что это немного странно? Мне от этого… ну не знаю… неловко.

— Детка, — на выдохе роняет Стюарт, и его тон голоса возвращается к обычному. — Я думаю, все хорошо. Это значит, что она на самом деле рада твоему приходу. Ты ведь сказала, что это было весело?

— Ага.

— И ты заранее знала о ее открытых взглядах. Она ведь провела вечер в компании близкой подруги?

— Ага, — снова соглашаюсь я. — И это тоже немного странно. Ее подруга — кажется, ее зовут Ребекка — помолвлена. С мужчиной. И Карл сказал мне, что Мартина — первая женщина, с кем Ребекка была по-настоящему откровенна. Он сказал, что Мартине нравится общаться с «девочками старой закалки».

Стю смеется:

— Ну, должно быть, они *не* такие уж и консервативные, если настолько тесно общались.

— Именно, — говорю я. — И тебе не кажется это странным?

— Вовсе нет, — сразу отвечает Стю. — Конечно, я могу судить только как мужчина, но вот что я тебе скажу. Это довольно популярная мужская фантазия — превратить женщину, предпочитающую общество других женщин, в любительницу настоящих мужчин. Может, ей нравится то же самое, но в обратном направлении. Это сугубо ее пристрастие.

— Возможно, — задумчиво отзываюсь я, все еще борясь с сомнениями, которые пока не могу объяснить.

— Посмотри на это с другой стороны, — говорит муж, продолжая массировать мои ступни. — Ты только представь, как много мы узнаём о других людях. Как будто у нас есть такое особенное окно в интимную жизнь людей, которых мы могли бы никогда не встретить. На мой взгляд, это очень круто.

— Просто это в целом странно, что я уже так много знаю о Мартине. И что, вероятно, она много всего знает обо мне.

— Киви тоже уже считает тебя потрясающей. Но это потому, что я рассказываю ей только хорошее, — говорит Стю и с улыбкой подмигивает мне.

— Киви?

— Женщина, с которой я встречался сегодня вечером. Та, что из Нью-Джерси, у которой открытый брак. Она родом из Новой Зеландии. Я придумал это прозвище для нее.

У меня в животе завязывается тугой узел. Прозвище? У Стюарта есть миллион прозвищ для меня: когда я теряюсь на местности, он называет меня именем мореплавателя Васко да Гама. Когда я получаю штраф за превышение скорости — я становлюсь известным американским гонщиком итальянского происхождения Марио Андретти. И, конечно, не будем забывать о его излюбленном Чемоданчике. Но прозвище для другой женщины? Да еще и произнесенное с невыносимо милым акцентом? Я пытаюсь задвинуть свою ревность на второй план и переключиться на ту часть информации, которая должна меня *порадовать*.

— И что ты рассказал ей обо мне?

— Что ты красивая. И забавная. Что ты замечательная мать, и жена, и друг, и дочь.

*Дочь*. Волна вины захлестнула меня с головой.

— Боже мой! — воскликнула я. — Не могу поверить, что забыла тебе рассказать! Сегодня я говорила с мамой. Она нашла нового врача, который, возможно, сможет ей помочь!

* * *

ЛЕЖА ТОЙ НОЧЬЮ В ОБЪЯТИЯХ МУЖА, я чувствую себя так, будто по неосторожности проглотила и амфетамин, и барбитурат. Пока все прекрасно. Я чувствую нашу крепкую связь со Стюартом. И хотя в какие-то моменты ревность по-прежнему остается моим верным спутником, я начинаю замечать, что это чувство порой необоснованно. Даже если у Стю и есть милое прозвище для его новой девушки (*стоит ли мне вообще использовать слово на букву «д»?*), но он также рассказывает ей обо мне и о том, как сильно он меня любит. А у нее есть муж и дети. То есть никакой угрозы здесь и в помине нет. А еще есть Карл. Я нашла милого, внимательного и явно увлеченного мной мужчину, у которого тоже есть свои стабильные отношения. Они ведь давно вместе. Кроме того, мои дети становятся все более самостоятельными. Мальчики начинают оставаться дома одни и наслаждаются этим. И как вишенка на торте: у моей мамы впервые за долгие годы наконец появилась надежда на улучшение своего здоровья. Так почему же я так переживаю? Почему я не могу убедить себя, что все хорошо? Я крепче сжимаю руку Стюарта и, закрыв глаза, проваливаюсь в сон.

* * *

НА СЛЕДУЮЩИЙ ДЕНЬ Я РЕШАЮ дать себе передышку и захожу на сайт *OkCupid* в поисках чего-то легкого. Быстрая интрижка сможет излечить меня от растущей привязанности к Карлу, отвлечь от навязчивых мыслей о свиданиях Стюарта и здоровье матери. Мне просто нужна капелька легкомысленного веселья.

Я останавливаю свой выбор на парне, с которым встречалась один раз (просто пропустить по стаканчику) и который тоже состоит в открытых отношениях. Помимо того, что Джей симпатичный и в целом милый парень, он поможет мне установить личный рекорд. Джей на четырнадцать лет моложе меня. Я пытаюсь убедить себя, что это не попытка посоревноваться со Стюартом. В разговоре он обмолвился, что Киви моложе его на тринадцать лет (а значит, она на восемь лет моложе меня). Однако все уравновешивает то, что она замужем и родила троих детей, не говоря уже о том, что они пытаются устроить свою жизнь в новой стране. По крайней мере, так утверждает Стю.

— У нее в жизни было больше трудностей, чем у среднестатистического тридцатипятилетнего человека. И вообще, половина плюс семь, верно? — сказал Стю, имея в виду нашу с ним формулу для подсчета минимального возраста потенциального партнера. Согласно этой формуле, Стюарту в сорок восемь лет можно встречаться с тридцатиоднолетними. В сорок три года я могу рассматривать парней двадцати восьми с половиной лет. Джею сейчас двадцать девять. И хотя после нашего первого свидания он уезжал из города на несколько недель, сейчас я вижу, что в моем почтовом ящике затерялось непрочитанное сообщение от него:

> *Привет, Молли. Я уже вернулся из своего приключения в недрах дикой природы и был бы рад увидеть тебя снова. Дай мне знать, когда у тебя будет свободный вечер!*

И в конце он оставил свой номер телефона.

Я улыбаюсь, вспоминая о том, с каким энтузиазмом Джей рассказывал мне о предстоящем походе в горы с его девушкой. «*Вот почему немоногамия — это круто*, — думаю я. — *Да, я просто никогда и ни за что в жизни не буду спать в палатке с Джеем. Но он может наслаждаться любимым видом отдыха с кем угодно!*»

Поскольку парень прислал мне свой номер, я закрываю приложение и набираю ему сообщение:

> *Привет, Джей! Это Молли. Я так рада, что ты вернулся. Какие у тебя планы на завтрашний вечер?*

* * *

Я СОГЛАШАЮСЬ ВСТРЕТИТЬСЯ у Джея дома. Его девушка проведет ночь в компании своего *второго парня*, чтобы не мешать нам. И вот я отправляюсь в Квинс, чтобы добраться до квартиры Джея. Мне предстоит поездка с пересадкой на двух поездах. Закрывая за собой дверь, я получаю сообщение от Карла.

*Привет, Молли. Что ты делаешь сегодня вечером?*

Какое-то мгновение я колеблюсь, но все же решаю сказать ему правду.

*Привет, Карл. Я собираюсь на второе свидание с одним человеком. К сожалению, он живет в Квинсе.*

Это сообщение я дополняю хмурым эмодзи, надеясь дать понять Карлу, что это свидание скорее доставляет мне хлопоты, чем сулит что-то приятное.

«*У нас все в силе в пятницу?*» — вслед я сразу пишу это сообщение, к которому добавляю эмодзи, хлопающий в ладоши.

Три точки на мгновение зависают, а затем мне приходит ответ:

*О да. Я с нетерпением жду пятницы! Хорошего вечера!*

Я чувствую облегчение, когда читаю это сообщение, и наслаждаюсь мыслью о том, как же прекрасна моя жизнь. У меня могут быть сразу два потрясающих «десерта» *и* муж. Но к тому времени, как я схожу на перрон и двенадцать кварталов бреду под ледяным дождем, я переосмысливаю преимущества встреч с кем-либо, кроме Карла.

Я нажимаю на звонок. Джей открывает входную дверь неприметной высотки, и вот я иду по длинному холлу, пытаясь найти лифт, который доставит меня на его этаж. С моих туфель и зонтика на пол капает вода, и я уверена, что моя прическа и макияж выглядят совсем не так, как час назад, когда я выходила из дома. Я пытаюсь пробудить в себе обжигающее пламя страсти, но мое тело слишком замерзшее и насквозь промокшее, чтобы воспламениться.

Я осторожно бреду по лабиринтообразным коридорам восьмого этажа в поисках квартиры под номером 8N.

Местами краска на стенах откололась вместе со штукатуркой, и вид коридора действует на меня удручающе. Мне кажется, сейчас у меня разыграется клаустрофобия. Я уперлась в дверь запасного выхода и уже повернула обратно к лифтам, как вдруг увидела, что в конце коридора открылась дверь. Из проема высунулась голова Джея. В резком флуоресцентном освещении коридора он выглядит гораздо моложе, чем я его запомнила. На его подбородке видна щетина, но я сомневаюсь, что у него может вырасти густая борода. Оксфордская рубашка Джея заправлена в джинсы, подпоясанные кожаным ремнем. Сейчас он похож на чудаковатого подростка, пришедшего сделать фото на школьный альбом.

— Привет, Молли, — говорит он, махая рукой. — Извини, эти коридоры какие-то запутанные.

— Привет, — отвечаю я, приглаживая волосы. Я ставлю зонтик на коврик у двери, и мы неловко обнимаемся. — О нет. Я тебя намочила.

— Ничего страшного, — отвечает Джей. — Пальто ты можешь просто бросить тут.

*Бросить.* Он именно это и имел в виду. Здесь действительно нет никакой вешалки, поэтому я оставляю пальто в медленно растекающейся луже на полу. Я следую за парнем в огромную гостиную без дивана. Телевизор занимает всю стену, а на полу лежит пара подушек.

— Ого, — произношу я, стараясь звучать позитивно. — Здесь действительно просторно. А как давно ты здесь живешь? — спрашиваю, стремясь дать ему шанс. Возможно, они с девушкой только переехали в эту квартиру.

— Эм, около… полутора лет, — отвечает он с сомнением. А потом, словно прочитав мои мысли, но не поняв всего подтекста, добавляет: — Наш диван сломался, это был подержанный хлам из IKEA, и мы так и не удосужились его заменить.

— Ясно.

— Хочешь посмотреть спальню? — предлагает Джей, заметно нервничая.

— Конечно, — отзываюсь я. В конце концов, я ведь для этого здесь, не так ли?

К счастью, спальня полностью обставлена. Кровать даже застелена. И я надеюсь, это свежее постельное белье, хоть я и стараюсь не думать об этом. В комнате горит яркий свет. Преобладающий звук в пространстве — шум проносящегося по скоростному шоссе Бруклин – Квинс транспорта. Интересно, собирается ли Джей что-то делать для улучшения общей атмосферы? Сейчас мне не нужны свечи и приятная музыка, но вот снижение яркости света было бы кстати.

Но вместо этого Джей по-хозяйски хватает меня за талию и притягивает к себе. Легко целует в сомкнутые губы всего один раз, отстраняется и, видимо, пытается прочитать на лице разрешение, прежде чем углубить поцелуй.

— Хочу попробовать тебя на вкус, — заявляет он таким же ровным тоном, каким рассказывал мне о сломанном диване.

— Ну хорошо, — отвечаю я.

Собираясь к Джею, я специально выбрала одежду, которую можно легко и быстро снять. И сейчас, за пару ловких движений, я полностью обнажаюсь, опускаюсь на кровать и наблюдаю за Джеем, который возится с ремнем, пуговицами рубашки, джинсами и носками. Я с удивлением замечаю, что под тонкой тканью его боксеров скрывается самый большой член, который я когда-либо видела. От одного его вида я мгновенно возбуждаюсь.

Но не успеваю я удобно устроиться на подушках, как Джей набрасывается на меня, решив воплотить сказанное ранее, и смакует меня, словно собака новую игрушку. В его ласках больше участвуют зубы, чем язык. Я кладу руки ему на голову, но он не реагирует. Я терпеливо выжидаю, как мне кажется, достаточно вежливый промежуток времени, а затем отвлекаю его тактичным комплиментом, избегая критики.

— Почему бы тебе уже не трахнуть меня своим большим членом? У тебя есть презерватив? Я захватила несколько на всякий случай, но они… хм… обычного размера.

Джей смущенно улыбается.

— Секунду, — он поворачивается к комоду и достает коробку из верхнего ящика.

— Ого. Я даже не знала, что Magnum производит размер XL!

— Ага, — с улыбкой отвечает Джей. — Но мне пришлось поискать их по магазинам.

— Могу лишь представить. — Я с предвкушением наблюдаю, как он полностью снимает нижнее белье и раскатывает презерватив по всей длине своего члена.

— Готова?

— Определенно.

Джей ложится на меня сверху и вводит свой огромный, обтянутый резиной член. Я закрываю глаза в предвкушении почувствовать что-то новое. Но все ощущения мне знакомы, и они не самые приятные. По мере того как Джей ускоряется, я чувствую себя так, словно нахожусь на осмотре у гинеколога, который вводит в меня медицинское зеркало. Я приподнимаю бедра и пытаюсь двигать ими по кругу. Ну наверняка хоть какая-то часть этого огромного члена коснется моей точки G, если я найду правильный угол. Так ведь? Но нет. Ничего не получается.

Я бы не сказала, что мне больно, но уж точно не приятно. И все же я ловлю себя на том, что с губ срываются стоны наслаждения. «*Говори, Молли,* — убеждаю я себя. — *Неужели ты действительно ничему не научилась?*»

— Ммм... — притворно стону я, привлекая его внимание. — Я хочу, чтобы ты взял меня сзади.

— Хорошо, — кивает Джей. Он слезает с меня, и я отползаю на край кровати, стараясь не смотреть ему в глаза. Встав на четвереньки, я понимаю, что и это не поможет. Член Джея скользит во мне как жесткий фаллоимитатор, который я использовала раз или два в возрасте примерно двадцати лет, а затем выбросила, поняв, что нет ничего лучше настоящей плоти и крови. Но все же один плюс в этой позе есть: теперь я могу стимулировать клитор. Уже через пару минут, не обращая внимания на хлопающие звуки позади меня, я ощущаю что-то похожее на приятное покалывание и решаю назвать это оргазмом. Я стону чуть громче и виляю бедрами.

— Ты кончила? — спрашивает Джей.

— Да, — вру я. — Это было здорово. Ты тоже хочешь кончить? — Надеюсь, что он уже близок к финалу.

Но парень выходит из меня и легким движением снимает презерватив.

— Обычно я не могу кончить во время полового акта, — признается он извиняющимся тоном.

Меня охватывает сочувствие. «*Бедный парень*», — думаю я, прежде чем успеваю остановить себя.

— А как ты обычно кончаешь? — уточняю я. И тут же прикусываю язык, начиная молиться всем богам, чтобы он не попросил сделать ему минет. Сама мысль о том, чтобы попытаться впихнуть этого гиганта в мой рот, приводит меня в ужас. Все эти годы я неоднократно слышала, что большие члены — лучшее творение природы. И теперь я испытываю огромную благодарность за совершенство пениса Стюарта и за все те разнообразные способы, которыми он доводит меня до оргазма. А потом я думаю о Карле и о той искренности в его взгляде, когда он говорил мне, что получает удовольствие оттого, что *я* получаю удовольствие. И что я здесь вообще забыла?

— Если честно, я предпочитаю мастурбацию, — признается парень. В моем сознании мини-Молли выдыхает с облегчением. — Но не пойми меня неправильно. Ты очень сексуальна. И я точно буду думать о тебе, когда потом буду кончать.

— Ты милый, — говорю я. И это действительно так, хоть и звучит немного по-матерински. Джею почти тридцать, но мне кажется, что мы с ним принадлежим к разным поколениям. Ну, наверное, потому что так оно и есть.

По дороге к метро я достаю телефон, чтобы отправить смс Стюарту: «*Уже еду домой и благодарю небеса за твой пенис идеального размера!*» — и вижу три сообщения от Карла.

Первое из них вызывает у меня улыбку:

*Молли, надеюсь, у тебя будет хорошее свидание.*

Но второе сразу же стирает ее с моего лица:

*Я соврал тебе. Надеюсь, твое свидание будет ужасным. Я чувствую, что ревную тебя, хотя не имею на это никакого права.*

Читая третье сообщение, я переживаю за Карла и мысленно восхищаюсь мудростью Мартины:

*Мартина считает, что я должен прекратить писать и дать тебе свободу, но я ничего не могу с собой поделать. Я не знаю, что со мной не так. Прости.*

Последнее сообщение было отправлено всего несколько минут назад, поэтому я решаю позвонить ему, а не писать.

— Молли? — отвечает Карл на первом же гудке. — Пожалуйста, прости за все эти сообщения. Не знаю, что на меня нашло.

— Все в порядке, Карл, — успокаиваю его я. — Я хотела рассказать тебе, насколько ужасным было мое свидание! И я уже еду домой.

— Правда? Ты не пытаешься меня успокоить? — спрашивает он и тут же добавляет: — Потому что у тебя должно быть только хорошее свидание.

Я смеюсь:

— Нет, он отличный парень, но я не заинтересована в том, чтобы встречаться с ним снова. Честно.

Я решаю не рассказывать Карлу об анатомических причинах этого решения и снова испытываю волну благодарности к Стюарту. Муж никогда бы не сказал мне, что огромная женская грудь мешает во время секса, но я знаю, что могу поделиться с *ним* всем. И мы вместе посмеемся над «случаем с огромным шлангом».

Карл шумно выдыхает:

— Я так рад, но я не должен был так себя вести. Я не знаю, что на меня нашло! Ты можешь меня простить?

— Конечно, — сразу отвечаю я. Вместо того чтобы испытывать раздражение, я польщена. — Все в порядке. Ты просто рассказал мне о своих чувствах.

— Да, — соглашается он. — Но это не то, о чем мы с тобой говорили раньше. Я знаю, что ты вольна встречаться с любым человеком, который тебе понравится. — На этих словах я мысленно начисляю Карлу очки за правильное употребление сложной конструкции в прямой речи — одна из тем, что мы обсуждали ранее. — Но для себя я решил, что заблокирую свой аккаунт на *OkCupid*. Я хочу встречаться только с тобой. Ты не против?

Я думаю о том часе, что потратила на поездку к Джею, о пустой гостиной и о сексе как из самого плохого анекдота. Зачем я вообще устроила это свидание? Что я пытаюсь доказать?

— Вообще-то, Карл, — начинаю я, и мое сердце наполняется одновременно любовью и ужасом. — Я бы хотела того же. Свой аккаунт я удалю сегодня вечером.

— Серьезно? — спрашивает он, не в силах сдержать волнение в своем голосе. — Я не давлю на тебя?

— Вовсе нет. Сегодняшнее свидание было *настолько* плохим... — Он смеется, и я позволяю себе добавить: — А ты *такой* замечательный, — и я говорю серьезно, мне теперь действительно не интересны свидания с другими мужчинами.

— Молли, это *ты* замечательная, — говорит он. Я чувствую, как мои ноги подкашиваются, и останавливаюсь, чтобы насладиться этим приятным ощущением. — Я так рад, что мы поговорили. Я думал, что умру от ревности сегодня ночью. Мартина пыталась помочь, но я весь вечер был не в духе. И это было ужасно.

— Но это ведь не первый раз, когда ты так себя чувствуешь, — говорю я. — Разве ты не ревнуешь, когда Мартина встречается с кем-то другим?

— С Мартиной все просто, — сразу отвечает Карл. — Она общается только с женщинами, а мне *нравится* думать о том, как они проводят время. — Неожиданно мужчина переходит на шепот. — Например, если бы я знал, что ты идешь на встречу с Мартиной, я бы совсем не ревновал.

Мне удается выдавить из себя смешок. Конечно же, он шутит. И я решаю сменить тему:

— Увидимся в пятницу?

— С нетерпением жду.

* * *

В ПЯТНИЦУ Я БЫЛА У КАРЛА. И в воскресенье после обеда. И еще раз во вторник вечером. Карл знакомит меня с новым вином (*Думаю, тебе понравится терпкий «Грюнер»*), новой музыкой (*Ты не знаешь группу First Aid Kit? Они из Швеции. Очень необычные*) и новыми способами получения удовольствия от секса.

Карл — нежный любовник, и его поведение не похоже на проявление доминирования Лео, Лорана и Стюарта. Я всегда считала, что мне нужен мужчина, который все контролирует. Со Стюартом мне почти не приходится думать, и бо́льшую часть времени я наслаждаюсь своей покорной ролью в нашем союзе. Стюарт точно знает, что именно мне нравится. Он чувствует, насколько сильно нужно меня сжимать в объятиях и поддерживать, чтобы мне не было больно, но я могла испытать полноценный оргазм. Снова и снова испытывать это наслаждение. Стю не раз объяснял мне, что для того, чтобы наш секс продолжался часами, он должен прибегать к самоконтролю. И порой, когда ему нужно сбросить напряжение, он может выкрикнуть крепкое словцо, например «*дрянь*» и «*шлюха*».

— Клянусь, я делаю это не специально. Это просто вырывается наружу, — не раз повторял он мне, когда я жаловалась, что его высказывания отвлекают от происходящего.

Со временем мы пришли к компромиссу, который не совсем удовлетворяет нас обоих: он будет стараться изо всех сил не кричать *«дрянь»* во время секса, а я буду изо всех сил молча игнорировать этот момент, если он сорвется. Но я никогда не осознавала, что мне нужно не отсутствие пошлости, а присутствие в сексе чего-то другого. Поэтому, когда Карл прошептал мне на ухо «Чего ты хочешь?», я удивилась тому, насколько непосредственным был мой ответ:

— Я хочу, чтобы ты назвал меня хорошей девочкой.

И после этого секс с Карлом становится своего рода аффирмацией, действующей на меня на телесном и душевном уровнях.

— Ты такая хорошая девочка, Молли, — воркует он со своим милым немецким акцентом. Он доводит меня до оргазма своими губами, пальцами, членом и техниками, построенными на их комбинировании. Достигая пика наслаждения, я почти всегда плачу. Иногда Карл тоже плачет.

* * *

НЕСКОЛЬКО НЕДЕЛЬ СПУСТЯ на терапии для пар Эвелин после приветствия задает вопрос:

— Как обстоят ваши дела?

— Все замечательно, — сразу отвечаю я. — Думаю, мы оба очень счастливы.

— Я рада это слышать, — с улыбкой говорит Эвелин. — Как вы думаете, что к этому привело?

— Ну мы оба сейчас встречаемся с другими людьми, и все идет хорошо, так что, я думаю, это способствует улучшению ситуации, — я бросаю взгляд на Стюарта и с удивлением замечаю, что он уставился на свои руки, лежащие на коленях. — Ты так не считаешь?

— Наверное, да, — отвечает муж. — Но это больше похоже на то, что у *меня* все хорошо и у *тебя* все хорошо. Но я не чувствую, что у *нас* все хорошо.

— Этого не может быть! — восклицаю я.

— Молли, — мягко говорит Эвелин. — Помните, что чувства — это не факты. Позвольте Стюарту закончить. Стюарт, как бы вы охарактеризовали ваши отношения с Молли в последнее время?

— Трудно сказать, — говорит Стю. — Этот парень, с которым она встречается, Карл. Он живет неподалеку, и мне кажется, что она постоянно бегает к нему. А когда она не там, то Молли переписывается с ним или говорит о нем. Я знаю, что она счастлива, что нашла человека, который ей нравится. Но я чувствую, что, когда она рядом со мной, ее будто бы нет. Как это было прошлой ночью.

Его голос срывается, и он снова опускает взгляд на свои руки. Ошеломленная этим заявлением, я молча смотрю на мужа. Я хмурюсь и пытаюсь сообразить, о чем он мог говорить. Эвелин замечает мое напряжение.

— Стюарт, могли бы вы рассказать Молли, что именно произошло? Объяснить, из-за чего вы почувствовали, что она не с вами?

Он выдыхает и крепко прижимает руки к бедрам, словно пытается себя заставить не сжимать ладони в кулаки.

— Помнишь воскресенье? Когда ты готовила ужин, дети играли в видеоигры, а я работал в гостиной?

Я молча киваю, все еще озадаченная его словами.

— Помню, я подумал, как хорошо, что мы все дома, — продолжает он. — А потом я зашел на кухню, чтобы взять что-нибудь попить, и увидел твой телефон. Я не собирался подсматривать, просто взглянул на него. И увидел сообщение, которое ты отправила Карлу.

Я смотрю на лицо Стюарта, но он старается не встречаться со мной взглядом. На его губах застыла кривая улыбка. Он так делает, когда пытается скрыть свою уязвимость, спрятать чувства и ранимую душу, которую редко показывает.

— Молли, вы понимаете, о чем идет речь? — уточняет Эвелин.

Я снова киваю, и волна стыда накрывает меня с головой. Я сглатываю и буквально заставляю себя говорить:

— Я написала что-то вроде того, что *хотела бы сбежать и приехать прямо сейчас*.

Стюарт снова шумно выдыхает.

— Вот это то самое слово. *Сбежать.* Оно заставило меня почувствовать… Я не знаю…

Мой голос дрожит, и я перехожу на шепот:

— Я не имела в виду, что хочу сбежать от тебя. Скорее я хотела сбежать от своей роли. Жены. Матери.

— Ну это было больно, — просто говорит он. — Очень больно.

Я поворачиваюсь от Стюарта к Эвелин и вижу сочувствие на ее лице. И я уверена, сейчас она сочувствует Стюарту. Что-то во всей этой ситуации кажется мне несправедливым. Разве я не могу желать того, чтобы *сбежать*? Внезапная вспышка гнева сжигает весь мой стыд дотла.

— О, я знаю, что это больно. Ты убегал от нас годами. — Я чувствую, как в груди зарождается буря, и теперь мой голос грохочет зловещими раскатами. — У тебя как будто какая-то аллергия на домашний уют. Ты *никогда* не хотел быть дома. А *я* в одиночку, долгие… долгие годы укладывала детей спать, собирала их в школу, готовила, убирала, стирала, развозила мальчиков на дни рождения друзей после уроков и на приемы к врачам. А *ты* говорил, что должен работать. Но теперь, похоже, у тебя есть время на других женщин и на одну в частности. Так что да, возможно, настала *моя* очередь сбежать.

Буря утихла так же быстро, как и разразилась, и по телу пробежала дрожь. Первый порыв, который я ощущаю, — желание извиниться, отступить. Но нет. Я ведь над этим работаю с Митчеллом? Пришло время забыть об Отличнице-Молли. Позволить себе испытывать гнев.

На пару минут Эвелин позволяет тишине окутать нас, а затем она обращается к Стюарту.

— Есть ли доля правды в том, что сказала Молли? — Я жду, что сейчас муж начнет все отрицать, но вместо этого он кивает. Эвелин продолжает: — Есть ли причина, по которой вы избегаете бывать дома?

На какое-то мимолетное мгновение я мысленно отметаю этот вопрос как нелепый. Моя ярость оправдана, она уверенно выдерживает перекрестный допрос. Более десяти лет я была самоотверженной женой и матерью. Что может сказать Стюарт в свою защиту? Но вдруг Стюарт откидывается на спинку дивана. Я вижу, насколько напряжено его тело, и понимаю, что у него уже есть ответ. Приготовившись его услышать, я задерживаю дыхание.

— Мне кажется, что я никогда не смогу угодить тебе. Уже очень давно. С тех пор как родился Дэниел. Все, что я делаю, — неправильно.

Комната словно опрокидывается вверх дном. Я на мгновение теряюсь, а затем фокусируюсь на своих руках, сложенных на коленях, сжатых в нитку губах и чувстве восторжествовавшей справедливости, буквально сочащемся из меня.

Остаток сессии проходит как в тумане. Эвелин расспрашивает Стю о времени после рождения Дэниела, когда отец мужа заболел пневмонией и умер в считаные дни. Я слушаю, как он распутывает по ниточке тот клубок стресса, который навалился на него в последующие за тем событием месяцы. Он вспоминает то время, когда у нас появился первый ребенок и как это было сложно. Вдобавок ко всему Стюарт был убит горем и подавлен. Он предполагает, что в то время у меня не было достаточно сил, чтобы заботиться и о Дэниеле, и о его потребностях, поэтому я посвятила себя сыну. И он прав. Я решила, что лучшее, что я могу сделать для Стюарта в той ситуации, — взять на себя как можно больше родительских обязанностей. Что я и сделала.

Голоса Эвелин и Стюарта сливаются в фоновый шум, а я погружаюсь в свои размышления над вопросами, которые появились после признания мужа. В какой момент Стюарт был готов (а возможно, даже *нуждался* в том), чтобы вернуться в лоно нашей недавно образованной семьи? В какой момент я могла отказаться от части своего тотального контроля, от своих представлений о том, как «правильно» кормить, пеленать, купать и успокаивать нашего маленького сына? Когда мое сострадание к Стюарту превратилось в обиду, заставив его почувствовать, что он делает недостаточно, даже когда я настойчиво брала на себя все домашние и родительские обязанности?

— Я знаю, что вам было нелегко сегодня, но вы проделали колоссальную работу, — говорит Эвелин. — Вы пробились сквозь чувства, лежащие на поверхности, чтобы добраться до истории из прошлого. Информации слишком много, чтобы охватить все сразу, так что давайте я попробую подытожить то главное, что я сегодня услышала.

Я сосредоточенно смотрю на Эвелин, надеясь, что ее слова станут спасительным кругом для нас.

— Молли, вы чувствуете, что застряли в роли жены и матери и во всем, что эти роли влекут за собой. Поэтому общение с Карлом открывает перед вами возможность отдохнуть от этого. И, Стюарт, вы чувствуете, что не можете соответствовать стандартам Молли. Что вы постоянно разочаровываете ее. И, возможно, отношения с Киви привлекают вас потому, что стандартам этой женщины легче соответствовать. Потому что с ней вам не придется делать ничего сложного, как, например, растить детей или строить совместную жизнь.

Я мельком смотрю на Стюарта, и мы в унисон киваем Эвелин. Когда она это говорит, все звучит максимально тактично, но у меня уже начинается очередной приступ мигрени, а Стюарт выглядит так ужасно, будто его на полном ходу сбил грузовик.

— Так что же нам теперь делать? — после паузы спрашиваю я.

— Не существует какого-то волшебного, универсального ответа, — говорит Эвелин. — В каком-то смысле открытый брак — это совместное путешествие. Это то, что через что вы проходите вместе. Но в то же время отношения вне вашего союза — это индивидуальные исследования каждого из вас. И здесь есть свой определенный риск. Вы же не решите отправиться в дикую местность, не зная, как найти дорогу домой. Вам двоим нужно понять, как сохранить настоящую связь между вами, — заключает Эвелин, вставая с кресла, чтобы дать понять, что наша сессия окончена. — И это легче сказать, чем сделать.

Я боюсь смотреть на Стю, когда мы выходим из кабинета, но беру его за руку и крепко сжимаю ладонь, пока мы в тишине спускаемся вниз в лифте, погруженный каждый в свои мысли. Эвелин права. Это не только *наш* совместный путь, здесь есть и путь Стюарта, и мой собственный путь. И мы не можем предугадать, куда они нас приведут. И приведут ли они нас вообще друг к другу. Но я чувствую, что какая-то сила тянет меня за собой.

Нет. Я не хочу терять Стюарта.

Но и себя я тоже не хочу терять.

## Глава 12

В субботу я снова сижу на кровати и складываю белье, разговаривая с мамой по телефону. Я заметила несвойственное мне состояние: у меня появилась потребность постоянно чем-то занимать руки. Бо́льшую часть времени им есть чем заняться: набрать электронные письма, помыть посуду, перебрать счета. Но когда я стою в очереди или иду по улице (особенно теперь, когда у Нейта отпала необходимость и желание идти, держась со мной за руку), я отстукиваю большим поочередно по всем пальцам: от указательного до мизинца и обратно. Как будто я пытаюсь очистить кончики своих пальцев от чего-то прилипшего. Это подсознательное движение, которое прекращается только тогда, когда я даю рукам четкую задачу. Складывание белья после стирки стало моим основным занятием после телефонных звонков.

— Мам... — протягиваю я после обмена обычными любезностями. С последнего сеанса с Эвелин я много думала над вопросом, который хочу задать маме. И сейчас я пытаюсь сформулировать его из сумбура мыслей в моей голове. — Могу я спросить тебя кое о чем? Это довольно сложный вопрос, и я не знаю, подходящее ли сейчас время.

— Нет времени лучше настоящего! — бодро отзывается мама. Моя королева веселых афоризмов.

— Ты действительно верила во все эти вещи, которым учила Махикари об исцелении, «божественном свете» и прочем? — пролепетала я и тут же попыталась смягчить вопрос. — Я так рада, что сейчас ты принимаешь это лекарство от Паркинсона, но было время, когда ты не разрешала мне даже принимать *судафед*[1].

На другом конце линии повисла тишина.

— Я до сих пор чувствую себя ужасно из-за этого, — говорит она.

— Все в порядке, мам, — успокаиваю ее я, подавляя внутри себя злость, которая грозит вырваться наружу. Какой в ней теперь смысл? — Наверное, я больше хочу узнать: ты вступила в Махикари из-за Джима? Или это было твое желание?

— О боже, — бормочет мама, нервно смеясь. — А *это* достаточно сложный вопрос.

— Я просто пытаюсь понять. Ну я имею в виду, что помню, как ты занималась тай-чи и тому подобными вещами.. — В моем сознании всплывает образ, как мама в гостиной с подругой Айви, в купальниках и трико, синхронно двигаются как ожившие статуи. Их руки так медленно рассекают воздух, что у меня возникает желание убежать от них подальше. — Думаю, это было нормально для семидесятых. Но что привлекло тебя в Махикари?

---

[1] Судафед — лекарственный препарат, снижающий вязкость мокроты, уменьшает отек слизистой.

— Ну-у, — задумчиво протягивает она. — В тот период моей жизни я была в поиске. Искала что-то большее, чем я сама. И Джим был частью этого, но, конечно, не всем.

— Как это? — спрашиваю я, усаживаясь поудобнее. Джинсы так и лежат на моих ногах, а пальцы снова начали постукивать друг о друга.

— Как мне это объяснить? — задает мама риторический вопрос. Я терпеливо жду, пока она продолжит: — Я говорила тебе, что у нас с папой было кодовое имя для Джима? По крайней мере, до того как они познакомились друг с другом.

— Что за кодовое имя? — заинтригованная, уточняю я. Мама хихикает на другом конце линии — эхо того смеха, который в моей, памяти тесно связан с Джимом.

— Иисус Христос.

— Серьезно? — теперь и я смеюсь. — Но почему?

— Все началось с того, что ему выпала роль Иисуса Христа в школьной пьесе. Но было в этом и нечто большее. Он был для меня как духовный наставник.

Я понимаю, о чем она говорит.

— И папа его так называл? То есть он считал, что Джим действительно играет такую роль в твоей жизни?

— О да. Папа считал, что Джим был очень важен для меня. И в сексуальном, и в духовном плане, — добавляет она. Я морщусь при мысли о том, что отец использовал слово «сексуальный» для описания моей матери. Меня захлестывает волна сочувствия к Дэниелу. Никто не хочет думать о своих родителях в таком ключе. Но, помимо этого, я также восхищена. Значит ли это, что мой отец испытывал истинную сорадость? Что он был счастлив, что мама отправилась в свое собственное путешествие, в котором были и секс, и духовность, даже без него?

— А потом, разумеется, был Будда.

Я вынырнула из своих мыслей.

— Будда?

— Ну это было еще одно кодовое имя, конечно же.

И невольно я вспоминаю разговор с мамой после того, как закончились мои отношения с Мэттом: «*О милая. Все еще впереди*».

— А кем был Будда? — спрашиваю я.

Мама какое-то время молчит.

— Ты правда не знаешь?

* * *

— И ОНА БЫЛА ПРАВА? ТЫ ЗНАЛА, кто скрывается за прозвищем Будда? — спросил Митчелл несколько дней спустя, когда я возобновила наши сеансы. Теперь, когда мы со Стю вместе ходим на терапию к Эвелин, мои индивидуальные сеансы проходят только раз в месяц. Митчелл уже несколько раз притормаживал мой рассказ, уверяя, что у нас достаточно времени. Я удивилась, когда, взглянув на часы, поняла, что за пятнадцать минут приема успела рассказать ему предысторию о парной терапии, Карле и моей маме. Я даже не забыла поделиться с Митчеллом комплиментом, который Дэниел сделал нам со Стюартом на семейном празднике в честь четырнадцатилетия старшего сына: «*Вы, ребята, идеальный баланс — не скучные, но и не сумасшедшие*».

— Я не сразу поняла, — отвечаю я. — Но я надавила на маму, чтобы она мне рассказала, кто он, и тогда все встало на свои места.

Будда был сенсеем айкидо (боевого искусства, имеющего более глубокие духовные корни, чем карате или дзюдо). Во время первого визита моей мамы с Джимом в додзё Махикари Будда дал ей свою визитку, пригласив прийти в другое его додзё на занятия по айкидо. Мама пошла, надела форму *ги* и начала свой путь с белого пояса. Иногда я ходила на детские занятия, смысл которых в основном заключался в умении группироваться и кувыркаться по полу. Я познакомилась с Буддой, но вряд ли вспомню его настоящее имя.

— Мама сказала мне, что у Будды были проблемы со здоровьем, что-то с почками. И несмотря на то что Джим первым рассказал ей о Махикари, именно Будда *попросил* ее стать членом клуба. Он хотел, чтобы она могла передавать ему «божественный свет» или что-то в этом роде. И вдобавок ко всему, — я делаю глубокий вдох, — это Будда сказал ей перестать встречаться с Джимом. Он был не против того, чтобы моя мама была замужем, но мысль о том, что у нее есть другой любовник, заставляла его испытывать чувство ревности. Поэтому она сделала то, что он хотел. Она перестала встречаться с Джимом. Ну, по крайней мере в романтическом смысле.

— И что это значит для тебя? — спрашивает Митчелл, потянувшись за своим блокнотом. Должно быть, он предвидит озарение. А меня пугают возможные варианты.

— Ну это заставляет меня усомниться в том, что моя мать вообще когда-то что-то делала для себя, — отвечаю я. — Ведь встречаться с другими мужчинами было идеей отца. А потом все эти ее духовные поиски себя были продиктованы мужчинами, с которыми она была в отношениях. Даже имена им давала: Иисус Христос и Будда. Как будто они божественные существа или что-то такое. Будто у этих людей есть ответы на все вопросы, а она просто следует за ними. Как прилежная ученица.

Митчелл ободряюще кивает, делая пометки.

— И вот что я думаю: не в этом ли источник «подавленного гнева», о котором она мне говорила. — Я делаю паузу, а Митчелл прекращает писать и выжидающе смотрит на меня. — Меня это немного пугает, — продолжаю я. — Я думала, что ее сексуальная свобода — это единственный глоток воздуха, что у нее был. Но что, если это была всего лишь... ну не знаю, иллюзия свободы? — Я чувствую, как к глазам подступают слезы.

— И я полагаю, — начинает Митчелл, глядя на волшебное место на потолке, которое дает ему все ответы, — что теперь ты обеспокоена этим же? Что открытый брак тоже дает тебе лишь иллюзию свободы?

Я молча киваю, потянувшись за салфетками, моими верными спутниками в терапии.

— Ведь Карл тоже просил меня перестать встречаться с другими мужчинами.

— Ну не совсем так, — поправляет Митчелл. — Мне показалось, он сказал, что твои свидания с другими мужчинами заставляют его ревновать, но действительно ли он просил тебя прекратить это делать?

— Нет, — говорю я. — Думаю, нет. Я тоже считаю, что это было верным решением для меня, но сейчас мне трудно доверять своим инстинктам. Что, если я просто делаю то, чего *хотят* Стюарт и Карл?

— Это очень важный вопрос, который тебе нужно задать себе.

Теперь я перевожу взгляд на потолок. Почему когда Митчелл смотрит туда, его посещают хорошие идеи, а я смотрю — и ничего?

— И вот еще что. Мартина хочет со мной познакомиться. И я не знаю, как к этому относиться. Думаю, в этом нет ничего такого. К тому же я знаю, что Карл будет счастлив, если мы поладим друг с другом.

— Хорошо, — кивает Митчелл, возвращаясь к своему блокноту. — А если взглянуть на это с другой стороны? Что говорит твоя интуиция?

— У меня нехорошее предчувствие. Мне кажется, что все станет еще сложнее. Сейчас у нас отличная система. Я прихожу к ним в квартиру, а она уходит к своей подруге, и нет никакой неловкости.

Митчелл кивает, не поднимая на меня глаз, и продолжает писать.

— Но в книге «*Этика бл**ства*» говорится, что это хорошая идея — познакомиться с партнерами своего партнера. Что мы, скорее всего, представляем себе худшее, но обычно все заканчивается хорошо. И *мне* даже немного любопытно.

Митчелл улыбается мне, продолжая молчать.

— Но как мне все-таки поступить? — настаиваю я.

— Молли, нет правильного ответа. Просто обращай внимание на свои внутренние сигналы. А теперь давай обсудим, когда ты придешь ко мне в следующий раз.

* * *

ЭТОЙ НОЧЬЮ НА НЬЮ-ЙОРК обрушивается сильная метель, которая сметает все мои тревожные размышления о Карле, Мартине, моей маме, Стюарте и Киви. Поскольку школьные занятия обоих детей отменены, а крыльцо само себя не почистит, я и не замечаю, как отвлекаюсь от всех мыслей.

После обеда Нейт умоляет меня покататься с ним на санках в Проспект-парке. Пока мы пробираемся по сугробам к Седьмой авеню, я чувствую, как в кармане моего зимнего костюма завибрировал телефон. Надеясь, что это сообщение от Карла, я стремительно стягиваю зубами перчатку с руки и пробираюсь под одежду, чтобы проверить.

*«Привет, Молли! Ты от снега получаешь удовольствие?»* — пишет он, и, как обычно, его немецкий вариант построения предложений заставляет меня улыбнуться.

*«Да! Я уже веду Нейта на горку, кататься на санках!»* — пишу в ответ, набирая текст большим пальцем.

*«Мы тоже идем кататься на санках! У подруги Мартины есть дети, и она пригласила нас! Встретимся на вершине холма!!»*

Так много восклицательных знаков. Так мало времени, чтобы обдумать слова, за которыми они стоят. Я чувствую, как тяжелеет моя голова, а ноги немеют. Я погружаюсь в раздумья и постепенно замедляю шаг.

— Давай, мама! — кричит Нейт, подбадривая меня двигаться вперед.

Через десять минут мы дойдем до парка. При росте 190 сантиметров и весе в 114 килограммов Карла будет трудно не заметить, но все же я осматриваю окрестности, чтобы не быть застигнутой врасплох. Сын слишком взволнован предстоящим весельем, чтобы заметить мою рассеянность, и бросается на поиски своих друзей в толпу у горки. Я снимаю перчатки, чтобы напечатать еще одно сообщение Карлу: *«Мы здесь!»* Едва я нажимаю кнопку «Отправить» и поднимаю глаза, как вижу его, стоящего на небольшом холме и машущего мне рукой. Я догадываюсь, что из тех двух женщин, что стоят рядом с ним, та, которая пониже ростом, — Мартина. Я неуверенно машу в ответ.

Когда они приближаются, подруга Мартины со своими детьми сворачивает в сторону горки. Я делаю несколько шагов им навстречу и останавливаюсь. А я могу обнять Карла? Или лучше обнять Мартину? Застыв в нерешительности, я держу руки прижатыми к бедрам и, по-идиотски улыбаясь, киваю им. Карл решительно заключает меня в объятия и целует в обе щеки на свой европейский манер. Мартина смотрит на нас с таким перекошенным выражением лица, что я решаю быстро подойти к ней и поздороваться таким же образом, чтобы сделать взаимодействие с этой парой равнозначным. Она принимает меня довольно напряженно.

— Привет, Мартина, — говорю я, надеясь, что холодная погода скрывает мое покрасневшее лицо и легкую дрожь в теле. — Рада наконец-то с тобой познакомиться!

У Мартины вырывается короткий смешок, больше похожий на насмешку.

— Я тоже. Карл часто о тебе говорит, — говорит она и бросает на него косой взгляд.

Я выразительно смотрю на Карла, пытаясь намекнуть ему, что было бы неплохо стереть эту самодовольную ухмылку с его лица. Но он продолжает радостно смотреть на нас по очереди.

— Это так забавно! Все равно что встретить своего учителя на продуктовом рынке! — говорит он и смеется над своей шуткой.

Позади Карла я замечаю Нейта, который бежит ко мне. Он бросается в центр нашего треугольника и нарушает воцарившуюся неловкость.

— Мам, пойдем, посмотришь, как я съезжаю с горки! — прохрипел сын, поправляя шапку.

— Хорошо, — спокойно говорю я, скрывая свой восторг от такой удачной перспективы. — Но сначала поздоровайся с моими друзьями.

— Здрасте, — он неопределенно взмахивает рукой. — Ну пойдем, мам!

*«Мой мальчик»*, — с гордостью думаю я, пока Нейт тянет меня прочь.

— Пока, Карл! Пока, Мартина! Было так приятно с вами познакомиться!

— Взаимно, — говорит она.

— До встречи! — на прощание кричит Карл, сияя как новогодняя гирлянда.

Следующие два часа проходят мучительно. Я пытаюсь сосредоточиться на Нейте, его криках «*Смотри, как умею!*» и его трюках с санками, но мои мысли упорно возвращаются к Мартине. Она меня ненавидит. Это же очевидно. Наверное, прямо сейчас она говорит Карлу, что хочет, чтобы он порвал со мной. И тогда я снова останусь одна, пока Стюарт будет тусоваться по Нью-Джерси со своей новой подружкой Киви. Левую руку я не вынимаю из кармана. Она лежит поверх телефона, чтобы я не пропустила вибрацию от входящего сообщения — смс от Карла, которое определит мою дальнейшую судьбу.

И наконец, когда мы с Нейтом в сумерках возвращаемся домой, оно приходит.

*«Мартина так зла на меня»*, — читаю я. У меня перехватывает дыхание. А потом я вижу следующие стро-

ки: — *Это потому, что я не сказал ей, какая ты горячая. Она была к этому не готова»*.

Я опускаю взгляд на свое тело в зимнем комбинезоне. Утепленные штаны и дутая куртка. Нижняя половина моего лица замотана шарфом (как было и днем), а все волосы убраны под шапку, обрамленную огромным капюшоном. Сейчас я выгляжу как тот круглый человечек из рекламы шин «Мишлен». Как она могла подумать, что я горячая? Она даже не могла меня толком разглядеть.

*Она хочет, чтобы мы втроем встретились на этой неделе. Ты как?*

*«Конечно*, — быстро пишу я в ответ, чтобы не дать себе время подумать над этим. — *Было бы здорово»*.

* * *

МЫ ДОГОВОРИЛИСЬ ПРОВЕСТИ НАШУ встречу втроем в баре на вечере викторин. И выбор наряда для этого мероприятия ставит меня в тупик. *Хочет* ли Мартина, чтобы я была привлекательна? Или она воспримет это как угрозу? Я останавливаю свой выбор на трикотажном платье-свитере. Оно симпатичное, но не слишком облегающее. Закрыв за собой дверь, я решаю медленным шагом прогуляться до бара, где мы договорились встретиться.

Когда я пришла, они уже были внутри. И, к моему удивлению, когда я подошла, Мартина встала и крепко обняла меня. На девушке облегающее платье в пол с горизонтальными полосками, которое я никогда не смогу надеть. Однако на ней оно выглядит потрясающе. У нее большая грудь и узкая талия, и она явно не рожала детей. Несмотря на холодную погоду, ее кудрявые волосы все еще влажные после душа.

— Ты так приятно пахнешь, — говорю я, не задумываясь. «*О боже*, — я начинаю внутренне паниковать. — *Теперь она подумает, что я какая-то чудачка, нюхающая волосы*».

Но ее лицо озаряется от комплимента, и я чувствую, что попала в точку: *потешь эго Мартины, и все будет хорошо.*

Мартина пересаживается на диван рядом с Карлом, а я занимаю место напротив них. Когда Карл опускает руку под стол и сжимает мое колено, я сбрасываю его руку, сохраняя нейтральное выражение лица. Неужели он не понимает, что сейчас поставлено на карту?

— Нам нужно название команды, — объявляет Мартина.

— Как насчет «Полиаморов»? — с ухмылкой предлагает Карл.

Мартина взмахивает рукой, отвергая этот вариант.

— Я думала о «Двух умницах и Карле», — она ухмыляется, и я неловко смеюсь.

Карл рассказывал мне, что Мартина очень гордится своим высшим образованием, а поскольку Карл не учился в колледже (и даже не получил аттестат о среднем образовании, решив вместо этого посвятить себя фотографии), ей нравится превозносить свое превосходство в этом вопросе над ним. Но это не похоже на безобидное подтрунивание. За ее словами скрывается что-то агрессивное. А может быть, это просто я слишком много в этом вижу?

— Я пойду принесу нам выпить, — говорит Карл, вставая на ноги. — Думаю, я знаю, что вам *обеим* понравится. — Он смеется в своей легкомысленной, дурашливой манере, а я улыбаюсь Мартине, пытаясь оценить ее реакцию на то, что Карл сделал акцент на нас двоих как на едином целом. Она принимает свое обычное вечно недовольное выражение лица и смотрит мужчине вслед. Я словно вернулась в среднюю школу и заняла место за столом для избранных девчонок. И сейчас мне нужно стать достаточно незаметной, чтобы избежать пристального внимания к своей персоне.

— Карл сказал мне, что ты перескочила через один класс, — говорит она. — Ты гений или что-то вроде?

«*Вот зараза*, — думаю я. — *Вот теперь я действительно вернулась в среднюю школу*».

— Определенно нет! — отвечаю я, надеясь, что мое выражение лица передает всю абсурдность этого высказывания.

— А Карл, похоже, считает тебя такой, — говорит она. По ее взгляду я вижу, что она не разделяет его мнения.

— Это просто потому, что он не говорит по-английски, — отмахиваюсь я.

Она громко рассмеялась и опустила свою руку на мое плечо.

— Ха-ха! О, это правда! — фыркает она. И вот я играю в игру, придуманную двенадцатилетними девочками: высмеивание других как часть ритуала сближения.

Карл возвращается с нашими напитками и улыбается, глядя на развернувшуюся перед ним сцену: его невеста веселится с его девушкой и все прекрасно проводят время. Знает ли он, что это всего лишь красивая картинка? Я следую примеру Мартины и притворяюсь, что смеюсь вместе с ней, когда она подшучивает над Карлом: над его «плохим» английским, на его весом, над отсутствием стабильной зарплаты. Я чувствую смутное беспокойство, но мужчину, похоже, ее слова не волнуют. Может быть, это просто способ Мартины справиться с ее собственной неуверенностью? В любом случае я благодарна за то, что ее внимание сосредоточено не на мне.

Но когда ведущий начинает задавать вопросы викторины, я по неосторожности оказываюсь в центре внимания. Я знаю больше ответов, чем Мартина. А когда во мне пробуждается эта соревновательная жилка, ее трудно подавить.

*В каком году Соединенные Штаты бойкотировали Олимпийские игры?*

— Это было в тысяча девятьсот восьмидесятом году!

*Какими существами питаются морж и плотник в поэме Льюиса Кэрролла?*

— Устрицами!

*Кто был соперником Марка Макгвайра в гонке хоумран 1998 года?*

— Самми Соса!

Только в третьем раунде я замечаю ее раздражение. И я начинаю оправдываться за свои знания.

— О, я старше тебя, Мартина, — говорю я, пытаясь польстить ей. — Ты же только родилась в восьмидесятых?

— ...В конце концов, я учительница английского языка. Мне ли не знать Льюиса Кэрролла!

— Мой папа — болельщик «Кабс». Клянусь, это единственный вопрос о бейсболе, на который я могу ответить.

Девушка выпила уже четыре бокала против моих двух и, возможно, еще несколько до моего прихода. Ее прежнее поведение, которое я старалась воспринимать как проявление оптимизма, теперь стало откровенно скверным. Я делаю вид, что ответы на остальные вопросы не знаю, и мы уходим, не дождавшись финального раунда.

Мы втроем стоим на улице уже несколько неловких минут, пока я стараюсь придумать стратегию для отступления. Сначала я иду обнять Мартину на прощание. Затем, к моему удивлению, Карл наклоняется, чтобы тоже обнять девушку.

— Я провожу Молли до дома, хорошо? — говорит он негромко.

*Зараза.*

— Ты не обязан этого делать, — сопротивляюсь я. — Я могу добраться до дома сама.

— Нет, он проводит тебя, — произносит Мартина с натянутой улыбкой. — Он явно хочет это сделать. — Она резко разворачивается на каблуках и, спотыкаясь, уходит в другую сторону.

— Она расстроена, Карл! — кричу я шепотом. — Я одна пойду домой. А ты иди с ней.

— Нет, пожалуйста. Просто подожди здесь. С ней все в порядке. Уверяю тебя. Дай мне только пару минут, я поговорю с ней. Сейчас вернусь. — Он догоняет ее в несколько шагов и перехватывает на углу улицы.

Я делаю вид, что занята своим телефоном, и пытаюсь подслушать, о чем они говорят. Не уверена, что те обрывки разговора, что доносятся до меня, я разобрала верно. *«Можешь трахнуть ее прямо сейчас, мне все равно»*, — слышу я или мне кажется, что я это слышу. Стоит ли мне ждать Карла здесь или лучше уйти? «*Так все и закончится*», — думаю я. Мартина заставит его порвать со мной, и мне придется начинать искать партнера заново. А я не могу этого сделать. Скажу Стюарту, что старалась изо всех сил, но просто не могу больше жить в открытом браке.

В следующее мгновение Карл направляется ко мне, широко улыбаясь.

— Все в порядке, — объявляет он. — Пойдем.

Я бросаю на него недоверчивый взгляд, но он берет меня под локоть и уводит вперед. Первый квартал мы проходим молча, а потом он говорит:

— Ты ей действительно нравишься. Она просто злится на меня. У нее это бывает, когда она выпьет.

— Но она злится на тебя за то, что ты провожаешь домой меня! Ты должен был пойти с ней! — протестую я.

— Нет, нет, дело не в этом, — говорит он, сдвигая очки на переносицу. — Если я скажу тебе, ты обещаешь не расстраиваться?

— Ну ладно, — говорю я, уже предчувствуя, что нарушу свое обещание.

— Она ревнует. Не потому, что я с тобой, а к тому, что ты со мной. — Я чувствую на себе его взгляд, но не поворачиваю голову и смотрю вперед. — Думаю, ей будет легче, если мы… ну знаешь… будем спать все вместе. Но только если ты захочешь. Никакого давления.

Выслушав Карла, я мысленно перенеслась в нашу старую квартиру в Верхнем Вест-Сайде, за год до свадьбы со Стюартом. После второго визита в тот злосчастный секс-клуб я решила, что с таким видом развлечения покончено навсегда. Мы тогда переключились на идею старого доброго секса втроем. Во времена моего обучения в колледже я испытывала симпатию к нескольким девушкам, но никогда не была до конца уверена, что за моим влечением скрывается сексуальный подтекст. Когда Стюарт сказал мне, что его бывшая Дикая Венди (он называл ее так, потому что среди его подружек была и Зануда Венди) хочет со мной познакомиться поближе, я начала сомневаться в этой затее. *«Ты как раз в ее вкусе»*, — сказал мне тогда Стюарт, лежа в постели, лаская мою грудь и поглаживая меня в предвкушении.

Я замерла на мгновение, вздохнула и повернулась к Карлу:

— Мне нужно об этом подумать.

— Это все, чего я от тебя хочу, — говорит он с хитрой ухмылкой.

* * *

В ВЫХОДНЫЕ Я ЕДУ на конференцию для учителей, которая проходит в отеле *Marriott Boston* в Куинси. Километры пути пролетают незаметно. Во время длительных поездок в одиночку я обычно часто останавливаюсь, чтобы не уснуть за рулем. Но сейчас мой разум просто гипертревожный. Мысли кружатся в нем как пчелы в улье. И я совершенно не могу себя заставить не думать ни о Карле, ни о Мартине. Я снова ощущаю на себе тот изучающий взгляд девушки, которым она одарила меня, едва я вошла в бар. Я вспоминаю ее непроницаемую натянутую улыбку, когда Карл объявил о своем намерении проводить меня домой. А потом я представляю, как говорю Карлу, что не думаю, что секс втроем — это хорошая идея, и я боюсь, что все станет слишком сложно, запутанно и непонятно. Я отчетливо вижу его круглое мальчишеское лицо, омраченное разочарованием от моего отказа. А затем я представляю, как соглашаюсь и его лицо озаряется улыбкой. Несмотря на мои сомнения, по телу пробегает приятная дрожь, когда я думаю о том, в каком восторге будет Карл. *Думаю, я и сама могу получить удовольствие. Разве подруга Мартины до встречи с ней разделяла взгляды девушки на открытые отношения? А возможно, Мартина обладает каким-то секретом волшебных прикосновений?* Мысли снова завертелись в моей голове, и, кажется, сейчас она просто закипит.

Сидя в гостиничном номере, я думаю о том, что владельцы ошиблись в выборе название для своего детища. В нем фигурирует «Бостон», но по факту отель находится в Куинси, в 10 километрах от города. И вот я сижу в своем номере в Бостоне/Куинсе совсем одна и не могу избавиться от чувства тревожности. Я пишу Карлу, чтобы узнать, может ли он поговорить со мной, и получаю, как мне кажется, пренебрежительный ответ:

*Извини. Я с Мартиной.*
*Сейчас не могу писать.*

Я знаю, что Стюарт сейчас на свидании с Киви. Перед последним сеансом с Эвелин мы договорились «давать друг другу больше личного пространства», когда встречаемся с другими людьми. Изначально эту идею я полностью одобряла, так как она давала мне возможность спокойно отключить звук в телефоне, когда я была с Карлом. Но теперь в моем сознании всплыло предупреждение Эвелин: «Убедитесь, что знаете, как найти дорогу домой». Не думаю, что смогу пережить этот вечер без Стю. Поэтому я пишу ему, пытаясь смягчить свое отчаяние каплей юмора:

*Я размышляю о том, чтобы сдаться в ближайшую психушку. Можно я тебе наберу?*

Мой телефон звонит почти сразу.

— Как дела, детка? — сразу спрашивает муж.

Услышав беспокойство в его голосе, я начинаю рыдать.

— Успокойся, милая, — мягко говорит он. — Расскажи мне, что случилось.

— Прости, что я беспокою тебя, пока ты на свидании, — причитаю я.

— Все в порядке, правда. Киви все понимает. Она просто вышла, чтобы мы с тобой могли поговорить наедине.

*«Вышла»*, — мысленно отмечаю я. Видимо, она вышла из их номера. Но затем ревность, которую вдруг вызывает этот образ, сменяется благодарностью: *Киви все понимает. Слава богу, Стю встречается с кем-то, кто в такой же ситуации, как и мы.*

— Мне кажется, я схожу с ума, — начинаю я. — Не знаю, почему это так важно для меня, но я не знаю, что делать!

— С чем делать? — уточняет Стю.

— С чем?! — кричу я, моментально взрываясь. — С сексом втроем! Я же говорила тебе вчера, Мартина хочет этого, а я не знаю, хорошая ли это идея.

— Точно, — задумчиво говорит Стю. Мне кажется или он пытается подавить смешок, рвущийся наружу? — Ты ведь понимаешь, что это не вопрос жизни и смерти? Соглашайся, если хочешь, но мне кажется, что ты не хочешь. И не думаю, что мне нужно напоминать тебе: наша вечеринка с Венди. Вспомнила? Это было потрясающе для меня, но ты осталась не в восторге.

— Я знаю, знаю, — повторяю я и вздыхаю. — Митчелл говорит, что я должна прислушиваться к своей интуиции. Но она тоже запуталась. Ненавижу ситуации, когда не знаю, как мне быть!

— Ладно, моя нерешительная женушка, — мягко отзывается Стю. — Давай начнем с глубокого дыхания. — Какое-то время он дышит вместе со мной, и я начинаю чувствовать себя лучше. — Напомни мне не голосовать за тебя, если ты когда-нибудь решишь баллотироваться в президенты, идет? — смеясь, добавляет он.

Я прыскаю смехом.

— Хорошо. Пора тебя отпускать, — нехотя признаю я. Ведь у него свидание, а я уже почти забыла об этом. Этим вечером он частично не мой.

Словно прочитав мои мысли, Стю говорит:

— Вот как мы поступим. Я хочу, чтобы ты нашла что-нибудь очень глупое по телевизору. Самую нелепую передачу. И я перезвоню тебе через пятнадцать минут, чтобы проверить, как ты. Договорились?

— Ты не обязан этого делать, — неубедительно бормочу я.

— Я знаю, что не обязан. Я хочу. Ты моя жена. Я люблю тебя. И я не хочу завтра нестись в Бостон, чтобы вызволять тебя из психушки.

Я снова смеюсь.

— А Киви не будет возражать?

— Не будет. Она тоже хочет, чтобы тебе стало лучше.

— Хорошо, спасибо, — отзываюсь я.

— Пятнадцать минут, — повторяет Стю. — И будет здорово, если ты найдешь что-то совсем идиотское.

— Поняла тебя.

Я сбрасываю вызов и беру в руки пульт. Пятнадцать минут спустя я смотрю выпуск какой-то старой телевикторины, когда Стю звонит снова.

— Все в порядке?

— Все в порядке, — утвердительно отвечаю я, увеличивая громкость, чтобы он мог слышать, как участники кричат: «О нет! Только не этот сектор!»

— Отлично, — отвечает муж. — Я люблю тебя, малышка. Я не буду отключать звук в телефоне на случай, если ты снова захочешь поговорить.

— Спасибо, Стьюби. Я тоже тебя люблю.

И я засыпаю под звук работающего телевизора, сжимая телефон в руке.

* * *

НА СЛЕДУЮЩИЙ ДЕНЬ, недолго поработав на конференции, но выполнив все поставленные задачи, я отправляюсь домой. Не имея возможности куда-то перенаправить свою тревогу, я начинаю вырабатывать план действий, который по своей природе практически маниакальный.

Я знаю, что мне нужно сделать. Карл, Мартина и я займемся сексом втроем. Но только один раз. Едва добравшись домой, я рассказываю Стю свой план, быстро проговаривая слова и лишь на мгновение останавливаясь, чтобы схватить ртом глоток воздуха.

— Я собираюсь поехать к ним, но только на пару часов. Нет, на полтора часа. А после ты должен встретиться со мной и выпить в баре *Dram Shop* или где-нибудь поблизости, чтобы я могла все обдумать. И твое появление даст мне повод уйти в определенное время. Хорошо? Ты можешь сделать это для меня? Я сейчас же напишу ему.

Стю смотрит на меня, тщательно подбирая слова и пытаясь как-то затормозить этот несущийся на всех порах поезд, замаскированный под его жену.

— Ты *уверена*, что хочешь это сделать? Я думал, что такие развлечения не для тебя.

— Я должна, — коротко отвечаю я. — Иначе я так и буду продолжать об этом думать!

Моя логика довольна сомнительна, но мне нужно верить, что она непоколебима. Я смотрю на Стюарта, желая, чтобы он поддержал меня. Он открывает рот, чтобы заговорить, но вместо этого шумно выдыхает.

— Ну тогда делай что хочешь, — говорит он, вскидывая руки, будто сдается. Это не то одобрение, которое я хотела получить.

* * *

ПРОЦЕСС ПЛАНИРОВАНИЯ МОЕЙ ménage à trois[1] примерно столь же сексуален, как организация сбора денежных средств в школе. Во-первых, чтобы создать достаточную дистанцию между моим сексуальным естеством и почетной ролью мамы, я отправила Дэниела и Нейта с ночевкой к их лучшим друзьям. А еще это значит, что в следующие выходные в нашем доме будет

---

[1] Ménage à trois — встреча втроем *(фр.)*.

сразу четыре шумных подростка. Во-вторых, я выбираю, что лучше надеть. Но и этот пункт больше похож на невыполнимую миссию, вместо того чтобы как-то развеселить меня. На чем мне остановить свой выбор, чтобы не затмить Мартину? Помимо наряда мне нужно выбрать нижнее белье, аккуратно выщипать пару лишних волосков вокруг сосков и сходить на лазерную эпиляцию. И этот список дел кажется мне бесконечным.

Стоя у двери, я спрашиваю Стюарта, хорошо ли я выгляжу.

— Что ты думаешь? Или, что еще важнее, что, по-твоему, подумает *она*?

— Ты отлично выглядишь, крошка, — отвечает супруг. В его глазах я и сейчас вижу сомнение. Оно отразилось в его взгляде еще в тот момент, когда я впервые заговорила об этой идее. Но сейчас Стю пытается зайти с другой стороны. — Главное, тебе нужно расслабиться. Это, конечно, просто мысли вслух, но, может, ты попробуешь *получить удовольствие*? Потому что если ты не можешь этого сделать, то я не понимаю смысла в этой затее.

Конечно же, он прав. Но я уже зашла так далеко. Жребий уже брошен. Вместо того чтобы признать правду — я не хочу секса с Карлом и Мартиной, а делаю это только потому, что это предложение больше похоже на условие для продолжения наших встреч с Карлом, — я натягиваю на лицо самое добродушное выражение и растягиваю губы в самой милой улыбке, на какую только способна, и говорю Стю ту самую ложь, которую не раз повторила себе:

— Хорошо, я буду наслаждаться! И не забудь, мы встречаемся в баре в девять часов. Может, ты на всякий случай приедешь пораньше?

— Я буду там, — смиренно отвечает муж. Он раскрывает руки для объятий. — Я буду рядом, если тебе что-то понадобится.

Я не могу позволить себе расслабиться настолько, чтобы сейчас раствориться в нем, но я делаю глубокий вдох, пытаясь впитать в себя ту поддержку, которую ощущаю от Стю.

По дороге к квартире Карла я всячески сопротивляюсь желанию написать ему сообщение. *«И, кстати, я иду в ИХ квартиру»*, — мысленно поправляю себя. Мой шанс пообщаться с ним один на один упущен, и меньше всего я хочу, чтобы Карл поделился моими сомнениями и неуверенностью со своей невестой. По дороге я прихватила две бутылки белого вина, которое так любит Мартина. Я надеюсь, что бокал вина поможет мне вырваться из того кокона, в который я себя заточила и спрятала его глубоко внутри.

Но когда я звоню в дверь и вижу в конце коридора Карла, идущего ко мне с хитрой ухмылкой на лице, что-то меняется. Мое тело по-прежнему выковано из железа, но я удивляюсь тому, как плавно оно движется. И тут я понимаю: это тело — не я. Я управляю им, но истинная Я надежно спрятана внутри. И мне нечего бояться.

— Привет, — говорю я, когда он открывает передо мной дверь. — Я принесла вино.

Передаю ему пакет и прохожу мимо, первой войдя в квартиру. Я чувствую, как приятно пахнут ароматические свечи, слышу нежную музыку. Эти сенсорные сигналы напоминают мне о той, другой Молли, которая с таким удовольствием приходит в квартиру Карла, наслаждается тем, что снимает с себя всю защиту и позволяет ему заботиться о ней. Но сегодня сюда вошла другая Молли.

Мартина сидит на диване и безучастно листает одну из книг Карла, связанную с фотографиями. Уголки ее губ трогает едва заметная улыбка. Я сажусь рядом с ней — достаточно близко — и крепко обнимаю. На ней нет бюстгальтера, и я чувствую, как ее грудь прижимается к моей через свитер. Я мысленно отмечаю это ощущение, но не придаю ему значения. Это ни хорошо, ни плохо. У Мартины есть грудь. У меня она тоже есть.

— Мне нравится твой свитер, — слышу, как произношу это вслух, не отрывая рук от ее спины и поглаживая материал. — Он такой мягкий.

— Спасибо, — отвечает Мартина. Девушка с изумлением смотрит на меня, удивленная моей бесцеремонностью. Я отдергиваю руку и напоминаю себе, основываясь на прошлом опыте общения, как мне следует себя вести: *позволь Мартине быть главной, она хочет, чтобы ты подчинилась ей, не переусердствуй.* Мои движения становятся плавными и неторопливыми. Сейчас я будто режиссер этой сцены и наблюдаю за нашим общением со стороны.

В гостиную входит Карл с двумя бокалами вина. Он протягивает один мне и делает глоток из другого, прежде чем передать его Мартине.

«*Видишь, что сделал Карл?* — подсказывает мой внутренний комментатор. — *Это был тонкий намек на то, что они — основная пара, а ты — гость. Следуй их примеру*».

Медленно потягивая вино, я покорно жду, что будет дальше, всем своим видом выражая предвкушение и готовность. Карл сидит слева от меня на диване, Мартина — справа. Они обмениваются взглядами, а затем

Карл спрашивает, как и в первый раз, когда я пришла к нему, только в этот раз с изменением местоимения: «Можно *нам* тебя раздеть?»

Я киваю. Карл забирает из моих рук бокал. Затем легким движением руки он убирает мои волосы на одну сторону, чтобы расстегнуть молнию на платье. Мартина с улыбкой смотрит на меня, а когда Карл расстегивает мой бюстгальтер, она стягивает через голову свитер, и я вблизи вижу ее совершенную грудь. Та Молли, что спрятана глубоко внутри меня, рассматривает бюст Мартины как доктор на осмотре, сравнивая его со своим. Я выкормила двоих детей, а она — нет. Но еще до родов у меня была асимметрия груди: правая была на размер больше левой, и они всегда упорно не желали держаться вместе. Для меня эффекта красивого декольте можно добиться только с помощью неудобных бюстгальтеров. Тем временем грудь девушки симметрична. Я могу описать ее как шарики персикового мороженого с двумя полуспелыми вишенками-сосками. Вид ее груди заставляет спрятавшуюся внутри меня Молли неловко зажмуриться, но лишь на мгновение. Карл опирается на один подлокотник дивана, а Мартина смотрит на меня с другого конца. Я терпеливо жду, что же будет дальше.

— Может, пойдем в кровать? — спрашивает Карл. Я снова молча киваю, боясь нарушить чары этого мгновения своим спонтанным диалогом.

Я встаю на ноги и жду, пока Карл снимает с меня колготки и трусики, а затем освободит себя от рубашки и брюк. Мартина ведет меня за руку в спальню. Я обращаю внимание на часы на стене кухни. Через пятьдесят семь минут мне нужно быть в баре в конце улицы.

Мы постепенно изучали друг друга, пытаясь отыскать ранее неизведанные точки удовольствия. Я вспоминаю о времени и, изобразив на лице смесь раскаяния и печали, произношу заранее заготовленные фразы:

— Стюарт, должно быть, уже заждался меня. Я обещала ему не задерживаться допоздна, чтобы он не слишком ревновал.

Я потягиваюсь и резко встаю с кровати, беру свою одежду из гостиной. Иду в ванную комнату, чтобы пописать, и там же одеваюсь. Я не хочу, чтобы меня втянули во второй акт этой пьесы.

Полностью одетая, я кокетливо машу рукой из дверного проема, пока пара молодых людей лежат голыми на кровати.

— Пока, ребята, — я разворачиваюсь на каблуках и ухожу. Их реакцию я уже не вижу. Захлопнув за собой входную дверь, я направляюсь к Стюарту. Пока иду вдоль по улице, я понимаю, что мое тело все еще не совсем мое. Но все уже позади.

Стюарт сидит за барной стойкой. Бокал моего любимого красного вина молчаливо резервирует для меня место рядом с ним.

— Ну как все прошло? — спрашивает он, когда я снимаю пальто и опускаюсь на барный стул. Конечно, он и так знает, как все прошло. Он знал, как все будет, еще до того, как это случилось.

— Было весело! — щебечу я, не обманывая никого из нас.

Стю кладет руку мне на шею и нежно массирует ее. Прикосновение мужа расслабляет меня, и я медленно вдыхаю и выдыхаю воздух. Теперь я обычная Молли.

Я так рада, что мой Стю точно знает, где я прячу ключ от двери ко мне настоящей.

* * *

НА СЛЕДУЮЩИЙ ДЕНЬ я получаю несколько сообщений от Карла:

*Мы с Мартиной так хорошо провели время в твоей компании вчера вечером.*

*То, что вы были вместе, так сексуально.*

*Мартина сказала, чтобы я не менял постельное белье.*

Глубоко внутри себя я чувствую, что меня одолевает тревога. На сообщения Карла я отвечаю достаточно сдержанно: «*Я рада…*», «*Я тоже…*», «*Ммм…*» Этот вариант развлечения вычеркнут из моего личного списка дел. Я сделала то, о чем просила Мартина. Свои обязательства я выполнила.

Тем вечером, помыв посуду и уложив Нейта спать, я устраиваюсь поудобнее, чтобы посмотреть несколько серий «*Девчонок*»[1], и наконец мой разум успокаивается

---

[1] «Девчонки» (*англ.* Girls) — американский комедийный сериал, рассказывающий о жизни в Нью-Йорке четырех девушек немного за двадцать.

и отдыхает, любуясь мрачными пейзажами Гринпойнта. Когда мобильный завибрировал, я взяла его в руку и увидела сообщение с незнакомого номера.

*«Приветик*, — я смотрю на три точки и жду, что мой анонимный собеседник напишет еще. — *У нас с Карлом было потрясающее горячее свидание, но все, о чем я могу думать, — ты»*.

Паника и страх поднимаются во мне, борясь за тесное пространство в моей грудной клетке. Я хватаю пульт и ставлю телевизор на паузу. И что я должна ответить?! Мне нужно как-то свернуть это общение, но деликатно.

*«О, привет, Мартина*, — пишу я. — *Я тоже много думала о вчерашнем вечере. Спасибо большое за приглашение. Приятных снов!»* К этому тексту я добавляю пару подмигивающих смайликов для пущей убедительности и нажимаю «Отправить».

Выключив телевизор, я еще долго мучаюсь бессонницей.

Утром я терпеливо выжидаю момента, когда Карл уже точно должен быть на работе, а потом трясущимися руками набираю его номер.

— Зачем ты дал Мартине мой номер?! — сразу спрашиваю я в ответ на его приветствие.

— Она попросила его у меня, — честно отвечает Карл, смущенный моим вопросом.

## Глава 13

В ПОСЛЕДУЮЩИЕ НЕДЕЛИ я одержима драмой моих отношений. Как будто она стала той единственной сюжетной линией, что есть в моей жизни. Собственно, так оно и было. С Мартиной мы встречаемся еще только один раз. Я проходила мимо их дома, и пары минут мне хватило, чтобы обменяться с ней дежурными любезностями с намеком на флирт и быстро ретироваться, сославшись на звонок младшего сына, который срочно просит меня вернуться домой. Но даже когда ее нет рядом, она все равно будто стоит за моей спиной. В каждой переписке и на каждом свидании с Карлом или даже когда я одна или со Стюартом и детьми — я всегда думаю о ней.

Я знаю, что встаю на скользкий путь, когда отменяю встречу с Митчеллом, а затем и парную терапию с Эвелин. Только Стюарт знает, насколько я запуталась в этой мыльной опере собственного производства и как беспомощна в поисках выхода из нее.

Однажды утром я сообщаю ему свежие новости.

— Итак, по словам Карла, она понимает, что у нас с ним должны быть свои свидания, но она хочет иногда *смотреть*, как мы занимаемся сексом. Однако меня не устраивает, что такое поведение переходит в ранг нормального. Поэтому я предложила, что если я *хочу*, чтобы она присутствовала, то мы будем оставлять дверь в спальню открытой, но в остальное время она будет закрыта. И как она взбесилась! Она сказала ему, что никогда в жизни не чувствовала себя настолько униженной! Карл говорит, чтобы я не переживала из-за этого, но я не представляю, как ее успокоить. Все это кажется нереальным.

Стюарт прерывает мой монолог тяжелым вздохом.

— Я сегодня вечером иду на свидание с Киви.

Я замолкаю. Его категоричное заявление выбивает почву у меня из-под ног. Шоковое состояние ограждает меня от боли по крайней мере на несколько мгновений.

— Я думала, у нас с тобой сегодня свидание.

— Молли, мне нужен перерыв, — говорит Стю и отворачивается от меня. — Если я услышу еще хоть одно слово о «К-Марте», я сойду с ума.

— Оу, — неопределенно протягиваю я.

Он прав. То время, что мы проводили вместе в последние дни, было отравлено этими разговорами. Любое мое обещание не упоминать эту пару будет пустыми словами. С таким же успехом я могу проглотить бутылку настойки рвотного корня и клятвенно пообещать, что меня не стошнит.

Но боль оттого, что Стюарту нужна передышка от меня, лишь малая часть той боли, которая разъедает меня изнутри. Кажется, я влюбилась. И теперь я теряю его.

* * *

СПУСТЯ НЕСКОЛЬКО ДНЕЙ, когда мы ложимся в кровать, Стюарт спрашивает:

— Карл вернулся на сайт?

Эти дни я старалась не упоминать Карла и Мартину и была благодарна, что Стю наконец-то затронул эту тему.

— Нет, — говорю я. — Ты забыл? Он заблокировал свой аккаунт сразу после того, как мы начали встречаться.

— Ну тебе стоит спросить его еще раз. Он поставил лайк Киви.

— Что? — бормочу я, растерянность перерастает в панику. — Откуда ты знаешь?

— Она прислала мне скриншот. Смотри.

Стюарт протягивает мне свой телефон, и на экране я вижу фото Карла и его профиль на сайте. Пока я рассматриваю страницу, мой мозг пытается осмыслить увиденное. Карл солгал мне. Он уже ищет себе новую девушку, чтобы заменить меня. И Киви — та, кто привлек его внимание. Она собирается забрать и моего мужа, и моего парня. И я ничего не смогу с этим поделать. Я позволила всему этому случиться, а теперь бессильна что-либо изменить. Мягкая поверхность кровати слишком податлива, слишком удобна, и я не понимаю, как плавно скатываюсь с ее края и опускаюсь на твердый деревянный пол. Плач начинается как тихий стон, но вскоре я начинаю выть с такой силой, что едва могу говорить.

— Зачем ты мне это рассказываешь? — вопрошаю я Стю сквозь рыдания. Это единственный вопрос, на который я еще не знаю ответа.

Стюарт все еще сидит на кровати и смотрит на меня, лежащую на полу, не зная, как справиться с тем диким животным, что он видит перед собой. Раненый дикий зверь — именно так я себя и ощущаю. Я нечто большое, но такое уязвимое. Как детеныш бегемота, примостившийся на полу у кровати.

— Потому что я не хочу, чтобы тебе было больно, — говорит он. — Я пытаюсь защитить тебя. И Киви не собирается с ним встречаться или как-то взаимодействовать. Она просто подумала, что ты должна знать, что он тебе лжет.

— Если ты хочешь защитить меня, не заставляй меня делать это! Перестань встречаться с Киви или с кем-то еще и просто будь со мной. Да как же ты не понимаешь?! Я больше так не могу! — кричу я и снова начинаю рыдать.

Он тянет ко мне руки, но я не позволяю дотронуться до себя. Зажимаю ладонями уши, как ребенок во время истерики. Не позволяю ему говорить со мной или утешать. Я так и остаюсь лежать на полу, свернувшись в клубок от той боли, которая разрывает мое сердце. Я жду, пока не услышу храп Стю, и только после этого, измученная, заползаю в кровать, но стараюсь двигаться осторожно, чтобы его тело не коснулось моего.

* * *

ПРОСНУВШИСЬ НА СЛЕДУЮЩЕЕ УТРО, я понимаю, что Стю уже ушел. Я предполагаю, что он отправился на работу пораньше, чтобы избежать общения со мной. И вроде мне должно быть больно, но все мое тело уже превратилось в один сплошной синяк. Несколько минут я сижу, держа в руках телефон и гипнотизируя его взглядом. Мне нужно поговорить с Карлом. Но я не верю в то, что смогу это сделать. Вместо этого я отправляю ему сообщение. Я не задаю вопросов. Мои фразы констатируют факты:

*Ты снова активировал свой профиль на OkCupid.*
*Ты «лайкнул» девушку Стюарта.*

Кажется, что время, которое проходит до его ответа, длится часами. Но по прикроватным часам я замечаю, что прошла всего пара минут. Когда телефон вибрирует, я вздрагиваю и сначала прижимаю его к груди, прежде чем прочитать сообщение.

*Должно быть, это сделала Мартина. Ты же знаешь, ей нравится общаться с девушками, поэтому я позволил ей зайти на сайт под моим логином.*

Как поступить с этой информацией, я не знаю. Непростительная смесь честности и обмана. И что это значит для меня?

Они ищут новую добычу.

* * *

НЕ ПОДНИМАЯ ГОЛОВЫ и уворачиваясь от пешеходов, я на автопилоте иду по длинным улицам к офису Митчелла. Голова раскалывается, но я не могу сказать, что болит только она. Боль повсюду. В каждой клеточке тела.

Накануне я попросила Митчелла записать меня сразу на двойной сеанс и в общих чертах изложила в заметках, что произошло с момента нашей последней с ним встречи. Сидя на его диване, я зачитываю подготовленный текст вслух, мой голос дрожит, а слезы стекают по щекам и впитываются в зажатую в руке салфетку, приставленную к подбородку. Закончив, я тянусь за своим огромным стаканом айс-кофе, который принесла с собой, а другой рукой хватаюсь за голову, с силой вдавливая большой и безымянный пальцы в виски.

— Я вижу, у тебя сегодня мигрень.

— Я уже забыла, каково это — жить *без* нее.

Митчелл разминает пальцы и переводит взгляд на потолок.

— Коварство мигрени в том, что она всепоглощающая. На самом деле это можно рассматривать как ее основную функцию. Или язв, защемлений в спине. Любого недомогания, связанного со стрессом. В каком-то смысле физическая боль защищает от переживания эмоциональной боли.

— Но я *чувствую* эмоциональную боль, — продолжаю настаивать я, снова начиная плакать.

— Да, я знаю, — мягко отвечает он. — Но ты связываешь эту боль с Карлом, Мартиной, Стюартом. А я думаю, что настоящий источник твоей боли гораздо глубже.

— Что ты имеешь в виду?

— Давай поговорим об Отличнице-Молли. Ты сказала, что, когда ты пришла к Карлу и Мартине тем вечером, ты чувствовала, что твое истинное Я скрылось внутри. Как будто ты играла какую-то роль. Как ты думаешь, может быть, в ту ночь проявилась Отличница-Молли?

Губами я крепко сжимаю розовую соломинку. *Боже мой. Он прав.* Я киваю.

Митчелл перелистывает листы в блокноте и кладет палец на страницу.

— А вот и список Свобод, который ты составила 21 сентября 2014 года, когда мы *«переосмысляли жизнь Отличницы-Молли»*. Помнишь?

Я киваю. Даже это небольшое движение головой заставляет меня вздрогнуть. *С того момента прошло уже полтора года. А я топчусь на том же самом месте.*

— Думаю, сейчас тебе необходимо вспомнить вот этот пункт: «Свобода от стремления угождать другим». Согласна?

Я тупо смотрю на свой стакан с кофе. Очевидно, настала моя очередь разобраться во всем этом. Но у меня нет ответов. Есть только один вопрос.

— Почему я продолжаю это делать? — спрашиваю я, и мой голос срывается на крик. — Почему я не могу прекратить эту дурацкую херню с угождением всем и каждому?! Как же МНЕ ТОШНО ОТ СЕБЯ! — Мой крик вырывается прямо из того источника боли, который я пока не могу определить.

Митчелл сидит напротив меня, неподвижный, спокойный, выжидающий. Я громко высмаркиваюсь и тоже чего-то жду. Жду, когда мое спутанное сознание выдаст какую-нибудь мысль. И тут у меня начинает всплывать какое-то нечеткое воспоминание. Я зажмуриваю глаза, чтобы осознать его и выразить словами.

— Что ты вспомнила, Молли? — спрашивает Митчелл.

— Я думаю о том, что сказала моя мама, когда я только начала встречаться со Стюартом.

— И?

— Она спросила меня: «Что ты чувствуешь, когда ты с ним?» Это было что-то вроде лакмусовой бумажки.

— И что ты ей ответила?

— Я сказала ей, что рядом со Стюартом я чувствую себя лучше, чем когда-либо прежде. Ну рядом с Уильямом я чувствовала себя ничтожеством. А Стюарт помог мне понять, какая на самом деле *должна быть* любовь. Но… — Мой голос застрял в горле, задушенный новым приступом рыданий, грозящих вырваться наружу.

— Но что?

Я вздыхаю. Мне нужно это сказать. Я должна.

— Но правда в том, что я никогда не чувствовала себя хорошо, независимо от того, с кем я была. Правда в том, что я все время чувствую себя дерьмово. — Слезы льются из глаз, и вместе с ними вытекает моя боль. Я опустошила коробку салфеток с кофейного столика. Митчелл достал из стола новую коробку и молча протянул мне.

— Молли, ты сегодня замечательно работаешь, — говорит он с таким энтузиазмом, что я смеюсь вслух.

— Да, думаю, сессия в обнимку с двумя пачками салфеток — это на крепкую пятерку.

— Не то чтобы я ставил тебе пятерку, — отвечает Митчелл, улыбаясь. — Но ты напомнила мне о том, о чем мы с тобой говорили в прошлый раз. Думаю, мы нашли причину дыры в твоем ведре.

Я перестаю всхлипывать и задумываюсь над этим. Точно, дыра в моем ведре. То злосчастное отверстие, через которое утекает вся моя самооценка.

— Сейчас я услышал, что всю свою жизнь ты искала подтверждения своей значимости и любви к себе вне себя. Искала у родителей, у детей, у Стюарта, у Карла. Но, Молли, ты не сможешь *принять* любовь другого человека, пока не полюбишь себя.

Я сижу прямо, болевые ощущения в голове начинают уменьшаться. Я чувствую, насколько правдивы его слова.

— Никто другой — ни твоя мать, ни твои дети, ни муж, ни любовники — никогда не сможет исправить ситуацию. Только у *тебя* есть возможность заделать эту дыру.

Я выхожу из кабинета Митчелла, и мое сознание проясняется. Мигрень прошла, но и это еще не все. Я понимаю, что мне нужно сделать еще один перерыв в свиданиях. Мне нужно сходить на свидание с *собой*.

Не раскрывая всех подробностей, я пишу Стюарту, насколько лучше я себя теперь чувствую.

«*Ура!* — пишет он. — *Хвала небесам за Митчелла!*»

Затем я набираю сообщение Карлу: «*Привет. Можем ли мы с тобой найти немного времени, чтобы поговорить?*»

Он не отвечает.

* * *

КАК ОКАЗАЛОСЬ, Я ПОДВЕРГЛАСЬ ГОСТИНГУ. До того момента, когда я попала в мир онлайн-знакомств, я не знала этого термина из современной реальности. Но он идеально описывает то, что произошло со мной. Карл растворился в воздухе, будто его и не было. Он не отвечал ни на мои сообщения, ни на электронные письма, ни на телефонные звонки. Он просто исчез. А я горюю так, будто он умер. Но я-то знаю, что он жив.

В мае я вижу на его странице в соцсети фотографии с их свадьбы в Германии. На Мартине венок из цветов и кружевное белое платье. Карл стоит рядом с ней, его рука крепко обхватывает талию новоиспеченной супруги, а лицо озаряет глупая улыбка. Глядя на них, я чувствую, что думала о Карле больше времени, чем он обо мне. Я была всего лишь пешкой в их странной игре. Мартина уважала женщин с консервативными взглядами на отношения. Задача Карла заключалась в том, чтобы знакомить их с Мартиной. Вполне возможно, что у Карла неожиданно возникли настоящие чувства ко мне, и из-за этого Мартина потребовала, чтобы он разорвал все отношения со мной. Но если это так, почему он не написал мне хотя бы последнее сообщение или письмо? Почему не написал хотя бы короткого «Прощай!» или хоть что-то, что позволило бы мне не чувствовать себя столь ужасно использованной?

*«Может, это карма,* — думаю я. — *Мэтт встряхнул наш брак, а я сыграла такую же роль в браке Карла».*

* * *

В ТО ЖЕ ВРЕМЯ Я ЧУВСТВУЮ себя раком-отшельником, который перерос свой панцирь. Я в ужасе бегу по пляжу, голая и уязвимая, оглядываясь по сторонам в поисках нового пристанища. В какой-то момент я решаю обратиться за советом к Джесси. И вот мы сидим у нее на кухне. Между нами стоят две чашки кофе и большая пачка салфеток. Я рассказываю ей сагу о «К-Марте» — это сокращение вызывает у нее приступ смеха — и благодарю за то, что она тогда дала мне номер Митчелла.

— Прости, что я так долго с тобой не общалась, — говорю я в перерывах между вытиранием глаз и высмаркиванием носа. — Думаю, я избегала тебя, потому что боялась того, что ты скажешь. И я знала, что ты будешь права.

Она снова смеется.

— И в чем именно я была бы права?

— Не знаю, — отвечаю я, пожав плечами. — Может быть, в том, что я слишком много беспокоилась о нуждах других людей и не уделяла достаточно внимания своим собственным.

Джесси молча кивает. Сейчас она переживает не лучшие времена, ведь недавно бросила пить.

— То, о чем ты говоришь, напомнило мне одну мысль, которую я услышала на собрании анонимных алкоголиков. Теория о «правильном размере». Честно, я все еще пытаюсь ее до конца осознать. — Она замолкает и делает глоток кофе.

— А можешь привести пример? — спрашиваю я. Теперь я понимаю, как скучала по нашему общению. У нас так ловко получается чередовать смешные шутки с обсуждением серьезных тем из наших жизней.

— Ну, например, мои отношения с алкоголем. Он занял слишком большую часть моей жизни. Я не могла и для прожить без него, поэтому слишком много времени проводила в раздумьях о том, когда же я смогу выпить. А потом я срывалась и выпивала так много, что наутро чувствовала себя ужасно. Я просто не могла держать себя в руках. Поэтому я решила, что должна бросить пить. Думаю, тебе знакома эта ситуация. Вот, например, когда Стюарт расстроился из-за того, что ты не могла перестать говорить о Карле и Мартине.

Или когда тебе казалось, что ты сходишь с ума, потому что зациклилась на том, как справиться со всей этой ситуацией.

На какое-то мгновение я погрузилась в раздумья. Мы не спеша потягивали кофе, и я вздохнула.

— Да, ты права. Это определение мне подходит. Отношения с Карлом определенно были мне *не* по размеру.

— Но это не подразумевает, что тебе стоит отказаться от такой формы брака, — подытоживает подруга, чем вводит меня в замешательство. — Видит Бог, я бы хотела уметь соблюдать меру и не отказываться от алкоголя. Возможно, тебе нужно просто спросить себя: а сможешь ли ты сделать свой открытый брак «подходящей тебе» частью жизни?

И это действительно хороший вопрос.

* * *

КАК-ТО ВЕЧЕРОМ Я ПОМОГАЮ Нейту с решением блока задач по математике, который он должен был разобрать к последнему дню занятий перед каникулами. Эта та история, которая для нас обоих стабильно заканчивается слезами. И пока Нейт отдыхает от уравнений, я поднимаюсь в спальню и выплескиваю все свое негодование на подушку, колотя ее до изнеможения. После этого мигрень, подкрадывающаяся по краю моего сознания, отступает. Позже вечером я сажусь за компьютер, набираю в поисковике словосочетание «женский бокс» и вскоре нахожу ссылку на «класс по боксу только для прекрасных дам».

Я записываюсь на вводный курс занятий на ближайшие четыре субботы. На первом занятии нас пятеро, а к последней неделе осталось только двое: я и еще одна девушка. Мне еще не довелось отработать реальный удар, но я уже прыгала на скакалке, отрабатывала шафл (базовую технику передвижения на ринге) и сделала сотни берпи (упражнение на все группы мышц, включает в себя планку, отжимания и прыжки). Мне не терпится присоединиться к «настоящему» классу на следующей неделе.

Кроме того, в моей жизни нашлось место для новой приятной привычки, ведь в зал и обратно я езжу на метро. С собой я беру несколько выпусков любимого журнала мамы. Подписку на него она подарила мне еще на прошлое Рождество. Журнал приходит ежемесячно, в нем авторы печатают личные эссе, поэзию и дополняют прекрасными фотографиями. На обороте июньского номера я увидела информацию о выездном мероприятии для писателей в Северной Каролине.

— Ты хочешь поехать? — спрашиваю я маму по телефону тем же вечером. Мама на пару минут притихла.

— Серьезно? Но как?

— Папа может отвезти тебя в аэропорт, а я встречу тебя сразу в Шарлотте[1]. Мы возьмем напрокат машину и инвалидное кресло для тебя и снимем двухместный номер, чтобы я могла помочь тебе добираться до ванной и просто была рядом.

Я слышу, как звенит от подступающих слез ее голос:

— Молли, я не могу представить себе ничего более чудесного.

За неделю до поездки мы вместе выбираем интересные мероприятия из списка предложенных. Мы решаем

[1] Ш а р л о т т (*англ.* Charlotte) — крупнейший город в штате Северная Каролина.

посещать одни и те же семинары, чтобы я была рядом с мамой и в любой момент могла помочь. Она хочет проработать какие-то нюансы, связанные с поэзией, а я в это время планирую написать несколько песен и наиграть их на гитаре. Я с нетерпением жду этой поездки, но Митчелл предупредил меня, чтобы я остерегалась Отличницы-Молли.

— Она на все будет отвечать «да», — напомнил он мне на сеансе. — А вот Истинная Молли, скорее всего, потом будет обижаться.

И он был прав: к концу первого вечера (после того как я забрала маму из аэропорта, проехала почти сто пятьдесят километров по туманным горным дорогам, успела поужинать в кругу остальных участников мероприятия и познакомиться с ними) у меня началась сильная мигрень. Помогая маме снять компрессионные носки и разложить лекарства на прикроватной тумбочке, я изо всех сил старалась удержать на лице подобие улыбки. Я боюсь принимать свои обезболивающие, ведь если я буду спать слишком крепко, то могу не услышать маму, когда она позовет меня ночью.

Я лежу в постели и корчусь от боли. Сейчас даже подушка кажется мне жесткой как камень, и каждое соприкосновение с ней равносильно удару по черепу. Моя мама так прекрасно проводит время. И я не хочу портить ей все, дав понять, как мне больно. Но сквозь боль пробивается одно воспоминание. Те слова, которые она сказала мне, когда просила десятилетнюю Молли присоединиться к обществу Махикари: «*Ты сделаешь меня самой счастливой матерью на свете*».

Разве я когда-нибудь переставала чувствовать это давление, которое обязывало меня сделать ее (а позже

Стюарта, моих детей, Карла) счастливой? Удовлетворять все потребности окружающих, кроме своих собственных?

*«Как я вообще могу понять, в чем заключаются мои собственные потребности?»* — спрашивает меня мигрень.

Ночевать с мамой — все равно что сторожить сон новорожденного. Она будит меня только один раз, около часа ночи, чтобы попросить помочь ей добраться до ванной. Но я все равно постоянно прислушиваюсь и держу ухо востро, так же как раньше лежала в ожидании ночных криков Дэниела или Нейта. Я едва погружаюсь в спасительный сон, когда сквозь тонкие занавески пробиваются первые лучи рассвета, и в следующее мгновение меня будит мамин портативный будильник. На часах шесть утра.

Ей нужно целых два часа, чтобы подготовиться к новому дню. Первый шаг — прием лекарств. После восьмичасового перерыва между приемами ее тело становится таким же слабым, как у куклы-марионетки без удерживающей конструкции. Проходит почти тридцать минут, прежде чем таблетки начинают действовать, и тогда (с моей помощью) она может добраться до ванной. Но в то же время ни одна из ее мышц еще не способна оперативно реагировать на мамины попытки ими управлять, включая те, которые отвечают за удержание мочи.

— Мне так жаль, что тебе приходится иметь дело с этим безобразием, — стыдливо произносит она, опустив взгляд на мокрую сорочку.

— Все в порядке, мам, — отвечаю я. — Ничего страшного.

И, по правде говоря, это действительно не проблема. Мама использует специальные ночные прокладки и спит на одноразовой пеленке. Все, что мне нужно сделать, — собрать это все и выбросить в мусор, а ее сорочку убрать в пакет. Но я вижу смущение на ее лице и испытываю собственный стыд за то, что забыла придать лицу нейтральное выражение. Несмотря на боль, отдающую в виски, и чувство тошноты, что ее сопровождает, я заставляю себя улыбнуться.

— А давай лучше примем горячий душ, — предлагаю я с фальшивой бодростью в голосе.

Но вскоре выясняется, что двух часов на сборы недостаточно. Столовая находится на другом конце нашего центра, и я толкаю коляску перед собой по гравийной дорожке, чтобы успеть на завтрак. Мы опаздываем уже на полчаса. И мама волнуется. Ей обязательно нужно поесть перед вторым приемом таблеток, а первое занятие начинается в девять.

— Не переживай, мам, — говорю я. — Я посажу тебя за стол и принесу что-нибудь. Как насчет овсянки?

— Спасибо, родная, — говорит мама и нервно оглядывается по сторонам, смотря на столы с другими участниками мероприятия. Я вижу на ее лице страх перед простым общением с людьми.

Заметив полупустой стол, я уверенным шагом направляюсь к нему, широко улыбаясь.

— Доброе утро! Меня зовут Молли, а это моя мама, Мэри. Можем ли мы присоединиться к вам?

— О да, конечно! — восклицает тучная женщина с длинной седой косой. Я аккуратно подкатываю мамино кресло к столу. Женщина с улыбкой протягивает матери руку.

— Привет, Мэри! Мы заметили вас с Молли вчера вечером на вводном собрании. Так приятно наблюдать за вами. Как же вам повезло, что у вас такая замечательная дочь.

Мама кивает:

— Я бы не справилась без нее!

К тому времени как я принесла еду для мамы и помогла ей организовать прием таблеток, я уже попрощалась с возможностью самой полноценно позавтракать. Я кладу в сумку банан и наполняю свою термокружку кофе. Мы опаздываем на первое занятие, а еще немного — и опоздаем к началу второго, потому что маме снова нужно в туалет.

— Не надо было пить этот кофе, — шепчет она мне, снова испытывая стыд.

Чтобы попасть в ближайший туалет, нужно подняться по трем ступенькам, поэтому мы бродим по территории, пытаясь найти уборную с пандусом для коляски, и в итоге возвращаемся в столовую. В туалетной комнате тесновато для двух человек и инвалидной коляски, поэтому, пока мама сидит на унитазе, я опускаюсь на ее кресло.

— Ох, Молли, — с грустью произносит она, качая головой. — Ты все пропускаешь из-за меня.

— Все в порядке, мам, — говорю я, наверное, уже в десятый раз за день. — Я здесь только ради тебя. Я ничего не теряю. — Как только слова вылетают из моего рта, острая боль пронзает мой мозг. Я непроизвольно вздрагиваю.

— О, дорогая. У тебя мигрень? — спрашивает она.

— Да, — признаюсь я. — Но не переживай. Скоро пройдет.

Какое-то время мы сидим в тишине. Я не первый раз сопровождаю ее в туалет, поэтому предполагаю, что в эту минуту мама пытается сосредоточиться и сделать дело.

— А ты слышала о теории кислородной маски? — спрашивает она меня.

Слышала. В основе этой теории лежит инструкция, которую бортпроводник зачитывает перед началом полета. Когда давление в салоне падает, в первую очередь человек должен надеть кислородную маску на себя, а уже потом помогать остальным. Впервые я узнала об этой концепции воспитания детей на занятиях по йоге для матерей, которые я посещала, когда Дэниелу было девять месяцев. Теоретически я поняла аналогию: забота о себе является частью процесса заботы о других, но мне так и не удалось позаниматься йогой, пока я пыталась кормить грудью или догонять уползающего ребенка.

Я киваю, выражая согласие, и добавляю:

— Но я не уверена, что эта идея близка к реальности.

— Я тоже всегда ей противилась, — со вздохом признается мама. — Но я думаю, не в этом ли первопричина твоих мигреней. Ты здесь, пытаешься заботиться обо мне и не можешь получить достаточно воздуха для себя.

Я изумленно смотрю на нее.

— Это именно то, что я выяснила на терапии.

— Ой, это так хорошо! — восклицает она. Кажется, мама по-настоящему взволнована. — Должно быть, твой психотерапевт замечательный.

— Ага… но дело не только в заботе о тебе, — начинаю я. — Это касается всего, что я делаю… — Мой голос срывается, и прежде чем я успеваю взять себя в руки и успокоиться, глаза наполняются слезами.

— Ох, милая, — произносит мама. Она отрывает несколько листов от рулона туалетной бумаги и протягивает их мне. За то время, что ей понадобилось для выполнения этого действия, я могла бы успеть купить шесть пачек салфеток, но я позволила маме завершить начатое. Я позволила ей проявить свою заботу таким доступным ей способом.

— Честно говоря, я не против помочь тебе в этой поездке, — говорю я, ощущая, как внутри меня поднимается чувство вины, пока я шмыгаю носом и сморкаюсь. Честнее было бы сказать, что я *хотела бы* быть не против.

— Ну, к сожалению, сейчас я не вижу иного выхода, — говорит она, опустив взгляд на свои ноги. Все еще сидящая на унитазе, со спущенными штанами, мама начинает хихикать.

— То есть я не должна красть твое инвалидное кресло и оставлять тебя здесь? — с улыбкой спрашиваю я, начиная смеяться вместе с ней.

— Наверное, меня кто-нибудь найдет, — отвечает мама, заливаясь звонким смехом. — В конце концов!

Звук нашего смеха заполняет все пространство небольшого помещения. Мама прижимает руку к груди, и мне кажется, я снова вижу ту молодую красивую Мэри, которая сидит в кресле и разговаривает по телефону с Джимом, накручивая провод от трубки на указательный палец.

Спустя пару минут нам наконец удается успокоиться, и мама берет меня за руку.

— Я думаю, нет прекраснее чувства, чем смех сквозь слезы, — признается она, а я сжимаю ее руку и киваю в знак согласия.

Мы решаем никуда не спешить, особенно когда я понимаю, что забыла свою гитару в номере.

— Давай сходим за ней, — предлагает мама. — Следующий мастер-класс как нельзя лучше подходит для написания песен.

И в этом я с ней полностью согласна. Мастер-класс называется «Музыкальное письмо», а преподаватель, который его ведет, среди прочих наставников вчера особенно выделялся.

Мы с мамой снова выходим из столовой, и я толкаю коляску по коварному гравию в направлении нашего номера. Я вся вспотела и отвлекаю себя размышлениями о том, существуют ли вездеходные инвалидные коляски. Вдруг я слышу позади нас жужжание. Обернувшись, я вижу, что к нам по дорожке приближается гольф-кар.

— Доброе утро, дамы! — добродушно приветствует нас парень, отвечающий за организационные вопросы. Вчера на вводном собрании он проводил краткий инструктаж, рассказав нам обо всем: от истории земли, на которой расположился наш центр, до месторасположения контейнеров для сбора мусора. Возраст этого мужчины трудно определить. Его очки и стройное телосложение придают ему вид моложавого профессора, что заметно контрастирует с его рабочими ботинками и огрубевшими руками. — Могу я вас подвезти? Куда вы направляетесь?

— О, это очень мило с вашей стороны, — начинаю я. — Но не стоит беспокоиться. Я просто иду взять кое-что из номера.

— Мэри, а вам тоже нужно в комнату? Я с удовольствием заброшу ваше кресло на заднее сиденье и отвезу вас прямо на следующее занятие.

Глаза моей матери удивленно расширились.

— А откуда вы знаете мое имя? — спрашивает она. — Стыдно признаться, но ваше я вспомнить не могу.

— Я никогда не забываю красивых женщин, — говорит он. — Я Крис. И не смущайтесь. Вчера вечером многие представлялись.

— Что ж, теперь я уж точно его не забуду, — отвечает мама, приосанившись. — И я была бы рада заполучить такого сопровождающего.

Я наблюдаю за этим обменом любезностями в немом ужасе. Моя мать *флиртует*!

— Ну что ж, тогда в путь! — Он галантно подает руку и помогает маме пересесть на пассажирское сиденье. Она продолжает кокетливо улыбаться, пока Крис пристегивает ее ремень безопасности. Одним ловким движением мужчина складывает кресло и убирает его на заднее сиденье, а затем кивает мне. — До встречи. Готова, Мэри?

— Готова, Крис! — взволнованно щебечет она. Мама поворачивается ко мне и машет рукой, улыбаясь как школьница, которую пригласил на бал главный красавчик школы.

Быстрым шагом я возвращаюсь в наш номер и только на обратном пути замечаю обстановку вокруг. Наверное, сейчас я впервые с момента нашего приезда так внимательно осматриваюсь по сторонам. Туман, который вчера вечером и сегодня рано утром окутывал горы своим плотным покрывалом, уже рассеивается, но несколько клочков голубоватой дымки еще сохранились. Высота этого места оказывает дезориентирующее воздействие. Я как будто нахожусь не на горе, а парю над ее хребтом. Даже неся гитару на спине и стараясь не упасть на жесткий гравий, я чувствую себя легкой и воздушной. Свободной.

Впереди показался знакомый гольф-кар. Моя мама уже сидит в своем кресле, а Крис наклоняется к ней с водительского сиденья, и они о чем-то дружелюбно болтают. Пока я не подхожу к ним вплотную, они меня не замечают.

— Что ж, Мэри, я вижу, что моя помощь вам больше не нужна, — говорит Крис. — Я вернусь позже и отвезу вас на обед.

— Не хватит слов, чтобы выразить, насколько я вам благодарна. До встречи! — воркует мама с широкой улыбкой.

Когда Крис уезжает на своей крошечной машине, я спрашиваю у мамы:

— Развлекаешься?

— О боже, ну конечно! — отвечает она. — Крис очень приятен внешне, не находишь?

Я смеюсь:

— Надо отдать тебе должное, мам. В тебе все еще есть запал.

Она легонько шлепает меня по руке в знак протеста, но хихикает вместе со мной, пока я толкаю ее кресло к пандусу. Мы входим в просторный класс и замираем: через панорамные окна открывался невероятный вид на горы, освещенные солнцем.

— Разве здесь не потрясающе красиво? — тихо спрашивает она.

— Да, — соглашаюсь я.

Стулья расставлены по кругу, и несколько человек уже заняли места, ожидая наставника. Им стал Пол

Фицгиббон, преподаватель писательского мастерства из местного колледжа, опубликовавший несколько сборников своих стихов. К моменту его появления класс почти заполнен. В руках у Пола стопки бумаги, а на каждом плече висит по сумке.

— Здравствуйте, писатели планеты Земля! — громогласно произносит он. — Я пришел с дарами!

Он суетится, стремительно перемещаясь по комнате. Раздает скрепленные степлером бумажные пакеты, а затем лезет в свои сумки, чтобы вручить каждому из нас по одному колокольчику, которые обычно пришивают на праздничные чулки. Все озадаченно переглядываются между собой, а тем временем наш наставник наконец занимает место в центре круга и полностью завладевает вниманием всех присутствующих.

— Рад поприветствовать вас на курсе «Музыкальное письмо», — говорит он. — Сегодня у нас с вами всего девяносто минут, и за это время нужно многое сделать.

Он опускает взгляд на свои сумки, и я замечаю, каким озадаченным становится выражение его лица. А мне так интересно, что все это значит, что я, не скрывая своего любопытства, рассматриваю колокольчик, который держу в руке. Если в его сумках лежат такие же интригующие предметы, то как же нам все успеть?

— Начнем с этого, — объявляет Пол и с ловкостью фокусника вытягивает перед собой руку и раскрывает ладонь. Он показывает нам колокольчик, лежащий в центре его ладони, а затем снова сжимает кулак. — Пожалуйста, сожмите свой колокольчик в кулак так же, как и я, — просит он. — Очень сильно сожмите его.

Он обводит взглядом собравшихся, чтобы убедиться, что наши костяшки пальцев достаточно белые. Затем одобрительно кивает.

— А теперь потрясите кулаком, — добавляет он и начинает усердно трясти рукой, так активно двигая предплечьем, как будто колокольчик в его руке совершил чудовищное преступление. Мы все следуем его примеру.

— Что-нибудь слышите? — спрашивает он.

Продолжая трясти кулаками, мы отрицательно качаем головами. Я бросаю взгляд на маму. Темп ее движений вдвое ниже, чем у остальных, и движется она рывками. Но я с уверенностью могу сказать, что она старается изо всех сил и полностью поглощена процессом.

— Теперь остановитесь, — просит Пол, и мы послушно опускаем руки. — Ослабьте хватку. Немного разожмите кулаки. Вот так. А теперь потрясите еще раз.

Комната оживает от звона колокольчиков. Все с восторгом смотрят друг на друга, удивляясь этому открытию: колокольчики звонят! Лицо моей мамы озаряется искренней радостью и восторгом. Все вокруг звонят в колокольчики до тех пор, пока Пол величественным жестом не подает нам сигнал остановиться.

Он обводит нас внимательным взглядом, чтобы все поняли: Пол обращается непосредственно к каждому из присутствующих.

— Когда дело доходит до письма, да и жизни это тоже касается, мы иногда хватаемся за обстоятельства слишком крепко. Когда мы пишем, то пытаемся заставить слова выполнять наши желания. А в жизни мы пытаемся заставить мир дать нам то, чего мы хотим. И теперь я бы хотел, чтобы вы сохранили эти колокольчики как напоминание о том, что нужно ослабить хватку, позволить музыке языка и жизни *играть*.

Эти девяносто минут кажутся вместилищем мудрости за девяносто лет. Мы получаем еще больше «даров» из сумок Пола: маленьких резиновых уточек, задача которых — напоминать нам о важности плавного движения по волнам жизни; пластиковых монеток, напоминающих о необходимости нашу внутреннюю боль превращать в «золото» на бумаге. А затем мы высказываемся на несколько тем. Вместе с гитарой я выхожу на крыльцо, где стоят кресла-качалки, смотрю на горы и на колокольчик в моей руке и позволяю свежим мыслям разливаться текстом на страницах. Когда семинар заканчивается, я чувствую себя так, словно выхожу из транса. Мама выглядит не менее ошеломленной. Решив, что пора собираться, я потянулась за чехлом для гитары и замерла, видя, как к нам подходит эффектная женщина, которую я сразу заприметила в группе. Ей около шестидесяти, ее волосы покрашены в черный цвет, на ней модное джинсовое платье и пояс с бирюзовыми вставками.

— Какую музыку вы играете? — спрашивает она, кивком головы указывая на гитару в моей руке.

Большинство людей в этом центре выглядят максимально дружелюбными, но выражение лица этой дамы непроницаемое. И признаюсь, даже пугающее. Даже после девяноста минут под невероятными чарами Пола.

— Ох, я играю не так давно, — говорю я, чувствуя себя неловко. — И не очень хороша в этом.

— Она скромничает, — вмешивается моя мама. — У нее прекрасный голос.

Я качаю головой в знак протеста, а женщина пренебрежительно взмахивает рукой:

— Если ты знаешь три аккорда и можешь придерживаться тональности, то ты достаточно хороша для меня. Приходи вместе с гитарой в главный зал после ужина. Несколько человек из тех, кто привез инструменты, соберутся вместе, чтобы поиграть.

Я смотрю на маму, и она ободряюще качает головой.

— Спасибо, — неуверенно отзываюсь я. — Я приду.

— Отлично, — холодно произносит женщина.

После того как загадочная незнакомка уходит из зала, к нам быстрым шагом подходит тучная женщина в толстом свитере и взволнованно шепчет:

— Она что-то вроде местной знаменитости, знаете ли. Они с мужем выпустили несколько альбомов в Нэшвилле. Я слышала, она даже играла с Бобом Диланом!

— О боже, — шепчу я, стремительно бледнея. Если ей достаточно, чтобы я знала три аккорда и умела придерживаться тональности, то я справлюсь. Но играть на уровне Дилана — это нечто совершенно иное.

— Не волнуйся. На первый взгляд этого не заметно, но она — милейшая женщина. Она приезжает сюда каждый год. — Приятная собеседница ободряюще похлопывает меня по руке и уходит.

Мама смотрит на меня широко раскрытыми глазами.

— Молли, моя дорогая, это самое волнительное событие за долгое время.

— Что ж, я рада этому. А теперь давай отвезем тебя к твоей колеснице. Мы ведь не хотим заставлять Криса ждать, — отшучиваюсь я.

Когда я выкатываю мамино инвалидное кресло за дверь и выхожу на улицу, сощурившись от ярких солнечных лучей, я вдруг понимаю: мигрень прошла.

* * *

В ТОТ ЖЕ ВЕЧЕР ПОСЛЕ УЖИНА я вешаю чехол с гитарой на плечо и упорно толкаю мамино кресло к месту сбора музыкантов. Вместе с этим я пытаюсь побороть синдром самозванца, который старается сбить меня с пути и советует бежать обратно в номер.

Статная женщина, которую, как я узнала, зовут Лоррейн, прислонилась к незажженному камину, поставив одну ногу на возвышающийся подиум, и настраивает свою скрипку. Слева от нее сидит пожилой мужчина с акустической гитарой, а рядом стоит женщина помоложе с укулеле. Я никогда в жизни не собиралась вот так просто поиграть с незнакомыми людьми. Но больше всего пугает небольшая толпа, которая собралась в комнате. Около тридцати человек расселись по свободным местам и с нетерпением смотрели на нас. Среди них я заметила и тучную женщину, которая рассказала мне о славе Лоррейн. Она ободряюще улыбнулась мне.

Когда мы закончили настройку, Лоррейн обратилась к мужчине с гитарой:

— Так что же мы будем играть?

— И даже не смотри на меня! — отмахнулся он.

— Ты же знаешь, как туго у меня со словами песен, — отзывается женщина с укулеле.

Лоррейн кивком головы обращается ко мне.

— Какие песни знаешь *ты*?

— Ну-у, — заикаюсь я. — Я знаю *The Sound of Silence*[1]. Но у меня низкий голос. Я не вытяну. Мам, ты можешь спеть партию Гарфанкеля? Ты же знаешь слова.

[1] Песня *The Sound of Silence* дуэта *Simon & Garfunkel*, 1965 год.

— О боги… — шепчет мама, заливаясь румянцем. — Мой голос сейчас не настолько сильный.

— Мы поможем тебе, Мэри! — кричит кто-то из толпы. У меня создается впечатление, что все на ретрите знают имя моей мамы.

— Отлично. Какой ключ? — спрашивает Лоррейн, глядя на меня.

Я теряюсь.

— Эм… я не совсем уверена, — признаюсь я.

— Сыграй первый аккорд, а я разберусь, — говорит она. Я ставлю каподастр на второй лад и играю.

— Ми-минор, — резюмирует она. — Все поняли? Давайте сделаем вступление из четырех тактов. Начни, Томми.

Сидящий гитарист несколько раз постукивает ногой, а затем начинает тонко перебирать пальцами. Остальные музыканты присоединяются. И с радостью для себя я понимаю, что я одна из них. *Я — музыкант!* Я киваю в сторону мамы, когда открываю рот, чтобы спеть первые строчки в нижнем регистре. Ее сопрано звучит слабо, но точно в такт. Голоса людей подключаются к песне, а скрипка в руках Лоррейн звучит так гармонично.

*Здравствуй, тьма, мой старый друг,*
*Я говорю здесь вновь с тобой.*

С последней скорбной нотой скрипки на комнату опускается тишина, и зал тут же взрывается бурными аплодисментами.

Я смотрю на маму. Она сияет.

* * *

ТОЙ НОЧЬЮ, ЛЕЖА В СВОИХ КРОВАТЯХ, мы обе не можем уснуть, перевозбужденные событиями этого чудесного дня.

— Молли, я хочу еще раз поблагодарить тебя за то, что ты привезла меня сюда.

— Мам, все хорошо. Тебе не нужно меня благодарить. Я тоже прекрасно провожу время, — и я говорю чистую правду. Сегодня во мне что-то изменилось. Главное, я совсем не думала о Карле. Ни разу. Кроме как сейчас, чтобы отметить, что этот мужчина больше не занимает мои мысли.

— О, я так рада, моя родная! А еще больше я радуюсь тому, что твоя головная боль прошла.

— Да, мам, и я этому рада.

Какое-то время мы лежим в тишине, а потом мама продолжает, и я слышу, как дрожит ее голос:

— Я никогда не смогла бы сделать этого сама. Но даже если бы у меня была такая возможность, *я бы никогда* не сделала этого сама.

— Что ты имеешь в виду? — спрашиваю я, опираясь на локоть, чтобы взглянуть на ее лицо. Едва ложась в постель, мама сразу принимает удобную, а самое главное — правильную позу: она лежит ровно по центру впитывающей пеленки, под ее колени подложена дополнительная подушка, и мама старается особо не ворочаться, чтобы нам не пришлось начинать все сначала.

— Я восхищаюсь твоей смелостью, — произносит она. — Записаться на этот творческий ретрит. Арендовать машину и отправиться в горы. Играть на гитаре перед толпой незнакомых людей. Девочка моя, ты делаешь то, чего я никогда не смогу.

Ее слова звучат в моей голове. Я жадно впитываю их и проверяю на истинность.

— Спасибо, мама. Я не всегда чувствую себя такой смелой.

Есть один момент, о котором я хочу спросить, но я не знаю, с чего начать. Мама чувствует, что я собираюсь с мыслями, и терпеливо молчит.

— А помнишь, когда у тебя только начались симптомы болезни Паркинсона, — начинаю я. — И ты сказала, что думаешь, что они могут быть связаны с твоим «подавленным гневом»?

— Разве я так сказала? — переспрашивает она, искренне удивляясь. Вполне может быть, что она об этом забыла. Привычка подавлять что-то неугодное могла и тут проявиться.

— Ага, именно так, — отвечаю я.

— Мм, — задумчиво протягивает она, поверив мне на слово. — Ну у меня всегда были проблемы с проявлением гнева. Он ведь должен *куда-то* деваться, верно?

— Да, должен, — соглашаюсь я. В последнее время я все чаще задумываюсь над ответом на этот вопрос. Точно так же, как набивание живота едой может вызвать дискомфорт и боль в желудке, так и сдерживание гнева может привести к разного рода телесным болям. Мое собственное тело раз за разом неустанно демонстрирует мне эту простую истину.

И вопросы, которые я хочу задать матери, вдруг стали очевидными. Они выплескиваются из меня, как вода:

— Но я хочу знать, откуда взялся твой гнев. Потому что я тоже пытаюсь разобраться в этом. Это из-за папы?

Из-за роли матери? А может, это из-за Иисуса или Будды? А свободный брак помог тебе почувствовать себя *менее* или *более* агрессивной?

Она тяжело вздыхает. Я жду, когда мама откроет для меня ту мудрость, которую она, *должно быть,* накопила за всю свою жизнь. И спустя пару минут она произносит:

— По правде говоря, я действительно не знаю.

Я откидываюсь обратно на подушку, но то, что я чувствую, нельзя назвать разочарованием. Скорее мое состояние ближе к смирению. В конце концов, именно такого ответа я и ожидала.

— Но я знаю вот что, — после паузы продолжает она. — И это самый важный урок за всю мою жизнь.

Надежда и любопытство одновременно пробуждаются во мне. Возможно, сейчас она и вправду хочет поделиться со мной какой-то особенной мудростью.

— И что же это?

— Все, что происходит в жизни, — это возможность узнать себя. Брак. Материнство. Отношения. Даже гнев и болезни. Ничто из того, что с тобой происходит, нельзя назвать просто плохим или хорошим событием. Все это лишь возможность расти и развиваться.

Мурашки пробегают по моему телу, и я киваю в знак согласия, забыв, что в темноте этого не видно. Это мгновение мне кажется почти священным.

— Мам, а можно я тебе кое-что скажу?

— Ну конечно, милая.

И я рассказываю ей о последних нескольких месяцах моей жизни. О том, что произошло между мной, Карлом и Мартиной. О своих страхах, связанных с тем, что Стюарт влюбится в Киви. Я рассказываю ей о своих чувствах утраты, боли, грусти и смятения, а мама слушает. Когда я заканчиваю, она говорит мне:

— Ох, родная моя, как много всего. Мне так жаль, что ты столкнулась с этими трудностями. Но помни: все, что происходит, — это возможность чему-то научиться. *Не упускай эту возможность*.

— Спасибо, мама. Я постараюсь этого не делать.

— И в любом случае, — неожиданно добавляет она таким легкомысленным и игривым тоном, будто все происходящее только шутка, — мой опыт секса втроем *едва ли* был таким захватывающим.

# Часть третья

# Глава 14

Опустившись на диван в кабинете Митчелла, после приветствия я сразу заявляю:

— Итак, кажется, я снова готова к свиданиям.

Вместо терапии для пар я вернулась к еженедельным личным сессиям. Митчелл поддержал подобную смену фокуса: «*Работа над собой только пойдет на пользу вашему браку*».

— Думаю, теперь у меня есть на это время.

Митчелл кивает:

— Вполне возможно, давай мы обсудим это. Что изменилось с тех пор, как закончились твои отношения с Карлом?

Я погружаюсь в свои мысли. Многое стало другим.

Во-первых, я стала серьезнее относиться к музыке. Вместе с девушкой по имени Сьюзен, с которой я познакомилась на занятиях и подружилась, мы создали дуэт. Мы репетируем как минимум раз в неделю, пишем вместе песни, отрабатываем вокальные партии и пьем вино. Эта отдушина (и новое творческое партнерство) питает ту изголодавшуюся часть меня, о наличии которой я и не подозревала.

Во-вторых, в мою жизнь плотно вошел бокс. Я хожу на занятия три раза в неделю. Тренажерный зал находится в непроветриваемом подвале на восточной окраине Челси. Все это в сочетании с тараканами в душе придает ему какой-то уличный колорит, который меня так привлекает. У женщин из моего класса крутые прозвища — Искорка, Техас, Шторм. Меня по-прежнему называют Молли, но, когда я разминаюсь в паре со Шторм, обмениваясь джебами и хуками[1], я чувствую себя крутой, в моем теле появляется какая-то новая сила и уверенность.

— Да много всего, — говорю я Митчеллу. — Это и гитара, и бокс, и новые друзья. Я чувствую, что раскрываю те грани моего Я, которыми пренебрегала с тех пор, как родились дети. И все это не ради того, чтобы угодить другим. Это все для меня.

Внезапно я поняла настоящий ответ на вопрос Митчелла. Я знаю, что изменилось. «*Возможно, я смогла заделать ту дыру в своем ведре*», — я почти произношу это вслух, но замолкаю, боясь себя сглазить.

* * *

Я ПРИНИМАЮ РЕШЕНИЕ ПОДОЖДАТЬ еще немного, прежде чем снова заходить на сайт знакомств. Мы со Стю планируем поездку в Мэн, пока дети в лагере, и я не хочу отвлекаться. Идея остаться наедине друг с другом на целую неделю будоражит сознание, но тревожные мысли не дают мне покоя. Они заставляют меня доказывать самой себе, что мое ведро больше не

---

[1] В боксе существует четыре классических удара: джеб, кросс, апперкот и хук.

протекает, что мне не нужен Стюарт, чтобы наполнить меня, чтобы «сделать» меня счастливой.

Конечно, мое намерение не давить на себя приводит именно к этому. Поэтому, когда мы заселяемся в гостиницу и Стюарт, едва войдя в номер, сразу же ложится на кровать, увлеченный своим телефоном, я чувствую, как меня заносит на знакомую территорию. Прежде чем я успеваю четко сформулировать свои мысли, я падаю лицом вниз рядом со Стюартом в драматической позе отчаяния.

— Уже?! — восклицает муж. — Я бы спросил, что сказал не так, но я еще ни слова не сказал.

— Я знаю! — стону я. — Я порчу наш отпуск, а он еще даже толком не начался.

— Родная. У тебя будет еще достаточно времени, чтобы испортить нам отпуск немного позже. А пока давай просто поговорим. Что происходит?

Я начинаю хихикать.

— Наверное, я боюсь, что *испорчу* нам выходные.

— А может, ты хочешь, чтобы *я* все испортил, и мы покончим с этим?

Я снова прыскаю смехом. Но на самом деле Стю недалек от истины.

— И этого я тоже боюсь, — заключаю я. — Как только я увидела, что ты полез в телефон, я решила, что написала Киви или какая-то другая женщина, и я переживаю, что ты будешь переписываться со своими подружками всю неделю и мы с тобой не воспользуемся этим временем, чтобы укрепить нашу взаимосвязь.

Он поворачивает свой телефон экраном ко мне, чтобы показать открытую игру в карты.

— Никаких сообщений, — добавляет он. — Сомневаюсь, что Киви будет часто писать. Она загружена на работе.

— Но она не единственная, кто тебе пишет. Может, просто отключишь оповещения?

Стю заходит в настройки, а затем кладет телефон на прикроватную тумбочку.

— Готово. И теперь в моем полном распоряжении женушка, которую я просто обязан совратить.

* * *

В ТЕЧЕНИЕ СЛЕДУЮЩИХ ТРИДЦАТИ шести часов мы занимаемся сексом (*дважды!*), пробуем все блюда, в приготовлении которых используется лобстер (салат из лобстера, омлет из лобстера, фаршированные лобстером хвосты лобстера). А затем несколько дождливых часов проводим в кафе, играя в карты и шахматы.

На следующее утро ярко светит солнце, и мы отправляемся в поход в Национальный парк Акадия. За завтраком я ограничилась всего одной чашкой кофе, чтобы посреди леса не искать, где сходить в туалет. Но этого оказалось недостаточно, и головную боль, вызванную отказом от кофеина, унять не удалось. Мы останавливаемся в начале туристической тропы, и Стю изучает карту, пока я наношу солнцезащитный крем. Закончив с процедурой, я передаю мужу тюбик.

— Можешь положить в рюкзак?

— Серьезно? — уточняет он, смотря на полноразмерный тюбик в моей руке. — На кой черт тебе столько всякого дерьма в четырехчасовой поход?!

— Целых четыре часа? Но мы не взяли с собой перекус! Я думала, что сегодня у нас короткая прогулка.

— Молли, я не хочу идти по ровной тропе, где полно детей и собак. Разве мы приехали сюда не для того, чтобы исследовать Акадию?

— Я знаю, и это будет весело, — хмуро бурчу в ответ я. — Давай я захвачу пару батончиков из бардачка.

Как только он упаковывает мои закуски и достает воду и гигиеническую помаду (чтобы я могла сделать последний глоток перед началом пути и намазать обветренные губы), а затем убирает все обратно, мы отправляемся в путь. Стюарт идет бодро, и я наблюдаю, как его крепкие веснушчатые икры двигаются под высокими носками, которые он купил специально для этого случая. Я замечаю, что мне приходится почти бежать, чтобы не отставать от него, и это меня раздражает. Спустя еще пару таких минут я кричу громче, чем следовало бы:

— Подожди меня, пожалуйста!

Стю вздыхает и поворачивается.

— Ты же понимаешь, что если мы пойдем медленнее, то на эту петлю уйдет еще больше времени.

— Но мои ножки короче твоих, — хнычу я. — И я выпила совсем немного кофе. У меня голова болит.

— Ладно, — говорит Стю, склоняя голову в знак поражения. — Давай ты пойдешь впереди и будешь задавать темп.

— А можно мне сначала водички?

Он снова опускает голову и молча достает из рюкзака одну из трех бутылок с водой, которые я приготовила для себя. Какое-то время мы идем в тишине, и я начинаю чувствовать себя лучше. Воздух здесь на шесть градусов прохладнее, чем в Бруклине, и я буквально чувствую, как моя кровь насыщается кислородом благодаря великолепным деревьям, окружающим нас. Я сосредоточилась на том, чтобы согласовать дыхание с шагом, пока пение птиц ласкало мой слух.

— Здесь действительно невероятно красиво, — говорю я через плечо. — Как ты нашел эту тропу?

— Киви была здесь в прошлом году. Они с Эваном постоянно берут детей в походы. Она сказала, что это будет хорошая разминка для первого дня.

У меня на мгновение разболелась голова, пока я переваривала эти подробности.

— Ее *дети* ходили по этой тропе? — уточняю я, глядя на дорогу впереди, которая круто уходит вверх. — А разве младшему не пять лет?

— Ага, — с усмешкой подтверждает муж. — Они довольно активная семья. Наверное, это всё их новозеландские гены.

— Не иначе, — отвечаю я, хмыкнув. И почему эта информация так сильно меня раздражает? Возможно, узнав это, я теперь чувствую себя ужасной матерью? Я воспитываю своих детей в бетонных джунглях и позволяю им часами напролет играть в видеоигры. Кроме того, я злюсь на себя. И как моя ревность могла испортить такой прекрасный момент единения с величием природы? Что, черт возьми, случилось с моим залатанным ведром? Пока я борюсь с собой, Стюарт принимает мое молчание за немое приглашение к продолжению разговора.

— Я когда-нибудь рассказывал тебе о том, как Киви ударила Эвана по лицу? — спрашивает он, и я слышу, как он смеется. Чувствую, как мое тело напрягается, но я молчу. — Это было несколько лет назад, когда они только пришли к открытому формату брака. Киви сходила уже на сотни свиданий до того, как Эван нашел ту женщину, которая ему понравилась. И вот он наконец пошел с ней на свидание, конечно, с полного одобрения Киви, а как только вернулся домой, она ударила его. Четким ударом прямо в лицо. Она чуть не сломала ему нос.

Я останавливаюсь так внезапно, что Стюарт наступает мне на пятку ботинка. Развернувшись, я испытываю не меньшее искушение ударить по лицу его.

— И какого хрена ты мне это рассказываешь? — Я злобно выплевываю вопрос ему в лицо. — Почему гнев Киви так чертовски забавен, а *мой* гнев — это то, о чем я никогда не должна даже заикаться?!

Я наблюдаю, как у Стюарта меняется выражение лица с искреннего удивления на что-то неопределимое для меня. Как будто он только что решил головоломку, над которой бился годами. Он замирает на месте.

— Мы постоянно говорим о твоем гневе, Молли, — отвечает он. — На самом деле я не могу вспомнить, когда в последний раз мы разговаривали и ты не злилась или я не переживал, что *разозлю* тебя. И как только я ослабил бдительность... — Он замолкает на полуфразе и, обойдя меня по дуге, уходит вперед. Листья и ветки под его ногами хрустят и щелкают, как петарды.

— И это все?! — кричу я ему вслед. — Мы закончили разговор? И ты собираешься просто бросить меня одну в лесу?

— Да, черт подери, мы закончили! — кричит он, но перестает идти и прислоняется рукой к стволу дерева. Какое-то время он стоял молча, а когда снова заговорил, каждое слово давалось ему с трудом: — Мне кажется, ты *хочешь* на меня злиться. Каждый разговор с тобой — минное поле. Ты словно ждешь, когда я затрону какую-то запретную тему, но я никогда не знаю, что именно спровоцирует взрыв. Я устал, Молли. Я больше так не могу.

— Так ты хочешь закрытый брак? — спрашиваю я, расставляя следующую ловушку.

— Ты же *знаешь*, что я этого не хочу, — отвечает он. Я молча праздную эту победу. — А ты, возможно, сегодня этого хочешь, но признай: если бы Карл все еще был в твоей жизни, у нас бы не было подобного разговора. И если завтра ты встретишь кого-то нового, тогда мы не станем это обсуждать.

Я рассматриваю гриб, растущий из поваленного дерева, чтобы не признавать правдивости его слов.

— И знаешь, в чем ирония? — спрашивает Стюарт. Кажется, что он разговаривает сам с собой, поэтому я не решаюсь ответить. Но я поднимаю на него свой взгляд. — Киви считает тебя потрясающей. Я ведь только что рассказал тебе историю о том, как она ударила Эвана. И знаешь что? Она рассказала мне об этом, когда мы говорили о тебе. Я рассказал ей, что у тебя сейчас перерыв в отношениях, но ты все равно разрешаешь мне ходить на свидания и встречаться с женщинами — и это потрясающе, Молли. И я не принимаю это как должное. И Киви сказала, что она восхищается тобой за то, что у тебя есть силы так поступать. Что ты можешь дать мне то, что сделает меня счастливым, даже если тебе при этом нелегко. И я благодарен тебе за это. Правда.

Я снова смотрю на гриб, обдумывая его слова. Я действительно поставила Стю ультиматум по поводу консультаций для пар, но я никогда не требовала, чтобы статус нашего брака изменился. Я несколько раз размышляла об этом на терапии с Митчеллом, но всегда приходила к одному и тому же выводу: я знаю, что Стюарт будет счастливее именно при таком раскладе. И в глубине души я также понимаю, что это хорошо и для меня, независимо от того, встречаюсь я с кем-то или нет. Я учусь быть ответственной за свое собственное счастье. На мгновение я представляю свое ведро и мысленно заделываю небольшую пробоину, образовавшуюся на дне.

— Не за что, — отвечаю я. — Извини за мины.

— Все в порядке, — говорит он. — А они еще есть там впереди? — уточняет он, кивком головы показывая в сторону тропинки.

— Хотела бы я знать, — честно признаюсь я. Он взваливает рюкзак на спину и жестом показывает, чтобы я снова шла первой. — И еще кое-что. Обещаешь, что не будешь злиться?

— Не буду, — отвечает муж, прищурив глаза.

— Можешь снова достать мою бутылку с водой?

Стю застонал, в очередной раз снимая со спины рюкзак.

— Ты настоящая заноза в заднице. Знаешь, да?

— Вот кто бы говорил, — с улыбкой парирую я.

* * *

ПОСЛЕДНИЙ ДЕНЬ ОТПУСКА совпадает с нашей семнадцатой годовщиной. Мы никогда не делаем друг другу подарков, только поздравительные открытки. Несколько месяцев назад, когда мысли о Карле все еще навязчиво преследовали меня, я открыла один из ящиков комода, и там, среди массы спортивных штанов, пижам и маек, лежала старая открытка от Стюарта, на которой было написано:

ОДНАЖДЫ ТЫ НАЙДЕШЬ ЭТУ ОТКРЫТКУ В ЯЩИКЕ…

И я действительно уже в третий раз находила эту открытку в ящике. Каждый раз я клала ее обратно, убирала в самый узкий ящик в верхней части комода, и каждый раз она проскальзывала вниз через просвет между досками и приземлялась на новом месте. Моя верхняя полка забита открытками, которые Стю дарил мне на протяжении многих лет, но эта единственная, которая постоянно путешествует. В этот раз она опустилась на четыре полки вниз и заняла место ровно по центру выдвижного ящика. Я знаю, что напечатано на внутренней стороне, но все равно почувствовала трепет предвкушения, когда открывала послание от Стю.

ОДНАЖДЫ ТЫ НАЙДЕШЬ ЭТУ ОТКРЫТКУ В ЯЩИКЕ…

…И МЫ ПО-ПРЕЖНЕМУ БУДЕМ ЛЮБИТЬ ДРУГ ДРУГА.

Внутри открытки было еще послание, написанное каллиграфическим почерком Стюарта. Две страницы прекрасного и уморительного признания. Помню тот момент, когда я застала Стюарта за ноутбуком, а он писал текст для моей открытки. Я и не подозревала, что он вначале всегда набирает черновик, а потом переписывает его от руки.

В этом году я очень старалась написать для Стю открытку, которая бы хоть немного соответствовала той высокой планке, которую он установил. Но, как обычно, мое поздравление не идет ни в какое сравнение с тем, что придумал мой муж. На его открытке изображена женщина, согнувшаяся пополам, делающая стойку на руках и удерживающая в воздухе ноги, а на ее лице блаженная улыбка.

ЖИЗНЬ ВО МНОГОМ ПОХОЖА НА ЙОГУ. РАССЛАБЬСЯ, БУДЬ ГИБКОЙ…

А когда я открыла ее, то внутри увидела продолжение:

…И ПОСТАРАЙСЯ НЕ ПУКАТЬ.

*Моя прекрасная жена!*

*Каждый год я задаюсь одним и тем же вопросом: какая открытка лучше всего отражает события нашего прошедшего года?*

*Возможно, лучше выбрать что-то трогательное? Забавное? Или еще одну с надписью «Счастливого пятнадцатилетия»? Нет. В этом году я остановился на элегантном варианте, чтобы напомнить тебе, каким веселым был прошедший год и как потрясающе ты выглядишь в штанах для йоги.*

*Эта открытка отражает то, что мы оба научились лучше принимать недостатки друг друга. Брак — это тяжелая, иногда чрезвычайно сложная работа, при достижении успеха в которой мы оба чувствуем себя счастливыми, обновленными и лучше понимающими друг друга. И немного потными.*

*А еще, возможно, я выбрал ее потому, что другим более-менее интересным вариантом в круглосуточном магазине в 2 часа ночи была открытка с текстом «С годовщиной от собаки».*

*Я не стану утверждать, что весь прошедший год был сплошь украшен цветами и единорогами. Я знаю, что у нас были трудные времена в плане знакомств. Откровения. Мигрени. И много всякого другого дерьмишка. И, кажется, я все-таки купил не ту открытку. Но этот год был бомбическим!*

*Но нет никого (и я имею в виду ВООБЩЕ НИКОГО) в этом мире, с кем бы я хотел пройти через все эти моменты вместе. Ты моя жена. Мой друг. Мой психотерапевт. Именно тебя в виде Ангела и Дьявола я представляю на своих плечах. Ты — мой второй пилот. Мой капитан. Мой модный критик.*

*Но в первую очередь ты мой любимый человек. Навсегда. И то, что ты с каждым годом становишься все красивее и сексуальнее, — это приятный бонус.*

*И ты просто охренительно потрясающе выглядишь в штанах для йоги. Настолько хороша, что стоит упомянуть об этом дважды.*

*Я люблю тебя. Каждый сексуальный, милый, причудливый, поцелуйный сантиметр тебя.*

*С любовью, твой муж Стю.*
*Целую.*

* * *

КОГДА МЫ ВОЗВРАЩАЕМСЯ В БРУКЛИН, я снова погружаюсь в привычную рутину: работу, уроки игры на гитаре, помощь Нейту с домашним заданием по математике и мой способ спустить пар после этого — бокс. Мне нравится, как, выйдя из поезда, я иду против толпы пассажиров, возвращающихся домой из офисов в центре города. Нравится, как моя тяжелая сумка оттягивает плечо. Нравится рыться в ней, чтобы найти свою огромную бутылку с водой. И я в восторге от тяжести моих перчаток.

А еще у меня есть новый любимый ритуал — скатывание боксерских фиолетовых бинтов с рук после тренировки.

Когда поезд подъезжает к следующей остановке, я чувствую, как в кармане вибрирует телефон. Я все время забываю, что на некоторых станциях метро теперь есть Wi-Fi. Вздохнув, достаю мобильный из бокового кармана на молнии. Скоро на земле не останется ни одного места, куда бы ни дошла электронная почта или сообщения в мессенджерах.

Мне пришло уведомление от *OkCupid*. В приложение я вернулась с новым настроем. Для основного фото профиля я выбрала свою фотографию на сцене с «Открытого микрофона». На ней я играю на гитаре и пою, при этом выгляжу неприступно и сосредоточенно. Я хочу позиционировать себя как сильную женщину, у которой есть свои увлечения и которой не нужно заимствовать чужие. В тот вечер я пела блюзовую песню, которую написала сразу после того, как Карл исчез из моей жизни, а Стю пошел на свидание с Киви:

*Ты каждый вечер возвращаешься домой к своей любимой лжи,*
*Ты каждый вечер возвращаешься домой к своей любимой лжи.*
*Не волнуйся обо мне, детка, я в порядке.*

Но теперь я *действительно* в порядке. По крайней мере, в основном это так. Митчелл заверил меня, что небольшая случайная трещинка в моем ведре не означает, что весь прогресс потерян. И я понимаю, что это правда, что теперь я могу латать любые дыры быстрее, чем раньше. А еще я твердо намерена прислушаться к совету матери и использовать свидания как возможность узнать себя, расти и развиваться.

Я поправляю на плече сумку и поднимаюсь по лестнице на 23-ю улицу. Оказавшись на свежем воздухе, я пролистываю шквал сообщений. Самое последнее — от парня, который также писал мне вчера. И позавчера. На главном фото снято его лицо крупным планом, неулыбчивое, но в целом приятное. У него копна темных волос, пухлые губы и светло-голубые глаза. Взгляд прямой и какой-то печальный.

Имя: Скотт

Возраст: 43 года

Рост: 172 см

Тип фигуры: Обычного телосложения

Статус отношений: Этически немоногамный (женат)

Да, он невысокий, но мой ровесник! И в открытом браке! Я внимательно просматриваю его сообщения. В первом — стандартное вступление:

*Привет, Молли. Меня зовут Скотт, и я новичок в вопросе открытого брака. У меня двое детей, и я люблю музыку. С нетерпением жду ответа!*

Второе сообщение он отправил вчера:

*Снова привет, Молли. Это Скотт. Извини, что донимаю тебя. Уверен, у тебя есть дела поважнее. Но моя жена уже получила около 4000 реакций в своем профиле, а я — ноль! Похоже, ты разбираешься в этически немоногамных отношениях, и я был бы очень признателен тебе за помощь. Что я делаю не так? Может, это потому, что я живу в Нью-Джерси? Буду безмерно благодарен за любой совет.*

И последнее сообщение было отправлено пять минут назад, что, собственно, и оживило мой телефон:

*Молли, это снова Скотт. Я чувствую себя таким идиотом, когда пишу тебе третий раз подряд. Думаю, я просто удалю свой аккаунт, если не получу от тебя ответа. Не подумай, я не давлю на тебя. Ничего такого. Я просто хотел объяснить все на случай, если ты в ближайшее время не увидишь сообщений, а потом напишешь мне и подумаешь, что это я тебя игнорирую. Готов поклясться, я не псих. На самом деле я в целом хороший парень. Во всяком случае, так говорят мои друзья. Но они все 25-летние засранцы, так что кто знает, как оно на самом деле.*

Я прыскаю смехом и качаю головой. Да *кто он* вообще такой? Даже если это просто розыгрыш, то его нелепое исполнение добавляет ему шарма. Я решаю написать ответ.

*Скотт!! Давай без необдуманных шагов! Сейчас я занята, но вечером внимательно посмотрю твой профиль. Джерси однозначно минус. А еще, тебе же 43, да? Что это за 25-летние друзья?*

Я нажимаю «Отправить» и захожу в зал. Шторм и Техас машут мне в знак приветствия. Наматывая на руки свои бинты, я направляюсь прямиком к ним. Я готова к любым ударам.

## Глава 15

В СУББОТУ Я ПЛАНИРУЮ ВСТРЕТИТЬСЯ со Скоттом в крутом музыкальном магазине и клубе *Rough Trade*, о существовании которого я даже не подозревала. Он собирается пойти туда с друзьями на выступление панк-группы *Beach Slang*.

*«Вот почему мои друзья намного моложе меня*, — объясняет он в одном из сообщений. — *Они единственные, кто разделяет мои музыкальные вкусы»*.

Поскольку Скотт живет в Джерси и нечасто бывает в Бруклине, я сказала ему, что загляну на концерт.

*«Но это не считается „настоящим" свиданием»*, — добавила я в следующем сообщении. Я стараюсь не торопить события, не прыгать сразу в омут с головой.

*«Я понимаю*, — отвечает он. — *К тому же я полагаю, что Beach Slang — музыка не твоего формата. Ха-ха»*.

Но кроме того, он хочет знать все о *моей* музыке. Что я люблю слушать? Какие песни я играю на гитаре? Как звучит мой голос? За день до нашей встречи я записываю аудиосообщение, как играю на гитаре и пою, и отправляю ему.

*«Твой голос пробрал меня до слез»*, — вскоре написал он.

В такси по дороге в *Rough Trade* я пересматриваю свое мнение по поводу Скотта. Мне неприятно это признавать, но те вещи, которые вызывают у меня опасения, в то же время волнуют меня больше всего. Скотт общается с людьми моложе себя. Раньше он был барабанщиком. С тех пор как у них с женой родились дети, его ударная установка пылится на складе. Но за последние годы он играл в нескольких разных группах. Он курит, возможно, злоупотребляет алкоголем и ненавидит свою работу. Он «плохой парень», но, похоже, милый и с душой нараспашку.

Когда я выхожу из машины, то вижу Скотта, стоящего перед клубом. Его волосы выкрашены в угольно-черный цвет и зачесаны вперед на лоб. Фланелевая рубашка распахнута, под ней виднеется потрепанная концертная футболка. Он бросает сигарету на тротуар и тушит ее каблуком ботинка. Я чувствую, как по телу пробегает дрожь, когда я встречаюсь взглядом с его сонными, печальными глазами голубого цвета.

— Молли? — спрашивает он, направляясь ко мне. Его голос на октаву глубже, чем я ожидала, полнозвучный и сексуальный. — Боже мой. Ты такая красивая.

Внутреннее покалывание усиливается, и новая волна мурашек пробегает по телу. И вот он стоит прямо передо мной. Похоже, в анкете он добавил себе пару лишних сантиметров, как это часто делают мужчины невысокого роста, но Скотт все равно сантиметра на три выше меня.

— Привет, Скотт.

То, с каким восхищением он смотрит на меня, опьяняет, но в то же время заставляет меня смутиться.

— Хочешь куда-нибудь сходить? Поговорить? — спрашивает он и берет меня за руку.

— А ты не хочешь посмотреть выступление? — уточняю я, тупо уставившись на свою ладонь в его. Честно говоря, я чувствую облегчение оттого, что мне не придется знакомиться с его друзьями, 25-летними парнями из Джерси. Я уверена, что мы бы с ними не поладили и они не дали бы мне возможности изменить свое мнение в отношении Скотта. То, как он смотрит на меня, уже похоже на наркотик, который мне необходим, чтобы полноценно функционировать.

— Ну нет. Я не хочу упустить ни секунды с тобой, — отвечает он, продолжая держать мою руку в своей и буравить меня взглядом. Я выбирала одежду, рассчитывая на то, что буду органично смотреться в клубе. На мне черный комбинезон, а на талии большой ремень и на ногах сандалии с широкими ремешками. — Ты просто рок-звезда.

Трепет от общения сменяется чем-то менее приятным, и я инстинктивно отдергиваю руку. Что я делаю? Две фразы — и я уже готова так быстро поступиться своей самооценкой?

— Нет, ничуть, — говорю я, и в моем голосе звенят нотки гнева. Лицо Скотта вытягивается, и он выглядит почти испуганным. Я немного смягчаюсь. — Просто… ты еще меня совсем не знаешь.

— Да, прости. Ты права. Я не знаю тебя. Но я очень хочу узнать. Серьезно. На углу есть бар. Не хочешь выпить?

Мы идем по неровным, вымощенным булыжником улицам, и я понимаю, что снова вложила свою руку в его. Я никогда не встречалась с кем-то своего роста, и я сразу отмечаю, как легко нам идти в ногу друг с другом. Но что именно происходит? Мне одновременно и комфортно, и немного не по себе.

Мы садимся за барную стойку, и, осмотревшись вокруг, я понимаю, что всем посетителям меньше тридцати, включая одетых в черное и полностью татуированных барменов. Заказывая бокал вина, я чувствую себя глупо, но все же не изменяю своему выбору.

— Давайте два, — просит Скотт своим баритоном. Он поворачивается ко мне и наклоняется чуть ближе. — Ты уже делаешь меня более утонченным.

Я смеюсь и тянусь за бумажником, но он взмахом руки останавливает меня. Я смотрю, как Скотт достает всякий хлам из карманов: почти пустую пачку сигарет, две зажигалки, несочетаемую с его видом гигиеническую помаду, и затем находит пачку наличных. Он вынимает из стопки двадцатку и пятерку, кладет их на стойку и поворачивается ко мне лицом.

— Ладно, красавица. Расскажи мне все о себе.

Он с восторгом смотрит на меня, внемля каждому слову, пока я делюсь информацией о своей жизни: как я росла с нелюдимой сестрой, как вступила в секту своей матери и бросила ее, как преподавала английский в Коста-Рике.

Скотт задает множество вопросов и уклоняется от моих попыток разговорить его. Но я уловила несколько интересных моментов. Его мать была стюардессой. Его отец работал полицейским на севере штата Нью-Йорк, но переехал ногу газонокосилкой, отрезав палец, и был вынужден перевестись в маленький участок во Флориде. Скотт провел семь лет в колледже, прежде чем наконец закончил его. Он работает в отделе закупок. Совмещает несколько временных должностей, что позволяет ему никогда не относиться к работе слишком серьезно. Он может спокойно ходить на выступления в городе по вечерам в будние дни и утром работать с похмелья, достаточно хорошо функционируя после пяти часов сна. У него есть дочь и сын. Его жена, Диана, работает в гостиничной сфере; открытый брак был ее идеей. Скотту эта идея не нравилась. То есть так было до встречи со мной.

— Поверь, ты не хочешь слушать о моей жизни. Я скучный, — бросает он с полуулыбкой. — Но я могу сидеть здесь всю ночь и слушать твои рассказы.

* * *

ЧЕРЕЗ ТРИ ДНЯ МЫ СО СКОТТОМ снова встречаемся.

«*Это будет считаться свиданием*», — накануне пишет он. Он едет на автобусе в Портовое управление Нью-Йорка и Нью-Джерси и просит меня встретиться с ним в баре в районе Ист-Виллидж.

«*Там раньше тусовались ребята из The Ramones*, — добавляет он. — *Это культовое место. Группа моего друга даже написала о нем песню*». Он присылает мне ссылку, и я слушаю песню, пока еду в поезде. Мелодию можно назвать поп-панком, но текст — на удивление — внятный:

*Я слышал, что некоторые места могут изменить ваши чувства.*

*Это не то, что можно увидеть, но я думаю, это реально.*

Я тоже думаю, что это реально. Когда я вхожу в неприметную на первый взгляд дверь, я *действительно* начинаю чувствовать себя по-другому. Вокруг стойки бара, выполненной в форме подковы, развешаны рождественские гирлянды. Все диваны из зеленой кожи. Стены отделаны деревянными панелями. Из колонок доносится песня группы из 80-х, которую я узнала, но не могу с ходу назвать. Это место заставляет меня почувствовать себя не то чтобы *в* своей стихии, но в таком месте, где я точно хотела бы задержаться. И почему я так разозлилась, когда Скотт назвал меня рок-звездой? Ведь именно ей я и хочу быть. И не исключено, что я давно ей стала. Сегодня на мне джинсовая мини-юбка — вещь, которая годами висела в моем шкафу, ожидая, когда мои ноги будут выглядеть так же, как в двадцать восемь лет. Но меня больше не волнуют морщины на коленях, которые появились с рождением Дэниела. Занятия боксом укрепили мои ноги и особенно икры. А еще, наблюдая за тем, как моя мама с трудом передвигается, я стала больше ценить силу и выносливость собственного тела. Кроме того, мне *нравится* быть сорокатрехлетней. Я бы ни за что не вернулась в прошлое. Уверенность в себе — вот что делает человека рок-звездой. Правда ведь?

Скотт сидит на дальнем диване в углу. Увидев меня, он встает и улыбается в своей грустной, немного сонной манере.

— Привет, красотка, — говорит он. Его глубокий голос успокаивает меня, как песнопения тибетских монахов.

Мы обнимаемся, и я вдыхаю его запах. Это чарующая смесь сигарет, мыла и маслянистой сладости рома. Я сажусь рядом, и моя рука находит его руку. Следующие два часа пролетают незаметно: мы потягиваем коктейли с маленькими зонтиками, закусывая картофелем фри и тако с кимчи, разговаривая о музыке, обсуждая эксцентричных завсегдатаев этого места, рассредоточенных по бару. Что такого в этом мужчине? Во многом мы совершенно не похожи. И все же между нами есть какая-то необъяснимая близость, как будто я знаю его уже целую вечность или, что еще важнее, как будто он знает меня. И тут меня осенило.

*Именно так я чувствовала себя на первом свидании со Стюартом.*

* * *

МЫ СО СТЮ ПОЗНАКОМИЛИСЬ на дне рождении Нины, на Манхэттене. На той вечеринке я была с Уильямом, еще до того, как мы расстались и я переехала в город, в квартиру Нины. Высокий, образованный и спортивного телосложения Уильям был тем мужчиной, за которого я собиралась выйти замуж. По крайней мере, я так думала. Он был полной противоположностью Стюарта.

Стю был совершенно не в моем вкусе. Он олицетворял собой все негативные стереотипы о еврее с Лонг-Айленда. Парень был шумным, наглым и носил брюки со складками. Его шутки были либо оскорбительными, либо неуместными. Он показался мне назойливым и неприятным. Но через несколько месяцев, когда Стю узнал, что мы с Уильямом расстались, он стал доставать Нину расспросами, соглашусь ли я сходить с ним на свидание. Я ему понравилась. А я так отчаянно нуждалась в том, чтобы кто-то мной увлекся, что согласилась дать ему шанс.

Наше первое свидание было эффектным: мы зашли в бар, где были мягкие кресла и впечатляющий своим величием настоящий камин. Затем отправились в тайский ресторан, уникальной фишкой которого была вертикальная подача блюд. Во время этого свидания Стюарт открылся для меня с совершенно другой стороны: Настоящий Стю постепенно выглядывал из-за спины того Заводилы Стю, с которым я познакомилась на той вечеринке. И он оказался милым. Как же он мне тогда понравился! Именно Настоящий Стю заставлял меня искренне смеяться. Он задавал интересные вопросы, внимательно слушал и смеялся над моими шутками. После ужина мы пришли к нему, и я шокировала нас обоих, смело раздевшись догола. В отличие от размеренного секса в миссионерской позе, которым мы занимались с Уильямом на протяжении четырех лет, секс со Стюартом был бурным, шумным и *веселым*.

Когда мы встречались со Стю уже несколько месяцев, я в разговоре с мамой рассказала о новом парне. Именно тогда она и задала мне самый важный вопрос: «*Что ты чувствуешь, когда ты с ним?*»

Со Стюартом я чувствовала себя интересной. Смешной. Сексуальной. Я сказала маме, что куда бы ни зашли отношения со Стю, я никогда не соглашусь на меньшее. Но я *согласилась*. После того как мы решили изменить формат нашего брака, я встречалась со многими мужчинами, которые заставляли меня почувствовать себя неполноценной. Недостойной. Недооцененной.

До этого момента.

* * *

— Я ХОЧУ, ЧТОБЫ ТЫ спела для меня, — говорит Скотт.

Вот как он узнал, что это прямой путь к моему сердцу?

— Хорошо, — кивая, отвечаю я и заливаюсь румянцем, когда у меня возникает одна идея. — Я знаю одно подходящее место.

— Подожди, — говорит он. — Можно я сначала кое-что сделаю?

Он проводит ладонью по моей щеке, затем берет подбородок большим и указательным пальцами, не давая отвести взгляда. Мы долго смотрим друг на друга. А потом он подается вперед и целует меня. Его руки скользят по моей шее, и пальцы зарываются в волосы. Он пробует меня на вкус, неуверенно и осторожно, но в то же время его ласки так отчаянны, как будто мои губы — это лакомство, которым он хочет насладиться и максимально растянуть удовольствие.

До караоке-клуба *Sing Sing* всего пять минут ходьбы. Прошло много лет (семь? или восемь?) с тех пор, как я была здесь с Мэттом, но какая-то часть моего рептильного мозга помнит ту тоску, которую я испытала по той ночи. Парень за стойкой отправляет нас в комнату номер пять. Я не уверена, чувствую ли облегчение или разочарование оттого, что это не та комната, в которой были мы с Мэттом. Скотт сидит на диване и складывает пиджак, словно утонченный зритель в музее Метрополитен. Его выдает только пачка сигарет, небрежно торчащая из кармана рубашки.

— Что мне спеть? — спрашиваю я.

— Все что хочешь, красавица, — отвечает он, пристально смотря на меня, пока я листаю сборник с названиями песен.

— Я репетировала кое-что из репертуара Шерил Кроу, — говорю я. — Наверное, я попробую ее.

— Все что хочешь, — повторяет он.

Я ввожу номер песни и включаю микрофон. Звучит вступление, и на экране включается пошловатое видео с восходом луны над океаном. Мы со Скоттом одновременно прыскаем смехом, и напряжение в комнате спадает.

У меня всегда были проблемы со зрительным контактом, когда пою, и я закрываю глаза на время первого куплета. Когда я на проигрыше открываю их, то замечаю, что Скотт ловит каждое мое движение. Я успеваю произнести всего пару слов, прежде чем не выдерживаю и снова отвожу взгляд. Слова песни звучат как объяснение: *«У меня есть лицо, которое я не могу показать, я иду и устанавливаю свои правила»*.

Но когда я дохожу до припева, мой взгляд устремляется на Скотта, прежде чем я осознаю, что делаю.

*«Хватит ли у тебя сил быть моим мужчиной?»* — будто спрашиваю я. Поза Скотта расслабленная. Он сидит, вытянув руку вдоль спинки дивана. Его левая нога лежит на колене правой, образуя цифру четыре. Мне так хочется прикоснуться к его лицу, заросшему щетиной. Он так внимательно наблюдает за мной. Спев последнюю ноту, я смотрю прямо в его глаза и, сделав шаг вперед, практически падаю к нему на колени. Все происходит так быстро и естественно. Наши губы соединяются в поцелуе. Его пальцы проникают под мою юбку и уже через мгновение уверенно сдвигают белье в сторону. Оргазм наступает так быстро, что я начинаю думать, что мне это померещилось. Но настойчивый стук в дверь убеждает меня, что это не так.

— Никакого секса! — кричит администратор, сопровождая фразу ударами по двери. — Секс в клубе запрещен!

Скотт стремительно вскакивает с дивана, и я, провожая его взглядом, замечаю видеокамеру на стене.

— Улыбнись, красотка! — говорит он, смеясь.

Я закрываю лицо руками. Но мне тоже смешно.

— О боги, пошли отсюда. Давай, ты первый, — прошу я, счастливо улыбаясь.

Он хватает наши вещи в охапку и берет меня за руку. Не поднимая глаз от пола, я иду за ним. Скотт быстрым шагом идет по коридору, а я практически бегу за ним, стараясь не споткнуться. Хватит с меня унижений на одну ночь.

— Извините за это, — громогласно говорит он, обращаясь к сотрудникам клуба за стойкой. Несмотря на смысл его слов, тон мужчины не выражает раскаяния. Он чертовски сексуален.

Выскочив за тяжелую дверь, мы смеемся и бежим вверх по улице, все еще держась за руки. Когда добегаем до угла, Скотт снова натягивает на лицо маску невозмутимости.

— Секс в клубе запрещен! — кричит он не своим голосом, и мы снова заливаемся звонким смехом. Когда переводим дыхание, он сжимает мою руку и притягивает ближе к себе. Мне нравится твердость его хватки. И от нахлынувших эмоций кружится голова. — Когда я смогу снова тебя увидеть?

— Придется немного подождать, — отвечаю я, искренне разочарованная таким положением дел. И лицо Скотта отражает мои чувства. — На следующей неделе у меня конференция на севере штата.

— Отстой, — коротко говорит он.

— Это да, — вздохнув, соглашаюсь я. — Поездка будет невероятно скучной. Но я погуглила и нашла

«Открытый микрофон» вечером в четверг. Так что по крайней мере один вечер обещает быть классным.

— А можно мне прийти? — спрашивает он, и его лицо начинает сиять.

Я смеюсь, восприняв его фразу как шутку.

— Я серьезно. Я могу приехать на поезде после работы в четверг. В пятницу у меня будет выходной.

Меня терзают сомнения.

— У нас с мужем уговор, мы не ночуем в чужих постелях.

— Я это прекрасно понимаю, — говорит он, делая небольшой шаг назад и жестикулируя руками, показывает, что «видит» эту границу. — Но моя жена работает в гостинице *Hyatt*, помнишь? Я могу забронировать себе отдельный номер.

В его взгляде я вижу столько надежды и мольбы, что позволяю себе задуматься над таким вариантом. Вдали от детей, от добровольно навязанного себе комендантского часа меня ждет ночь, полная музыки и приключений.

— Давай я обсужу это со Стюартом, — отвечаю я, и мой голос звенит от волнения.

— Конечно. И я поговорю с Дианой. Но я уверен, что она не будет против. Она встречается с новым парнем, о котором трещит без умолку. — В голосе Скотта я улавливаю нотку отвращения, когда он говорит об этом. Я озадаченно смотрю на него, и он поспешно добавляет: — Значит, она тоже будет в восторге от того, что я на кого-то запал.

Я хочу еще раз услышать эти слова, поэтому притворяюсь, что не поняла его:

— А ты что, запал на меня, да?

— Молли, — на выдохе произносит он, и от того, как емко и многозначительно звучит одно лишь это слово, у меня голова идет кругом. — Ты себе даже не представляешь, как я попал. — И в подтверждение словам он снова накрывает мои губы своими.

Пока я ехала домой на такси, я все время думала об этом поцелуе. Дело не только в губах Скотта, которые так нежно сминали мои. Дело еще и в том, как его руки обхватывали мой затылок и как наши тела прижимались друг к другу. И есть еще кое-что. Если бы поцелуй был танцем, то я не сказала бы, что Скотт вел нас, но он и не был ведомым. Или, может быть, он настолько в этом хорош, что я не смогла разобрать, кто в этом тандеме ведущий. Он как будто предвидит, куда потянутся мои губы, как будет двигаться мой язык, и уже поджидает меня там, в неожиданном и неизбежном месте одновременно.

Поезд с грохотом проносится мимо, когда мое такси переезжает Манхэттенский мост. Я возвращаюсь в реальность. Если я собираюсь поговорить со Стюартом о встрече со Скоттом во время моей конференции, то лучше сделать это как можно скорее. И, может быть, стоит обсудить этот вопрос даже сегодня вечером.

Когда я возвращаюсь домой, то нахожу Стю за работой в студии. Я стою у двери и смотрю на него. Он сидит, немного наклонившись вперед, его руки порхают над клавишами пианино. Взгляд супруга устремлен на экран перед ним, а тело движется в ритме музыки, льющейся через наушники.

Мой муж.

Сейчас я взглянула на него по-новому. Творец. Кормилец. Человек, который на своем страстном увлечении музыкой сумел построить бизнес. Он занимается любимым делом. На протяжении многих лет я обижалась на преданность Стюарта своей работе. Его истинное призвание было моим заклятым врагом, конкурирующим со мной за внимание супруга. Но теперь мое сердце переполняется нежностью и благодарностью к нему, к тому, кто он есть и что он делает.

Наряду с этим чувством во мне зарождается идея. Возможно ли, что, будучи счастливой с другим мужчиной, я люблю своего мужа больше, а не меньше? Я не могу объяснить, как это работает, но чувствую, что доказательства уже собираются внутри. Сейчас я словно тигель, в котором волшебные ингредиенты объединяются вместе, чтобы расплавиться и создать нечто новое.

* * *

СЕГОДНЯ ЧЕТВЕРГ. СКОТТ присылает сообщение, после того как заселяется в свой номер в соседней гостинице. Когда я спросила Стюарта, как он отнесется к этой идее, при этом заверив его, что это не будет полноценной совместной ночевкой, муж демонстративно закатил глаза.

— Молли! Ты серьезно? Просто позволь бедному парню спокойно поспать!

— Правда? А ты не будешь возражать?

— Я имею в виду, что это правило в основном рассчитано на наших детей. Верно? А если ты в рабочей поездке и у тебя уже есть мое одобрение, то я не думаю, что совместная ночевка такая уж большая проблема.

— Да, наверное… — Но едва я это сказала вслух, как у меня в голове возник образ Стюарта, просыпающегося рядом с дремлющей Киви, и ее густые волосы закрывают лицо, которого я до сих пор не видела. Острый укол ревности заставил меня не согласиться с мыслью Стю. — Но совместный сон — это все-таки что-то очень интимное. Не думаю, что я к этому готова. Жена Скотта в любом случае может воспользоваться бесплатным номером как сотрудница. А у меня забронирован номер в *Marriott*.

— Как хочешь. Но не беспокойся обо мне. Просто развлекайся.

*«Просто развлекайся»*, — в очередной раз напоминаю я себе. Но я вымотана двумя днями работы на конференции, а «Открытые микрофоны» и так всегда будоражат меня, а зная, что там будет Скотт, я нервничаю еще больше.

Я иду на парковку, а гитара в чехле висит у меня на плече. Ловя на себе заинтересованные взгляды участников конференции, я ликую. Подъезжая к отелю, тянусь к телефону, чтобы написать Скотту, но вижу, что он уже стоит у входа, затягиваясь сигаретой, и выглядит еще более нервным, чем я. Опустив окно, я машу ему рукой.

— Привет, красотка, — произносит он, слабо улыбаясь.

— Привет, Скотт, — здороваюсь я. Он опускается на пассажирское сиденье. Стюарт любит водить машину. Как и мой отец. Возможно, это первый раз со времен курсов вождения, когда со мной в машине едет мужчина как пассажир. — Все хорошо?

— Просто устал, — отзывается он, пристегивая ремень безопасности. — Плохо спал прошлой ночью. Мне не терпелось увидеть тебя. — Скотт бросает на меня застенчивый взгляд.

Я жадно впитываю в себя каждую деталь этого момента. То, как он курил, пока нетерпеливо дожидался меня, и эту нежность в его взгляде, от которой кружится голова. Но почти против воли мое влечение сдерживается другими обыденными аспектами: ремнем безопасности, его сгорбленной позой и молчаливостью. И почему в реальности все не так привлекательно?

От выступления меня отделяют двадцать минут езды по извилистой дороге без разделительной полосы. Когда мы проезжаем мимо кладбища, на трассу опускается туман. Я далеко от дома, в моей машине сидит практически незнакомый мне человек.

*«Какого черта я вообще делаю?»* — мысленно спрашиваю я себя.

Наш разговор вдруг становится каким-то неловким, и я не могу найти в себе силы продолжить его.

— Может, посмотришь, что крутят по радио? — прошу я Скотта.

Он оживляется и начинает подбирать волну. Мужчина перебирает станции, пока не находит песню британской группы *The Clash*. Он настраивает уровень басов и, удовлетворенно кивнув, откидывается назад. Боковым зрением я замечаю, как он постепенно расслабляется.

Я съезжаю с дороги по указателю. Раньше это был сарай с силосной башней, выкрашенный в ярко-красный цвет, а теперь он переоборудован в бар. Заехав на парковку, быстро нахожу свободное место. Скотт открывает заднюю дверь и берет с сиденья мою гитару, затем передает ее мне.

— Я бы предложил донести ее, но не хочу лишать тебя этого удовольствия.

Я смеюсь. Так приятно, что он понимает мою радость от того, что я несу свою собственную гитару.

Зайдя внутрь, я сразу иду к доске с мелом и записываюсь в очередь выступающих под вторым номером, а Скотт в это время находит два места у бара. Мы заказываем начос и пиво, и вскоре я нервно ковыряюсь в еде. Сегодня в списке только мужские имена. И Дэн, выступающий первым, — искусный гитарист. Его пальцы порхают по ладам, и я чувствую, как моя уверенность в себе пошатнулась.

— Он ничем не лучше тебя, — шепчет мне Скотт, словно читая мои мысли. — У него отстойный голос, и он играет как робот.

— Спасибо, — шепчу в ответ, ничуть не успокоившись. — Наверное, мне стоит выйти на улицу и настроиться.

Пока зрители аплодировали Дэну после первой песни, я незаметно выскользнула на улицу с гитарой и принялась ее настраивать. Глубоко вздохнув, я наиграла первые такты песни Джоан Арматрейдинг *Down to Zero*, которую Лео предложил мне выучить почти два года назад. Сегодня я буду впервые исполнять ее на публике и уже чувствую облегчение оттого, что Скотт и его внимательные глаза с ободряющим и согревающим взглядом будут пристально наблюдать за мной, а также за всеми незнакомцами в баре.

Я вновь слышу аплодисменты и понимаю, что Дэн закончил свое выступление. Настала моя очередь.

Вернувшись внутрь, я сразу выхожу на сцену. Дольше, чем нужно, вожусь с кабелем, чтобы подключить гитару к усилителю. Мои руки трясутся, когда я настраиваю микрофонную стойку. Скотт поддерживает меня взглядом.

Когда я начинаю играть, плавный ритм музыки расслабляет меня. Я пою с закрытыми глазами до тех пор, пока не приближаюсь к сложному для меня аккорду. Мне нужно смотреть на пальцы левой руки, но я решаю сфокусироваться на лице Скотта, чтобы отвлечься. Он смотрит, как я пою, внимательно, словно впитывая каждую секунду моего выступления, чтобы потом воспроизводить его в сознании.

*…Возьми в свою постель…*
*Ты говоришь, что во сне есть покой.*
*Но вместо этого ты грезишь о любви.*

Я чувствую, что меня видят, слышат и боготворят. Таких эмоций я не испытывала со времен начала отношений со Стюартом. Как-то мы со Стю шутили о пьедестале, на который он возвел меня в первые годы нашей совместной жизни, и я знаю, что именно мое падение с него нас сблизило. Пьедесталы разделяют. Они создают дисбаланс в отношениях. Вспоминая то время со Стюартом, я иногда задумывалась о своем друге Билли, которого бросало в дрожь и мутило каждый раз, когда он видел свою будущую жену. Чтобы появилось что-то настоящее, нужно положить конец такого рода преклонению.

Но этот пьедестал, на который меня собственноручно вознес Скотт, такой удобный. Мне нравятся его гладкое, прочное основание и это опьяняющее осознание того, что я — чей-то идеал, воплощение чьего-то представления о совершенстве.

## Глава 16

Спустя несколько месяцев с момента нашего знакомства Скотт дарит мне диск. Вкладыш внутри коробки исписан безупречным почерком. И несмотря на то что CD-плеер уже редкость в наши дни, я всегда была неравнодушна к чернилам на бумаге. Поэтому я бережно храню диск, даже после того, как вынуждена признаться Скотту, что не могу послушать его подарок. И мужчина перевел диск в электронный формат: создал для меня плейлист на Spotify. В нем собраны песни меланхоличных инди-артистов, о которых я никогда не слышала, а названия их песен, естественно, о любви. Эту подборку я прослушиваю при любой возможности: когда готовлю ужин или складываю белье, еду на метро в зал на занятия по боксу. Каждая нота помогает мне заново пережить ночи, проведенные со Скоттом.

Прикосновения Скотта — особенные. Я бы сказала, что его движения — идеальный баланс между тем, как твердо и уверенно ко мне прикасается Стю, и тем, с какой нежностью ласкал Карл. Когда я ложусь на бок,

Скотт обнимает меня сзади. Прижимаясь к нему, я сразу чувствую, насколько он хочет меня. Иногда мы занимаемся сексом в такой позе. Скотт произносит те слова, о которых я его прошу. Мне по-прежнему нравится, когда меня называют «хорошей девочкой», но теперь мне нужно и кое-что еще.

*«Не волнуйся, красавица. Я не собираюсь причинять тебе боль. Я просто хочу трахнуть тебя»,* — он опускает меня на спину, и я полностью расслабляюсь под его властью, а затем он плавно входит в меня. Я хочу подчиняться, но только в определенных моментах. Когда я взмахиваю руками, мне просто необходимо, чтобы их вовремя прижали к кровати. А когда начинаю кричать, меня нужно мягко успокоить поцелуем. Я хочу, чтобы мне помогли пройти этот путь освобождения от моего тела и разума, моих запретов, страхов и самой сути меня. Почти каждый раз я плачу после того, как Скотт доводит меня до оргазма. Потом он обнимает меня, и мы начинаем все сначала — часто пять или шесть раз за ночь. Когда мы со Стюартом ложимся в кровать, он буквально умоляет меня рассказать во всех красках о сексе со Скоттом. Но для того, чтобы раскрыть впечатляющую мужественность Скотта, мне требуется некоторое время.

— Должно быть, он на виагре, — пренебрежительно подытоживает Стюарт.

— Да, наверное, — лениво отвечаю я, но только для того, чтобы успокоить самолюбие супруга. Однако я не считаю, что это так. Я предпочитаю верить, что причина постоянной эрекции Скотта — Я. И что его желание обладать мной настолько всепоглощающе.

* * *

В ПОСЛЕДНЕЕ ВРЕМЯ КАК минимум один семинар в неделю я провожу в Нью-Джерси. После него мы со Скоттом встречаемся в скромном отеле рядом с его новой временной работой в Ньюарке. Мы занимаемся сексом, затем идем в кафе в нескольких кварталах от отеля, потом возвращаемся обратно, чтобы насладиться друг другом еще раз.

Однажды во время ужина Скотт спрашивает, смотрела ли я новый фильм Джордана Пила.

— Фильм «Прочь»?[1] Еще нет. Но очень хочу, — отвечаю я, собирая с тарелки кусочком хлеба последние крошки сырной энчилады. Помимо того, что я весь день провела на ногах, так еще бурный секс перед ужином не на шутку разыграл мой аппетит. — А ты его видел?

— Неа, Диане такое не по нраву. Она считает, что уже название звучит «пугающе», — с издевкой произносит Скотт и изображает в воздухе кавычки.

Я неоднозначно пожимаю плечами. Его подколы в адрес Дианы вызывают у меня легкий дискомфорт и непонимание, поэтому я стараюсь пропустить их мимо ушей.

— На него отличные отзывы, — замечаю я.

Скотт достает из кармана телефон.

— Он идет в соседнем квартале. Хочешь сходить?

И я хочу. Но несмотря на то что мы со Стюартом нарушили большинство наших первоначальных правил для открытого брака, я до сих пор ни разу не ходила

---

[1] «Прочь» (*англ.* Get Out) — американский детективно-сатирический фильм ужасов режиссера Джордана Пила, ставший его дебютной кинолентой.

в кино с кем-то кроме мужа. И я знаю, что Стю безумно хочет посмотреть этот фильм.

*«Я просто предложу ему посмотреть его вместе еще раз»*, — рационально рассуждаю я.

— Да, давай сходим, — отвечаю я Скотту.

Лицо Скотта озаряется. Он активно стучит пальцем по экрану, чтобы купить билеты, попутно бубня себе что-то под нос. У меня возникает мысль достать свой мобильный и написать Стюарту, что я собираюсь в кино. Но вместо этого я беру со стола наш чек и направляюсь к кассе, чтобы оплатить ужин.

— Так, я купил билеты на сеанс в восемь сорок, — сообщает Скотт, когда я возвращаюсь к столу. — И нам следует поторопиться.

Машина Скотта стоит на парковке у отеля. Мы быстрым шагом возвращаемся обратно, и я запрыгиваю на пассажирское сиденье.

— Кажется, я впервые в твоей машине, — пристегивая ремень, говорю я. Если не считать полупустой пачки сигарет и открытой банки колы в подстаканнике, машина выглядит опрятно.

— Да, наверное, да, — с улыбкой говорит он, поворачивая ключ в замке зажигания.

Мне нравится, как Скотт управляет автомобилем. Он уверенно выезжает с парковки, не пользуясь зеркалами, и управляет машиной левой рукой, крепко держась за руль на поворотах. А его правая рука свободна, и он ловко переключает станции на приборной панели и ласкает мое колено.

Мы заходим в зал после прогона трейлеров новых фильмов. Обычно со Стюартом мы приходим первые, и он внимательно слушает все анонсы, а я не должна издавать лишних звуков. Порой в фильмах звучат его собственные композиции или элементы звукового оформления.

А Скотту, видимо, неинтересно смотреть на экран. Я чувствую на себе его взгляд и поворачиваюсь, а он широко улыбается мне.

— Ты заранее в восторге от фильма, — подшучиваю я, смеясь.

— Я в восторге оттого, что пришел сюда *с тобой*, — поправляет он меня. — Я не знаю, ну просто как будто мы действительно вместе.

Я понимаю, что он имеет в виду. Каким-то непонятным образом, просто сидя рядом друг с другом в этом темном зале кинотеатра, я чувствую себя более интимно, чем во время секса в отеле. «*Надо было написать Стюарту*, — думаю я, испытывая чувство вины. Я отгоняю эту мысль и обхватываю двумя руками предплечье Скотта, опустив голову на его плечо. — *Просто наслаждайся моментом. Со Стю ты разберешься позже. А может, ему вообще будет плевать на это*».

Идеальный жанр для свидания в кино — ужасы. От просмотра фильма я получаю почти такое же удовольствие, как и от своей реакции на него. У меня перехватывает дыхание. Я прячу лицо за фланелевым воротником рубашки моего спутника. Двумя руками хватаю его за предплечье. И Скотту это тоже нравится. Он гладит меня по голове, по спине и хихикает над моей реакцией на происходящее на экране.

Из кинотеатра мы выходим, держась за руки. Я сразу же начинаю анализировать фильм, едва переведя дыхание.

— А вата в его ушах была такой крутой! Как будто он использует этот символ рабства, чтобы сбежать от угнетателей. Джордан Пил — гений.

— *Ты* — гений, — отзывается Скотт. — Я ничего этого не заметил. Но фильм был отличный.

Пока мы едем обратно к отелю, Скотт не говорит ни слова. Он паркуется рядом с моей машиной и всем корпусом оборачивается ко мне. Берет за руку и заглядывает в глаза своим тоскливым взглядом.

— Значит, тебе нужно вернуться домой? — спрашивает он, взяв меня за руку.

Я смотрю на часы на приборной панели. Уже одиннадцать.

— Да, наверное, пора.

Моя голова все еще гудит от идей после просмотра фильма. Не могу дождаться, когда снова посмотрю его со Стю, чтобы он помог мне разобраться в скрытых символах. Что насчет оленя? А та вспышка фотоаппарата?

— Спасибо, что сходила со мной в кино, красотка, — тихо произносит Скотт, опустив взгляд с видом побитой собаки и поглаживая большим пальцем тыльную сторону моей руки.

— Все хорошо?

— Да. Просто я уже скучаю по тебе, — отвечает он, бросив на меня короткий взгляд своих сонных голубых глаз, и я чувствую, как закружилась голова. Все мысли о фильме, игре актеров и скрытых символах разлетаются в прах.

— Я тоже буду скучать, — говорю я, потому что это действительно так. — Но мы ведь увидимся на следующей неделе?

— Ага, — отзывается Скотт. — Но мне этих встреч всегда мало.

Какое-то время мы просто молчим. Он держит меня за руку, а я изучаю его лицо в профиль. Выражение у него сейчас почти страдающее. Это правда, что я скучаю по нему, когда мы расстаемся, но я также люблю свою обычную жизнь. Моих детей, мужа, работу, район, в котором стоит наш чудесный дом, и привычный распорядок дня. И вдруг я понимаю, что у Скотта нет таких же ощущений.

Внезапно он вздрагивает всем телом, будто отряхивая с себя печаль.

— О, чуть не забыл, — бормочет он. Скотт отпускает мою руку и тянется к своему телефону. — Я собрал для тебя еще один плейлист. Давай дам доступ, чтобы ты могла послушать его по дороге домой.

Я слышу, как на мой телефон приходит оповещение, и, достав его из кармана, смотрю на экран: «Микс для Молли #2».

— Спасибо! — восклицаю я, наклоняясь, чтобы поцеловать его. — Это так мило.

— В этом списке восемнадцать песен. Я буду добавлять по одной песне каждый раз, когда буду делать для тебя новую подборку.

— Ты планируешь сделать еще?

— Конечно, красавица. Мне нравится размышлять о том, какая музыка может тебе понравиться.

Мы прощаемся, и, пересев в свою машину, я отправляюсь в долгий путь домой. Я погружаюсь в поэтические тексты песен, которые выбрал для меня Скотт:

*Если тебе нужен кто-то,*
*Чтобы утешить тебя,*

*Когда слезы стекают по щекам,*
*Я сделаю все, что в моих силах…*[1]

*Покажи мне, что ты — моя,*
*И я стану твоей луной в ночи…*[2]

Слушая музыку, я ощущаю, как будто во мне что-то меняется. Словно меняется сама моя личность. Сейчас я не жена. Я не мама. И я не сказала бы, что я вообще взрослый человек.

* * *

ДОМОЙ Я ВОЗВРАЩАЮСЬ ПОСЛЕ полуночи. В нашей спальне горит свет. Войдя в комнату, я застаю Стю за просмотром телевизора.

— Привет, малышка, — говорит он, ставя шоу на паузу. — Как прошло свидание?

— Неплохо, — отвечаю я. Меня охватывает чувство вины, когда я вспоминаю, что была в кино. Но я не хочу начинать разговор с признания. — С кем ты встречался сегодня?

Учитывая то, что машину взяла я и Стюарт не смог поехать к Киви, значит, он встречался на Манхэттене с кем-то другим.

— С Карой, — отвечает он.

— Она психолог? — спрашиваю я.

— Не-а. Актриса, — отвечает Стю и корчит гримасу недовольства. — Никогда не встречайся с актрисой.

---

[1] Слова из песни *If you need someone* инди-поп-группы *The Field Mice*.

[2] Слова из песни *Blue Moon* рок-группы *Big Star*.

— Заметано, — смеясь, обещаю я. — Ну, по крайней мере, ты хорошо провел время?

— Ага, — отвечает он со вздохом. — Но я совершил ошибку, сказав Киви, куда иду.

— И дай угадаю. Она приревновала?

Об этой драматической линии между ними двумя я уже знаю. Киви смирилась с тем, что у ее мужа есть отношения с другими женщинами помимо нее. И она признает *мое* главенство, поскольку я жена Стюарта. Но тот факт, что Стю продолжает встречаться с другими женщинами, выводит ее из себя. Я понимаю ее чувства и говорила об этом Стюарту. Если бы Скотт хотел встречаться с другими женщинами, я бы, скорее всего, тоже была недовольна. Мне нравится это ощущение моей неотразимости и некой загадочности для него. Но в то же время я чувствую невероятное облегчение оттого, что Стюарт не поддается ревности Киви. В конце концов, он никогда не капитулировал перед моей. Для него именно наличие разнообразных партнерш — единственное преимущество открытого брака.

— В яблочко, — с досадой отзывается он. — Она говорит, что хочет знать, встречаюсь ли я с кем-то еще, но, когда я говорю ей правду, выходит из себя.

— Ох уж эти женщины, — коротко отвечаю я, качая головой в притворном недовольстве. Стю заливается звонким смехом. Его достаточно сложно рассмешить, поэтому, одержав эту маленькую победу, я ликую. Как бы мне ни хотелось портить этот момент, но признаться все равно нужно. Я рассказываю ему о том, что мы сходили в кино.

— Ты сердишься?

Стюарт неоднозначно пожимает плечами.

— Ну мне это определенно *не понравилось*. Как бы ты себя чувствовала, если на фильм, который мы хотели посмотреть вместе, я пошел бы с Киви?

Меня поражает его спокойствие. Неужели мы действительно собираемся избежать ссоры?

— Я бы чувствовала себя отвратно. Прости, родной.

— Все в порядке, — легко отвечает муж. — Но если только ты посмотришь его еще раз со мной. И, к счастью для тебя, Киви ненавидит кино.

— Ненавидит? А так вообще бывает?

— Я тоже не понимаю этого. Но она предпочитает читать.

— Скотт любит кино, но он не умеет анализировать фильмы после просмотра. Так что я с тобой абсолютно честна, когда говорю, что с огромным удовольствием посмотрю этот фильм еще раз с тобой. Там есть *столько* всего, что нам нужно будет многое обсудить.

— Тогда вот твое наказание, — улыбаясь, заявляет Стю. — Ты об этом не можешь даже заикнуться, пока мы не посмотрим его вместе.

— А ты жестокий, — говорю я, сворачиваясь калачиком на кровати рядом с супругом.

— Я знаю, — отвечает он и целует меня в макушку.

* * *

ПАРУ МЕСЯЦЕВ СПУСТЯ, одним теплым апрельским днем, я еду в метро на сессию с Митчеллом и слушаю «Микс для Молли #4», отобранный Скоттом. В нем двадцать песен, и они играют по порядку. Когда я удобно устраиваюсь на диване и Митчелл спрашивает меня, как идут дела, я начинаю свой рассказ с плейлистов.

Я делюсь с ним тем, какие чувства во мне пробуждает эта музыка.

Он задумчиво смотрит в потолок.

— Я вот задаюсь вопросом, а эти изменения в тебе — они какие? Как бы ты их охарактеризовала? Может, это часть личности Настоящей Молли?

— Я тоже об этом думала, — признаюсь я. — Это как бокс. Или игра на гитаре. Те новые вещи, которые я открываю для себя, но чувствую, что они правильные. И все это немного… ну я не знаю… круто.

Он улыбается мне.

— Отличница-Молли *далека* от крутости.

— Определенно, — смеюсь я.

— Знаешь, Молли, твои слова снова напоминают мне о списке Свобод, что ты составляла.

Митчелл начинает листать блокнот, ища нужную страницу. Я киваю:

— Я давно не думала о том списке. Может быть, это потому, что я чувствую себя намного свободнее.

— Расскажи мне об этом поподробнее, — просит Митчелл, бросая поиски списка и делая пометки в блокнот.

— Во многом это связано с тем, что дети становятся старше. Дэниелу уже пятнадцать, а Нейту двенадцать.

— Даже не верится.

— Объясни мне. Значит ли это, что у меня появилось достаточно времени, чтобы заниматься своими делами? Порой мне кажется, что дети выглядят немного разочарованными в те вечера, когда я остаюсь дома.

— Знаешь, что я замечаю во всем этом, Молли? — спрашивает Митчелл. Я жду, пока он закончит записывать. — Вместо того чтобы зацикливаться на своих отношениях или на отношениях Стюарта, ты сосредоточилась на себе. И это серьезные изменения.

Я пытаюсь взглянуть на себя с точки зрения Митчелла. Он видит, что мне есть что сказать, и молчит, его ручка зависла над страницей.

— Но я все равно волнуюсь, — начинаю я. — Я беспокоюсь, что все идет *слишком* хорошо и со временем рухнет.

Он молча кивает и делает пометку.

— Например, Скотт хочет, чтобы мы уехали из города на неделю. В поход с рыбалкой или что-то в этом роде. А еще Диана, его жена, хочет со мной познакомиться.

— Это большие шаги, — отвечает Митчелл. — Меня интересует, хочешь ли *ты* их предпринять?

— Полагаю, мне нравится само волнение от новых впечатлений. Но вдруг потом что-то пойдет не так.

— Действительно, — отзывается доктор. Он внимательно смотрит на меня, и я вижу, как хитро заблестели его глаза. — Риск всегда присутствует.

* * *

С ДИАНОЙ Я ВСТРЕЧАЮСЬ в том самом баре, где у меня было первое свидание с Карлом. Я выбрала это место из-за его близости к клубу *Bell House*, в который Диана и Скотт купили билеты на вечернее шоу. Меня поражает тот факт, что спустя всего год после того, как Карл причинил мне столько боли, кажется, раны на моем сердце полностью исцелились. Переступив порог заведения, я ничего не чувствую. Ни намека на боль. Я пришла немного раньше и занимаю место у барной стойки.

Сегодняшняя встреча была идеей Дианы, и я согласилась на нее отчасти из любопытства. За последние несколько недель она не раз передавала мне подарки через Скотта: мыло ручной работы, лосьоны для тела и совсем недавно — набор кухонных фиолетовых резиновых лопаток от бренда *Williams Sonoma*. Я же, в свою очередь, только и делала, что просматривала страницы Дианы в соцсетях. Ее ленту я отмотала до самой первой фотографии и обратно. А с помощью Стю нашла ее анкету на сайте *OkCupid*.

*«Не вздумай называть меня милфой!»* — написано в начале ее анкеты.

Место за барной стойкой я выбрала не случайно: отсюда хорошо видно входную дверь, а через широкое окно — улицу перед баром. Немного наклонившись вперед, я замечаю, как Скотт и Диана подходят к двери. Девушка тянет его за руку, уговаривая зайти внутрь. Глаза Скотта встречаются с моими через стекло. Он резко взмахивает рукой, поворачивается на каблуках и уходит прочь. Спустя пару секунд входит Диана, хихикая и активно жестикулируя.

— Боже мой, он такой трусишка! — кричит она, одной рукой поправив прямые темные волосы, и уверенным шагом направляется ко мне, постукивая своими высокими каблуками. — Он боится остаться с нами двумя наедине.

Вживую Диана красивее, чем на фотографиях. Я была готова к тому, что она будет ухоженной и придет при полном параде, но теперь, глядя на нее, я вижу еще и что-то магнетическое, чего по фото не понять. Услышав ее знойный голос, я вспоминаю, что она работала диджеем на радиостанции классического рока, когда они со Скоттом познакомились. На ней футболка с глубоким вырезом под приталенным камуфляжным пиджаком, подчеркивающим шикарные формы ее тела. Волосы девушки блестят, и похоже, что это ее естественная красота. Но больше всего меня поражают ее глаза: какого-то невероятного голубого цвета, но она так активно стреляет ими по сторонам, осматривая все вокруг, что я никак не могу их разглядеть.

Разговаривать с Дианой легко. Она говорит без умолку, так что мне редко приходится придумывать, что сказать. В основном она рассказывает мне о своем парне Рике.

— Формально он живет в Малибу, но на самом деле — на обоих побережьях. Не понимаю, на кой черт жить на Восточном, если можно наслаждаться Калифорнией! А ты когда-нибудь была в Малибу?

— Нет, не была. Ну а как там? — спрашиваю я, хотя девушка не нуждается в уточняющем вопросе.

— Просто великолепно, — сразу отвечает она и достает из кармана телефон, чтобы показать мне фотографии, которые я уже и так видела на ее странице. — Вот это мы на пляже.

И Диана снова продолжает свой монолог. А я понимаю, что он звучит как запись, воспроизводимая с ускорением. Я киваю и умиляюсь, глядя на ее снимки, но мои нейронные связи уже начали свой бег. Есть что-то тревожное в том, что она почти одержима Риком. Девушка рассказала, что ее избранник тоже состоит в открытом браке, но при этом они пересекают всю страну, чтобы проводить вместе каждые выходные. И теперь я понимаю, что Скотт был прав: Диана буквально не может перестать говорить о своем парне. Но что это значит для их брака? Я задумываюсь над этим, но тут же одергиваю себя, вспоминая, как вела себя в отношениях с Мэттом и Карлом. Я мысленно отмечаю, что они еще новички в этом деле. Скорее всего, это просто старый добрый случай переживания новых ощущений в отношениях.

Внезапно Диана замолкает и опускает мобильный на стол. Она кладет свою руку поверх моей, и я замечаю разительный контраст между ее идеально ухоженными пальцами с аккуратным маникюром и моими коротко постриженными ногтями на покрытых и моими пальцами с коротко постриженными ногтями и мозолями от игры на гитаре.

— Молли, — произносит она, и ее голубые глаза наконец-то встречаются с моими. Я отмечаю, что она действительно прекрасна. — Я хочу, чтобы ты кое-что знала. Я давно не видела Скотта таким счастливым. Ты пробуждаешь в нем все самое лучшее.

— О Диана, это так мило с твоей стороны, — прошептала я, удивленная ее словами. (Так вот за что я получила все те лосьоны и резиновую лопатку?)

— Скотт сказал мне, что вы собираетесь вместе поехать на рыбалку. Это правда?

— Ну я еще не решила окончательно, — объясняю я и тут же добавляю: — Я не говорила об этом с мужем. И, конечно, я поеду только в том случае, если *ты* не против.

Она запрокидывает голову и заливается звонким смехом. Люди вокруг оборачиваются, чтобы поглазеть на нее. Темные волосы девушки красиво переливаются, а зубы сверкают своей белизной на фоне загорелой под солнцем Малибу кожи.

— Да я всеми руками за! — с восторгом кричит она. — Видит Бог, *я* ни за что не поеду на эту долбаную рыбалку!

И мы вместе смеемся, представляя, как она будет держать удочку с таким маникюром или как ее туфли на высоких каблуках увязнут в илистом побережье реки.

Диана переводит взгляд на свои часы. Они выглядят дорого, и я думаю, что, скорее всего, это подарок Рика. По словам Скотта, тот все планирует и оплачивает путешествия Дианы на запад.

— Мне пора бежать. Я сказала Скотту, что мы встретимся у входа. Ты же знаешь, каким сумасшедшим он бывает. — Я совсем этого не знаю, но притворяюсь, что понимаю ее, и молча киваю. — Но сначала нам нужно кое-что сделать. Иди-ка сюда.

Она энергично подскакивает со стула и встает рядом, закидывает руку мне на плечо, а вторую вытягивает вперед, держа телефон под правильным углом, и фотографирует нас.

— Я сказала Рику, что пришлю ему фото.

Девушка быстро собирает свои вещи и, прежде чем покинуть бар, обнимает меня с чувством, которое я могла бы оценить как проявление искренней привязанности.

* * *

ПОЗЖЕ ВЕЧЕРОМ ДИАНА ОТМЕЧАЕТ меня на нашем общем снимке. Сидя на унитазе, я показываю Стю фотографию, когда он проходит мимо, направляясь в душ.

— Ну разве она не сногсшибательна?

— Не такая красивая, как ты, детка. — Стю точно знает, как потешить мое эго. Он заходит под струи воды. — И вообще, она из тех, кого я избегаю, — добавляет он, обернувшись на меня.

— Что ты имеешь в виду?

— Как бы так поделикатнее выразиться? Она выглядит как дорогая кукла.

— Да, у меня такое чувство, что она требует особенного ухода.

Под шум воды я рассказываю мужу о нашем разговоре и об отношениях Дианы с Риком. Мы со Стю так и не удосужились повесить в ванной занавеску, да и мне нравится разговаривать с ним вот так, в интимной обстановке обыденной наготы.

— Это как-то странно, — говорит Стю, изобразив неоднозначную гримасу на лице. — Думаешь, она хочет развестись?

Он озвучивает мои опасения. Если они разведутся, что тогда будет со мной? Я прокручиваю в голове разговор с Дианой, чтобы развеять эти опасения.

— Я так не думаю, — после паузы говорю я. — Она поблагодарила меня за то, что я сделала Скотта счастливым. А какое ей дело до его счастья, если бы она его не любила? К тому же у них есть дети.

Стю тянется за полотенцем и энергично вытирает голову. Я не уверена, что мои слова убедили его.

— В любом случае, похоже, все прошло хорошо. И это здорово, милая.

— Спасибо, — равнодушно отзываюсь я. Сейчас отличный момент, чтобы поговорить о возможности моей встречи с Киви, но кажется, что еще не наступило подходящее время. А еще я не уверена, что готова к этому. И кроме того, у меня есть другой, более важный вопрос к мужу.

— Что? — спрашивает Стю, убрав полотенце с лица и смерив меня цепким взглядом.

— Как ты узнал, что я хочу что-то сказать?

— Молли, без обид. Но тебе *всегда* есть о чем поговорить. Так в чем дело? — Он обернул полотенце вокруг бедер и потянулся за зубной щеткой. А я вздохнула и выпустила еще одну струйку мочи. После рождения мальчиков для полного опорожнения мочевого пузыря мне нужно несколько подходов.

— Диана хочет, чтобы я отправилась в путешествие со Скоттом, — туманно начинаю я и тут же понимаю, что поступаю нечестно, выдавая эту идею за ее. — Он очень любит рыбалку, а она ее терпеть не может, поэтому попросила меня составить ему компанию.

Стю смеется.

— А может, мы бы с Дианой и поладили. Рыбалка — полный отстой.

— А по-моему, звучит интригующе, — отзываюсь я.

— Тогда тебе стоит поехать, малышка.

— Ты уверен? Это же больше, чем просто совместная ночь. Речь идет о нескольких днях.

— Да, все в порядке, — говорит он. Я наблюдаю за мужем в зеркало, пока он выдавливает зубную пасту на щетку. — Вообще-то Киви тоже спрашивала меня о какой-нибудь поездке.

— Что? — переспрашиваю я, тут же выпрямив спину и почувствовав, как напрягся каждый мускул моего тела. — О какой поездке?

— Ну я рассказал ей, что ты не поедешь со мной в Вегас в этом году. И она спросила, может ли она поехать вместо тебя.

Каждый год Стюарт ездит в Лас-Вегас по работе. Первый раз я поехала со Стю в Вегас, когда мы обручились. А в следующем году мы отправились в путешествие уже в качестве супругов. С появлением в нашей семье Дэниела и Нейта я вынуждена была отказаться от этой затеи на некоторое время. Но затем мы попытались возобновить былую традицию. Однако после прошлогодней поездки я сказала, что мне уже надоел Вегас. Я проигрывала деньги в казино, постоянно объедалась всякими деликатесами, и для меня погода была слишком жаркой, чтобы прогуляться по городу. Но даже если *я* не хочу ехать в Вегас, это не значит, что вместо меня туда может поехать *Киви*.

— И когда ты собирался рассказать мне об этом? — слова срываются с моих губ, буквально обжигая их.

— А я вообще не собирался об этом говорить, — заявляет Стюарт и говорит это таким голосом, каким терпеливый родитель объясняет капризному малышу прописные истины. И сейчас эта интонация разжигает пламя моего гнева. (*Как он смеет вести себя так, будто я слишком остро реагирую?*) — Я сказал ей, что мы с тобой пока не разрешаем друг другу ночевать вне дома, и я хотел подождать, пока ты примешь эту идею. А теперь ты говоришь, что хочешь поехать со Скоттом на рыбалку… Вот я дурак. Я решил, что ты уже готова. — Он эмоционально вскидывает руки, и на зеркало отлетает капля зубной пасты. — Но теперь я понимаю, что это игра в одни ворота, и если я хотя бы *заикнусь* о совместной поездке с Киви, то стану каким-то бесчувственным монстром.

Какое-то время я жду, пока он выключит свет в спальне, прежде чем выйти из ванной. Как-то давно мы с ним договорились, что «*Мы никогда не ложимся спать злыми*» — и это глупое правило, ведь утром мы просто просыпались измотанными. И бывают моменты, когда я предпочла бы дать себе остыть, а чувствам успокоиться, прежде чем озвучить свои мысли вслух.

Часть моего сознания, отвечающая за логику, слышит слова Стю и даже соглашается с ними. Так почему же мое сердце не хочет его слушать? В памяти всплывает фраза из книги «*Этика бл**ства*»: «Ревность часто является маской, скрывающей самый сложный внутренний конфликт, который вы сейчас проживаете».

Полагаю, речь идет о том же конфликте, что и всегда. Раунд: Молли против Ведра.

## Глава 17

В ИЮЛЕ СКОТТ БРОНИРУЕТ коттедж рядом с рыболовным водоемом в Маунт-Киско. Стюарт хочет взять машину на выходные и предлагает подбросить меня до дома Скотта.

— Я хотел бы с ним познакомиться, — говорит муж накануне. Мысль об этом одновременно возбуждает и вызывает приступ тошноты.

Мне хотелось бы верить, что мы со Стю достигли прочного мира. После нашего спора о Вегасе Стюарт предложил компромисс: что, если они с Киви отправятся в такую же небольшую поездку, как и мы со Скоттом? Никакого перелета. Просто снимут небольшой дом в пределах расстояния, которое можно с легкостью преодолеть на машине, в месте, не имеющем особого значения. И я могла бы уехать первой. Такой вариант мне показался разумным, и я стала с нетерпением ждать выходных со Скоттом, не позволяя своим мыслям переключиться на предстоящую поездку Стюарта с Киви.

Впрочем, дело даже не в равнозначных возможностях для всех нас. Дэниел и Нейт будут в лагере во время моей поездки, но они вернутся домой, когда Стюарт отправится в свое путешествие. И я думаю, что *это лучший вариант*. Так я смогу избежать чувства вины, знакомого любой матери: что провожу время со Скоттом, а не сыновьями. А когда Стюарт будет с Киви, забота о детях отвлечет меня от приступов ревности.

— А ты уверена, что не убегаешь из дома? — как бы невзначай спрашивает Стюарт, когда видит мои сумки.

— Всего две сумки. И моя гитара. — Я попросила Скотта взять с собой и бонго. Уже представляю, как мы вдвоем будем играть на бонго, попивая терпкое розовое вино и глядя на волшебный закат. Стюарт поднимает мой чемодан и рюкзак, а я следую за ним с гитарой. — У тебя сегодня свидание с Киви?

— Да, для разнообразия сегодня она приедет в Бруклин. — Открыв багажник автомобиля, муж оборачивается и, видя мое лицо, сразу добавляет: — Не волнуйся. В доме ее не будет — я забронировал номер в отеле.

Я чувствую себя немного неловко.

— Тебе не нужно было этого делать, — говорю я. — Это выглядит как-то глупо, когда дети и я в отъезде.

— Ну бронь уже есть. Сомневаюсь, что смогу отменить ее.

Пока едем, мы слушаем одно из первых выступлений хорошего стендап-комика Митча Хедберга: «*Приготовление запеченного картофеля в духовке занимает целую вечность. Иногда я просто бросаю его туда, даже если он мне не особо нужен. Потому что ну кто знает, когда он будет готов, да?*» Так приятно посмеяться вместе. Выступление заканчивается как раз в тот момент, когда мы поворачиваем на улицу, ведущую к дому Скотта. Я нервно постукиваю пальцами по колену, пытаясь успокоиться. Стю замечает это и накрывает мою руку своей.

— Чего ты так волнуешься, детка? Думаешь, я собираюсь бить его или делать что-то в таком роде?

— Просто это странно, — отзываюсь я.

— Только если я сделаю вот так, — муж отдергивает руку и начинает чесать себя, издавая обезьяньи звуки: — Ау-уа-аа-уга!

Я начинаю заливисто смеяться:

— А ты забавный.

— Ага, — отвечает он с улыбкой. — Но я обещаю вести себя хорошо.

Мы сворачиваем к дому Скотта, и я сразу замечаю его на улице перед домом. Вчера он заверил меня, что, когда я приеду, Дианы и детей не будет, но какая-то часть меня все еще ждет, что сейчас он подаст знак рукой, как дозорный, предупреждающий, что полицейские еще внутри. Но вместо этого он неторопливо идет к обочине, держа руки в карманах с напускной беспечностью. Должно быть, он тоже нервничает.

Стюарт уже выходит из машины, пока я все еще вожусь с ремнем безопасности. Я выглядываю в окно и вижу, как они идут навстречу друг другу. Вскоре мужчины пожимают руки посреди пустой улицы.

— Ну как дела, мужик? — Слышу я слова Скотта. Никогда раньше я не слышала, чтобы он обращался так к кому-то.

— Ого, у тебя глубокий голос, — говорит Стю. Я чувствую, как мои плечи расслабляются, и, наконец справившись с ремнем, открываю пассажирскую дверь.

— Было бы забавно, если бы я просто включал его, — шутя отвечает Скотт. Он надувает грудь в комическом преувеличении.

Стю вежливо смеется. Я вижу, что они оба прилагают немалые усилия, чтобы найти общий язык. Похоже, только я чувствую себя неловко. Я стою рядом со Стюартом, не зная, куда направить взгляд.

— Давай я возьму твои вещи, — говорит муж, спасая меня. Он проводит рукой по моему плечу, возвращаясь к машине, и я благодарно смотрю на него.

— Закидывай их в мой багажник, — добавляет Скотт, доставая ключи.

И вот они вдвоем идут по улице. Стюарт держит мой чемодан и гитару, а Скотт — рюкзак. Я завидую их собранности и продолжаю стоять так, словно мои ноги окунули в бетон. Тем временем мужчины исчезают за открытым багажником Скотта, и я с усилием делаю несколько глубоких вдохов и выдохов. Стю подходит ко мне, пока Скотт занят складыванием рыболовных снастей. Я знаю, что он просто дает нам шанс попрощаться.

Стю крепко обнимает меня и целует в лоб.

— Повеселись, малышка, — говорит он. — Я люблю тебя.

В моем горле образовался комок. Я *чувствую* себя любимой. Стю делает мне драгоценный подарок. И я возвращаю его ему. Свобода и безопасность сплелись воедино в этот обычный, но неординарный момент.

— Я тоже тебя люблю, — говорю я. — Хорошо проведи время с Киви. И спасибо тебе. За все.

Мой муж садится в машину, оставляя меня наедине с моим парнем. Кто поверит в это, если я расскажу? Скотт машет рукой, когда машина проезжает мимо, а Стю с улыбкой пару раз сигналит.

* * *

МЫ СО СКОТТОМ ПО ПУТИ ОСТАНАВЛИВАЕМСЯ у закусочной, чтобы пообедать, и в Маунт-Киско приезжаем уже поздним вечером. Туман легкой дымкой окутывает пространство вокруг нас. Коттедж, который забронировал Скотт, в реальности оказался меньше, чем на фотографиях, а еще он не прочитал мелкий шрифт в объявлении. В доме есть раковина, но нет ни туалета, ни душа.

Получается, что нам придется бегать в главный дом, чтобы воспользоваться уборной.

— Мне так жаль, Молли, — виновато отзывается Скотт, опускаясь на продавленный матрас, который служит одновременно диваном и кроватью. — Это место просто отстой.

— Все в порядке, — бодро отвечаю я. Сейчас мама бы гордилась тем, что я не унываю в такой ситуации. — Давай включим кондиционер. И ты только посмотри на этот вид!

Вид был действительно впечатляющий. В этом небольшом коттедже с одной стороны располагались окна в пол, открывающие прекрасный вид на простор зеленой лужайки у дома, лес за ней и предгорья Катскилл вдали.

Не поднимаясь с кровати, Скотт поворачивает голову, чтобы посмотреть, о чем я говорю.

— Очень красиво, — безучастно отзывается он, продолжая неподвижно сидеть. — Как и ты.

В его взгляде я вижу разгорающееся пламя страсти, но я не готова так сразу заняться любовью.

— Почему бы тебе не взять бонго из машины? — прошу я, расстегивая чехол с моей гитарой.

Наша совместная игра на музыкальных инструментах на крыльце длится не дольше десяти минут. После мы занимаемся сексом на кровати. А затем я бегу в главный дом, чтобы сходить в туалет и избежать возможного воспаления. Скотт заказывает доставку фалафеля, и, устроившись прямо на кровати, мы перекусываем им и пьем вино, которое я прихватила с собой. А после ужина валяемся на мягких подушках и смотрим комедийное ток-шоу «*Комики за рулем в поисках кофе*».

Я наполняю наши пластиковые стаканчики вином, когда замечаю, что экран моего телефона загорелся, оповещая о новом сообщении. Подойдя ближе, я увидела уведомление от службы доставки:

*Ваш заказ из Kiku Sushi будет доставлен между 20:50 и 21:00.*

Я долго смотрю на сообщение, пытаясь понять его смысл. Должно быть, это какая-то ошибка. Дети в лагере. Кто мог заказать доставку суши?

И тут до меня доходит: Стюарт дома. С Киви.

Скотт видит, как изменилось мое лицо.

— Что случилось, красотка?

— Прости, — быстро бормочу я, все еще глядя на телефон. — Мне нужно позвонить Стю.

Я опускаю стаканы на стол с такой силой, что вино выплескивается. Схватив мобильный, я стремительно выхожу из дома, захлопнув за собой дверь и не глядя на Скотта. Скошенная трава с каплями росы щекочет мои босые ступни. Дрожа всем телом, я набираю номер Стю. Он берет трубку после нескольких гудков.

— Как дела, родная? Все хорошо?

— Твой заказ суши уже в пути. Мне только что пришло уведомление на телефон.

Он смеется, как будто это была отличная шутка.

— Спасибо, но тебе не нужно было звонить. Уверен, курьер найдет дверной звонок.

Мои изощренные попытки донести до мужа свою пассивную агрессию прошли мимо него. Ну и славно. Потому что я сейчас не чувствую себя ни деликатной, ни тем более пассивной.

— Что ты делаешь в доме? — спрашиваю я. А потом, не дожидаясь ответа, добавляю: — Ты привел ее в наш *дом*?

Какое-то время Стюарт молчит.

— Воу, — наконец произносит он. Стю понижает голос, и я понимаю, что он ограждает ее от моего гнева. — Ты *сказала* мне, что я могу привести ее к нам. Помнишь?

— Да что ты говоришь! — как можно громче выкрикиваю я. Очень надеюсь, что Киви тоже слышит меня. (*Вот мне интересно, а где они сейчас? В гостиной? В комнате для гостей? В нашей кровати? Нет. Стюарт не посмеет.*)

Словно в ответ на мой немой вопрос я слышу торопливые шаги Стю по плитке и звук закрывающейся двери. Он оставил Киви на кухне и вышел на заднее крыльцо, чтобы она не слышала нашего спора. Вместо этого наши соседи получили билеты на места в первом ряду.

— И я цитирую, — через сжатые зубы, сдерживая крик, начинает он. — «*Тебе не нужно было бронировать номер. Это так глупо*», — сказала ты мне. Поэтому я позвонил в отель, и они пошли на уступку, отменив мою бронь.

Моя самоуверенность рушится как карточный домик, и я чувствую, как слабеют ноги. Я опускаюсь на землю, и свежескошенная трава ощутимо царапает мои бедра.

— Я сказала это просто из вежливости, — объясняю я. — Но я не это имела в виду. Ты должен был догадаться, что я не хочу видеть ее в нашем доме.

— Ты права, — выплевывает муж с сарказмом. — О, мне так жаль, что я не прочитал твои мысли, когда ты сказала противоположное тому, что имела в виду.

— Пошел ты! Просто увези ее из моего дома и забронируй номер. — Я вешаю трубку. Потом опускаюсь на спину и закрываю глаза, позволяя слезам стекать по вискам и затекать в уши. На меня падает луч света, и я поворачиваю голову, чтобы увидеть Скотта в дверном проеме.

— Эй, красотка, — говорит он. — Что случилось?

Мне не хочется говорить об этом, но я все равно рассказываю ему. Ну почти все. Я опускаю ту часть, где сказала Стю, что он может отменить бронь номера. Не хочу, чтобы Скотт увидел события с его точки зрения.

— Это действительно дерьмово, — отзывается он, когда я замолкаю. Теперь он сидит рядом со мной и беззаботно щиплет траву. Я чувствую укол стыда за то, что представила Стю в негативном свете. Но мне приятно, что Скотт полностью принял мою сторону. А потом он продолжает: — Не так дерьмово, как то, что затеяла Диана, но все же. Паршиво.

— А что задумала Диана? Разве она не уехала с детьми, чтобы мы могли отдохнуть вместе?

Он протяжно застонал и задумчиво уставился вдаль.

— Да. Но я не сказал тебе, куда она поехала. Не хотел портить время с тобой своими проблемами. — Он срывает травинку, катает ее между пальцами и отбрасывает щелчком большого и среднего пальцев в сторону.

Чувствую, как меня накрывает волна беспокойства. Тихо кашлянув, я сглатываю подступивший ком и прошу:

— Расскажи мне.

Скотт смотрит на меня, затем отворачивается и еще какое-то время молчит, прежде чем заговорить.

— Она увезла детей в Калифорнию. Чтобы познакомить их с Риком.

Я замираю, пытаясь обработать эту информацию. И я вижу только один вариант, как ее можно интерпретировать.

— Она хочет переехать, чтобы быть ближе к нему. Несколько дней назад она предложила нам развестись, — добавляет он и продолжает изучать траву.

— О боже, Скотт. Мне так жаль.

Надеюсь, он не поймет, какой оборот сейчас принимают мои мысли. *Так вот почему Диана хотела, чтобы их брак был открытый? Чтобы найти себе нового мужа, прежде чем расстаться со Скоттом?*

— Не стоит, — говорит он. А потом, словно прочитав мои мысли, продолжает: — Наш брак уже давно рушится.

Какое-то время мы сидим в тишине. Я хочу присутствовать в моменте ради Скотта и не погружаться в свои размышления, но мой мозг мчится вперед, прорабатывая один ужасный сценарий развития событий за другим.

— Но подожди. Она же не может перевезти детей на другой конец страны?

— Диана всегда получает то, что хочет, — говорит он. — Вряд ли я что-то могу с этим поделать.

— Бред какой! — восклицаю я, ошеломленная его пораженческой позицией. — Безусловно, есть вещи, которые ты можешь сделать. Для начала тебе нужен хороший адвокат.

Скотт поворачивается ко мне и внимательно смотрит в глаза.

— Наверное, ты права. Мне так повезло, что ты есть в моей жизни.

Я хочу сказать ему то же самое, но не могу. У меня кружится голова, и я чувствую, как в висках зарождается мигрень.

— Давай мы больше не будем тратить время на разговоры о Стю и Диане. К черту их! — говорит он, вставая на ноги и протягивая руку, чтобы помочь мне подняться.

В ту ночь я пытаюсь заснуть, лежа на боку и прижавшись спиной к Скотту. Но сон никак не идет, и я долго лежу без движения, а он тихонько похрапывает мне в затылок. Когда Скотт перевернулся на другой бок, я осторожно сползла с кровати и принялась на ощупь искать свой телефон на тумбочке. Сейчас два пятнадцать.

*Привет, родной. Сомневаюсь, что ты еще не спишь, но мне в любом случае нужно тебе написать. Прости, что я вспылила. Было несправедливо с моей стороны говорить так противоречиво, а потом ожидать, что ты поймешь мои чувства и прочитаешь мысли.*

Я нажимаю «Отправить». Сообщение доставлено и просмотрено. На экране мигают три точки. Удивленная, я хватаюсь за телефон двумя руками, ожидая ответа от Стю.

*Это я должен извиняться. Глупо было с моей стороны посчитать, что небрежно брошенное замечание — разрешение на то, чтобы Киви пришла к нам домой. Твое негодование справедливо.*

Я несколько раз перечитала входящее сообщение, прежде чем написать ответ:

*Ничего себе. Мы стали гораздо лучше выяснять отношения. Тебе так не кажется?*

*Ха-ха. Согласен.*

Я колеблюсь, пытаясь решить, стоит ли делиться с ним тем, что так тяготит меня сейчас. Но я не могу держать это в себе.

*Диана попросила Скотта о разводе.*

*Ох, зараза. Как он?*

*Трудно сказать. Я так рада, что у нас с тобой все хорошо.*

*Так будет всегда, моя малышка. Всегда.*

*Спокойной ночи, Стьюби. Я люблю тебя.*

*Спи спокойно, Чемоданчик. Я тоже тебя люблю. Просто до безумия.*

* * *

РАНО УТРОМ Я ПРОСЫПАЮСЬ от лучика света, проникающего в комнату сквозь окна без занавесок. Когда мы выходим на улицу с удочками, воздух уже горячий, а туман еще не рассеялся. Несмотря на влажность, Скотт одет в любимую фланелевую рубашку и джинсы, на его ногах — тяжелые рыбацкие ботинки. Когда мы подходим к кромке воды, кишащей насекомыми, я опускаю взгляд на свои голые ноги и легкие сандалии с тонкими ремешками и понимаю, что совершенно не подготовлена к рыбалке.

Я переминаюсь с ноги на ногу и отмахиваюсь от комаров и мошек, пока Скотт открывает свой ящик со снастями — там царит идеальный порядок, что идет вразрез с образом того Скотта, которого я знаю. Я смотрю, как он прикрепляет приманку к леске, его пальцы двигаются ловко и уверенно. А затем он передает удочку мне.

— Держи, красавица, — говорит он.

Скотт учит меня, как правильно забрасывать снасти. При первой же попытке я забываю нажать на кнопку, или отпустить кнопку, или что там полагается делать при забросе. Скотт смеется. Ловко перебираясь по мокрым камням, он выходит на берег, где я стою, и прижимается ко мне сзади, показывая, что нужно делать. Его маленькие нежные руки — такие женственные, контрастирующие с запахом виски и глубоким рычанием его голоса, — накрывают мои. Скотт управляет моими движениями, а я послушно следую за ним, и леска со свистом опускается в темно-синюю воду. В рыбалке он определенно искусен, и его компетентность так сексуальна. Я сосредоточиваюсь на ощущении его рук на моих и пытаюсь забыть о том, что жизнь Скотта рушится.

* * *

ЧЕРЕЗ НЕСКОЛЬКО НЕДЕЛЬ СТЮАРТ отправляется в поход в горы Поконо вместе с Киви.

В воскресенье вечером, около одиннадцати часов, я слышу, как открывается дверь гаража. Дети уже спят, и я радуюсь, что Стю застанет меня здесь: на нашей кровати, складывающей белье и смотрящей телевизор. Такая расслабленная, но продуктивная поза — образ, который я хочу ему продемонстрировать, и он почти соответствует действительности.

Дни без него были неплохими. В пятницу я встретилась с Джесси, и мы выпили по чашке ароматного кофе. В субботу утром отправилась на занятия боксом. А потом пришла Сьюзен, мы готовили ужин для детей, пили вино и играли на гитаре. Сегодня мы с мальчиками ездили за покупками к школе. Вернувшись домой, заказали пиццу и посмотрели вместе фильм. Только на какие-то секунды я вспоминала о том, что *Стюарт сейчас с Киви*. Но я не зацикливалась на этом. Вместо этого я сфокусировалась на своей жизни. Полностью погрузилась в тот момент, который я проживаю, а не фантазировала о том, что могло бы произойти. И я горжусь тем, как хорошо мне удалось справляться.

Поэтому с удивлением для себя я замечаю, как сжимается мое горло, после того как Стюарт начинает отвечать на мой простой вопрос:

— Как все прошло?

— Мы не пошли в поход — все дни были дождливыми, — говорит он. — Поэтому мы отправились в магазин, и я купил себе туфли. А потом пошли играть в боулинг, — он продолжает рассказывать, и его голос оживляется. Он говорит мне, что их выходные получились очень домашними. Еще у Киви начались месячные, а их номер был очень светлым, что сделало их секс скорее осторожным, чем страстным. Потом Стю пролил соус гуакамоле на диван, и им пришлось потратить сорок минут на то, чтобы вывести с него пятно. Он описывает все эти события в негативном ключе, но именно такого домашнего и совместного времяпрепровождения я всегда жаждала от него. Я привыкла думать о домашних делах как о чем-то, что я делаю отдельно от мужа и чего Стюарт избегает любой ценой. Когда Стю переходит к рассказу о том, как он готовил ужин с Киви и что он почистил картошку, я начинаю плакать. Он мгновенно замолкает.

— Почему ты плачешь? — с искренним удивлением спрашивает Стю после паузы.

Из-за долбаной картошки.

Я вспоминаю нашу сессию в кабинете Эвелин более трех лет назад, когда она спросила Стю: «*Есть ли причина, по которой вы избегаете бывать дома?*» Думаю, Киви не заставляет его чувствовать, что он все делает неправильно. Наверное, когда он с ней, его отвращение к домашней рутине развеивается, как простыня на бельевой веревке, плавно покачивающаяся на легком ветерке.

Когда я озвучиваю эти предположения Стюарту, он начинает смеяться.

— О малышка, но это совсем не так.

По словам Стю, их разговор вокруг картофеля проходил примерно так:

*«Ты делаешь это неправильно»*, — сказала Киви.

*«Тогда сделай как надо»*, — возразил он, протягивая ей нож.

*«Я занята. Просто делай все правильно»*.

То, как он показал их диалог, заставило меня рассмеяться. И должна признать, что меня восхищает бесцеремонный подход Киви к тому, чтобы заставить Стюарта сделать свою часть работы, и ее категоричное нежелание принимать всякие ерундовые оправдания о том, почему он не может, не должен или не хочет чего-то делать.

Словно прочитав мои мысли, Стюарт говорит:

— Если честно, Киви помогла мне понять многие вещи о нашем браке. Например, почему ты злишься на меня. Я знаю, что начинаю защищаться в ответ на твое недовольство, но ты права, что я недостаточно помогаю по дому. — Он вздыхает и тянется к моей руке. — И я правда сожалею об этом. Я постараюсь стать лучше.

Как бы мне хотелось обнять Киви. Может, мне и не нужно с ней знакомиться. Кажется, у нас дела идут хорошо и она явно меня поддерживает. Тогда зачем раскачивать лодку?

— Знаешь, я тоже узнаю что-то новое о нашем браке благодаря Скотту. Вы так сильно отличаетесь друг от друга. И это побуждает меня больше ценить тебя.

— Мне нравится, как это звучит, — с улыбкой отвечает Стю. — А расскажешь подробнее?

— Ну, например, Скотт ненавидит свою работу. Для него это просто работа, но мне нравится, что ты увлечен своим делом. И еще порой это бывает трудно, но мы с тобой все обсуждаем друг с другом. Скотт и Диана так не поступают.

Стю опускает взгляд и крепче сжимает мою руку в своей.

— Скорее всего, я пожалею о том, что признаюсь в этом, но я ценю то, что ты заставляешь меня говорить. Киви так не делает. Даже если я знаю, что она на что-то сердится, она никогда не скажет мне, на что именно. И это даже радует, потому что избегать опасных моментов — мой стиль поведения. — Он поднимает глаза, чтобы заглянуть в мои. Я вижу, как они блестят от скопившихся слез. Плачущим своего мужа я видела всего три раза в жизни: когда умер его отец и после рождения каждого из наших сыновей. — Но то, что есть у нас с тобой, — особенное. Ты — мой человек, родная.

— А ты — мой, — шепчу я в ответ.

Той ночью мы со Стюартом лежим в нашей кровати, по-прежнему крепко держась за руки, и разговариваем в темноте. Возможно, впервые в жизни мы свободно и открыто говорим о любви — о том, как, несмотря на неизбежные трудности, он любит Киви, а я — Скотта. Как любовь изменяется, эволюционирует и отличается от одной ситуации к другой. И как наша любовь к другим людям, кажется, только побуждает нас любить друг друга сильнее.

— Не влюбляться — такое неправдоподобное правило, — подытоживаю я.

— Не без этого, — говорит Стю, смеясь. — Но мы не знали этого десять лет назад.

— Мы много чего не знали, — соглашаюсь я.

— И то верно.

Какое-то время мы молчим, и я прислушиваюсь к нашему синхронному дыханию в тишине.

Я поворачиваюсь на бок, чтобы оказаться лицом к лицу со Стю, и говорю:

— Возможно, нам нужно только одно правило. Давай просто пообещаем быть друг с другом честными и справляться с любыми эмоциями.

— Такое правило мне нравится, — соглашается муж.

Я придвигаюсь к нему так близко, что наши бедра соприкасаются, и забрасываю на него ногу.

— Возможно, я даже могу позволить тебе называть меня грязными словечками во время секса, — шепчу я.

Он смеется.

— В этом нет необходимости. Эту потребность я могу удовлетворить в другом месте.

— А Киви такое нравится? — спрашиваю я.

— Ты уверена, что хочешь знать ответ?

Я на секунду задумываюсь.

— Я не хочу знать всех подробностей, просто короткий ответ.

— Хорошо, — отвечает Стю. — Временами.

— Круто, — говорю я.

И я действительно так считаю. Я счастлива, что потребности Стю удовлетворяются. И что мне не нужно двигать свои границы ради него. Видимо, вот так начинается путь к сорадости.

Муж улыбается мне в темноте и ласково гладит по голове. А потом целует меня. Нежно. Медленно. Он легонько касается кончиками пальцев кожи под моим пупком. Я вздрагиваю, и его рука замирает.

— Я хочу, чтобы сегодня все было без лишней спешки. Идет?

Я молча киваю.

— Моя девочка, — довольно протягивает он.

## Глава 18

Как-то утром в середине октября я слушала подкаст по дороге из спортзала домой. Нейт перешел в седьмой класс и теперь настаивает на том, чтобы ездить в школу на метро самостоятельно, поэтому в дни, когда у меня нет рабочих семинаров, я наслаждаюсь внеплановыми часами свободы. Голос Айры Гласса прерывается входящим вызовом, и, достав телефон из кармана, я вижу номер родителей на экране.

— Как дела? — сразу спрашиваю я, ожидая услышать мамин голос.

На другом конце раздается негромкое покашливание.

— Привет, Молли. Это папа. Есть минута?

Под его притворно жизнерадостной интонацией я слышу нотки усталости. Нутром я чую, что что-то не так.

— Все в порядке? — спрашиваю я.

— И да и нет, — говорит он и хмыкает. — Мама в больнице.

Вот такая манера «не беспокойся, подумаешь, вопрос жизни или смерти» — типичная линия поведения моего отца. Как бы мне хотелось протянуть свои руки на эти тысячи километров, что нас разделяют, и хорошенько его встряхнуть.

— Что случилось? — строго спрашиваю я, рассчитывая на то, что мой тон убедит его говорить правду и не приукрашивать ситуацию.

— Ну у нее были проблемы с туалетом.

Я закатываю глаза. Мой отец не выносит обсуждения телесных функций. А значит, мои вопросы должны быть конкретнее.

— Ты имеешь в виду инфекцию мочевого пузыря? Или что-то с мочеиспускательным каналом?

— О нет, ничего подобного, — говорит он, вероятно испытывая чувство благодарности за то, что я не предположила вслух опущение матки. — Просто запор.

— Пап, с «просто запорами» не попадают в больницу.

Кажется, он почувствовал некоторое облегчение от того, что я это сказала.

— Я так и думал. Поэтому, когда она жаловалась на боль в животе, я не придал этому значения. — И теперь я узнаю ключевую эмоцию в его голосе: чувство вины. — Но вдруг посреди ночи она сказала, чтобы я позвонил в «скорую». Сейчас они делают какое-то сканирование. Я только что вернулся домой, чтобы выгулять Хьюго. Надеюсь, через несколько часов мы узнаем, что произошло.

— Пап, я скоро буду.

— О, в этом нет необходимости, — сразу реагирует он, но тут же осекается: — Хотя твоя мама обрадуется, если ты приедешь.

— Я прямо сейчас куплю билет.

* * *

СИДЯ В ТАКСИ ПО ДОРОГЕ в аэропорт и зная, что отец редко задает правильные вопросы и у него все равно нет мобильного телефона для поддерживания со мной связи, я звоню в больницу и разговариваю напрямую с лечащим врачом. У моей мамы заворот кишечника, и ей требуется срочная операция. Как только я вешаю трубку, набираю в поисковик телефона: «Заворот кишок и болезнь Паркинсона». И вот я уже падаю в кроличью нору всех проблем со здоровьем, которые возникают при прогрессирующей болезни Паркинсона: трудности с пищеварением, падения, пневмония, даже галлюцинации и деменция. Я отправляю Стюарту ссылки на статьи о самых ужасных перспективах, а он отвечает мне:

*Так ты сведешь себя с ума, детка. Может, вместо этого послушаешь музыку?*

Я знаю, что муж прав. Но прослушивание музыки сейчас кажется мне предательством по отношению к страданиям моей матери. В самолете я слушаю белый шум в наушниках и закрываю глаза. Но мой страх не желает утихать. «*Моя мама умрет*, — думаю я. — *Если не сейчас, то в скором времени*».

Когда я приезжаю в больницу, ту самую, где когда-то родилась я, уже около пяти часов вечера. Отца я нахожу в коридоре. Он спит на стуле, прижав подбородок к груди, и тихонько похрапывает. У него на коленях лежит толстая историческая биография, и палец заложен между страницами, чтобы не потерять место, где он остановился. Папина борода уже совсем седая, а редеющие волосы зачесаны, чтобы прикрыть лысину на голове. Мне хочется дотронуться до него, но я боюсь потревожить папин сон. Он открывает глаза и резко выпрямляется на кресле.

— Ты здесь! — произносит он со смесью шока и облегчения.

— Привет, пап, — говорю я и неловко наклоняюсь, чтобы обнять его.

— Привет, малышка, — отвечает он, похлопывая меня по спине. — Хорошо, что ты приехала.

* * *

ЧЕРЕЗ НЕСКОЛЬКО ЧАСОВ, когда мама просыпается от наркоза и видит меня, в ее глазах появляются слезы, но она не может ни улыбнуться, ни тем более заговорить со мной. Прошло почти двадцать четыре часа с тех пор, как она приняла последнюю дозу *синемета* — ее чудо-препарата от болезни Паркинсона. А без лекарств она пленник в собственном теле. Даже если мы принесем ей таблетки из дома, она не сможет их проглотить. И я уговариваю дежурного ординатора пройти через все необходимые бюрократические процедуры, чтобы добавить *леводопу*[1] в ее капельницу. Как только лекарственный препарат попадет в кровь, понадобится еще несколько часов, прежде чем он подействует и она сможет двигаться.

Я отправляю отца домой отдыхать, используя в качестве предлога их лабрадора.

---

[1] Леводопа — лекарственный препарат, используемый для лечения болезни Паркинсона путем повышения уровня дофамина в мозге и улучшения контроля движений.

— Иди и позаботься о Хьюго, папа. Я останусь с мамой на ночь.

Пока он целует маму в лоб и что-то шепчет на ухо, я отвожу взгляд.

Найдя в шкафу одеяло и подушку, я устраиваюсь в мягком кресле рядом с маминой кроватью. Всю ночь я внимательно слежу за выражением ее лица и держу за руку, когда она вздрагивает.

В течение ночи медсестры постоянно заходят и выходят из палаты, чтобы проверить жизненно важные показатели моей матери. Некоторые из них включают свет. Когда они пытаются заговорить с ней, я отвечаю за нее.

— У нее болезнь Паркинсона, — объясняю я снова и снова, потрясенная тем, что эта информация не указана на самом видном месте в ее медицинской карте. — Она пропустила несколько доз лекарства, пока ей делали операцию, и не может ни говорить, ни двигаться, пока оно снова не начнет действовать.

Мамины глаза находят мои, и я вижу, что в них отражается благодарность.

К рассвету ей удается прошептать хриплым шепотом:

— Молли.

— Я здесь, мама, — сразу реагирую я, крепче сжимая ее руку. — Я здесь.

* * *

СЛЕДУЮЩИЕ НЕСКОЛЬКО ДНЕЙ я дежурю у маминой кровати, сидя в кресле, и принимаю *экседрин*, чтобы унять свою бушующую мигрень. Отец постоянно приходит нас навещать, но я вскоре отправляю его домой, ведь ему трудно выполнять те задачи, которые я взяла на себя. Голос моей матери все еще слаб, а из-за плохого слуха отца ей трудно обратить на себя его внимание. Я же, напротив, чутко реагирую на удовлетворение всех ее потребностей: нажимаю кнопку вызова медсестры, когда маме нужно в туалет; каждый час поправляю ее подушки; протираю ей рот губкой, смоченной в ледяной воде. Очевидно, что мама предпочитает мою заботу грубым попыткам отца быть полезным, и я отправляю его домой каждый день после обеда, чтобы он «позаботился о Хьюго».

На третий день в больнице мама обеспокоилась тем, что пропустит встречу со своим книжным клубом.

— Я боюсь, что они будут переживать из-за меня.

— Хочешь, я отправлю групповую рассылку? — спрашиваю я.

— Но у тебя нет их адресов.

— А я войду в твою почту. Какой у тебя пароль?

Кажется, мама поражена тем, что я так просто могу разобраться с этой ситуацией. После того как я отправила сообщение для участников книжного клуба, она спрашивает, могу ли я посмотреть, кто писал ей за последние несколько дней. Я уже отправила сообщения всем членам нашей семьи: сестре, тетям, племянникам и двоюродным братьям, а теперь сканирую мамин почтовый ящик в поисках других имен.

И тут я вижу его: письмо от Джима. Беглый взгляд на список входящих матери показывает, что мужчина пишет ей довольно часто. Темы писем обычно нейтральные: «Слишком смешно!» и «Ты уже вернулась?».

— Хочешь, я тебе его прочитаю? — спрашиваю я, колеблясь. — Он прислал его вчера.

— Конечно, — сразу реагирует она.

Я смотрю на хрупкое тело матери, такое крошечное на фоне огромной больничной койки. Думаю, их переписка уже не слишком пикантна (если она вообще такой была), поэтому я смело нажимаю на входящее сообщение и читаю вслух.

*Привет, Дорогуша! Я пытался дозвониться до тебя сегодня утром, но никто не отвечает, а автоответчик переполнен. Надеюсь, у тебя все хорошо. Дай мне знать, если вы с Филом захотите встретиться за завтраком на следующих выходных! Целую, твой Д.*

— Как мило, — отзывается она. Я перевожу взгляд на мамино лицо и внимательно смотрю на ее легкую полуулыбку, как студент-искусствовед изучает таинственную *Мону Лизу*. — Не могла бы ты написать ему ответ и рассказать, что случилось? А еще добавь, что я позвоню, как только вернусь домой. А я пока закрою глаза на несколько минут, если ты не против.

— Конечно, мам.

Я четко следую маминым указаниям и нажимаю «Отправить» как раз в тот момент, когда в палату входит отец. Я чувствую, как у меня перехватило дыхание, как будто участвую в сокрытии страшного преступления. И мне приходится напоминать себе, что отец знает все о Джиме. Ради всего святого, они до сих пор собираются вместе за завтраком по выходным!

Но теперь у меня возникла одна идея.

— Привет, пап, — шепчу я, кивая в сторону спящей матери. — Думаю, я пока съезжу домой и приму душ.

— Отличная идея, — соглашается он и протягивает мне ключи от своей «Хонды». — Не нужно вставлять ключ в замок зажигания. Просто держи его в кармане.

Последние три года я ездила на его «новой» машине каждый раз, когда приезжала домой, а мой собственный автомобиль работает точно по такому же принципу.

— Да, пап. Я знаю.

* * *

И ВОТ Я В РОДИТЕЛЬСКОМ ДОМЕ. Одна в том месте, где прожила столько лет. Когда я выпускаю Хьюго из задней комнаты, он виляет хвостом в экстазе от присутствия другого живого существа.

— Понимаю тебя, Хьюго, — с улыбкой говорю я, поглаживая его белую мягкую шерсть. — Дом кажется каким-то непривычным, когда он пуст.

Собака поднимается за мной по лестнице и опускается на свою лежанку, которую мои родители поставили в своей спальне. Мой взгляд падает на мамин письменный стол. По форме и цвету он похож на коричневую фасолину. Под его столешницей три изогнутых ящика разной глубины с каждой стороны и один узкий посередине, поэтому мама называет его столом в форме почки. Когда мне или сестре нужна была ручка, чтобы сделать домашнее задание, или когда отец искал свою чековую книжку или марку, она кричала, стоя внизу у лестницы: «Посмотри в почке!»

Я вспоминаю наш с ней последний вечер на выездном семинаре в Северной Каролине. После того как мы (с минимальным количеством подробностей) поделились друг с другом рассказом о своем опыте секса втроем, мама поведала мне еще несколько интересных фактов. О том, что она плачет после оргазма. И что в ту ночь, когда умер мой дедушка по папиной линии, она была на свидании с Джимом, и до сих пор ее мучает чувство вины, что в тот момент ее не было рядом с моим отцом. Но я хочу знать то, что она мне никогда не скажет. Я хочу знать то, в чем она не в силах признаться даже самой себе.

Я начинаю с самого маленького ящика слева. Среди пыли и нескольких скрепок я нахожу маленький синий блокнот. Удивленно смотря на него, я понимаю, что эта вещь — моя. Надпись на обложке выведена моими аккуратными круглыми буквами с дополнительной звездочкой над «i», а значит, это тетрадь со школьных времен:

*С днем рождения, мама!*

*Ты самая лучшая мама во всем мире, и я люблю тебя больше всего на свете.*

*С любовью, Молли*

На следующей странице текст написан рукой матери. Там она пишет о своем предстоящем отпуске:

*Я хочу взять уроки искусства и/или музыки и/или тай-чи — заняться чем-нибудь, что отвлечет меня от мыслей и всех этих «надо», из которых состоит моя жизнь.*

Я знаю все об этих «надо»: сюда входят все обязательства, вытекающие из брака, материнства и существования в этом мире как женщины. Но неопределенность этих *и/или* наполняет мою душу грустью, которую трудно описать. Искать, не зная, что именно ты ищешь. Мне чудится, как мама спрашивает: *«Это оно?»* Я вздыхаю и закрываю блокнот. *Сделает ли знание об этом «и/или» меня цельной?*

В одном из глубоких ящиков я осторожно поднимаю стопку бумаг. Там фотографии, поздравительные открытки и старые авиаписьма, тонкие, как луковая кожица. Когда я вижу имя Джима в строке отправителя, мое сердце начинает биться чаще. Я решаю сделать паузу и достаю телефон.

— Привет, родной, — говорю я, когда Стюарт берет трубку. — Я шпионю в доме родителей и собираюсь прочитать мамины письма. Как ты думаешь, я ужасный человек?

Обратной дороги нет, и мы оба это знаем. Но Стю понимает, что сейчас я хочу получить разрешение на то, что делаю.

— Вперед, — бодро отзывается муж. — И не волнуйся. Я уверен, что Дэниел и Нейт тоже просматривают наше грязное бельишко.

— Спасибо, — говорю я. — Сейчас у меня в руках письмо от Иисуса Христа. Я наберу, если найду что-нибудь стоящее.

Он смеется.

— Я на это рассчитываю.

Сев прямо на пол в родительской спальне, я перечитала все письма от Джима, которые смогла найти. И я разочарована. Ведь я рассчитывала, что они будут более интимными. Вместо этого все они посвящены актерским выступлениям и учениям Махикари.

В одном из писем Джим упоминает о поездке, о которой мне рассказала мама, когда мы ехали в аэропорт Шарлотты после нашего совместного писательского ретрита. Тогда мама с Джимом вместе отправились из

Чикаго в Калифорнию, чтобы пройти второе посвящение в Махикари — новый этап углубления их приверженности практике. Мама вспоминает эту поездку как романтическую, но в разговоре она также отметила, что была целомудренной. К тому моменту она уже встречалась с Буддой, который запретил ей строить взаимоотношения с Джимом. Мама объяснила, что, как сенсей, он привык отдавать приказы. А мама, как послушная девочка, подчинилась.

В другом письме Джим подробно отвечает на сомнения моей мамы по поводу учения Махикари — те сомнения, о которых я и не знала. Насколько было известно мне, она была преданной участницей клуба с 1978 года и до того рокового дня в 1994 году, когда мама набрала слово «Махикари» во всемирной паутине и увидела статьи с заголовками «Как сбежать из секты» и «Американские последователи Махикари осуждены за мошенничество». Но письмо Джима было написано по меньшей мере за десять лет до этих событий.

*Я обсудил твои вопросы с доши в Центре. Он предлагает тебе подумать о том, что твое противостояние Махикари похоже на хождение по натянутому канату.*

Если целью письма было утешение мамы, то выбор такой метафоры кажется странным. Я представляю свою маму, которая, как и я, смертельно боится высоты, парящей над твердой землей в нематериальном мире Махикари, опасающейся того, что может случиться, если она соскочит с тонкого троса, ставшего ее единственной опорой на высоте.

И все же в своих письмах Джим неизменно называет маму «Дорогуша», точно так, как и в своем электронном послании. В этом я вижу и привязанность, и многолетнюю дружбу, и уважение.

Тем временем я перехожу к поиску писем от Будды. Тщательно перебираю конверты с авиапочтой, пока не нахожу два или три отправления с его фамилией. Их содержание еще скучнее. В первом он пишет, что у него грипп. Во втором — что ищет новую работу. Его дети здоровы. Разумеется, английский — не его родной язык, поэтому письма по понятным причинам скудны с лингвистической точки зрения. Я продолжаю свои поиски. Что именно хочу найти, я не знаю. Но вдруг натыкаюсь на стопку фотографий.

Там есть два снимка, которые сразу привлекли мое внимание. На них по отдельности сфотографированы мама и Будда в одном и том же месте аэропорта, как будто они просто сняли друг друга по очереди. Я сразу узнаю косматые волосы и квадратную челюсть Будды. Хотя в детстве я никогда не задумывалась об этом, сейчас я вижу, что он действительно красивый мужчина.

Но я не могу оторвать глаз от фотографии моей мамы. Она сияет в ярко-голубой блузке, юбке в цветочек и белых босоножках в тон сумочке. Ее стройные красивые ноги скрещены в лодыжках, и она прислонила ладонь к щеке, а ее игривый взгляд направлен на мужчину, делающего снимок. Она улыбается, показывая свои ровные белые зубы. Рассматривая снимок, я пытаюсь угадать ее возраст по фотографии. Должно быть, она была сделана во время той ее поездки, которую я смутно помню. Это было в тот год, когда мне исполнилось четырнадцать, а ей — сорок четыре, то есть столько же, сколько мне сейчас. Она поехала в Японию, чтобы пройти третье и последнее посвящение и увидеть Будду. В этом она призналась, когда мы ехали через горы Северной Каролины. Ближе к концу поездки Будда забронировал для них номер в шикарном отеле в центре Токио. Но к тому времени моя мама познакомилась с женой Будды (которой он все это время изменял) и разорвала с ним отношения. Кроме того, после возвращения в Японию Будда пошел по другому духовному пути. Он отрекся от Махикари и стал Свидетелем Иеговы.

* * *

ВЕРНУВШИСЬ В БОЛЬНИЦУ, я не упоминаю о своих находках в недрах стола-почки. Вместо этого я докладываю родителям о пропущенных телефонных звонках, сообщениях на автоответчике и о том, сколько раз Хьюго покакал. Позже отец выключает звук у футбольного матча между клубами Северо-Запада и Небраски, и мы втроем играем в командную версию настольной игры в слова под названием «Боггл». Отец составляет длинные списки слов, продиктованных мамой и мной, чтобы ей не пришлось самой делать записи. Прошли времена тех знаменитых победных танцев моего отца после того, как он обыгрывал нас. Теперь родители вдвоем играют в «Боггл» почти каждый вечер, а листы бумаги — воспоминания об их прошлых играх, включая триумфальную тетрадь с записями на четыреста очков, — бережно хранятся в специальной коробке.

После нашей игры отец отправляется домой, воспользовавшись последней возможностью выспаться перед моим утренним вылетом в Нью-Йорк. Я провожаю его до машины, и на пустой больничной парковке он говорит мне:

— За последнюю неделю я впервые посмотрел на твою мать и увидел в ней пожилую женщину.

Я вспоминаю еще одну фотографию, которую увидела в тот день, когда бросила свою затею что-то найти в мамином столе и, сидя на полу родительской спальни, листала их свадебный альбом. Снимок привлек мое внимание, потому что он был единственный, на котором они не позировали специально. Он был живым. На нем мои мама и папа сидели где-то на улице на пушистом покрывале. Мама, одетая в элегантное платье, сидела спиной к камере. А отец, опираясь на локоть, завороженно смотрел на нее.

По словам мамы, отец ценил присутствие в ее жизни и Джима, и Будды. Я полагаю, что они удовлетворяли ту ее потребность, которая была чужда ему, — стремление к духовному развитию. Но мой отец никогда не чувствовал какой-то угрозы, да и причин на то не было. В конце концов, именно он каждый вечер играет с мамой в «Боггл» и приходит к ней по ночам.

Я возвращаюсь в больничную палату и просматриваю оповещения на телефоне, пока мама отдыхает.

— Ты читаешь любовные письма? — тихо спрашивает она, не открывая глаз. Я вспоминаю о том, что совсем недавно шпионила за ней, и чувствую укол вины.

Я читаю сообщения от Стю («*Наша кровать так пуста без тебя*»), от Скотта («*Как твоя мама?*»), от Нейта («*Мам, а ты будешь завтра дома?*») и еще от Нины,

Джесси, Сьюзен и других друзей, которые знают, что моя мама в больнице, и справляются обо мне.

— Наверное, можно и так сказать, — отвечаю я. *Что это, если не любовные письма?*

Мама открывает глаза и поворачивает голову набок, лицом ко мне.

— Я рассказывала тебе о письме, которое прислал мне Будда? Это было несколько месяцев назад.

— Нет, не говорила. Что он написал?

— Могла бы ты найти его в почте?

Я захожу в мамину почту и набираю имя мужчины в строкс поиска, а затем открываю единственное высветившееся сообщение. В нем всего пара строк, но оно настолько трогательное, что у меня перехватывает дыхание. Я смотрю на маму. Ее глаза снова закрыты, а лицо озаряет все та же загадочная улыбка *Моны Лизы*.

— Можешь прочитать мне его вслух? — просит она. — Я хочу услышать это снова.

— *Мэри. Ты мне снилась прошлой ночью. Как же прекрасна ты была.*

## Глава 19

В течение следующих месяцев моя мама то возвращается в больницу, то выписывается из нее. Во время восстановления после операции на кишечнике она падает и ломает ключицу. Постоянные «проблемы с туалетом», как продолжает называть их отец, оказывают влияние на пищеварительный тракт, и в итоге у мамы обостряется аппендицит.

Я часто приезжаю в родительский дом, чтобы дать отцу передышку от постоянного ухода за матерью, и организую помощь, когда меня нет. Я встречаюсь и общаюсь с лечащими врачами матери, пытаясь решить проблемы ее слабеющего организма.

Я хочу все исправить. Верю в то, что если только смогу обеспечить ей правильную комбинацию медикаментов и наблюдения, то, заручившись помощью служб доставки и приходящих сиделок, смогу спасти маму от опасностей, которые таит в себе старость. Я могу спасти ее от неизбежности смерти.

Только в первую неделю января я записываюсь на сессию к Митчеллу. Возможно, из-за всей этой бесконечной кутерьмы до этого у меня действительно не было времени. Или, может быть, потому что у меня не хватало сил для себя. На протяжении нескольких последних месяцев тупая боль в голове — мой постоянный спутник. Она нависает надо мной как тень.

Когда я опускаюсь на диван Митчелла с тяжелым выдохом, он сразу же спрашивает:

— Как твоя голова?

С моих губ срывается смешок, и я чувствую его горький привкус.

— Думаю, ответ очевиден, — замечаю я.

Митчелл кивает.

— Возможно, сегодня у нас получится обернуть твою мигрень тебе во благо и использовать ее как инструмент на нашем сеансе. Помнишь момент, когда она впервые появилась? Или есть какие-нибудь закономерности, когда приступы становятся особенно сильными?

— Я помню, что в первый раз приступ начался тогда, когда мама попала в больницу, — вспоминаю я. За последние месяцы Митчелл узнал так много о моей жизни. Здоровье мамы было моим оправданием для каждой отмены нашей встречи. — И у меня начинается мигрень каждый раз, когда я возвращаюсь домой. Но я думаю, что просто устала.

Он молча делает заметки в блокноте.

— Кроме того, у Скотта сейчас не все гладко. Они с женой рассказали детям о разводе в канун Рождества.

И вот одним вопросом Митчелл направляет острое перо своей ручки прямо мне в сердце:

— А как стресс Скотта отражается на *тебе*?

— Он часто звонит мне, — отвечаю я. — Обычно когда занимается стиркой.

Не знаю, зачем я отмечаю эту деталь, но она кажется мне важной. «*Привет, красавица*», — традиционно приветствует он. Я слышу на заднем фоне жужжание стиральной машины, эхо, нарушающее тишину подвала, и глубокую печаль в голосе мужчины.

Митчелл просто смотрит на меня, молчаливо напоминая, что я не ответила на его вопрос.

— Мне жаль его. Диана ведет себя так импульсивно. Она планирует выйти замуж за парня, с которым познакомилась всего год назад. И она мечтает переехать с детьми в Малибу. Но теперь их дочь хочет остаться со Скоттом и закончить школу в Нью-Джерси. А их сын так тяжело все это воспринимает. Ему всего девять. — Я делаю паузу, а Митчелл молча смотрит на меня. Его пристальный взгляд заставляет меня стесняться того, что я не говорю. — Я знаю, что все его семейные драмы влияют на меня, но не знаю, как это объяснить.

— Не торопись, — мягко говорит он. — Дай чувствам выйти на поверхность. Попробуй закрыть глаза, это может помочь.

Я следую его совету и закрываю глаза, затем делаю глубокий вдох. Сразу несколько образов борются за место в моем сознании. Я вижу сына Скотта (такого, как на фотографии со страницы Дианы), одетого в футбольную форму игроков Малой лиги. А потом я вижу Нейта, который стоит в нашей прихожей в пижаме и все еще хочет, чтобы я спела ему колыбельную и уложила спать. Я вижу грустные глаза Скотта. Вспоминаю его недавний телефонный звонок поздней ночью (на этот раз из бара, а не из прачечной) и пьяного Скотта, с надрывом спрашивающего меня: «*А ты когда-нибудь бросишь его, Молли? Он никогда не будет любить тебя так, как люблю я!»* На следующее утро он прислал сообщение с извинениями, списав все на лишний стакан виски, и я отбросила эту мысль. Но теперь я чувствую, как разгорается пламя в моей голове. Я закрываю глаза, и слова льются как вода, чтобы погасить уже бушующий пожар.

— Скотт хочет, чтобы я познакомилась с его сыном. Но я так не могу. Это звучит немного безумно, но мне кажется, что это предательство по отношению к Нейту. И я боюсь, что на самом деле Скотт хочет, чтобы я бросила Стюарта и вышла замуж за него, чтобы стать матерью его детей. А я не могу так поступить. У меня есть своя семья. Я люблю Стюарта. И нашу совместную жизнь. Но и Скотта я люблю. Действительно люблю. Я просто не знаю, сможет ли он принять такую реальность.

Закончив свой монолог, я открываю глаза и смотрю на Митчелла.

— Я понял, откуда головная боль, — говорит он. — Отличница-Молли снова наносит удар.

Я начинаю протестовать, но понимаю: он прав. Я снова пытаюсь угодить, позаботиться, спасти — как своих родителей, так и Скотта. И как я могла не заметить этого раньше? Сейчас я даже не знаю, мне смеяться или рыдать. Я сижу с открытым ртом, не в силах решить, что мне с этим делать.

Митчелл читает все по моему лицу.

— А давай попробуем кое-что сделать, — предлагает он.

Он встает с кресла, берет из дальнего угла комнаты стул и ставит его передо мной. Затем берет с дивана подушку и ставит ее на стул, прислонив к спинке. Снимает с вешалки мою шляпу и кладет ее на подушку.

— Знакомься. Отличница-Молли, — и указывает на подушку.

Я смеюсь.

— Ну ладно.

— А ты — Настоящая Молли. Истинная Молли. И я хочу, чтобы ты поговорила с Отличницей-Молли. Твоей идеальной версией, которая с детства делала все возможное, чтобы позаботиться обо всех окружающих. Ей нужно услышать тебя прямо сейчас. Что ты хочешь ей сказать?

Я смотрю на эту конструкцию из подушки со шляпой и отчетливо вижу *ее*. Я вижу Отличницу-Молли, которая разговаривает по телефону со Скоттом, помогая ему пережить развод. Она летает в Чикаго каждые выходные, чтобы ухаживать за матерью. Она потакает желаниям Мартины. Она жонглирует двумя детьми и работой, молча проглатывая свой ядовитый гнев. Она присоединяется к культу Махикари, чтобы сделать свою мать счастливой. И вот она, восьмилетняя Отличница-Молли, сидит за столом в очках с розовой оправой и копной песочных волос, спадающих на лицо, склонившаяся над тетрадью с острозаточенным карандашом в руках и полная решимости сделать все и даже больше.

Мне хочется взять ее на руки и обнять, что я и делаю. Ее шляпа падает на пол, но это не важно. Я беру ее на руки и нежно укачиваю. Я говорю своему «идеальному» Я, что ей не нужно угождать другим, чтобы ее потребности удовлетворялись, что *я* позабочусь о ней. И я не знаю, кто сейчас плачет — Настоящая Молли или Отличница-Молли. Мы мокрые от одних и тех же слез.

— Как твоя голова? — мягко спрашивает Митчелл, когда мои рыдания стихают.

— Лучше, — отвечаю я, все еще сжимая подушку одной рукой, а второй доставая из коробки салфетку. — Но я чувствую себя такой подавленной. Я уверена, что в один прекрасный день добьюсь успеха. А потом понимаю, что заново прохожу один и тот же чертов урок.

Пока я сморкаюсь, Митчелл смотрит в потолок, то ли давая мне возможность спокойно привести себя в порядок, то ли выделяя себе время на то, чтобы сформулировать какую-то мудрость. Я благодарна и за первый вариант, но возлагаю надежды на второй. И спустя пару минут он наконец говорит:

— Не обманывай себя, Молли. Это как хождение по винтовой лестнице: вид вроде бы тот же, но на самом деле ты понемногу поднимаешься выше.

* * *

В ТУ НОЧЬ, КОГДА Я ЛЕЖАЛА в постели, одно воспоминание из детства всплыло в памяти.

Мне было шесть лет. Я ночевала у своей подруги Гретхен, а ночью на город опустилась сильная метель. Снега выпало столько, что снегоуборочные машины не могли выехать на маршрут, и я осталась у подружки еще на одну ночь. Но на третий день мне захотелось домой. Мама Гретхен была не то чтобы злой, но ее строгий голос с акцентом пугал меня. А еще у Гретхен были обязательные уроки игры на скрипке по несколько часов каждый день, независимо от того, была я в гостях или нет. У них в доме не было апельсинового сока, только виноградный, от которого у меня начинался понос. И два вечера подряд мы ели на ужин одни и те же спагетти. На вкус они были пресными и совсем не похожими на мамины спагетти.

Я позвонила родителям и расплакалась в трубку.

Дэниел и Нейт никогда не оставались где-то с ночевкой в таком маленьком возрасте. И понимание этого заставляет меня усомниться в достоверности моих воспоминаний. Но те события, отложившиеся в моей памяти, совпадают со временем самой сильной метели в истории Чикаго. Та, которую я помню, была в январе 1979 года, то есть ровно тридцать девять лет назад. И все же даже в том возрасте, который сейчас кажется мне слишком юным для того, чтобы оставаться ночевать вне дома, я и не мечтала, что кто-то придет мне на помощь. Моя задача была проста: разобраться во всем самостоятельно. Позаботиться о себе.

Гретхен жила всего в нескольких кварталах от моего дома, но сугробы были такими высокими, что только крыши машин выглядывали над сверкающим белым полотном. Под снегом не было видно и ступенек крыльца, а частично скрытые под сугробами дома казались слишком низкими, чтобы в них могли жить люди обычного роста. Но когда отец услышал, как я рыдаю в телефонную трубку, он коротко сказал: «Подожди. Я скоро буду».

Надев сапоги, застегнув на все пуговицы пальто и по уровень глаз натянув шапку, я засунула руки в варежки и терпеливо ждала отца, обливаясь потом. У Гретхен наверху был урок игры на скрипке. А я с предвкушением смотрела в окно гостиной, как будто сейчас был канун Рождества.

И тут я увидела его. Своего отца.

Его борода была припорошена снегом, и он брел по центру засыпанной снегом улицы, прокладывая себе путь руками в перчатках. А потом я помню, как мы отправились домой. Я гордо сидела на плечах своего отца-героя, а он шел по той тропинке, которую протоптал, пока добирался ко мне. Я слышала, как тяжело он дышал, и наблюдала за паром, окутывающим его лицо на выдохе. Чувствовала его сильные руки на моих маленьких ножках, когда он крепче сжимал меня, перешагивая через очередной сугроб. Он нес меня домой. Он оберегал меня.

В дремотной дымке, стирающей границы между воспоминанием и сном, отец снимает свою маленькую девочку с плеч и передает ее мне. Я уже достаточно взрослая, чтобы носить ее на руках, быть ее матерью, заботиться о ее потребностях. Засыпая, я прижимаю к себе мою трогательную малышку — Отличницу-Молли.

## Глава 20

Бракоразводный процесс Скотта проходит с бешеной скоростью. Он решает не обращаться к адвокату и ничего не оспаривать. Диана переедет с сыном в Калифорнию.

Разговаривая с ним по телефону, я держу язык за зубами. Его пассивность приводит меня в недоумение, но я сдерживаю свой порыв предложить ему помощь и собственноручно нанять Скотту адвоката. Внезапно в голове складываются слова для новой песни. Я записываю их и накладываю на аккорды с перебором, который позаимствовала у одной из любимых групп Скотта — *Mountain Goats*:

*В конце концов, мы оба знаем, что дело может быть не в том,*
*Что я спасти тебя не в силах, а ты и в этом не силен.*

* * *

Адвокат Дианы составляет соглашение о разводе, и Скотт подписывает его накануне Дня святого Валентина. Узнав об этом, я отправляю ему сообщение: «*Позволь мне пригласить тебя куда-нибудь*». Мы не виделись несколько недель. Я советовала ему использовать это время, чтобы уделить внимание детям. К тому же Скотту предстояло найти себе новую квартиру. И я знаю, что он был обеспокоен тем, как оплатить аренду, поэтому я сама забронировала нам номер в отеле и столик в ресторане. Мы договорились встретиться в центре города, и, сидя в вагоне метро, я достаю из сумки открытку ко Дню святого Валентина, которую купила в киоске, и смотрю на ее чистый разворот. Что я могу написать? Я вставляю наушники в уши и включаю последний плейлист от Скотта «*Микс для Молли #5*», установив режим воспроизведения в случайном порядке. Скотт проникает в мои мысли через уши, как он всегда это делал. И каждая песня словно дарит мне еще одну частичку откровения о нас.

Вскоре я добираюсь до отеля и регистрируюсь. А когда Скотт присылает сообщение, что скоро будет, выхожу на улицу, чтобы подождать его там. Холодный воздух обдувает мое лицо. Вскоре он показывается из-за угла квартала и быстрым шагом идет ко мне. На нем тонкая куртка, и для такой прохладной погоды она явно не подходит. А еще Скотт без шапки и перчаток, и его руки засунуты глубоко в карманы джинсов. Он идет, не поднимая головы. Полагаю, он делает это для того, чтобы прикрыть лицо от ветра. Но когда его глаза встречаются с моими, он слабо улыбается, а затем снова опускает взгляд. Дурное предчувствие уже показало свое уродливое лицо и вцепилось своими холодными руками в мое горло. Я неуверенно развожу руки, чтобы обнять Скотта.

— Привет, — бормочет он, по-прежнему не глядя мне в глаза. — Мне очень нужно с тобой поговорить.

— У нас целая ночь впереди. Давай поднимемся в номер.

— Ты не против, если мы поговорим здесь?

— Ты ведешь себя странно, — с опаской смотря на него, говорю я. — Что происходит?

Он тянет меня за рукав к месту у кирпичной стены, защищенному от ветра.

— В субботу я переехал в новую квартиру.

— Уже переехал? Я думала, ты еще в поиске, — произношу я в замешательстве. — Но это же здорово! Не могу дождаться, когда увижу ее.

Он делает глубокий вдох, а затем быстро выплевывает продолжение фразы:

— Я не хочу быть один, Молли. Я хочу быть с тобой, но только если ты действительно сможешь быть со мной, — он понуро качает головой. — Не могу поверить, что я это делаю.

— Делаешь что? — спрашиваю я, хотя уже знаю ответ. Скотт молчит, опустив глаза. — Ты бросаешь меня? — Это одновременно неожиданно и неизбежно. Как и то, как Скотт обычно целует меня.

— Я не хочу, Молли. Я люблю тебя. И я хочу быть с тобой. Но я должен знать: ты когда-нибудь уйдешь от Стюарта?

Я сосредоточилась на том, чтобы выровнять свое дыхание. *Вдох — раз, два, три. Выдох — раз, два, три.*

— Я никогда не брошу Стюарта. И ты знал это с самого начала.

— Никогда, красавица? — спрашивает он, и его голос звенит от напряжения. — Даже когда твои дети уедут из дома?

— Скотт, я люблю тебя. *И* я люблю Стюарта. То, что Диана все испортила, не означает, что я уйду от мужа. Почему мы не можем оставить все как есть?

— Потому что я встретил другую, — тихо бормочет он.

Я чувствую, как поднимается волна. Прежде чем она обрушится на меня, я задаю взвешенный вопрос:

— И почему ты не можешь встречаться с нами обеими?

И ответ на свой вопрос я вижу в его глазах. Я понимаю, что упорно игнорировала его уже несколько месяцев. А может, и с самого начала. Скотту нужны моногамные отношения.

— Не думаю, что у меня получится, — шепчет он.

У меня начинает кружиться голова. Я закрываю глаза, чтобы успокоиться. А когда снова открываю их, свет уличных фонарей кажется мне слишком ярким. Говорить я не могу, только молча киваю. Развернувшись на каблуках, я иду ко входу в отель. Мне нужно побыть одной.

— Молли, — зовет меня Скотт. — Молли, мне очень жаль.

На лифте я поднимаюсь на верхний этаж и вхожу в номер, который покинула всего пятнадцать минут назад. Он кажется маленьким. Пустым. Моя открытка ко Дню святого Валентина выглядывает из сумки. Я достаю белый конверт и вскрываю его.

*Я люблю тебя, Скотт. Я всегда буду любить тебя.*

Я пытаюсь разорвать ее, но картон слишком плотный. И как ни рви ее, слова от этого не утратят свою правдивость. Я бросаюсь на кровать лицом вниз, ожидая, что вот-вот начну рыдать и заливаться слезами. Но вместо этого во мне теплой волной поднимается что-то другое. Это голос моей матери, который говорит мне: «*О милая. Не волнуйся. Все еще впереди*».

Мою грудь сжимает знакомая боль. Это одновременно и хорошо, и плохо. Она как та боль, которая появляется в теле после тяжелой тренировки. Мое физическое напоминание о том, что в сердечной мышце что-то изменилось, сладкое жжение, которое не проходит бесследно.

*«Все еще впереди».*

Когда мама сказала мне эту фразу, я думала, что она имела в виду, что в моей жизни будут еще другие мужчины. Больше любовников. Больше захватывающих свиданий, которые помогут мне сбежать от порой жестоких реалий брака и материнства.

Но на самом деле она имела в виду другое. Она хотела сказать мне: «*Будет больше любви*».

Я помню, как в ночь перед рождением Нейта я прокралась в комнату, где спал Дэниел. Мой большой беременный живот задевал прутья кроватки, которую моему первенцу вскоре придется освободить, чтобы у нас было место для его младшего брата. И тогда я переживала о том, что и мне придется освободить место в своем сердце. Я не понимала, как я смогу полюбить еще одного ребенка, когда моя любовь к Дэниелу переполняла меня до краев?

Но потом случилось чудо. На свет появился Нейт. И я полюбила их обоих.

Потому что любовь безгранична. Изобильна. И на самом деле она бесконечна. И ее секрет заключается в том, что любовь порождает любовь. Чем больше любишь, тем больше любви ты можешь отдать.

Я лежу на кровати в пустом гостиничном номере и чувствую, как любовь проникает в меня. Это больно и прекрасно одновременно. И эта боль и красота — части одного целого. Да, я люблю Скотта. И да, я люблю Стюарта. И да, я полюблю снова. В моем сердце хватит места, чтобы вместить в себя еще больше любви.

Я надеваю пальто и покидаю номер. Спускаюсь на лифте в холл и выхожу в холодную ночь. Скотт уже ушел. И я знала, что так будет. Возможно, я увижу его снова. А может, и нет. Но в любом случае я буду продолжать любить его.

Достав из кармана телефон, я набираю Стюарту.

— Привет, малышка. Как дела? — слышу я голос мужа.

— Мы со Скоттом только что расстались, — говорю я. Мой голос дрожит, когда я произношу это вслух. Но все в порядке. Все хорошо.

— Ох, родная, — отзывается он. — Мне так жаль. Я как раз собирался уходить, чтобы встретиться с Киви, но я могу все отменить. Хочешь, чтобы я позвонил ей?

Стю и раньше предлагал отменить свои планы с Киви: в другие ночи, когда я сгорала от ярости или плакала до тех пор, пока не проваливалась в сон. Я всегда брала себя в руки и говорила, чтобы он спокойно шел по своим делам, лгала ему и обещала, что со мной все будет хорошо. Но сегодня все по-другому. Сегодня я выбираю любовь к себе, и я готова принять любовь Стюарта.

— Да, спасибо, — отвечаю я.

— Подожди, — говорит мне муж. — Я скоро буду.

# Благодарности

Впервые идея написать эти мемуары возникла у меня в апреле 2019 года. С тех пор я получила столько поддержки и советов, что их трудно все перечислить.

Я благодарна моим наставникам, которые побудили меня начать писать: Мишель Филгейт и Хизер Эйми О'Нил — кураторам из сообщества писателей *Sackett Street Writers*. Эмили Стоун и ребятам из разговорного клуба *StoryStudio* в Чикаго — спасибо за то, что помогли мне обрести свой писательский голос и преодолеть синдром самозванца. Кроме того, я в неоплатном долгу перед своими коллегами-писателями, с которыми познакомилась на многочисленных встречах. Ваши советы и комментарии, а также энтузиазм касательно моего проекта были бесценны. Отдельное спасибо Кристи Тейт за то, что она отложила свою работу, чтобы прочитать мое произведение и написать мою самую первую аннотацию.

Сэму Хияте — моему агенту из *Rights Factory*, который не раз говорил мне: «Я в восторге. Но тебе придется начать все заново». Спасибо, что с самого начала поверил в мою книгу и помог придать ей форму.

Моему редактору Крису Пуополо и всей команде издательского дома *Doubleday* — спасибо вам не только за ваши редакторские таланты и навыки, но и за вашу заботу и теплоту, а также за готовность рискнуть с автором-дебютантом без аккаунта в *TikTok*. На протяжении всего нашего сотрудничества я понимала, что нахожусь в надежных руках.

Джене Зиглер, Джейку Колтону и сети кофеен *Café Martin* в Парк-Слоуп. Спасибо вам за вдохновляющие беседы, поддержку и бодрящий кофеин. Без вашего участия эта книга могла бы не увидеть свет.

Кэри — спасибо за то, что ты моя единственная и неповторимая сестра по духу.

Моим друзьям — особенно Дженнифер Сабе, Эмили Айзек, Джули Мейер, Ребекке Моррисси, Кариме Хассан Хопкинс, Рейчел Мазор и Маазе Менгисте — спасибо тем из вас, кто читал мои первые наброски и черновики, и всем, кто поддерживал меня.

Я благодарна тем мужчинам, которые повстречались мне на этом пути. Тем, кого я любила и теряла, и тем, кто продолжает любить меня. Я благодарю вас за то, что вы показали мне те грани моей личности, которые иначе могли бы остаться скрытыми.

Майклу Коэну — спасибо за то, что разглядел меня, поделился своей мудростью и помог мне залатать эту чертову дыру в ведре.

Моим родителям — спасибо за то, что поддержали мое решение рассказать историю моей жизни, а также за то, что великодушно позволили мне поделиться своей версией событий из вашей жизни. Ваши доверие и любовь значат для меня очень много.

Моим детям, благодаря которым я так много узнала о любви. Спасибо вам за то, что вы такие необыкновенные молодые мужчины. Без вас я не была бы собой. И я очень горжусь тем, что я — ваша мама.

Моему Стюарту, который не дрогнул, когда я впервые заговорила о своей идее написать эту книгу, и который поддерживал меня на каждом шагу. Спасибо за то, что ты — мой человек. И я всегда буду любить тебя.

# Об авторе

Молли Роден Винтер выросла в городе Эванстоне, в штате Иллинойс, сейчас живет в районе Парк-Слоуп в Бруклине с мужем и двумя сыновьями. Ее личные эссе публиковались в журналах *Motherwell, Pangyrus* и *Capsule Stories*. Она играет на гитаре и пишет песни, выступает в дуэте *House of Mirth*. Дополнительную информацию об авторе вы можете получить, посетив ее веб-сайт mollyrodenwinter.com.

Спасибо за выбор нашего издательства!
Поделитесь мнением
о только что прочитанной книге.

БОМБОРА Story

реальные истории
о выборе пути и силе
духа, поиске смысла
и обретении себя

## УЖЕ В ПРОДАЖЕ!

Свободная любовь, коммуна, уход от мира, жизнь за счет пожертвований и отсутствие работы, бдительное ожидание конца света и второго пришествия Иисуса, многочасовые молитвы — вот лишь некоторые из убеждений, с которыми выросла Фейт Джонс. Она родилась в Семье — религиозном движении, которое в 1968 году основал ее дед Дэвид Брандт Берг в штате Калифорния. В первые годы своего существования движение называлось «Дети Бога». Но посторонние часто называли его сектой. Душераздирающий рассказ о жизни внутри культа и вдохновляющая история взросления девушки, которой удалось из него вырваться.

*Все права защищены. Книга или любая ее часть не может быть скопирована, воспроизведена в электронной или механической форме, в виде фотокопии, записи в память ЭВМ, репродукции или каким-либо иным способом, а также использована в любой информационной системе без получения разрешения от издателя. Копирование, воспроизведение и иное использование книги или ее части без согласия издателя является незаконным и влечет уголовную, административную и гражданскую ответственность.*

Литературно-художественное издание

За закрытой дверью. У каждой семьи свои тайны

**Роден Винтер Молли**

**МОЛЛИ ХОТЕЛА БОЛЬШЕ ЛЮБВИ**
**ДНЕВНИК ОДНОГО ОТКРЫТОГО БРАКА**

Главный редактор *Р. Фасхутдинов*
Руководитель направления *Л. Ошеверова*
Руководитель группы *П. Гузь*
Ответственный редактор *А. Достиева*
Младший редактор *Д. Дубровина*
Художественный редактор *М. Клава-Янат*
Технический редактор *О. Куликова*
Компьютерная верстка *Е. Акулова*
Корректор *О. Попонина*

**ООО «Издательство «Эксмо»**
123308, Россия, город Москва, улица Зорге, дом 1, строение 1, этаж 20, каб. 2013.
Тел.: 8 (495) 411-68-86.
Home page: www.eksmo.ru E-mail: info@eksmo.ru
Өндіруші: «Издательство «Эксмо» ЖШҚ
123308, Ресей, Мәскеу қаласы, Зорге көшесі, 1-үй, 1-құрылыс, 20 қабат, 2013-каб.
Тел.: 8 (495) 411-68-86.
Home page: www.eksmo.ru E-mail: info@eksmo.ru.
Тауар белгісі: «Эксмо»
**Интернет-магазин** : www.book24.ru
**Интернет-магазин** : www.book24.kz
**Интернет-дүкен** : www.book24.kz
Импортёр в Республику Казахстан ТОО «РДЦ-Алматы».
Қазақстан Республикасына импорттаушы «РДЦ-Алматы» ЖШС.
Дистрибьютор и представитель по приему претензий на продукцию,
в Республике Казахстан: ТОО «РДЦ-Алматы»
Дистрибьютор және Қазақстан Республикасында өнімге шағымдар
қабылдау жөніндегі өкіл: «РДЦ-Алматы» ЖШС.
Алматы қ., Домбровский көш., 3«а», литер Б, офис 1.
Тел.: 8 (727) 251-59-90/91/92; E-mail: RDC-Almaty@eksmo.kz
Сведения о подтверждении соответствия издания согласно законодательству РФ
о техническом регулировании можно получить на сайте Издательства «Эксмо»:
www.eksmo.ru/certification
Техникалық реттеу туралы РФ заңнамасына сай басылымның сәйкестігін растау туралы
мәліметтерді мына адрес бойынша алуға болады: http://eksmo.ru/certification/ .
Произведено в Российской Федерации
Ресей Федерациясында өндірілген

18+

Страна происхождения: Российская Федерация
Шығарушы ел: Ресей Федерациясы

Сертификаттауға жатпайды

Дата изготовления / Подписано в печать 21.02.2025.
Формат 60x90$^{1}/_{16}$. Гарнитура OriginalGaramond.
Печать офсетная. Усл. печ. л. 27,0.
Тираж 3000 экз. Заказ 1668.

Отпечатано с готовых файлов заказчика
в АО «Первая Образцовая типография»,
филиал «УЛЬЯНОВСКИЙ ДОМ ПЕЧАТИ»
432980, Россия, г. Ульяновск, ул. Гончарова, 14

БОМБОРА
ИЗДАТЕЛЬСТВО

БОМБОРА – лидер на рынке полезных и вдохновляющих книг. Мы любим книги и создаем их, чтобы вы могли творить, открывать мир, пробовать новое, расти. Быть счастливыми. Быть на волне.

bombora.ru bomborabooks bombora

Издательство «Эксмо» — универсальное издательство №1 в России, является одним из лидеров книжного рынка Европы.

ЭКСМО eksmo.ru eksmo

ЧИТАЙ ГОРОД

Литрес
Я ТАК ЧИТАЮ

eksmo.ru
Официальный интернет-магазин издательства «Эксмо»

ТЕРРИТОРИЯ
КНИЖНЫЙ МАГАЗИН
Официальная франшиза издательства «Эксмо»

Хочешь стать автором «Эксмо»?

ISBN 978-5-04-213862-1

9 785042 138621 >

# LA BOTANIQUE
## de A à Z

Consultez nos catalogues sur le Web

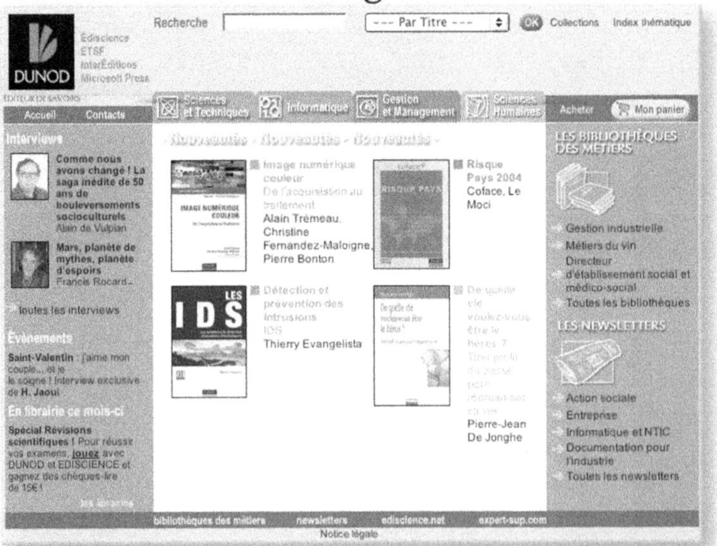


**www.dunod.com**